HEYNE <

## Die Chroniken des Raben

| | |
|---|---|
| *Erstes Buch:* | Zauberbann |
| *Zweites Buch:* | Drachenschwur |
| *Drittes Buch:* | Schattenpfad |
| *Viertes Buch:* | Himmelsriss |
| *Fünftes Buch:* | Nachtkind |
| *Sechstes Buch:* | Elfenmagier |

## Die Legenden des Raben

| | |
|---|---|
| *Erstes Buch:* | Schicksalswege |
| *Zweites Buch:* | Elfenjagd |
| *Drittes Buch:* | Schattenherz |
| *Viertes Buch:* | Zauberkrieg |
| *Fünftes Buch:* | Drachenlord |
| *Sechstes Buch:* | Heldensturz |

JAMES BARCLAY

# Heldensturz

Die Legenden des Raben

*Sechstes Buch*

**Deutsche Erstausgabe**

WILHELM HEYNE VERLAG
MÜNCHEN

Titel der englischen Originalausgabe
DEMONSTORM (Part 2)
Deutsche Übersetzung von Jürgen Langowski

FSC
Mix
Produktgruppe aus vorbildlich bewirtschafteten Wäldern und anderen kontrollierten Herkünften
Zert.-Nr. SGS-COC-1940
www.fsc.org
© 1996 Forest Stewardship Council

Verlagsgruppe Random House FSC-DEU-0100
Das für dieses Buch verwendete
FSC-zertifizierte Papier *München Super*
liefert Mochenwangen.

Deutsche Erstausgabe 09/2007
Redaktion: Rainer Michael Rahn

Printed in Germany 2007
Titelillustration: Sabine Jantzen
Umschlaggestaltung: Nele Schütz Design, München
Karte: Franz Vohwinkel
Satz: Christine Roithner Verlagsservice, Breitenaich
Druck und Bindung: GGP Media GmbH, Pößneck

ISBN 978-3-453-52213-8

www.heyne.de

*Für Simon Spanton,*
*einen großartigen Freund*
*und Redakteur,*
*ohne den es den Raben*
*nicht gegeben hätte.*

BALAIA DER
NORD-
BUCHT
SUNATAS ZÄHNE
TERENETSA
SETHE-FLUSS
TORN-WÜSTE
PARVE
BARAVALE-
TAL
KERNLAND DER
WESMEN
(UNERFORSCHT)
ZENTRAL-
TEMPEL DER
WRETHSIRES
AUGSEE
LEIONU
HIMMELS-
SEE
N
W
E
S
GARAN-
BERGE
SÜDSTROM
GARAN-
BERGE
SÜDMEER

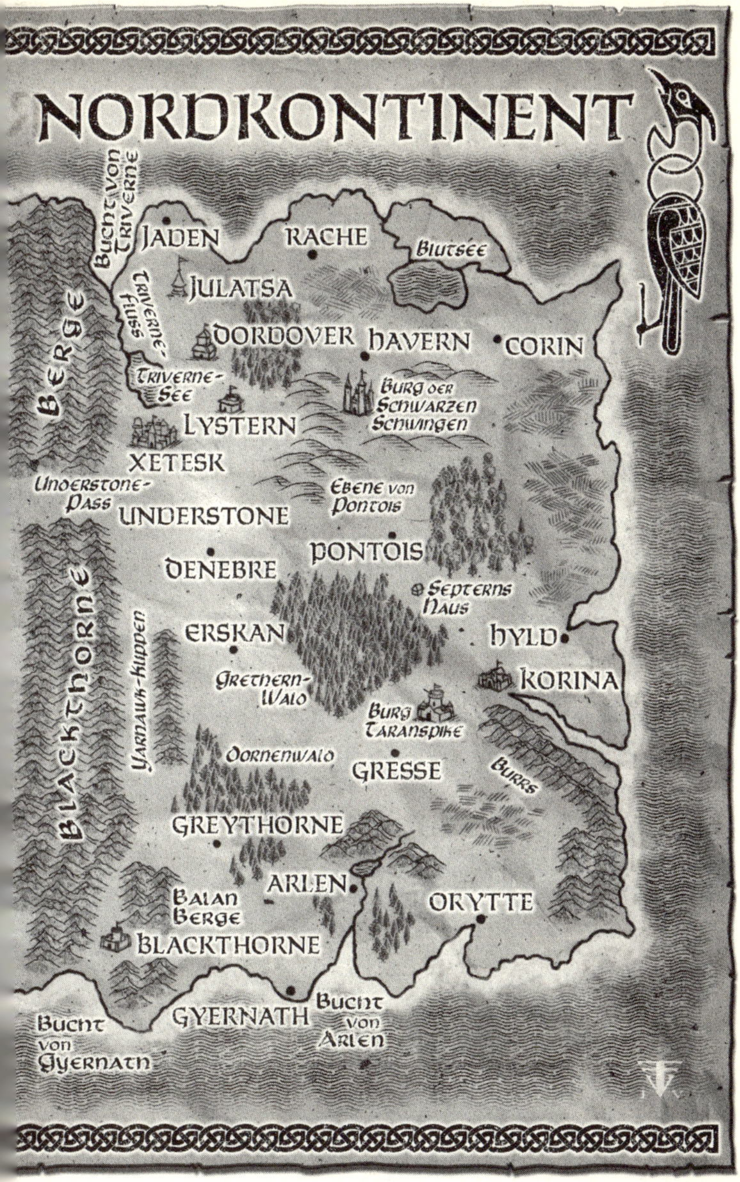

NORDKONTINENT
Bucht von Triverne
Berge
Jaden
Rache
Blutsee
Julatsa
Triverne-Fluss
Dordover
Havern
Corin
Triverne-See
Burg der Schwarzen Schwingen
Lystern
Xetesk
Understone-Pass
Understone
Ebene von Pontois
Pontois
Denebre
Septerns Haus
Blackthorne
Yarnawk-Kuppen
Erskan
Hyld
Korina
Grethern-Wald
Burg Taranspike
Dornenwald
Gresse
Burrs
Greythorne
Arlen
Orytte
Balan Berge
Blackthorne
Gyernath
Bucht von Arlen
Bucht von Gyernath

Auch auf die Gefahr hin, dass ich mich wiederhole, möchte ich allen danken, die mich beim Schreiben dieses Buchs unterstützt und ermuntert haben: Peter Robinson, John Cross, Dave Mutton und Dick Whichelow für ihre Kritik, für ihre Vorschläge und Anregungen. Rob Grant für fundierte Ratschläge in einer Zeit, in der sich vieles verändert hat. Robert Kirby, der mir neue Perspektiven eröffnet hat, und Nicola Sinclair, die dafür gesorgt hat, dass ich auf dem Teppich blieb.

Meiner Familie einfach dafür, dass sie wundervoll ist.

David Gemmells Freundschaft und seine Ratschläge waren mir in den Jahren, die ich ihn kannte, eine große Hilfe. Sein viel zu früher Tod im Juli 2006 hinterlässt eine Lücke, die nicht geschlossen werden kann.

# Personenverzeichnis

| | |
|---|---|
| DER RABE | Hirad Coldheart, Barbarenkrieger |
| | Der Unbekannte Krieger/Sol |
| | Thraun, Gestaltwandler |
| | Ry Darrick, Kavallerist und Schwertkämpfer |
| | Denser, Magier aus Xetesk |
| | Erienne, Magierin aus Dordover |
| DIE KOLLEGIEN | Dystran, Herr vom Berge, Xetesk |
| | Sharyr, Dimensionsmagier, Xetesk |
| | Suarav, Hauptmann der Kollegwache in Xetesk |
| | Chandyr, xeteskianischer Heereskommandant |
| | Vuldaroq, Erzmagier, Dordover |
| | Heryst, Lordältester Magier, Lystern |
| | Pheone, Hohe Magierin, Julatsa |

| | |
|---|---|
| DIE ELFEN | Cleress, Al-Drechar<br>Rebraal, Anführer der Al-Arynaar<br>Auum, Anführer der TaiGethen<br>Evunn, Auums Tai-Zelle<br>Duele, Auums Tai-Zelle<br>Dila'heth, Elfenmagierin |
| BALAIANER, WESMEN, DRACHEN UND DÄMONEN | Blackthorne, ein Baron<br>Ark, ehemaliger Protektor<br>Diera, Frau des Unbekannten Kriegers<br>Tessaya, Lord der Paleonstämme<br>Riasu, Lord und Hüter des Understone-Passes<br>Sha-Kaan, der Große Kaan<br>Yasal-Naik, der Große Naik<br>Ferouc, Meisterdämon<br>Drenoul, Meisterdämon |

# Erstes Kapitel

Sha-Kaan hatte die Bruten auf der Ebene von Teras verteilt und hoffte, sie würden Frieden halten, während sie nahe genug beieinander hockten, um sofort reagieren zu können, wenn der richtige Augenblick kam. Da Hirad und der Rabe sich nun oberhalb des Triverne-Sees versteckten und weniger als zwei Tagesmärsche von Xetesk entfernt waren, hatte er die Brutführer noch einmal zusammengerufen.

Es würde, so hatte er sich überlegt, nicht ausreichen, wenn sie einfach in die Heimat der Arakhe sprangen und unabhängig voneinander kämpften. Dieses Mal, dieses eine Mal nur mussten sie gemeinsam vorgehen – eine vereinte Streitmacht, die einzig und allein das Ziel verfolgte, den Raben zu unterstützen, indem sie die Dämonen attackierte, die das Tor und den Manastrom nach Balaia beherrschten.

Ihm fiel der unkontrollierte Himmelsriss ein, der zwischen Balaia und seiner Heimat Beshara eine Verbindung hergestellt hatte. Dieses Mal waren die Rahmenbedingungen völlig anders. Damals hatten kriegerische Bruten die Verteidiger der Kaan bedroht, die den ungehindert wachsenden Riss bewacht hatten. Der Rabe hatte einen Weg gefunden, ihn zu schließen, bevor er so groß geworden war, dass feindliche Bruten mit der Invasion Balaias beginnen konnten.

Dieses Mal hatten die Arakhe die Kontrolle über den Riss. Sein Ursprung lag irgendwo in ihrer sterbenden Dimension, und der Ausgang befand sich allen Berechnungen zufolge irgendwo über Xetesk am Himmel. Die Schuld trugen die vermessenen Xeteskianer. Dieses Mal durften sich die Drachen allerdings nicht um den Zugang streiten, weil dies das Ende aller Bruten bedeutet hätte. Abermals musste der Rabe unbedingt Erfolg haben. Es stand mal wieder auf Messers Schneide, wie Hirad Coldheart es ausgedrückt hätte.

So beeindruckend es auch war, wenn sich tausende Drachen auf der Ebene niederließen – was Sha-Kaan jetzt sah, war einfach Ehrfurcht gebietend. Skoor, Naik, Veret, Kaan, Stara, Gost und die kleineren Bruten, alle flogen in ihren gewohnten Formationen und bildeten die Ehrengarde für die anderen, die gemächlich im Zentrum dahinglitten. Sha-Kaan hatte die Anführer aller Bruten zu dieser Beratung am Himmel gebeten, doch selbst ihn lenkte das Licht ab, das in allen Regenbogenfarben auf den Schuppen tanzte. Erfreut hörte er die Laute, die durch den klaren blauen Himmel hallten, während die Bruten sich gegenseitig mit den kompliziertesten Manövern zu überbieten versuchten.

»Niemand war müßig während der kurzen Verzögerung«, begann Sha-Kaan.

»Wir alle sind es müde, auf deinen Ruf zu warten«, entgegnete Caval-Skoor.

»Ich hoffe sehr, du kannst uns endlich unser Ziel nennen«, fügte Koln-Stara hinzu. »Ich bin nicht der Einzige in meiner Brut, den diese Hinhaltetaktik misstrauisch macht.«

»Muss irgendeiner von euch über Angriffe auf sein Brutland berichten?« Sha-Kaan wartete. »Ich begrüße es jedenfalls, dass ihr und eure Bruten etwas Zeit bekommen habt, um über das nachzudenken, was Yasal und ich zu sagen hatten. Vergesst nicht, dass dies der wichtigste Grund dafür war, euch auf der Ebene zu verteilen.«

»Wir warten noch auf die Rückkehr der Späher aus unserem Land«, sagte Caval. »Ich jedenfalls weiß nicht, ob mein Brutland sicher ist. Ich bin zu weit entfernt, um die Rufe zu hören, falls es Angriffe gibt.«

»Glaubst du wirklich, dein Land würde bedroht?«, fragte Yasal-Naik. »Die Anwesenheit aller Bruten hier ist Beweis genug, dass wir wenigstens für den Augenblick am gleichen Strang ziehen.«

»Ich habe nicht alle Köpfe gezählt«, erwiderte Koln. »Niemand weiß, wie viele Angehörige anderer Bruten nicht anwesend sind.«

»Willst du uns beschuldigen, Großer Stara?«, fragte Eram-Gost scharf.

»Ich beschuldige niemanden. Allerdings weiß ich nicht genug.«

Sha-Kaan spürte, wie unter den Drachen, die sie umgaben, die Spannung stieg, was unmittelbar darauf an die Begleiter gesendet wurde, die sie umgaben. Die Demonstrationen der fliegerischen Gewandtheit hörten sofort auf, die Reihen schlossen sich, die Bruten gingen zueinander auf Distanz. Ringsumher hielten die Drachen inne und warteten. Wie brüchig dieser Frieden doch war. Hoch über allen anderen flogen die Kaan und Naik gemeinsam und beobachteten die Entwicklung.

»Bitte, meine Bruten«, sendete Sha-Kaan. »Wir haben keinen Grund, misstrauisch zu sein.« Er wartete, bis seine Worte die Spannung etwas gemildert hatten. »In diesem kleinen Bereich von Beshara kreisen fast zweitausend Drachen. Es gibt zwei Möglichkeiten, wie es weitergehen kann. Entweder wird es die größte Tat in unserer langen und blutigen Geschichte, oder es wird die schlimmste Katastrophe, die uns und alle unsere Fusionsdimensionen je getroffen hat. Vergesst nicht, wenn die Arakhe uns erreichen, sind alle, von denen ihr abhängt, angreifbar. Ich sage es noch einmal, wir dürfen nicht versagen.«

Er flog ins Zentrum des Kreises, der von Besharas mächtigsten Drachen gebildet wurde, und änderte seine Haltung. Er drehte sich langsam, um den anderen Drachen seine ungeschützten Bauchschuppen darzubieten.

»Was soll werden?«

Ein langer Moment folgte, in dem Sha-Kaan sich fragte, ob er nicht am Ende doch eine gewaltige Dummheit begangen hatte. Doch nacheinander und mit wachsender Geschwindigkeit ahmten die anderen seine Haltung nach. Er ließ Gefühle von Wärme und Kameradschaft zu ihnen strömen und stieß mit einem Bellen eine mächtige Feuerlanze in die Luft.

»Dann lasst uns an die Arbeit gehen.«

Auum hielt diesen Moment für den gefährlichsten. Kaum dass sie die Veränderung der Aktivitäten im Kolleg bemerkt hatten, waren die Cursyrd ausgeschwärmt und hatten die schützende Hülle des Kaltraums umringt. Eine neue Art war aufgetaucht, die er bisher noch nicht gesehen hatte. Sie waren flach und fast konturlos bis auf einen Überzug aus feinen Haaren auf der Bauchseite. Einmal hatten sie den ganzen Schutzschirm abgedeckt und das

Licht der Morgendämmerung ausgeblendet. Er hatte sie beobachtet, wie sie hin und her gezogen waren, und eine Magierin der Al-Arynaar zu sich gerufen. Eine Elfin, die er kannte und achtete.

»Sie sind Gleiter«, hatte Dila'heth erklärt. »So nennen wir sie jedenfalls. Wir haben hin und wieder einige gesehen, aber nie so viele auf einmal. Sie suchen nach den Mana-Spuren.«

»Gut«, sagte Auum. »Dann vergeuden sie ihre Zeit. Morgen wird der Standort unserer Sprüchewirker selbst für einen Blinden offensichtlich sein.«

»Wir müssen Yniss für alles danken, was sie davon abhält, uns zu stören.«

»Dennoch sollten wir gut vorbereitet sein.«

Rebraal, der das Balaianische besser verstand und dem die Götter eine unendliche Geduld geschenkt hatten, übernahm die wenig erfreuliche Aufgabe, die widerstrebenden Menschen zu beschwichtigen. Unterdessen kümmerte Auum sich um die Verteidigung. Die Bewachung der Magier, die die Sprüche für die Kalträume wirkten, wurde verdreifacht. Beobachter postierten sich auf den Mauern des Kollegs und den Dächern aller Gebäude. Magier warteten in kleinen Gruppen in Deckung zusammen mit Kriegern der Al-Arynaar und waren bereit, auf jeden Eindringling sofort zu reagieren. Alle Bewohner des Kollegs trugen Waffen und hatten Instruktionen bekommen, damit sie sich im Notfall richtig verhielten.

Von seinem Aussichtspunkt aus betrachtete Auum den Schutzschirm und forschte nach Hinweisen, ob ein Angriff unmittelbar bevorstand. Gruppen der schnellen und starken Seelenfresser flogen über die Hülle hinweg. Vermutlich suchten sie nach Schwachpunkten. Das war ein vergebliches Unterfangen. Sorgen machte Auum sich allerdings wegen der gelegentlichen Erkundungsflüge der höheren Dämonen – die riesigen Arakhe, die auf Nestern aus Tentakeln flogen und die Körper grotesk entstellter Menschen hatten. Sie waren die Herren von Julatsa. Sie entschieden, ob ein Angriff beginnen oder die Erkundung fortgesetzt werden sollte.

Unten im Hof vor dem Turm tauchte Rebraal aus dem Vortragssaal auf und ging, umgeben von Menschen, zum Haupttor. Auum konnte nicht hören, was sie redeten, aber ihre Körpersprache verriet, dass sie zornig waren und einen hitzigen Wortwechsel führten. Er wandte sich an Duele und Evunn.

»Die Menschen machen Schwierigkeiten«, sagte er. »Ich will sehen, was ich tun kann. Ihr wisst, was hier noch zu erledigen ist.« Er seufzte gereizt. »Yniss möge uns behüten, aber diese dummen Menschen wären fähig, sich nach Verkündung eines Freispruchs noch selbst für schuldig zu erklären.«

Rasch lief Auum die Treppe am Torhaus hinunter, überwand die letzten Stufen mit einem Sprung und landete direkt vor Rebraal und den sechs unglücklichen Menschen auf dem Pflaster. Pheone war nicht dabei. Auum hatte wie gewünscht ihre Aufmerksamkeit erregt.

»Gibt es Schwierigkeiten?«, fragte er Rebraal in der Elfensprache.

»Sie wollen uns nicht zustimmen«, sagte Rebraal. »Sie haben nicht gesehen und gehört, was wir erfahren haben. Sie glauben nicht an eine Bedrohung anderer Dimensionen.«

»Das ändert nichts an dem, was getan werden muss.«

»Für uns ändert es durchaus etwas«, erwiderte einer der Menschen in passablem Elfisch. Auum zollte ihm mit einem winzigen Nicken Respekt. »Wir haben zwei Jahre mit deinen Leuten verbracht«, erklärte er. »Wir hatten viel Zeit.«

»Name?«

»Geren.«

»Geren, deine Bemühungen weiß ich zu schätzen, aber deine Einwände sind schädlich.«

»Das sehen wir anders.«

»Es gibt keine andere Möglichkeit. Ihr werdet Julatsa morgen verlassen oder Sklaven der Cursyrd werden.« Auum wandte sich zur Treppe um, aber Geren erhob die Stimme und hielt ihn auf.

»Wie kannst du es wagen, hierher zu kommen und zu bestimmen, was wir tun und lassen sollen? Dies ist unser Kolleg, und nur wir, die Ratsmitglieder, werden entscheiden, wann und ob wir es verlassen. Verstehst du das?«

»Rebraal?« Auum wechselte den Dialekt. Er drehte sich nicht um.

»Ich höre mir das schon seit mehr als einer Stunde an«, erwiderte Rebraal in der gleichen Mundart. »Sie wollen nicht auf meine Erklärungen hören.«

»Dann wird es Zeit, die Höflichkeiten zu vergessen. Du hast getan, was du konntest.«

»Auum, wir brauchen die Hilfe der menschlichen Magier. Sie verstehen sich viel besser als wir darauf, den Schild aufzubauen.«

»Du wirst ihre Hilfe bekommen.« Jetzt drehte er sich wieder zu Geren um. Sein Gesicht war hart, sein Geist war klar. Der Mann wich, wie es sein sollte, unwillkürlich einen Schritt zurück.

»Deine Drohungen werden keine Wirkung zeitigen«, sagte er mit zitternder Stimme.

»Ich drohe nicht«, entgegnete Auum. »Dieses Kolleg steht nur noch, weil die Al-Arynaar, die Krallenjäger und die TaiGethen gestorben sind, um es zu beschützen. Es ist nur noch unabhängig, weil die Al-Arynaar euch seit zwei Jahren unterstützen. Rebraal, der Anführer der Al-Arynaar, hat euch erklärt, warum wir aufbrechen und nach Xetesk reisen müssen. Ist dies die Achtung, die ihr denen entgegenbringt, die euch das Leben gerettet haben?«

»Eure Opfer für das Kolleg werden wir nie vergessen, und unsere Achtung für euch ist unverändert. Aber was du verlangst, dient leider nicht dem Interesse des Kollegs und der Stadt Julatsa«, antwortete Geren.

Auum packte Geren an der Kehle und drückte ihn gegen seine Gefährten zurück, die viel zu ängstlich schienen, um ihm beizuspringen.

»Hast du auch nur einen Augenblick geglaubt, wir wären freiwillig hier? Wir hatten keine Wahl, weil die Menschen die Cursyrd in unsere Dimension gelockt haben. Wir sind hier, weil auch wir durch eure Dummheit sterben müssen, wenn wir die Bedrohung nicht ausschalten. Begehe nicht den Fehler zu glauben, mir wäre es wichtig, ob du lebst oder stirbst, Mann. Wir nehmen unsere Leute und was wir sonst noch brauchen mit und reisen nach Xetesk, wo ihr Menschen und wir Elfen die besten Aussichten haben zu überleben. Rebraal sagt, wir brauchen dazu eure Hilfe, also helft uns. Entscheidet euch für das Leben.«

Er stieß Geren fort. Der Magier sah ihn mit unverhohlenem Hass an.

»Ihr alle, geht jetzt und tut, worum ich euch bitte«, sagte Rebraal. »Es tut mir leid, dass es so weit kommen musste.«

Auum fasste ihn am Arm und führte ihn von den Menschen fort. »Es reicht. Vergiss sie. Falls sie nicht mitkommen wollen, sind wir auch ohne sie stark genug.«

»Wir sind dafür verantwortlich, auch sie zu retten.«

»Du hast zu viel Zeit damit verbracht, Hirad und dem Geist deines Bruders zu lauschen.« Auum gestattete sich ein schmales Lächeln. »Los jetzt. Wir brauchen Wagen und Pferde. Haben wir genug?«

»Es wird knapp«, sagte Rebraal. »Wir können uns glücklich schätzen, dass Pheone von Julatsa verlangt hat, ein paar Zuchttiere am Leben zu lassen. Deshalb haben wir einige junge und starke Tiere, die unsere Wagen ziehen können, auch wenn sie sich hier, genau wie in Blackthorne, nur langsam vermehren. Wie die Tiere sich im Falle eines Angriffs verhalten, werden wir erst sehen, wenn es so weit ist. Die Wagen sind das größere Problem.«

»Brennholz?«

»Viele sind nicht mehr als das, und die übrigen sind in einem schlechten Zustand. Im ganzen Kolleg gibt es keinen einzigen Stellmacher mehr. Die Schreiner tun, was sie können, und wir suchen in den Ställen und den Gebäuden des Kollegs nach Zaumzeug und Geschirr. Wir müssen genügend zusammenbekommen, um die Magier, die die Sprüche wirken, und den größten Teil der Vorräte zu befördern, aber alle anderen Magier müssen ohne Schutz reisen.«

Auum nickte. »Ich werde die Krieger entsprechend einweisen.«

»Was meinst du, werden sie angreifen?« Rebraal deutete nach oben zu den Dämonen, die über dem Kolleg kreisten und sie beobachteten.

»Ich glaube nicht«, sagte er. »Sie wissen, dass wir etwas vorhaben, aber sie wissen auch, welchen Preis sie zahlen müssen, wenn sie das Kolleg angreifen. Was würdest du tun?«

»Ich würde warten, bis ich sicher bin, was geschehen wird. Der richtige Augenblick wäre der Moment, in dem wir durchs Tor fahren.«

»Ja, mein Freund, das wäre der entscheidende Moment. Dann sind wir behindert und verletzlich. Unsere Krieger werden erbittert kämpfen müssen.«

»Tual wird uns leiten.«

»Und Shorth wird unsere Feinde foltern.« Die beiden Elfen berührten sich an den Armen. »Wir werden es tun.«

»Möge Yniss über uns wachen.«

Auum sollte recht behalten. Die Nacht nahm ihren Lauf, und der Angriff der Dämonen blieb aus. Allerdings gab es Anzeichen dafür, dass sie sich zusammenrotteten, weil sie mit einem Ausbruchsversuch rechneten. Auf allen Wegen zum Kolleg waren Straßensperren zu erkennen. Auch patrouillierten die Dämonen jetzt verstärkt unmittelbar vor den Mauern des Kollegs. Andere schwebten über dem Kolleg, beobachteten und spähten. Sie warteten.

Auum und Rebraal hatten die Magier und Krieger der Al-Arynaar mehrmals im Vortragssaal eingewiesen, die Taktik beim ersten Vorstoß aus den Toren erörtert und besprochen, was von ihnen auf der vermutlich dreitägigen Reise ins südlich gelegene Xetesk erwartet wurde. Unterwegs würde sich die Zelle der TaiGethen eine Weile absetzen, um den Raben am Triverne-See abzuholen.

Schließlich stand Rebraal mit Pheone vor dem Rat des Kollegs und den noch lebenden Menschen. Alles in allem zählten sie einhundertsieben Köpfe: vierunddreißig Magier, die übrigen waren Wächter des Kollegs und jene, die vor dem Angriff der Dämonen ins Kolleg gerufen worden waren. Alle hatten Angst und Vorbehalte, fügten sich aber ins Unvermeidliche.

»Wir haben in den letzten Tagen viel von euch verlangt, und es war wenig Zeit für Höflichkeiten. In den kommenden Tagen wird euch noch mehr abverlangt werden. Die meisten unter euch haben die Entscheidung infrage gestellt, die ohne eure Einwilligung getroffen wurde. Es gibt keine Diskussion. Jetzt ist der Moment, mir zu vertrauen. Und natürlich Auum.«

Er wartete, bis sich das Gemurmel legte.

»Ihr habt über die Bedingungen außerhalb des Kollegs und die schwierige Lage, in der wir uns befinden, alles gehört, was ihr wissen müsst. Jetzt ist der Augenblick gekommen, fest daran zu glauben, dass wir etwas ändern können, und dass ihr mit dieser Reise nach Xetesk und der Verteidigung des Kollegs euren Teil dazu beitragen könnt, die Menschen und Elfen zu retten.«

Er hob die Hände, als sich abermals Gemurmel erhob.

»Haltet ihr das für übertrieben? Wie schnell habt ihr euch doch an das Leben gewöhnt, das ihr jetzt führt. Wann habt ihr das letzte Mal einen nennenswerten Vorstoß unternommen oder eine Seele gerettet, die sich außerhalb der schützenden Kalträume befand? Zweifelt nicht daran, dass die Cursyrd, die Dämonen, euer Land beherrschen. Sie wollen hier bleiben und euch verzehren. Ihr seid Beute, und sie reißen euch, wie es ihnen gefällt und wie es alle Raubtiere in der Natur tun. Glaubt ihr wirklich, ihr könntet sie besiegen, wenn ihr in eurer schützenden Hülle bleibt?«

Wieder wartete er. Dieses Mal bestand die Antwort aus unbehaglichem Füßescharren. Er nickte.

»Wer mich kennt und während der Gefangenschaft hier im Kolleg die Al-Arynaar kennengelernt hat, der weiß sicherlich, dass Elfen von Menschen im Allgemeinen nicht sonderlich viel halten.«

Ein Kichern lief durch den Saal.

»Andererseits wollen wir nicht leichtfertig euer Leben aufs Spiel setzen. Viele Elfen haben alte Freunde unter den Menschen, und wenn wir über eure Schwächen klagen, so wissen wir doch auch eure Stärken zu schätzen. Mein eigener Bruder entschloss sich, unter Menschen zu leben und zu sterben. Einen besseren Beweis für das, was euch Menschen möglich ist, gibt es für mich nicht. Allein aus diesem Grund schon möchte ich, dass es euch gut geht, und mit euch auch uns. Deshalb müsst ihr mir glauben, dass unser Vorhaben die einzige Möglichkeit darstellt, die uns jetzt noch bleibt. Die Gründe dafür werdet ihr vor den Mauern mit eigenen Augen sehen. Die Reise, auf die wir uns morgen früh begeben werden, ist gefährlich. Ich will euch aber eines ganz deutlich sagen. Die Elfen wissen, dass euch die Berührung der Dämonen tödlich verletzen kann. Wir erwarten nicht von euch, dass ihr euch heldenhaft opfert. Dazu habt ihr in Xetesk noch Zeit. Zuerst einmal müsst ihr alle überleben, um die Mauern des Dunklen Kollegs überhaupt zu erreichen. Wir übernehmen die Verteidigung der Karawane, während ihr anderen euch so gut wie möglich ausruht und Ausschau haltet. Die Magier sind das Fundament unseres beweglichen Kaltraums, und deshalb werden sie meist in den Wagen reisen, die wir repariert haben. Was die anderen angeht, so brauchen wir Freiwillige, die einen Wagen lenken können und sich mit Pferden auskennen. Wir verstehen nicht viel von diesen Tieren.« Er lächelte. »Es scheint so, als hätten sogar wir eine Unvollkommenheit.«

Wieder lachten die Zuhörer, dieses Mal ein wenig entspannter. Er hob beide Hände.

»Ich will euch nicht länger aufhalten und bitte euch, so lange wie möglich zu schlafen, weil die Karawane nur anhalten wird, um den Pferden, aber nicht den Menschen etwas Ruhe zu gönnen. Zwei letzte Bemerkungen will ich noch anfügen. Ihr werdet sicher den Eindruck haben, in der Karawane stärker gefährdet zu sein als im Kolleg. Das ist nicht der Fall. Allein die Kalträume hindern die Dämonen daran, euch jederzeit nach Belieben zu schnappen. Diesen Schutz werdet ihr aber auch unterwegs um euch haben. Mauern helfen nicht gegen Dämonen, nur Sprüche bieten Schutz. Und schließlich, wo immer ihr steht oder geht, einen Spruch wirkt oder ausruht, wird ein Elf über euch wachen. Ein Elf, der euch beschützt und gegen den Dämon kämpfen kann, der euch holen will. In diesem Punkt sind wir stärker, und ihr braucht nichts zu fürchten. Wir werden euch nicht im Stich lassen. Wir brechen morgen in der Dämmerung auf. Seid bereit.«

Rebraal erschrak, als er ein unerwartetes Geräusch hörte. Sie applaudierten ihm.

Hirad hockte an einem Baum, die Arme um die angezogenen Knie geschlungen und die Hände vor den Knien verschränkt. Sein Schwert steckte in der Scheide und lehnte neben ihm am Stamm. Die schon früh fallenden Blätter ringsum legten ein Zeugnis von der Kälte ab, die die Dämonen nach Balaia gebracht hatten. Der Rabe hatte es riskiert, gegen Abend ein Kochfeuer anzuzünden, das inzwischen aber längst wieder erloschen war. In diesen Stunden vor der Dämmerung war die Welt eiskalt und still. Hirad war erschöpft. Zuerst Sha-Kaan und dann die Kraft, die er für Ilkar hielt, hatten seinen Schlaf gestört. Der Freund versuchte immer noch erfolglos, Kontakt mit ihm aufzunehmen.

Jetzt, da er die letzte Wache vor der Dämmerung übernommen hatte, fand er die Muße, seine schlafenden

Freunde, die beiden Protektoren Kas und Ark und den stillen, aber entschlossenen Elfenmagier Eilaan zu betrachten. Keiner von ihnen schlief ungestört. Thraun jagte die Dämonen seiner Vergangenheit, sein Körper zuckte, und sein Mund bewegte sich, wenn er im Schlaf murmelte. Erienne stand trotz der gewaltigen Entfernung und der schlechten Gesundheit der alten Elfenfrau hin und wieder mit Cleress in Verbindung. Im Augenblick wanderte sie irgendwo links von ihm durchs Unterholz, nachdem sie abrupt erwacht war.

Er hatte sie gebeten, regelmäßig seinen Namen zu rufen, doch sie hatte es nicht getan. Sie blieb jedoch nicht lange fort, und schließlich legte sie ihm die Hand auf die Schulter und ließ sich neben ihm nieder.

»Dann bin ich nicht der Einzige, der heute Nacht Stimmen gehört hat, was?«, sagte Hirad leise.

Erienne hakte sich bei ihm unter und lehnte den Kopf an seine Schulter.

»Sie hat nicht viel gesagt. Sie hatte nicht genug Kraft, die arme Frau.«

»Hilft sie dir?«

»Was könnte sie denn tun? Sie spricht die richtigen Worte, wann immer ich sie hören kann, aber ich bin nicht geschickt genug, um über diese Entfernung zu antworten, deshalb ist es eine einseitige Angelegenheit.« Sie hob den Kopf. »Hör mal, Hirad, was in Blackthorne passiert ist, tut mir leid. Ich habe mich dumm verhalten.«

»Erienne, du musst dich bei mir oder den anderen nicht entschuldigen. Mir ist vor allem wichtig, dass du dich jetzt besser fühlst.«

»Das Problem ist ja, dass ich es nicht genau weiß. Es ist nicht die Magie des Einen selbst, denn theoretisch kann ich die Sprüche wirken. Es fühlt sich allerdings ganz anders an, als einen Eiswind zu sprechen oder einen harten Schild aufzubauen. Wenn man dabei versagt, passiert nicht so viel. Wenn es mir aber nicht gelingt, den Dämonen die Mana-Hülle zu nehmen, dann wäre das für uns alle tödlich. Das belastet mich.«

Hirad wollte antworten, aber dann fielen ihm einige Worte des Unbekannten ein, und er besann sich, ehe er etwas Falsches sagte.

»Wir können dir beim Umgang mit deinen Kräften nicht helfen. Das ist mir klar, und ich will gar nicht so tun, als könnte ich begreifen, welchem Druck du ausgesetzt bist. Vergiss aber nicht, wie hart wir gearbeitet haben, um auch dann kämpfen zu können, wenn dein Spruch nicht zur Verfügung steht. Vergiss das nicht, denn dies bedeutet, dass wir auch dann überleben können, wenn du ausfällst. Du bist die stärkste Waffe, die wir haben, aber eben nicht die einzige. Wir anderen sind auch noch da.«

Erienne kicherte. »Wie machst du das bloß?«

»Was denn?«

»Etwas zu sagen, das mich im Grunde herabsetzt, und es dennoch wie Trost und Unterstützung klingen zu lassen.«

»Es klingt so, weil es das sein soll.«

»Hier ist meine Antwort.« Sie knuffte ihn in die Seite. »Erzähl mir von deinen Stimmen. Bist du sicher, dass es Ilkar ist? Ich meine, das ist selbst für deine Begriffe weit hergeholt.«

Hirad zuckte mit den Achseln. »Ach, ich weiß nicht. Ich habe gestern Abend hier herumgesessen und mich gefragt, ob das alles nur passiert, weil ich will, dass er auf irgendeine Weise noch da ist, und ob ich die ganze Sache nicht selbst ausgebrütet habe.«

»Und wie lautet deine Schlussfolgerung?«

»Dass es kein Zufall sein kann. Es geschah ja erst, als die Dämonen das Mana nach Balaia hineingepumpt haben, falls Baron Blackthornes Zeitbestimmung zutrifft. Außerdem fühlt es sich sehr nach ihm an, auch wenn ich es nicht erklären kann. Worte habe ich nicht gehört, es ist verschwommen und verschleiert. Aber weißt du, wie es ist, wenn du am Geruch der Kleidung erkennst, wer sie getragen hat? So ähnlich fühlt es sich an, nur innerhalb meines Kopfs. Ich wünschte, ich könnte mich klarer ausdrücken.«

Erienne rückte herum, bis sie ihn ansehen und die Unterarme auf seine Knie stützen konnte.

»Geh mit dem Gefühl«, riet sie ihm. »Versuch nicht, dagegen anzukämpfen oder es zu erzwingen. Lass dich von ihm leiten. Wenn es dabei hilft, dass du härter kämpfst, dann nutze es.«

»Ich will es versuchen.«

»Aber es ist schwer, nicht wahr? Es ist schwer, etwas in dir zu haben, das du haben willst, aber nicht nutzen kannst. Davon verstehe ich etwas.«

»Das glaube ich gern.« Hirad lächelte. »Und wenn du jetzt meinen Rat hören willst, dann leg dich hin. Auum könnte im Laufe des Vormittags jederzeit auftauchen, und dann werden wir diese kleine, friedliche Oase verlassen müssen. Dann werden wir kämpfen und Furcht haben.«

»Aber nur noch ein einziges Mal. Danach dürfen wir uns wieder langweilen.«

»Glaubst du das wirklich?«

»Was denkst du?« Erienne beugte sich vor und küsste ihn auf die Wange. »Gute Nacht, Hirad.«

# Zweites Kapitel

Die Cursyrd erwarteten sie schon, ehe das nervöse Pferd vor den ersten Wagen gespannt wurde. Seit sie mitten in der Nacht begonnen hatten, die fünfzehn Wagen zu beladen, von denen einige kaum mehr waren als primitive gedeckte Anhänger, trafen auch die Feinde ihre Vorbereitungen. Auum hatte daran keinen Zweifel. Es war nur die Frage, wer beim ersten Tageslicht die bessere Taktik einsetzen konnte.

Für die Menschen und Al-Arynaar, die bei den Einweisungen nicht genau hingehört hatten, musste der Anblick erschreckend sein. Seelenfresser schwebten um den Schutzschild und warteten auf den Moment, in dem er aufgelöst werden sollte. Sie drängten sich vor dem Haupttor und boten dem Auge ein entsetzliches Kaleidoskop von Farben dar. Auch über den Straßensperren schwebten sie, und auf die Straße hatten sie menschliche Sklaven als zusätzliche Hindernisse getrieben. Dabei stießen sie eine Kakophonie von Lauten aus, die zwischen den Gebäuden des Kollegs und in der Luft hallten und auch der tapfersten Seele einen Schauder über den Rücken jagten.

»Läufer sollen jedes Pferd begleiten!«, rief Rebraal. »Kutscher, ihr sitzt auf und stellt die Wagen im Hof bereit. Freie Magier, auf die Wagen. Achtet auf die Grenzen der Kalträume. Los jetzt!«

Auums Atem stand in der kalten Luft als Dampfwolke vor seinem Mund und vermischte sich mit dem Atem der hundertachtzig Magier und zweihundertzwanzig Krieger der Al-Arynaar, der Kollegwächter und der freien Julatsaner. Er drehte sich einmal um sich selbst. Die Pferde trugen Scheuklappen und wurden aus den Ställen in den Hof geführt. Immer zwei wurden vor jeden Wagen gespannt. Die Tiere waren launisch, und so stellten sich Elfen zu ihnen, flüsterten ihnen beruhigende Worte ins Ohr und streichelten ihnen die Nüstern und Hälse.

Vor der ersten Gruppe von fünf Wagen hatten sich dreißig Al-Arynaar-Magier und fünfzig Krieger versammelt. Sie bildeten die Vorhut und sollten für den ersten Wagen den Weg freiräumen und wenn möglich sogar eine Bresche in die Reihen der Cursyrd schlagen, die sich vor dem Tor versammelt hatten. In jedem der Wagen, die immer zu zweit nebeneinander fahren sollten, saßen sechs menschliche Magier und sechs Krieger der Menschen und Elfen. Die Magier sollten nach vorn einen Kaltraum aufbauen, sobald sie den Schutz des Kollegs verlassen hatten. Neben den Wagen sollten Elfenkrieger und weitere Magier laufen, einige andere hockten schon auf den Wagendächern und schirmten sie gegen Angriffe aus der Luft ab.

Auf die erste Abteilung sollten zwei weitere folgen, die fast identisch aufgebaut waren. Die wenigen freien Pferde waren an die Wagen der zweiten Abteilung gebunden. Auch sie trugen Scheuklappen, und in der Nähe liefen Elfen, die darauf vorbereitet waren, ihre Riemen durchzuschneiden, falls sie durchgehen sollten.

Sie hatten alles getan, was sie tun konnten. Auum war so zufrieden, wie er es angesichts der Umstände nur sein konnte. Er und seine Tai würden die Nachhut bilden, weil ihrer Ansicht nach dort die Gefahr, Magier zu verlieren, am größten war. Im Augenblick saßen die Magier noch schwer bewacht im Keller und hielten die Kalträume aufrecht. Sie mussten ihre Schutzräume bald verlassen.

Es lag in der Natur der Sache, dass für jeden Kaltraum jeweils drei Magier gebraucht wurden, damit der Spruch stabil blieb. Unter normalen Bedingungen, sofern man überhaupt von Normalität sprechen konnte, würden sich die ablösenden Magier nahtlos einfügen und die Konstruktion speisen, sodass stets ein makelloser Schirm erhalten blieb. Wenn sich alle drei Magier gleichzeitig bewegten, würde der Spruch unweigerlich zusammenbrechen.

Der Moment der größten Gefahr war nahe. An fünf Stellen warteten jeweils drei Kaltraum-Magier darauf, dass sie sich in Bewegung setzen konnten. Sie sollten in einer bestimmten Reihenfolge ihre Sprüche fallen lassen und unter dem Schutz der Al-Arynaar zu den vorher festgelegten Wagen rennen. Drei der Trios hatten keine großen Probleme, sie kamen gut hinüber, denn ihre Wagen standen in der Nähe. Sie konnten die Sprüche aufgeben, ohne irgendjemanden außer sich selbst zu gefährden. Nachdem die entsprechenden Bereiche des Kollegs geräumt waren, konnten sie ihren Standort verlassen, und die Cursyrd mochten das Gelände dann übernehmen.

Für die beiden letzten Gruppen sah die Sache völlig anders aus. Ihre Sprüche schützten den Hof und das Haupttor, und da die Magier, die schon im Hof in den Wagen saßen, ihre Sprüche erst wirken und die Strukturen neu aufbauen konnten, wenn sie wieder Verbindung zum Mana hatten, würde es eine gewisse Zeitspanne geben, kurz zwar, aber dennoch sehr gefährlich, in der kein Schutzschirm zur Verfügung stand. Alle im Kolleg wussten es, und auch die Cursyrd hatten dies begriffen. Genau darauf warteten sie.

Auum ließ sich Zeit. Dreimal bekam er Meldungen, dass bestimmte Bereiche des Kollegs geräumt waren, und dreimal wurden die zugehörigen Kalträume aufgegeben, damit die Magier unter dem Schutz der noch stehenden Hülle zu ihren Wagen rennen konnten. Zuerst waren das Refektorium und der Vortragssaal an der Reihe, als Zweites das Herz und die Bibliothek, schließlich die persönlichen Gemächer, Zimmer und Büros. Die Cursyrd versuchten gar nicht erst, die Magier zu jagen, die für diese Bereiche verantwortlich gewesen waren. Das war nicht nötig. Sie sollten eine bessere Gelegenheit bekommen.

Drei Wagen, die zur dritten Abteilung gehörten, waren schon besetzt. Zwei, von Al-Arynaar umgeben, waren noch leer. Sie standen mitten auf dem Hof, ein gutes Stück von den Stellen entfernt, zu denen die Magier vernünftigerweise hätten rennen müssen. Dila'heth war der Ansicht, dass die Cursyrd ohnehin wussten, wo die Magier sich versteckten, doch alles, was die Cursyrd auch nur für einen Moment auf eine falsche Fährte locken konnte, verschaffte den Verteidigern möglicherweise einen entscheidenden Vorteil.

Schon strömten die Dämonen in die Bereiche des Kollegs, die gerade eben frei geworden waren. Die Kalträume endeten jetzt direkt an den Mauern des Innenhofs, und dort drängten sich die Cursyrd nun, verhöhnten die Julatsaner und verhießen ihnen einen qualvollen Tod. Die Seelenfresser stolzierten durch ihr neues Reich und präsentierten Farben von Dunkelgrün über Purpur und Blau bis

Tiefschwarz. Hunderte Exemplare einer winzigen dunkelgrauen Sorte flogen schnatternd über das Kolleg hinweg. Sie stellten für sich genommen keine große Gefahr dar, besaßen allerdings scharfe Krallen und strahlten eine tödliche Kälte aus. Wenn sich genug von ihnen zusammentaten, konnten sie einen Menschen oder einen Elf bezwingen. Weiter oben schwebten die Herren der Dämonen auf ihren Tentakeln und dirigierten ihre Untertanen. Alles in allem waren die Julatsaner im Verhältnis von mindestens zehn zu eins unterlegen.

»Rebraal!«, rief Auum. »Sie sollen sich vorbereiten!«

Die Kakophonie der Dämonenstimmen schwoll zu einem ohrenbetäubenden Lärm an. Die Al-Arynaar und TaiGethen benutzten zur Verständigung untereinander die Zeichensprache und flüsterten Worte in die Ohren der Kutscher, der Pferde und der wenigen menschlichen Schwertkämpfer, die sich weigerten, auf einem Wagen sitzend zu fliehen.

Auum hörte, wie ein Dämon Rebraals Namen rief. Er fuhr herum und schritt bis zur Grenze des Schutzschirms. Dort stand das Ungeheuer, größer als er selbst, die Flügel auf dem Rücken zusammengefaltet, und starrte ihn mit seinem schmalen Gesicht an, verzog den lippenlosen Mund zu einem Grinsen und wechselte die Farbe von Grau nach Grün.

»Rebraal«, schrie das Wesen in einer schlechten Nachahmung von Auums Stimme, »du wirst der Erste sein. Deine Seele wird mir gehören. Komm zu mir, komm nur näher.«

Er winkte Rebraal, der ihn jedoch ganz sicher nicht hören konnte. Dabei stießen seine Arme durch die Hülle des Kaltraums herein. Auum baute sich vor dem Dämon auf, bis dieser sich auf ihn konzentrierte.

»Und du, Elf, kannst uns nicht aufhalten«, zischte der Dämon. »Nun komm schon, ergib dich. Wir wollen uns berühren, dann wirst du erfahren …«

Auum griff blitzschnell zu, packte den Dämon an den Handgelenken und zog ihn in die Hülle hinein. Das Wesen kreischte und riss sich los, stolperte und stürzte. Auum versetzte ihm einen Schlag auf die Brust, zog sein Kurzschwert aus der Scheide und nagelte einen Arm des Dämons am Boden fest. Das Wesen schrie.

»Sei vorsichtig mit deinen Wünschen«, sagte er.

Gleich darauf zückte er seinen Dolch und stieß ihn dem Dämon tief in die Achselhöhle. Das Wesen riss vor Furcht die Augen weit auf. Es bäumte sich noch einmal auf und blieb still liegen. Auum nahm seine Waffen wieder an sich, drehte sich zum Rand des Schutzschirms um und stand mit einer fließenden Bewegung auf.

»Shorth wird euch alle holen.«

Er zog sich einige Schritte zurück, Duele und Evunn waren inzwischen bei ihm und nahmen ihn in die Mitte.

»Wir sind bereit«, sagte Duele.

»Dann wollen wir beten.«

Die Tai knieten nieder. Auum sprach ein kurzes Gebet, in das alle Elfen im Hof einstimmten. Sie sprachen wie mit einer Stimme, und die alten Worte brachten sogar die johlenden und kreischenden Cursyrd zum Schweigen.

»Mit unserem Atem, Yniss, sind wir dein. Mit unserem Leib, Tual, sind wir dein. Mit unseren Seelen, Shorth, sind wir dein. Führt uns, leitet und uns segnet uns, während wir unser Werk vollbringen. So soll es sein.«

Auum hieß seine Gefährten wieder aufstehen.

»Tai, es geht los.«

Die TaiGethen eilten zum Zentrum des Hofs zurück und stellten sich zwischen den beiden Wagen auf, die auf die letzten Magier warteten. Sogleich fanden die Cursyrd ihre Stimmen wieder. Ein fast schmerzhaft lautes Heulen, Kreischen, Schreien und Rufen begann, zerrte an den Nerven der Verteidiger und unterhöhlte ihren Mut und ihre Tapferkeit. Auum empfahl ein letztes Mal sein Leben der Gnade Yniss' und nickte Rebraal zu.

Die Tore von Julatsa wurden geöffnet, damit die Vorhut der Al-Arynaar unter Führung von Rebraal hinausstürmen konnte. Gleich hinter ihnen führte Pheone die Magier, die schon ihre Sprüche für den Moment vorbereiteten, wenn sie den Schutzschirm verließen. Die ersten Wagen setzten sich in Bewegung. Unruhig stampften und schnaubten die Pferde und zogen nur widerwillig an. In den Ställen und in der Wachstube am Torhaus ließen die Magier den letzten Kaltraum fallen, und sofort brach die Hölle über das Kolleg herein.

Die Cursyrd stürzten aus dem Himmel herab und drängten von allen Seiten herein. Mitten auf dem Hof wirkten die Magier der zweiten und dritten Abteilung bereits ihre Sprüche, und auch die Magier in der ersten Wagengruppe bauten neue Kalträume auf. Allerdings erforderte die Vorbereitung dieser Sprüche einen gewissen Aufwand. So fiel den Kriegern und Magiern der Al-Arynaar die Aufgabe zu, möglichst viel Zeit herauszuschlagen und den Weg freizuräumen.

Auum gab der zweiten Wagengruppe ein Zeichen und rief: »Haltet die Pferde zurück! Magier, wirkt eure Sprüche nach eigenem Ermessen. Krieger, beschützt die Magier und den Fahrweg.«

Eiswind und Kraftkegel fegten in die Luft hinauf und stießen die Cursyrd zur Seite oder ließen ihre Körper schmelzen. Vor den Magiern hackten, hauten und prügelten die Krieger und zwangen die Gegner zum Rückzug. Winzige Dämonen stießen in großer Zahl herab und trieben ihre Krallen in die Schädel, Schultern und Rücken der Kämpfer. Kaum dass eine der Drohnen weggerissen oder abgeschüttelt war, tauchten schon zwei weitere auf, um die Opfer zu kratzen, zu beißen und zu schwächen.

»Denkt an ihren wunden Punkt!«, brüllte Auum. »Schickt sie zu Shorth!«

Er drehte sich auf dem linken Fuß und versetzte einem Seelenfresser, der zu einem Wagen rennen wollte, einen Tritt vor den Kopf. Das Wesen fiel flach auf den Rücken, sprang sofort wieder auf und griff, Gift und Galle speiend, den Anführer der TaiGethen an. Auum war schnell, er nahm den Dolch in die rechte Hand und hatte so die linke frei. Damit ließ er mehrere blitzschnelle, harte Schläge auf den Rumpf und die Brust des Wesens los, stach ihm das Messer in die Kehle und den Oberkörper und wartete auf eine Gelegenheit, den tödlichen Streich zu führen.

Das Wesen war jedoch gewandt genug, die verletzliche Stelle zu schützen, auch wenn es dem Elfenkrieger keinen einzigen Schlag versetzen konnte. Inzwischen kamen noch weitere hinzu und nahmen Auum in die Zange. Er wich einen Schritt zurück, betrachtete die fünf, die jetzt vor ihm standen, und das Dutzend Angreifer, die über ihm flogen, und lächelte. Ringsumher hörte er die verzweifelten Rufe einzelner Al-Arynaar, die überwältigt wurden, er hörte das Kreischen der Cursyrd, die vom Eiswind getroffen wurden, das böse Knirschen, wenn die Kreaturen mit Kraftkegeln zerquetscht wurden, und lauter als alles andere das Heulen und Summen der geflügelten Feinde, die in Wellen angriffen.

Er blendete alles außer seinen unmittelbaren Gegnern aus, machte wieder einen Schritt nach vorn und spürte, wie die Feinde sich über ihm zum Angriff sammelten.

Sein Lächeln verblasste nicht. Links und rechts bewegten sich Schatten und schlossen mit außerordentlicher Geschwindigkeit zu ihm auf. Wie die Cursyrd war auch er nie allein.

Rebraal führte die Al-Arynaar durch das Tor auf das freie Gelände jenseits der Mauern. Vor ihnen und direkt über ihnen drängten sich die Cursyrd. Der Angriff stand unmittelbar bevor, Seelenfresser und Drohnen eilten ihnen entgegen.

»Haltet die Formation und fahrt weiter«, rief er inmitten des Ansturms der Feinde. Frontal prallten die Gegner aufeinander. Rebraal schlug hart zu und fegte einen Seelenfresser beiseite. Mit der linken Hand führte er einen gedrungenen Streitkolben, mit der rechten ein Kurzschwert. Als das Wesen rückwärts torkelte, setzte Rebraal sofort nach. Die winzigen Drohnen prasselten wie Hagel herab. Jede einzelne war kleiner als sein Kopf, aber alle hatten Krallen und kämpften wie besessen. Der Schwarm fiel beißend und kratzend über die vorderen Reihen der Al-Arynaar her. Die Wunden, die sie ihm zugefügt hatten, brannten vor Kälte, das Blut strömte über Rebraals Hals und seine Arme.

Er versetzte dem Seelenfresser vor ihm einen Kopfstoß, verschaffte sich damit etwas Luft und fand Zeit, sein Schwert in die Scheide zu stecken. Mit der freien Hand riss er eine Drohne von sich herunter und schleuderte sie zur Seite. Gleichzeitig forderte er seine Leute mit Gesten auf, seinem Beispiel zu folgen. Sprüche donnerten in die Luft hinauf. Todeshagel und Eiswind räumten direkt über ihm den Himmel frei. Schreiend stürzten die Cursyrd ab, ihre Haut brodelte nach dem Eiswind oder war vom Hagel zerfetzt und durchsiebt.

Die Cursyrd wichen zurück, verteilten sich links und rechts und griffen verstärkt an den Flanken an.

»Die vordere Reihe, stoßt weiter vor, die zweite Reihe, etwas zurückfallen und die Magier beschützen. Haltet die Wagen in Bewegung!«

Er hatte sich umgedreht, um entsprechende Zeichen zu geben, und gerade als er sich wieder nach vorn wenden wollte, traf die Klaue eines Seelenfressers seine Wange. Der Riss war tief, und sofort wurde die Gesichtshälfte taub. Seine Muskeln verkrampften sich und erschlafften gleich wieder. Vor ihm tummelten sich die Al-Arynaar, hackten eine Gasse in die Angreifer und trieben sie zurück. Rebraal wurde es schwindlig, alles verschwamm ihm vor den Augen. Arme packten ihn und rissen ihn hinter die erste Reihe der Magier zurück.

Überall waren jetzt Drohnen und störten die Konzentration der Magier. Er musste etwas unternehmen. Es wurden nicht genug Sprüche abgefeuert, und am Himmel rotteten sich die Cursyrd schon wieder für den nächsten Angriff zusammen. Schließlich wischte er sich das Blut aus dem Gesicht und blinzelte, um seinen Blick zu klären. In den Ohren hörte er ein starkes Rauschen, er schüttelte unwillig den Kopf. Dann vernahm er wieder die Schüsse, mit denen die Cursyrd eingedeckt wurden. Sprüche flogen knisternd durch die Luft.

Er konzentrierte sich. Drohnen landeten auf seinem Kopf. Er riss eine herunter und schleuderte sie fort. Ja, es wurde Zeit, etwas zu unternehmen.

»Sorgt dafür, dass die Magier sich konzentrieren können. Los jetzt.«

Krieger liefen durch die Gruppen der Magier und pflückten die Drohnen von ihnen herunter. An den Flanken gelang es den Verteidigern mit Mühe und Not, die

Seelenfresser abzuhalten. Einige Al-Arynaar verlegten sich ausschließlich darauf, die aus der Luft angreifenden Gegner zu bekämpfen. Es herrschte ein heilloses Durcheinander, von geordnetem Kampf konnte keine Rede mehr sein.

»Wir brauchen den Kaltraum«, murmelte er, während er eine Drohne vom Rücken eines Magiers zerrte und die kalten Kratzer auf seinem Hals ignorierte. Wenigstens kamen sie vorwärts.

Die Krieger kämpften fieberhaft im Getümmel. Klingen blitzten in der Morgensonne, das Summen der Drohnen wurde sogar noch lauter. Ein Kraftkegel fuhr in die Luft hinauf, räumte eine Schneise frei und verschaffte ihnen eine kleine Atempause. Als er hinter sich ein Kreischen hörte, drehte er sich sofort um.

Der erste Wagen war einem konzentrierten Angriff ausgesetzt. Die Elfen, die zum Schutz neben dem verängstigten Kutscher standen, zeichneten mit ihren Schwertern komplizierte Muster in die Luft. Auch wenn sie die Drohnen verscheucht hatten, dräuten direkt über ihnen die Seelenfresser und warteten auf ihre Gelegenheit.

Rebraal arbeitete sich langsam nach hinten durch. Unterwegs steckte er den Streitkolben weg und zückte einen Dolch. Die Drohnen flitzten vor seinen Augen hin und her, sodass er heftig um sich hacken musste, um sie abzuhalten.

»Lasst die Wagen fahren!«, rief er den Elfen zu, die neben den Pferden gingen.

Die Tiere waren außer sich vor Angst und hatten zwischen den Scheuklappen die Augen verdreht, bis nur noch das Weiße zu sehen war. Bei jedem Schritt brachen sie ein wenig nach links oder rechts aus, und ihr gequältes Schnauben tat ihm in der Seele weh.

Als Rebraal nur noch wenige Schritte von dem Wagen entfernt war, gelang den Cursyrd ein entscheidender Durchbruch. Drei Seelenfresser stürzten sich aus dem Himmel aufs Segeltuchdach und stießen mit den Füßen die dort postierten Elfen zur Seite. Einer zerfetzte sofort die dünne Abdeckung, die anderen beiden rannten nach vorn.

»Hinter euch!«, brüllte Rebraal und deutete auf die Angreifer.

Die Wächter des Kutschers konnten ihn nicht hören. Sie bemerkten die Gegner erst, als eines der Wesen schon auf dem Fahrer hockte und ihm die Krallen ins Gesicht schlug. Der arme Mann hatte nicht einmal Zeit zu schreien, ehe seine Seele genommen wurde. Der Seelenfresser jubelte, schlug nach links und rechts, traf die beiden Wächter vor die Brust und presste sie an den Rahmen des Aufbaus. Der zweite Dämon sprang einem Pferd auf den Rücken und biss es in den Hals.

Das Tier stieg hoch und kreischte, es wollte fliehen und wich auf dem Pflaster nach links aus, da kein Kutscher mehr da war, der es zurückhalten konnte. Das zweite Pferd folgte nur zu willig seinem Beispiel. Sofort setzten Drohnen und Seelenfresser nach. Andere Cursyrd hatten inzwischen das Wagendach zerfetzt und sprangen hinein. Auf den Stufen am Kutschbock kämpften Elfen mit dem Dämon, der die Position des Fahrers eingenommen hatte. Andere strömten herbei.

»Nein!«, rief Rebraal. »Haltet Disziplin. Ihr könnt ihnen nicht mehr helfen. Bewegt euch, fahrt weiter, Al-Arynaar!«

Sie hörten auf ihn, wie sie immer auf ihn hören würden, und inmitten der Katastrophe ergab sich eine Gelegenheit. Von ihrem Erfolg berauscht, strömten die

Cursyrd in hellen Scharen zum Wagen. So ließ der Druck anderswo ein wenig nach, da die Feinde abgelenkt waren. Inmitten des zornigen Heulens, das die Meisterdämonen hoch droben ausstießen, sobald sie erkannten, wie unvorteilhaft sich die Dinge entwickelten, führte Rebraal seine Krieger und Magier zu einem neuen Angriff.

Die Magier, die im Moment anderswo nicht gebraucht wurden, holten die Drohnen vom Himmel. Krieger formierten sich an der Spitze der Angriffswelle und setzten den Seelenfressern zu, die sich vor der ersten Barrikade gesammelt hatten. Einige Augenblicke später flogen Sprüche in den Himmel und geradeaus nach vorn. Der Eiswind ließ die Dämonenkörper schmelzen, Kraftkegel schleuderten sie in alle Richtungen, Todeshagel zerfetzte sie. Die Drohnen verbrannten in der Hitze von Flammenhänden. Feuerkugeln zogen durch den Himmel. Links stieg sogar eine Feuerwand empor.

Inzwischen wieder an der Spitze des Trupps, ignorierte Rebraal das über sein Gesicht strömende Blut und die schreckliche Kälte, die sich auf seiner Wange ausbreitete. Auf einen Ruf von den Magiergruppen blieben die Krieger stehen und duckten sich. Sprüche fegten über sie hinweg und stießen die Seelenfresser zur Seite. Sofort unternahmen die Kämpfer links und rechts einen Ausfall, um den kleinen Vorteil zu nutzen und einen Weg freizuhacken, damit die Wagen folgen konnten.

Sie hatten die Barrikade fast erreicht. Vor einem Haufen von Holz, Steinen und Schutt hatten die Cursyrd Dutzende Julatsaner zusammengetrieben. Die Menschen hatten bleiche Gesichter und starrten mit tief in den Höhlen liegenden schwarzen Augen durch fettige Haarsträhnen hindurch ins Leere. Sie rührten sich nicht, als die

Cursyrd von den Al-Arynaar und den anrückenden Wagen von der Straße vertrieben wurden. Schnell fuhren sie nicht, da sich sonst die Kalträume nicht hätten aufrechterhalten lassen, aber die Begegnung war unausweichlich, und Rebraal war um nichts in der Welt bereit, den Zug anzuhalten.

»Platz da!«, rief er. »Macht Platz!«

Sein Dolch zerschlitzte das Gesicht eines Seelenfressers, der direkt vor ihm gelandet war. Er trat mit gestrecktem Bein zu und traf den Bauch des Wesens. Es grunzte, taumelte einen Schritt zurück und war sofort von Al-Arynaar umgeben.

»Macht Platz!«

Sie rührten sich nicht. Geschlagen, verschreckt und unfähig, einen eigenen Gedanken zu fassen, saßen sie zwischen zwei Schrecken in der Falle: auf der einen Seite ihre Cursyrd-Herren, auf der anderen Seite die anrückenden Elfenkrieger. Keiner wollte nachgeben.

»Bereitet die Kraftkegel vor«, sagte Rebraal.

Niemand widersprach ihm. Die Elfen kamen im Trab herbei, inzwischen konnten die Magier die Barrikade aus Menschen und Schutt gut überblicken. Noch einmal winkte Rebraal mit beiden Armen.

»Weg da! Bitte, geht weg!«

Nichts. In diesem Augenblick fragte er sich, ob diese Menschen vielleicht sogar das Ende begrüßten, das sie nun ereilen sollte. Keiner flehte, keiner schrie um Hilfe. Keine Träne floss. Sie standen nur da und warteten.

»Wir sind bereit«, sagte jemand links hinter ihm.

Rebraal zog sich hinter die Magier zurück.

»Wirkt den Spruch«, befahl er.

Die Barrikade war an der Einmündung der Straße errichtet worden, die in südlicher Richtung durch die Stadt führte. Zu beiden Seiten erhoben sich hohe Gebäude. Es war eine perfekte Umgebung für einen Kraftkegel, und die Wirkung war ebenso dramatisch wie schrecklich.

Die unsichtbaren Rammen aus Mana-Energie prallten gegen die ungeschützten Menschen und ihre dämonischen Hirten. Menschen und Cursyrd wurden vom Boden gehoben und rückwärts gegen die Barrikade geschleudert. Links und rechts spritzte Blut an den Wänden hoch, die Körper wurden an den Gebäuden zerquetscht. Schließlich gab die Barrikade explosionsartig nach. Die Elfenmagier hielten den Druck aufrecht und schoben den Schutt und das Holz nach links und rechts zur Seite. Rebraal hörte die gequälten Schreie der zerquetschten Menschen und das Knirschen von Metall auf Stein. Die Bestandteile der zertrümmerten Barrikade rollten die Straße hinunter. Erschrocken kreischten die Cursyrd. Ein Mann wollte sich erheben und weglaufen, aber ein weiterer Kraftkegel warf ihn frontal gegen ein Gebäude auf der anderen Straßenseite, als wäre er eine kleine Puppe im Sturm.

»Es tut mir leid«, murmelte Rebraal. »Möge Shorth euch rasch Frieden gewähren.« Zu mehr hatte er nicht Zeit. Viel zu viel Schutt lag noch auf dem Boden. »Zielt aufs Pflaster. Räumt die Straße, sonst gehen unsere Räder kaputt.«

Links und rechts zogen sich die Al-Arynaar zurück, um die Magier zu beschützen, die auf die Straße traten. Die Cursyrd ergriffen unterdessen die Flucht und stiegen bis über die Dächer auf. Ihre Meister erholten sich gerade wieder von dem überraschenden Schlag und kamen von oben und von hinten heran. Rebraal rannte zum Ende des Zuges.

»Die Wagen sollen in einer Reihe hintereinander fahren. Eine Reihe!«

Jetzt rollten sie. Immer mehr Wagen kamen aus dem Tor, hinter den Kollegmauern ertönten laute Kampfgeräusche, da die Cursyrd jetzt aus allen Himmelsrichtungen geflogen kamen. Rebraal lächelte grimmig. Einen kleinen Schritt hatten sie getan, aber die Reise hatte gerade erst begonnen. Er betete, dass die Kalträume bald gewirkt werden konnten, denn er war nicht sicher, wie viel Kraft sie noch hatten.

# Drittes Kapitel

Auum sah es mit äußerster Klarheit. Er und seine Tai bewegten sich wie ein einziges Wesen, handelten wie ein einziger Mann und kämpften blitzschnell und präzise innerhalb der allgemeinen Verwirrung. Sie nahmen sich die Seelenfresser vor, eine leichte Beute für die Tai-Zelle. Die Drohnen schwirrten umher, wollten die Elfen mit ihren Krallen verletzen und wurden fast nebenbei erledigt. Die größte Bedrohung für die menschlichen Magier, die Kutscher und die Pferde waren die großen starken Seelenfresser, die im Getümmel auf den richtigen Moment lauerten, um zuzuschlagen.

Duele und Evunn beschrieben gleichzeitig eine Pirouette und schnappten sich ein muskulöses blaues Wesen. Es konnte nicht einmal mehr vor Schreck nach Luft schnappen, als Auum ihn an der Brust festhielt. Duele riss den Arm des Dämons nach außen, Evunn stieß den Dolch mit der Rückhand in das entblößte Nervenzentrum, und der Cursyrd starb.

Auum stand wieder auf. Links hatte sich ein Al-Arynaar von seiner Kriegergruppe gelöst. Er war von Drohnen fast völlig bedeckt, verwirrt und desorientiert. Sofort waren drei Seelenfresser bei ihm, hackten mit ihren Krallen, bissen und kratzten ihn. Einer fasste sein Kinn, als er schwach genug war, und nahm seine gebrochene Seele in sich auf.

Überall stürzten die Cursyrd jetzt vom Himmel herab und überfluteten förmlich den Innenhof. Drohnen prasselten herunter wie böser Hagel, danach segelten die Seelenfresser herbei. Duele und Evunn postierten sich neben Auum. Sie konnten eine Veränderung in der Taktik der Cursyrd ausmachen, nachdem sich die Wagen der zweiten Welle in Bewegung gesetzt hatten. Der Kampf gegen die Al-Arynaar am Boden und auf den Wagen war schwierig und tödlich, weil diese die Schwäche der Dämonen auszunutzen verstanden. So konzentrierten sie sich jetzt vor allem auf die Pferde und versuchten, den Zug auf diese Weise zum Stehen zu bringen.

Die Tai brüllten Befehle und schlugen sofort Alarm, als sie dies erkannten, dann rannten sie mitten auf den Hof. Für einen Wagen war es bereits zu spät. Der Fahrer war von Drohnen übersät, die flankierenden Elfen wurden von der doppelten Zahl von Seelenfressern angegriffen, und die Pferde wurden förmlich in Stücke geschnitten.

»Der Wagen ist verloren«, sagte Auum. »Links und rechts, ich nehme die Mitte. Tai, los jetzt.«

Die drei teilten sich auf und kümmerten sich um drei verschiedene Wagen der dritten Welle. Am Boden gelang es den Al-Arynaar, die Cursyrd abzuwehren, doch immer mehr stürzten sich aus dem Himmel herab. Auum ließ sich nicht auf individuelle Kämpfe ein, sondern beschleunigte seine Schritte. Den Dolch in der linken Hand, sprang er los und traf den ersten Seelenfresser, der gerade auf dem Rücken eines erschrockenen Pferdes gelandet war. Er erwischte ihn seitlich am Kopf, danach stürzten sie beide zu Boden. Der Cursyrd war desorientiert, während Auum sich abrollte, sofort wieder auf die Füße kam und sich elegant und in perfektem Gleichgewicht auf der Hacke umdrehte.

Der Seelenfresser dagegen hatte Mühe, wieder hochzukommen. Auum sprang, stemmte dem Wesen den Fuß in den Nacken, riss seinen Arm hoch und stach den Dolch tief ins Nervenzentrum. Danach drehte er sich sofort um und rannte zum Wagen zurück, sprang aufs Trittbrett und versetzte einem zweiten Dämon einen Faustschlag, der sich daraufhin überschlug und auf dem Pflaster liegen blieb.

Der Kutscher, über den die Drohnen hergefallen waren, schrie voller Panik. Auum fasste ihn am Kinn.

»Beruhige dich«, sagte er. »Fahre. Ich beschütze dich.«

Langsam kam der Mann wieder zu sich und nickte.

»Fahre weiter«, wiederholte Auum.

Dann drehte sich der TaiGethen um und schätzte rasch die Lage ein. Auf dem Dach des Wagens wurden die Al-Arynaar mit den Seelenfressern fertig, am Boden hielten Krieger und Magier das Gelände in einem gewissen Umkreis frei. Auf dem Dach des nächsten Wagens tanzte Duele. Auum hätte ihm den ganzen Tag zusehen können. Von den Dachstreben sprang er schneller hoch, als das Auge folgen konnte, und schlug zu, wieder und wieder.

Rechts bewachte Evunn genau wie Auum seinen Fahrer. Auf jedem Pferderücken stand inzwischen ein Al-Arynaar, und die drei Wagen setzten sich in Bewegung. Zahlreiche Cursyrd und Al-Arynaar blieben tot zurück. Mehr Al-Arynaar als Gegner waren im Nahkampf gefallen, aber auf beiden Seiten stiegen die Verluste. Im freien Gelände waren noch einige Scharmützel im Gange, Krieger stürmten los und schufen Platz für die Wagen. Sprüche knallten auf dem Boden und in der Luft. Magier rannten hin und her und erledigten Dämonen mit der Flammenhand, verbrannten Drohnen und verletzten Seelenfresser. Unter den vorstehenden Dächern der Ställe, hinter einer Reihe von Elfenkriegern geschützt, standen Magier, die schnell und mit großer Wucht ihre Sprüche abfeuerten. Die Cursyrd wurden vom Himmel gefegt und aus dem unmittelbaren Kampfgeschehen vertrieben. Es stank nach Blut und verbranntem Fleisch, aber noch ebbte der Angriff nicht ab.

Auum nickte dem Al-Arynaar zu, der neben ihm auf dem Trittbrett stand.

»Pass auf den Fahrer auf. Ich bleibe in der Nähe.«

Ein Seelenfresser landete auf dem Rücken eines Pferdes, das daraufhin hochstieg und durchgehen wollte. Nur das Gewicht des zweiten, nervös tänzelnden Zugtiers hielt es noch zurück. Der Kutscher, dessen Rücken und Gesicht von den Drohnen befreit waren, bemühte sich, die Tiere wieder unter seine Kontrolle zu bekommen. Auum sprang leichtfüßig auf das Pferd und drehte sich sofort herum, damit sein linker Fuß das Kreuz des Cursyrd traf. Danach schlug er mit beiden Fäusten zu und warf die Kreatur herunter.

Hinter den Mauern bebte die Erde, das Geräusch fallender Steine hallte durch die Stadt. Auum hörte Schreie. Immer noch auf dem Pferd stehend, zog er den Kopf ein und drehte sich zum Fahrer um. Der Al-Arynaar stand bei ihm und hielt die Drohnen ab.

»Schneller«, sagte er. »Wir müssen in Bewegung bleiben.«

Der Wagen fuhr schneller, die flankierenden Al-Arynaar mussten traben, um mitzuhalten. Eine Bewegung erregte seine Aufmerksamkeit, hoch über ihm und auf der rechten Seite. Acht oder mehr Seelenfresser stürzten auf den Wagen herab. Nicht einmal er konnte so viele Feinde auf einmal abhalten. Er sprang wieder aufs Trittbrett.

»Über uns«, sagte er zum Al-Arynaar. »Es gibt Ärger.«

Die Seelenfresser kamen mit vorgestreckten Krallen steil herab und kreischten vor Wut. Auum sprang zu den beiden Al-Arynaar aufs Dach, das vorübergehend frei von Feinden war. Sie näherten sich dem Torhaus.

»Schneller«, befahl er. »Galopp.«

Er hörte das Zügelschnalzen, die Pferde rannten los und waren froh, sich endlich bewegen zu dürfen. Mit einem Ruck beschleunigte der Wagen. Auum war klar, dass die Magier unter ihm den Spruch verlieren würden, aber es gab andere, die einspringen konnten. Einige Seelenfresser wechselten die Richtung, wussten aber bereits, dass sie die Pferde nicht mehr erreichen konnten, bevor diese in der Deckung des Torhauses verschwanden. Drei von ihnen lösten sich aus der Formation und warteten jenseits des Torhauses, wo der Wagen wieder herauskommen musste. Die übrigen stürzten sich auf den Wagen und den Kutscher. Sie würden noch rechtzeitig eintreffen.

Ein Grollen lief durchs Kolleg. Zu sehen war nichts, aber das Gefühl einer Kraft, die in die Luft strömte, war unverkennbar. Die Cursyrd heulten, kreischten und stießen Alarmrufe aus. Weiter oben schrien die Meister auf. Auum lächelte humorlos, steckte den Dolch weg und hatte im Nu zwei Kurzschwerter in den Händen.

Die Seelenfresser kamen immer noch auf sie zu, flogen aber erheblich langsamer, weil sie sich auf einmal mitten in einer Kuppel des Schmerzes befanden. Sie konnten nicht mehr rechtzeitig bremsen. Drei flatterten heftig, um mit den Füßen zuerst zu landen. Auum war es egal.

»Auf sie«, sagte er.

Dem ersten wich er aus, um ihm die Schwerter tief in den Rücken zu treiben. Dunkles Blut spritzte, aber die Stiche waren nicht tödlich. Die Mana-Hüllen der Dämonen waren stärker denn je, die Angreifer waren jetzt sogar innerhalb eines Kaltraums gefährlich. Auum zog die Klingen heraus, wich geduckt der Kralle eines anderen Seelenfressers aus und zog ihm das Schwert quer über die Kehle, während er dem ersten einen Stich ins Auge versetzte.

»Jetzt sind wir an der Reihe«, fauchte er, als die Kreatur starb.

Auf der anderen Seite des Hofs brachen die Cursyrd den Angriff ab und flohen. Da der Zugang zum Mana unterbrochen war, zogen die Magier der Al-Arynaar ihre Schwerter aus den Gürteln und formierten sich rings um die Wagen. Zu Dutzenden starben Drohnen. Seelenfresser, die nicht schnell genug abheben konnten, wurden niedergemacht und in Stücke gehackt, während ihre Hautfarbe den ganzen Regenbogen durchlief und ihre Lebenssäfte sich aufs Pflaster ergossen.

Der julatsanische Treck verließ endlich das Kolleg und fuhr in leichtem Trab nach Süden durch die Stadt. In den elf Wagen, die den Ausfall überstanden hatten, suchten sich die Magier der Menschen und Elfen zusammen mit den Al-Arynaar einen Platz zwischen den Körben und Fässern, in denen Proviant und Wasser lagerten. Die Hülle des Kaltraums hielt, schützte den Zug von vorn bis hinten und erreichte sogar noch einige Gebäude zu beiden Seiten der Straße. Für den Augenblick konnten sie die Cursyrd in Schach halten. Auum setzte sich neben den Kutscher und zollte dem Mann nickend Respekt, der die Zügel ruhig hielt und eine große Entschlossenheit ausstrahlte, obwohl er über und über mit Blut bedeckt war.

Außerhalb der Hülle drängten sich die Cursyrd und folgten ihnen, als sie aufs offene Land hinaus flohen. Auum machte sich Sorgen, weil die Mana-Dichte zusehends wuchs. Nicht mehr lange, und die Feinde würden fähig sein, auch im Innern der Kalträume zu kämpfen.

Das Schicksal der Menschen und Elfen hing am seidenen Faden.

Die Dämmerung nahte in Lystern. Es war noch recht dunkel, und die wenigen Laternen, die zu betreiben sie sich erlauben konnten, brannten hell. Gesichter pressten sich an die Fenster des großen Ratssaales, auch wenn das inzwischen nicht mehr die richtige Bezeichnung war. Der Kaltraum endete nur wenige Armeslängen vor dem schmutzigen Buntglas, und den dritten Tag in Folge schwebten draußen die flachen Gleiter vorbei und forschten nach aufschlussreichen Mana-Spuren, mit deren Hilfe sie den Angriffen ein Ziel geben konnten.

Binnen zwei Tagen hatten sie durch Sturmangriffe der geflügelten Seelenfresser zwei Magiergruppen verloren und sich gezwungen gesehen, sich in einem immer enger werdenden Bereich zu verschanzen. Falls sie noch weitere Magier verloren, hätten sie nicht mehr genug Kräfte, um sich gegenseitig abzulösen. Die Krieger waren erschöpft, nachdem die Wachen der lebenswichtigen Magier verdreifacht worden waren.

Heryst hatte keine Lust, nach draußen zu blicken. Die anderen würden es ihm schon sagen, wenn die Gleiter fanden, was sie suchten. Eine leichte Verfärbung der Bauchseite würde sie verraten. Er hatte alles getan, was er konnte, und die Magiergruppen immer wieder an neue Positionen gebracht. Der Raum, der ihnen noch blieb, war jedoch viel zu klein, und sie konnten nur noch hoffen, das Unausweichliche ein wenig aufzuschieben.

Es war so plötzlich geschehen. Auf einmal waren die Dämonen viel stärker geworden. Natürlich hatten die Magier gespürt, dass die Mana-Dichte zugenommen hatte, aber nichts hatte darauf hingewiesen, dass die Dämonen mitten im Schutzschirm so schnell und wirkungsvoll zuschlagen konnten. Der letzten Nachricht von Blackthorne hatte Heryst entnehmen können, dass der Baron unter einem ähnlichen Druck stand und darüber nachdachte, nach Xetesk zu gehen, wo sich anscheinend die letzten Überreste des balaianischen Widerstandes sammelten.

Er hatte keine Ahnung, ob dies den Tatsachen entsprach. Was nützte es schon, wenn der Rabe wieder in Erscheinung getreten war? Wenn die Elfen noch im Freien kämpften? Seit mehr als fünfzig Tagen hatte er nichts mehr von den anderen Kollegien gehört. Soweit er es sagen konnte, war seines das einzige, das noch frei war. Fast hätte er über das Wort gelacht. Er hatte recht behalten. Sie waren in ihrer Zuflucht zu selbstgefällig geworden. Faul. Sie hatten die Zeichen nicht erkannt. Die wachsende Zahl der Dämonen, das plötzliche Erscheinen der Gleiter an jenem Morgen vor drei Tagen. Sie hatten es sich nicht zusammengereimt.

Nun saßen sie beisammen und konnten nur noch den Turm ihr Eigen nennen. Sie hatten – und man konnte nur beten, dass es ein vorübergehender Zustand war – den Zugang zu allen Tunneln verloren und verfügten nur noch über einen einzigen Brunnen. Wenn sie ihren Bereich nicht bald wieder ausdehnen konnten, mussten sie damit rechnen, einfach zu verhungern. Jedem in der schwindenden Schar von Überlebenden war dies bewusst.

»Mylord?«

Heryst nahm die Hände vom Gesicht und sah Kayvels krankes, bleiches Gesicht vor sich. Sein alter Freund starb jeden Tag ein wenig mehr. Bei den ertrinkenden Göttern, es ging ihnen allen nicht besser, aber der alte Mann hatte sich in den letzten Tagen eine Infektion zugezogen und schwand rasch dahin.

»Setzt Euch, Kayvel. Bei den Göttern, Ihr müsst Euch ausruhen.«

Heryst rückte den Stuhl neben sich zurecht. Kayvel ließ sich dankbar darauf sinken und stützte die Ellenbogen auf den Tisch. Mitten auf der Tischfläche verdeckten die Wachen völlig die drei Magier, die den Spruch für den Kaltraum wirkten und sie alle vor dem sicheren Tod schützten.

»Wir brauchen einen Plan«, sagte Kayvel leise. »Die Leute müssen Eure Stimme hören und Eure Kraft spüren.«

»Glaubt denn irgendjemand, davon wäre noch etwas übrig?« Wieder einmal spürte Heryst den schmerzhaften Stich des Zweifels, der allzu vertraut geworden war.

»Lasst sie so etwas niemals hören. Ihr seid der Anführer. Sie lieben und achten Euch. Vergesst das nie.«

Heryst nickte. »Das weiß ich«, erwiderte er. »Manchmal ist es schwer. Seht nur, wohin ich sie geführt habe.«

Seine Geste umfasste den ganzen Ratssaal, und was sie hier sahen, wiederholte sich in allen Räumen des Turms, über die sie noch verfügten. Schmutz, Staub und Abfall bedeckten den Boden. Die abgestandene Luft roch stark nach Laternenöl und Krankheit. Alle Männer, Frauen und Kinder hatten Läuse, sie trugen wenig mehr als Lumpen, und sie hatten das strähnige Haar, den mutlosen Gesichtsausdruck und die gebeugte Haltung von Menschen, die wussten, dass es mit ihnen zu Ende ging. Heryst selbst sah nicht besser aus. In einer Latrine gab es einen Spiegel, den aber höchstwahrscheinlich niemand mehr benutzte.

»Ja«, stimmte Kayvel zu. »Überall ist es schmutzig, wir sind krank, und bald werden wir alle auf die eine oder andere Weise sterben. Da draußen wartet die einzige Alternative. Wollt Ihr wirklich die Frage stellen, welchen Weg diese Menschen bevorzugen würden?«

»Aber schiebe ich ihren Tod nicht nur ein wenig hinaus? Kayvel, Ihr seid Realist. Ihr wisst, was mit Euch geschieht. Wenn Ihr eine ansteckende Krankheit habt, nun ja …«

Kayvel nickte. »Mit dieser Gefahr haben wir seit dem ersten Tag gelebt. Aber nichts bringt sie schneller um als der Mangel an Glaube und Hoffnung.«

Heryst seufzte. »Was soll ich ihnen nur berichten? Sie sind nicht blind, und wir werden jeden Tag ein wenig schwächer. Was soll ich sagen? Dass sie weitermachen und auf Rettung hoffen sollen? Dass die Dämonen sich eines Tages langweilen und von selbst wieder verschwinden werden? Was habe ich ihnen anzubieten?«

Er fühlte sich hilflos. Er hätte geweint, aber seine Augen waren ebenso ausgetrocknet wie sein Mund. Wie konnte er den Menschen Hoffnung geben, wenn er selbst keine hatte?

»Ihr müsst ihnen ein Ziel geben, und dieses Ziel muss mehr sein als durchzuhalten, bis sie überrannt werden. Vor vier Tagen dachten wir noch, wir wären in Sicherheit, aber wir haben uns geirrt. Seht nur, welche Angst sie haben. Spürt sie und tut etwas dagegen.«

Heryst sah Kayvel an, bemerkte das verblassende Licht in den Augen seines Freundes und erkannte, dass er dem Sterbenden etwas geben musste, das dieser mitnehmen konnte.

»Meint Ihr denn, wir sollten versuchen, das Kolleg zu verlassen?«

»Wenn wir bleiben, ist der Ausgang gewiss, Heryst.«

»Verdammt.« Heryst rieb sich mit den Händen übers Gesicht. »Ihr wisst doch genau, dass ich sie nicht zwingen kann, so etwas zu versuchen. Bei den brennenden Göttern, einige sind zu schwach, um sich zu bewegen.«

»Redet mit ihnen«, drängte Kayvel ein wenig vorwurfsvoll. »Euer Schweigen ist vernichtend.«

»Ja. Ja, das weiß ich«, schnaufte Heryst. »Danke.«

»Ich bleibe mit allen hier, die nicht reisen können. Sie sollen keinen von uns bekommen.«

Heryst fuhr auf, als er begriff, was der Freund gesagt hatte. »Ich lasse Euch nicht im Stich.«

»Nun seid nicht so dumm, Mylord.« Kayvel lächelte. »Ich bin zu krank, um wegzulaufen. Lasst mich wenigstens in Würde sterben, denn sterben muss ich zweifellos.« Er hielt inne. »Vielleicht ist das alles aber nur graue Theorie. Wir wissen nicht einmal, ob überhaupt jemand gehen will.«

»Dann lasst es uns herausfinden.«

Eine Weile später hatten sich alle, die nicht mit Bewachen, Beschützen und Sprüchewirken beschäftigt waren, im großen Ratssaal versammelt, in dem es langsam hell wurde, da die Gleiter sich allmählich zurückzogen. Das Licht war willkommen, bedeutete zugleich aber auch, dass die Dämonen wahrscheinlich gefunden hatten, was sie gesucht hatten. Heryst blieb möglicherweise nicht mehr viel Zeit, bis der nächste Angriff begann.

Er ließ den Blick über die Versammlung wandern. Jeden einzelnen Namen kannte er ebenso wie die Familiengeschichten. Er wusste um ihre Stärken und Schwächen und ihren Wunsch zu überleben. Etwa einhundert Menschen hatten sich um ihn geschart, und alle schauten ihn an und warteten verzweifelt auf Antworten. Dabei hatte er ihnen so wenig zu geben.

»Ich will Euch nicht wie kleine Kinder behandeln und so tun, als wäre die Lage weniger verzweifelt als Ihr denkt.« Heryst lächelte leicht. »Und die Lage ist sehr verzweifelt.«

Ein trockenes Kichern lief durch den Saal.

»Kayvel und ich haben uns unterhalten und festgestellt, dass wir eine Entscheidung treffen müssen. Ich bin schon seit langer Zeit nicht mehr der Mann, der Euch einfach sagt, was zu tun ist. Wir haben versucht, alle Entscheidungen gemeinsam zu treffen. Deshalb stelle ich Euch auch jetzt vor die Entscheidung. Die Dämonen werden stärker, und wir werden schwächer, auch wenn wir noch lange nicht besiegt sind. Wenn ich die hier versammelten Gesichter betrachte, dann erkenne ich vor allem den Wunsch zu überleben. Die Frage ist allerdings, wie wir unser Überleben am besten sichern können. Damit kommen wir zu der erwähnten Entscheidung. Es ist nicht erfreulich. Wir können bleiben, uns standhaft verteidigen und darum beten, dass wir befreit werden, da wir sie mit unseren Möglichkeiten allein nicht besiegen können. Oder wir gehen fort. Wir wenden uns nach Norden und gehen nach Xetesk, wo sich angeblich die letzten freien Balaianer sammeln, um gemeinsam zu kämpfen. Ich muss jedoch betonen, dass dies nur ein Gerücht ist. Wir haben keine Bestätigung aus dem Dunklen Kolleg bekommen, dort herrscht nur Schweigen. Ihr wisst, was uns bevorsteht, wenn wir hier bleiben. Der Gedanke an Flucht ist verlockend, und wir werden endlich wieder an die frische Luft kommen, frisches Wasser und Gemüse finden, vielleicht sogar Wild, das wir jagen können.«

Er hielt inne, während die Zuhörer langsam zu lächeln begannen.

»Aber wir werden auch verletzlich sein. Wir werden keine schützenden Mauern mehr haben, sondern nur noch die Hülle des Kaltraums. Es wird schwierig, den Spruch aufrechtzuerhalten und uns gleichzeitig zu bewegen. Bevor wir aufbrechen, müssen wir unsere eigenen Wagen und Pferde stehlen. Ehe Ihr Euch entscheidet, solltet Ihr noch Folgendes bedenken. Es wird eine Fahrt ins Ungewisse, und möglicherweise werden wir schnell überwältigt. Hier könnten wir noch länger aushalten, sofern wir gesund bleiben. Außerdem gibt es einige, die zu schwach sind, um zu reisen.« Er hob beide Hände. »Bitte, hört mich bis zu Ende an. Diejenigen, die es betrifft, wissen es selbst am besten. Ihr würdet die Reise nicht überleben und die anderen nur belasten. Es klingt grausam, aber wir müssen uns den Tatsachen stellen. Zu denen, die nicht reisen können, zählt auch Kayvel.«

Heryst musste innehalten, weil er fürchtete, seine Stimme könnte gleich versagen. Der kranke Magier drückte seine Hand.

»Es bricht mir das Herz, aber er weiß, wie es um ihn steht, und glaubt dennoch, dass die Gesunden fortgehen sollten. Er wird bei denen bleiben, die nicht mitkommen können. Er weiß, was dies bedeutet, und will nicht zulassen, dass die Dämonen auch nur einen erwischen. Denkt darüber nach, und bei Einbruch der Nacht werden wir noch einmal darüber reden. Ich danke Euch für alles, was Ihr bisher geleistet habt und was Ihr noch leisten müsst. Wir werden nicht untergehen, wir werden überleben. Balaia wird sich nach dieser Invasion wieder aus seiner Asche erheben.«

Die aufgeregten Unterhaltungen, die gleich nach seiner Ansprache einsetzten, wurden von einem Kreischen übertönt, das von unten kam. Die Dämonen griffen wieder an.

# Viertes Kapitel

Lord Tessaya befand sich in vorderster Position und blickte nach Xetesk hinüber, als der Meisterdämon sich ihm näherte. Nicht zum ersten Mal kam das Wesen, um mit den Wesmen zu reden. Immer wieder hatte es ihnen den bevorstehenden Untergang angedroht, wenn sie sich nicht am Kampf beteiligten, um die Kollegien niederzuwerfen.

Tessaya erinnerte sich gut an das Angebot, das er noch am Vortag erhalten hatte. Die Länder im Westen sollten unberührt bleiben, sofern die Wesmen bereit waren, das Werk zu vollenden, das die Dämonen in Julatsa begonnen hatten. Der Lord der Wesmen hatte jedoch in der Nähe aller Kollegien Spione postiert und war lange nicht so blind, wie die Dämonen glaubten.

Er ließ sich einen Stuhl bringen. Die Sitzfläche war mit Pferdeleder bespannt und gepolstert, das Gerüst war aus Hartholz gebaut. In die hohe Lehne war das Wappen von Paleon gestickt. Er setzte sich und bat um einen Becher Kräutertee. Dankbar legte er die Hände um den Becher. Die Wärme vertrieb ein wenig die Kälte, die sich auch in der Mittagsstunde noch hielt. Seine Felle hatte er sich über die Schultern geworfen, und er hatte seinen Bart und seine Haare wachsen lassen, bis sie den größten Teil seines in vielen Schlachten vernarbten Gesichts bedeckten.

So saß er auf dem Stuhl, umgeben von seinen Leutnants und den Kriegern, die angewiesen waren, nichts als Stärke und Zuversicht an den Tag zu legen, und wartete, während der Dämon vor ihm landete. Die Tentakel wanden sich unter dem Rumpf, und die Farbe wechselte zu einem erfreulichen Mittelblau. Offenbar reagierte der Dämon recht gereizt auf Tessayas demonstrativen Mangel an Achtung vor seiner Autorität.

Aus der Nähe war denn auch zu sehen, dass er böse die Stirn gerunzelt hatte. Die Nasenschlitze waren gebläht, und er hatte die langen Finger vor der bebenden Brust verschränkt. Etwa vier Schritte vor Tessaya hielt er inne. Das kahlköpfige Ungeheuer war so groß wie drei Männer, der leichte Wind trug einen ranzigen Geruch herüber. Eine beeindruckende Gestalt, die dennoch unfähig war, Tessaya irgendetwas anzutun.

»Wesmen-Häuptling, du stellst meine Geduld auf eine harte Probe«, sagte das Wesen.

»Wir wollen doch die Namen benutzen, die wir kennen«, sagte Tessaya. Er trank einen Schluck Tee. »Es sei denn, Drenoul, ich soll dich lieber ›Dämon‹ nennen. Darf ich dir etwas zu trinken anbieten?«

»Ich würde lieber an meinem eigenen Körper kauen, als diesen Dreck anzunehmen, den du trinkst«, erwiderte Drenoul. »Genug davon, ich habe viel zu tun. Ich will deine Antwort auf meinen Vorschlag hören.«

»Einen Moment.« Tessaya winkte mit gekrümmtem Zeigefinger einen Leutnant zu sich heran. »Sprich leise und tu so, als würdest du meine Fragen beantworten. Ich glaube, dieser Dämon muss begreifen, welche Stellung er in den Augen der Wesmen einnimmt.«

»Sehr gut, Mylord«, stimmte der Krieger zu. »Außerdem dürfte Euch interessieren, dass gerade ein Späher aus Lystern eingetroffen ist.«

»Wirklich?«

»Er berichtet, das Kolleg könne nicht mehr lange standhalten.«

»Ach, was für eine Schande. Es gefällt mir nicht, dass die feindlichen Kräfte nach Norden gehen und auf dem Schlachtfeld vor Xetesk auftauchen könnten. Gibt es Hinweise, wie lange sie sich noch halten werden?«

Der Krieger zuckte mit den Achseln. »Wie alle Magier sind sie sehr zäh. Es ist aber denkbar, dass sie einfach überrannt werden.«

»Darüber werden wir uns später noch unterhalten«, sagte Tessaya und wandte sich wieder an Drenoul. »Ich bitte um Verzeihung, aber ich musste mir noch einmal die Einzelheiten deines Angebots in Erinnerung rufen.«

Drenoul knurrte erbost, verschränkte die Finger und löste sie wieder voneinander. Seine Farbe wurde noch ein wenig heller.

»Wie ich es verstanden habe«, fuhr Tessaya fort, »bist du der Meinung, wir könnten dir am besten dienen, indem wir unter Führung deines örtlichen Kommandanten Julatsa und seine elfischen Verteidiger angreifen. Als Belohnung dafür hast du uns versprochen, mein Volk nicht zu versklaven.«

»Das ist eine präzise Zusammenfassung.«

»Weder ich noch meine höheren Offiziere können verstehen, warum du uns dieses Angebot überhaupt gemacht hast. In den letzten zwei Jahren hast du mir immer wieder erzählt, wir könnten uns gegen euch nicht behaupten, sobald die Kollegien gefallen sind und die Magie zerstört ist. Offensichtlich seid ihr aber nicht fähig, euer Werk zu vollenden und braucht anscheinend meine Hilfe. Du wirst meine Vorbehalte und mein Widerstreben sicherlich verstehen. Ich bin nicht bereit, einer Rasse zu trauen, für die die vollständige Eroberung unseres Landes das einzige Ziel zu sein scheint.«

Drenoul schwieg eine Weile, bis er sich beruhigt hatte und ein entspannteres Dunkelblau an den Tag legte.

»Wir müssen zugeben, dass wir über die Standhaftigkeit der Kollegien etwas erstaunt sind«, sagte er schließlich. »Wir streben eine schnelle Lösung an, die es uns erlaubt, die volle Kontrolle über das Magierland und den ganzen Osten Balaias auszuüben. Diejenigen, die uns helfen, werden in den kommenden Jahren als Verbündete betrachtet. Diejenigen, die untätig zusehen oder sich gegen uns stellen, werden versklavt. Die Entscheidung liegt bei euch.«

Tessaya lächelte betont herablassend. »In Wahrheit sieht es doch vielmehr so aus, dass ihr ohne uns nicht die Kraft habt, die Kollegien zu schlagen, und dass ihr sie niemals haben werdet. Vielleicht habt ihr mehr Untertanen verloren als erwartet, und jetzt sind eure Kräfte geschwächt, da ihr sie zu weit verteilen müsst.«

Drenoul färbte sich schlagartig himmelblau. »Vielleicht brauchst du auch eine persönliche Demonstration unserer Stärke, Tessaya. Der Verlust der Wesmen-Geister wird dich erinnern, dass dein Leben auf Messers Schneide steht.«

Beinahe wäre Tessaya aufgesprungen, doch er beherrschte sich und lehnte sich bequem zurück. »Aber genau das kannst du dir nicht erlauben, Drenoul, nicht wahr? Ist es denn nicht wahr, dass du, sobald du eine Streitmacht abziehst, die stark genug ist, um einige meiner Krieger zu töten, die Belagerung von Xetesk, Lystern und Julatsa aufs Spiel setzt, sodass die Magier sogar zurückschlagen könnten? Du kannst mich nicht einschüchtern, Drenoul. Auch denen, die ich befehlige, machst du keine Angst. Wir wissen zwar, dass wir euch nicht töten können, aber ebenso wenig könnt ihr uns mit einer Berührung und einer Schnittwunde zerbrechen. Meine Krieger sind stark und zahlreich. Wir können euch mühelos zurückhalten. In unserem Rücken liegt der Understone-Pass. Wir sind ein Problem, mit dem du nicht gerechnet hast. Genau wie die Elfen. Die Menschen im Osten sind schwach, ihre Seelen sind verletzlich. Dennoch versucht ihr seit zwei Jahren vergeblich, sie zu besiegen. Wie sollen wir da glauben, dass du jemals fähig wärst, uns zu besiegen?«

Drenoul machte eine unwirsche Bewegung, und sofort zogen acht Krieger ihre Waffen und bedrohten ihn. Drenoul hielt inne. Sein Blau war so hell, dass es von reinem Weiß kaum noch zu unterscheiden war.

»Deine Worte werden dein Volk nicht retten, wenn wir in dein hilfloses Land einmarschieren, Tessaya. Bald wirst du erkennen, wie falsch sie waren. Das Angebot wird hiermit zurückgezogen.«

Drenoul schwebte hoch in den Himmel, wendete und flog eilig in Richtung Julatsa zurück.

Tessaya stand auf. »Zurückgezogen? Eher wohl abgelehnt, würde ich meinen.« Er wandte sich wieder an den Leutnant. »Ich bin sicher, dass sie uns in Julatsa nicht brauchen. Vielmehr wollen sie, dass wir hier von der Bildfläche verschwinden. Alle Späher, die aus dem Norden zurückkehren, sollen sich direkt bei mir melden.«

»Ja, Mylord.«

Tessaya ging zu den Feuern im Zentrum des Lagers.

»Es wird etwas geschehen. Etwas Wichtiges. Ich spüre es genau.«

Dystran und Vuldaroq studierten gerade einen der geheimnisvollen, komplizierten Texte, die sie aus der Bibliothek gestohlen hatten, als sich schlagartig die Atmosphäre veränderte. Es kam unvermittelt, als sei die Sonne hinter einer Wolkenbank aufgetaucht, um die Erde zu wärmen. Sie saßen, von Wächtern umgeben und durch einige in den Schriften bewanderte Gelehrte verstärkt, in Dystrans Gemächern. Die vier Gelehrten arbeiteten sich in die alte Sprache ein, die die beiden Seniormagier nicht beherrschten.

Dystran brauchte eine ganze Weile, um herauszufinden, was ihn so aufgeschreckt und veranlasst hatte, durchs geschlossene Fenster nach draußen zu schauen.

»Was ist da gerade passiert?« Er schob seinen Stuhl zurück.

»Ihr habt Euch gerade bemüht, dieses Wort zu entziffern, und Euch gefragt, wohin sie verschwunden sind, wer sie waren, und ob noch einige von ihnen existieren«, sagte Vuldaroq mit einem kleinen Lächeln im schmalen Gesicht.

Dystran warf einen Seitenblick zu Vuldaroq und stand auf. Welch seltsamen Verlauf die Ereignisse auf Balaia doch genommen hatten. Vor der Invasion der Dämonen hätte Dystran Vuldaroq am liebsten an einem Baum im Kolleg aufgehängt. Ohne seine gewohnte Bissigkeit zu verlieren, war das Oberhaupt des Kollegs von Dordover ein Mann, der tief nachzudenken verstand und neben innerer Stärke auch einen scharfen analytischen Verstand besaß. Vuldaroq hatte eine Weile gebraucht, um die Erinnerungen an die Flucht von Dordover abzuschütteln, doch er und seine wenigen Magier übten nun eine belebende Wirkung auf das Kolleg ihrer einstigen Feinde aus.

Wenn sie doch nur die Begriffe in den Texten klären könnten, die Sharyr mitgebracht hatte. Irgendetwas Wichtiges, das sich um das unbekannte Volk der Charanack drehte, entging ihm. Es hieß im Text, sie hätten das Wissen besessen, das vor mehr als einem Jahrtausend die Grundlage des ersten Abkommens zwischen den Dämonen und den xeteskianischen Magiern gebildet hatte. Dystran war frustriert. Er hätte zu gern erfahren, wo diese Leute lebten. Es wäre sicher interessant gewesen, mit ihnen zu reden.

»Nein, das meinte ich nicht.« Dystran öffnete die Balkontüren und blieb, von seinen Leibwächtern umringt, im Ausgang stehen. »Hört doch nur.«

Alle in der Kammer lauschten jetzt, Vuldaroq runzelte angestrengt die Stirn.

»Stille«, sagte er.

»Oder eher ein Schweigen«, sagte Dystran.

Er winkte seinen Wächtern, ihn zu begleiten, und trat in die frische Luft auf dem Balkon hinaus. Seit die Gleiter ihre Suche nach den Manaspuren eingestellt hatten, die zu den Kaltraum-Magiern führten, hatten sich die Aktivitäten der Dämonen merklich verstärkt.

Es hatte mehrere Blitzangriffe von Seelenfressern gegeben, die Xetesk jedoch hatte zurückschlagen können, ohne einen einzigen Magier zu verlieren. Lediglich drei Schwertkämpfer waren gefallen. Nach den gescheiterten Angriffen waren die Kreaturen um die Schutzschirme geschwärmt und hatten deren Grenzen erforscht und erprobt. Dabei hatten sie einen Heidenlärm gemacht, um die Verteidiger einzuschüchtern. Schließlich hatten sie ein Stück entfernt versklavte Xeteskianer aus einem Stadtviertel in ein anderes geführt. Abgesehen von der Hoffnung, die Moral des Kollegs zu untergraben, hatten alle diese Aktivitäten keinerlei Sinn.

Jetzt aber war die ganze Umgebung verlassen. Dystran sah keinen einzigen Dämon über dem Kolleg fliegen oder an der Außenmauer entlanglaufen. In der Stadt waren keine Sklaven unterwegs, nirgends schwebten Dämonen über arbeitenden Menschen. Er hörte keine Schreie von erschöpften Opfern, die voller Angst starben. Nirgendwo stieg Rauch von Kochfeuern auf. Nichts.

Sehr weit entfernt im Norden flogen einige Dämonen umher. Ohne Furcht lief er einmal über den ganzen Balkon. Im Süden brannten die Lagerfeuer der Wesmen, die aus unerfindlichen Gründen immer noch dort warteten. Dystran wünschte, sie würden sich auf die eine oder andere Seite schlagen oder endlich in ihre Heimat zurückkehren. Gelegentlich hatte er beobachtet, wie Dämonen sich dem Lager der Wesmen genähert hatten. Ob sie hatten angreifen, reden oder nur beobachten wollen, war nicht zu erkennen gewesen. Auch dort drüben waren jetzt keine Dämonen mehr zu entdecken. Nur in der Ferne im Osten machte er einige aus, ebenso im Westen, wo die Blackthorne-Berge lagen. Dunkle Punkte am Himmel, weit draußen am Stadtrand oder gar jenseits der Mauern.

Dystran beendete seine Runde und blickte zum Himmel über dem Kolleg hinauf. Dort am blauen Firmament schwebte der wabernde weiße Riss. Wenn er sich auf das Manaspektrum einstimmte, konnte er das reine Mana beobachten, das nach Balaia hereinströmte und mit jedem Herzschlag die Dämonen stärkte. Gelegentlich kamen Geschwader von Dämonen aus ihrer Heimat herüber –

wo auch immer diese im interdimensionalen Raum liegen mochte –, schwärmten am Himmel aus und flogen davon, um sich den Aufgaben zu widmen, zu denen sie gerufen worden waren.

Inzwischen waren ihm die anderen zur Balkontür gefolgt.

»Meint Ihr, es ist eine Falle?«, fragte Vuldaroq.

Dystran schüttelte den Kopf. »Das ist nicht ihre Art. Ich verstehe es einfach nicht.«

»Wir sollten die Gelegenheit nutzen«, schlug Chandyr vor, der nicht von Dystrans Seite wich, »und einige Leute ins Kolleg holen.«

»Nein«, entschied Dystran.

»Mylord?«

»Nein«, wiederholte er. »Denkt doch nach, Chandyr.«

»Das habe ich getan«, gab der Kommandant hitzig zurück. »Wir haben eine Chance, ein paar unserer Leute zu retten.«

Dystran scheuchte sie wieder nach drinnen. Auch er hätte am liebsten getan, was Chandyr verlangte, doch er wusste, dass es eine Dummheit wäre. »Es spielt keine Rolle, ob es eine Falle ist oder nicht. Zuerst einmal glaube ich nicht, dass Ihr im Umkreis von einer Meile um das Kolleg auch nur einen Xeteskianer finden könntet. Glaubt mir, unsere Leute sind genau dort, wo die Dämonen in der Luft schweben. Und selbst wenn Ihr jemanden hereinholen könntet, wäre es eher nachteilig. Wir können kaum uns selbst ernähren und mit Wasser versorgen, und die Situation würde sich nur verschlimmern, wenn noch mehr hungrige Mäuler hinzukommen.«

Chandyr beruhigte sich ein wenig und neigte den Kopf. »Ich weiß, dass Ihr recht habt, aber es ist …« Er machte eine hilflose Geste zur Stadt hin.

»Ich verstehe«, sagte Dystran. »Niemand ist in diesem Raum, der nicht den Wunsch hätte, jeden Mann, jede Frau und jedes Kind in der Stadt zu retten. Wir dürfen sie jedoch erst befreien, wenn wir ihnen wirklich zu helfen vermögen. Der Zeitpunkt ist jetzt noch nicht gekommen, aber irgendwann wird es so weit sein. In einer Hinsicht habt ihr allerdings recht – wir müssen die Gunst der Stunde nutzen. Also steht nicht müßig hier herum. Sucht die schnellsten Läufer aus, die Ihr habt, und lasst uns noch einige Texte aus der Bibliothek holen, falls die Dämonen nicht alles niedergebrannt haben. Noch etwas, Chandyr. Wir trauen diesen Ungeheuern nicht. Also wählt Leute aus, die Sprüche wirken können.«

Der Rabe hatte die unerwartete Ruhepause ausgekostet. Die Rabenkrieger, dazu Kas, Ark und Eilaan, hatten drei Tage und vier Nächte am idyllischen Ufer des Triverne-Sees gelagert, ohne irgendeine Spur von den Dämonen zu entdecken. Genau genommen hatten sie außer den Tieren, die im Wald lebten, überhaupt kein Lebewesen gesehen. Sie hatten geübt und trainiert, geredet und sich ausgeruht, aber irgendwie war ihnen die Ruhe trügerisch vorgekommen. Sie konnten nicht vergessen, was ihnen noch bevorstand.

Hätten sie sich in einem Wirbelsturm befunden, dann wäre dies sein Auge gewesen.

Da sie den Zeitrahmen kannten, den Rebraal und Auum für die Evakuierung Julatsas angesetzt hatten, nahmen sie an einem kalten, klaren Morgen ein schweigsames Frühstück ein und kehrten zum Boot zurück, um wieder zum anderen Ufer des Sees überzusetzen.

Niemand sprach, als sie über das stille Wasser fuhren. Hirad hätte gern versucht, das Eis zu brechen, doch ein Blick des Unbekannten hatte ihn eines Besseren belehrt.

Er schüttelte den Kopf. Er fand es absurd, dass die Insassen dieses kleinen Bootes über die Zukunft von Balaia und mindestens drei Dimensionen entscheiden sollten. Ihm kam es eher vor wie eine Beerdigungsprozession. Vielleicht entwickelte er eine prophetische Begabung.

Fürs Erste hielt er jedenfalls den Mund und konzentrierte sich aufs Rudern, aber als sie am anderen Ufer angekommen waren, das Boot versteckten und in Deckung gingen, konnte er sich nicht länger zurückhalten.

»Das Brüten bekommt dir nicht, Unbekannter. Denkst du an deine Frau und dein Kind?«

»Nicht jetzt, Hirad.« Der Unbekannte schüttelte den Kopf.

»Ach? Dann will ich nicht länger herumraten und mich zum Narren machen. Sag's mir einfach.«

Der Unbekannte lächelte einen Moment und wandte sich an Hirad, um dessen Stimmung einzuschätzen. Hirad schnitt eine Grimasse und verdrehte die Augen.

»Es ist ernst. Stell dir nur vor, was wir versuchen wollen. Denk an die Bürde, die wir tragen. Das Leben der Menschen, die auf uns angewiesen sind. Es ist kein Spiel, es ist so ernst wie noch nie zuvor. Wir müssen auf uns aufpassen, Hirad«, sagte er. Der Barbar antwortete nicht. »Wir müssen genau überlegen, was wir tun, wie viel wir uns zumuten und wie gut wir uns auf die anderen in der Nähe verlassen können. Wir dürfen es nicht übertreiben.«

»Genau.«

»Hirad, wir sind nicht gut in Form. Wie könnten wir es auch sein? Ich brauchte viel Zeit, um wieder so weit zu kommen, wie ich einmal war, und das bedeutet, dass wir uns nicht mehr so gut aufeinander verlassen können wie früher.«

»Ich kann dir nicht folgen.«

»Deutlicher kann ich es nicht sagen, Coldheart. Was wir vor fünf Jahren waren, ist eine bloße Erinnerung. Was wir vor zwei Jahren waren, ist vermutlich unerreichbar. Wenn wir im Kampf die Erinnerungen statt der Realität im Kopf haben, werden wir nicht überleben.«

Hirad runzelte die Stirn. »Uns war klar, dass wir es allein nicht schaffen. Deshalb haben wir noch ein paar Leute mitgenommen.«

»Du hast nicht zugehört.« Der Unbekannte sah sich rasch um und sprach mit gedämpfter Stimme weiter. »Ich bitte dich nur, deinen Verstand zu benutzen und zu erkennen, dass der Rabe, an den wir uns alle erinnern, nicht mit dem vergleichbar ist, was hier herumläuft. Es hat auch nichts mit unserem Glauben an uns selbst zu tun. Aber wir haben zwei Jahre herumgesessen. Du weißt doch, welche Folgen das hat. Darrick hat genau erkannt, wie sehr unsere Ausdauer, unser Tempo und unsere Zusammenarbeit gelitten haben. Es kommt schleichend, aber der Unterschied ist gravierend.«

»Unbekannter, falls es deiner Aufmerksamkeit entgangen sein sollte, ich bin mit den TaiGethen gelaufen, und Thraun war bei den Krallenjägern. Ich bin schneller denn je.«

»Schön!« Der Unbekannte klatschte sich mit den flachen Händen auf seine Schenkel. »Aber ich bin es nicht, Darrick ist es nicht, Denser und Erienne sind es auch nicht. Ebenso wenig Ark und Kas, wenn wir schon darüber reden. Erinnerst du dich an deine kleine Pirouette vor Blackthorne? Das hätte dich fast umgebracht. Ich war gerade noch rechtzeitig da.«

»Aber du warst da.« Hirad war verwirrt, und eine altbekannte Wut stieg in ihm auf. »Wo ist das Problem?«

»Das Problem, Hirad, ist, dass du dich nicht mehr so wie früher auf uns verlassen kannst. Das bedeutet wenigstens für den Augenblick, dass du dich bremsen musst. Bleib in der Gruppe und brich nicht aus.«

»Wenn du denkst, ich würde eine Gelegenheit auslassen, um einen Gegner zu töten, nur weil du glaubst, du seist zu alt und zu langsam, dann irrst du dich. Ich kämpfe auf meine Weise. Wie ich immer gekämpft habe. Du kämpfst auf deine Weise, und wir passen aufeinander auf. Wie immer.«

Der Unbekannte blieb stehen und wandte sich mit einem harten Blick an Hirad. Sein Gesicht lief schlagartig rot an. »Warum musst du eigentlich immer so ein halsstarriger Trottel sein? Ich will dir doch nur helfen, damit du hier am Leben bleibst.«

Hirad spürte, wie sich die Rabenkrieger um ihn sammelten. Am liebsten wäre er weggegangen, aber er blieb. »Nein, das tust du nicht. Vielmehr versuchst du, mir die Flügel zu stutzen. Du untergräbst meinen Glauben an uns alle, und ich kann nicht verstehen, warum du das tust. Bei dem, was wir vorhaben, müssen wir jeden kleinen Vorteil nutzen, den wir haben, und was ich von Auum gelernt habe, ist ein großer Vorteil.«

»Einem von uns den Tod zu ersparen, wäre auch einer«, knurrte der Unbekannte.

»Ich weiß nur, dass wir überleben, weil wir keine Kompromisse machen. Weil wir die Dinge auf unsere Weise anpacken. Wir sind der Rabe, Unbekannter.«

»Denkst du denn, das wäre mir entfallen? Bei den ertrinkenden Göttern, gerade weil wir der Rabe sind, musst du begreifen, was ich dir sage. Stelle dich der Realität. Wir sind zu alt für diese Aufgabe, aber es ist niemand sonst da, und wir müssen unbedingt am Leben bleiben. Unbedingt.«

»Da bin ich absolut deiner Meinung«, fauchte Hirad. »Aber stell dich nicht da hin und sage mir, du könntest mir nicht den Rücken freihalten. Sag so was nie wieder.«

»Wann habe ich das gesagt, Coldheart? Ich erinnere mich nur, dir gesagt zu haben, dass ich vielleicht nicht schnell genug bin, um dich zu retten, wenn du darauf bestehst, noch weitere hübsche Elfentänze aufzuführen und dich in Gefahr zu bringen. Das ist ein erheblicher Unterschied. Meine Hüfte ist nicht sehr belastbar. Das solltest du nicht vergessen.«

Der Unbekannte stand jetzt direkt vor Hirad und brüllte ihm ins Gesicht. Hirad spürte das Herz in seiner Brust schlagen und hörte ihre Stimmen von den Wänden der Blackthorne-Berge zurückhallen. Dem Barbaren war klar, dass er nachgeben sollte.

»Du bist immer da. Deshalb habe ich den Mut zu kämpfen.«

»Und was ist, wenn ich mal nicht da bin?« Der Unbekannte suchte den Blick des Barbaren. »Wenn du im Matsch deiner Eingeweide liegst, ist es zu spät, dir zu überlegen, dass ich vielleicht doch recht hatte.«

»Du lässt dich hängen, Unbekannter. Du lässt dich hängen.«

Der Unbekannte packte Hirad und zog ihn heran, bis er nahe genug für einen Kuss gewesen wäre. »Nein, verdammt. Ich sehe die Dinge, wie sie sind, denn wenn ich dich jemals im Stich ließe, könnte ich damit nicht weiterleben. Was ist denn nur in dich gefahren?«

Hirad wich einen Schritt zurück. Das Eingeständnis des Unbekannten hatte ihn erschüttert und bis ins Mark getroffen. Darauf fand er keine Antwort, und wie sollte er auch? Der Unbekannte hatte damit begonnen, ihm einen Ratschlag zu geben, und damit geendet, ihm seine Seele zu offenbaren.

Das drückende Schweigen, das ihn umgab, hin und wieder von einem Windstoß von den Bergen und vom See unterbrochen, entging Hirad keineswegs. Er starrte dem Unbekannten in die Augen und begriff es immer noch nicht.

»Es geht um uns alle«, sagte der Unbekannte. »Deshalb will ich, dass wir alle überleben.«

»Bewegung«, unterbrach Kas.

Hirad verkniff sich seine Antwort, den Schreck und die Verwirrung über die Worte des Unbekannten, und beschränkte sich darauf, wie der große Krieger sein Schwert zu ziehen. Thraun und Darrick traten sofort neben sie, Denser und Erienne postierten sich dahinter und bereiteten ihre Sprüche vor.

»Wo?«, fragte der Unbekannte.

»Direkt aus Norden in Richtung des niedrigen Höhenzuges«, sagte Kas. Er, Ark und Eilaan gehörten nicht unmittelbar zum Raben, sondern kämpften als eigene kleine Einheit, wie sie es trainiert hatten.

»Im Laufschritt?«, fragte Darrick.

»Ja«, bestätigte Kas.

»Gut«, sagte Darrick. »Dann sind es wohl keine Dämonen.«

»Hoffentlich hast du recht«, meinte Hirad.

Der Rabe bewegte sich am Seeufer nach Norden. Gleich darauf konnten sie am Horizont mehrere Gestalten entdecken. Es waren drei, die mit raschen Schritten und trittsicher liefen. Auums Tai. Nicht lange, und Hirad konnte auch Auums Gesichtsausdruck sehen – gereizt und entnervt.

Lächelnd steckte Hirad das Schwert in die Scheide und wartete, bis die Elfen vor ihnen standen.

Auum, Duele und Evunn kamen im Dauerlauf, aber ihr Atem ging kaum schneller als gewöhnlich.

»So sieht das aus, wenn ihr euch versteckt?«, sagte Auum zu Hirad.

»Wir sind gerade erst herübergerudert.«

Auum zupfte sich am Ohr.

»Ihr habt Glück, dass hier keine anderen sind, die euch hören konnten. Bei Gyals Tränen, ihr Menschen macht ziemlich viel Krach, wenn ihr euch streitet.« Er betrachtete sie nacheinander. »Ihr könnt jetzt reisen.«

Es war keine Frage. Der Unbekannte nickte.

»Wir haben gesagt, was gesagt werden musste.«

»Dann belasst es dabei«, warnte Auum. »Die Gefahr rückt näher.«

Er wandte sich an seine Tai und wechselte einige rasche Worte mit ihnen. Duele und Evunn entfernten sich im Laufschritt. Als er sich wieder umdrehte, zeigte sein Gesicht die gewohnte Verachtung.

»Wir gehen«, sagte er. »Die Karawane stößt auf Schwierigkeiten, während sie sich Xetesk nähert. Rebraal meint, eure Gegenwart könnte die Zuversicht der Menschen stärken. Ich verstehe leider nicht, warum.«

Denser fasste Hirad am Arm.

»Sag's nicht«, ermahnte er ihn. »Wir wissen es ja.«

# Fünftes Kapitel

Baron Blackthorne stand in seinem Festsaal und schlug dem Dämon immer wieder auf den Kopf. Sein Blut spritzte über die schmutzigen Steinplatten, lief in Risse und sammelte sich unter dem Körper des Wesens. Mit jedem Schlag brüllte Blackthorne den Dämon an.

»Du … wirst … niemals … meine Burg … erobern. Du wirst uns nie erwischen.«

Als ihn jemand am freien Arm berührte, fuhr er aufgebracht herum und war bereit, sich den nächsten Feind vorzunehmen. Er hob die tropfende Klinge, hielt aber inne, als er sah, dass es Luke war.

»Es ist vorbei«, sagte Luke, der dem Blick des Barons standhielt. »Er ist tot. Die Dämonen haben sich zurückgezogen.«

Erst jetzt wurde Blackthorne bewusst, wie schwer er atmete und wie heiß sein Gesicht war. In seinen Augen brannte ein wildes Feuer. Er brauchte einige Augenblicke, um sich zu beruhigen, dann legte er das Schwert auf den Tisch und strich sich übers Haar. Er nickte.

»Schon gut«, antwortete er. »Danke, Luke.«

Luke war in schlechter Verfassung. Der junge Mann hatte zahlreiche stark blutende Schnittwunden im Gesicht. Seine Lederrüstung war zerfetzt, die rechte Hand notdürftig verbunden, der Verband war bereits rot gefärbt und durchgeblutet. Er zitterte heftig und stützte sich schwer auf den langen Stiel seines Streitkolbens.

»Bei den fallenden Göttern, Luke, du brauchst Hilfe«, sagte Blackthorne. »Komm her, stütz dich auf mich. Ich bringe dich zur Krankenstation.«

»Da ist kein Platz mehr«, wandte Luke ein. »Aber ich stütze mich gern auf Euch, und dann zeige ich Euch, was wir noch haben.«

Blackthorne wollte zum Ausgang des Festsaales gehen, dann hielt er inne. Vor zehn Tagen hatte er hier den Raben bewirtet und große Hoffnungen gehegt. Jetzt war der Raum ein Schlachtfeld, und fast alle Hoffnung war erloschen.

Auf dem großen, halb zusammengebrochenen Tisch lagen tote Dämonen und Menschen, daneben Geschirr und Leuchter auf dem Boden. Das war noch lange nicht alles. Im ganzen siebzig Schritt langen Saal bewegten sich nur wenige, die noch laufen konnten, zwischen den vielen, die hilflos am Boden lagen, und versuchten, den Verletzten nach Kräften zu helfen.

Eine rasche Bestandsaufnahme ergab, dass mindestens vierzig von Blackthornes Männern tot waren, im Sterben lagen oder kampfunfähig waren. Wenn es überall im Kaltraum so aussah wie hier …

»Was haben wir noch?«

Luke verzog entmutigt das blutige Gesicht.

»Die Burg, die Stallungen, den hinteren Innenhof und die Schuppen mit der Ausrüstung. Das wäre so ungefähr alles.«

»Bei den guten Göttern.« Blackthorne schüttelte den Kopf. »Wie viele Kämpfer haben wir verloren?«

»Das weiß ich nicht«, sagte Luke. »Wir zählen sie später, aber es sieht schlimm aus. Wir haben noch einen Kern von Magiern, die unsere Kalträume aufrechterhalten, aber es reicht nicht mehr, um einen weiteren Angriff dieser Größenordnung abzuwehren.«

»Wir müssen uns etwas einfallen lassen.«

Blackthorne stützte Luke und ging zur Haupttür des Saales. Unterwegs begegnete er dem Blick eines Soldaten, der gerade von einem gefallenen Kameraden aufschaute.

»Er hat sich vor mich geworfen«, erklärte der Soldat. »Der Dämon hat ihm das Herz herausgerissen. Es hätte mich treffen müssen.«

»Hat es aber nicht, Sergeant«, erwiderte Blackthorne nachsichtig. »Heute ist jeder, ob lebend oder tot, ein Held. Wären wir das nicht, dann hätten sie uns überrannt. Bedanke dich bei ihm, indem du niemals aufgibst.«

Der Sergeant nickte. Blackthorne konnte sehen, dass der Mann schauderte. Sein Blick irrte umher, als hätte er den Verstand verloren. Er war außer sich vor Furcht und schockiert nach den jüngsten Erlebnissen. Blackthorne reichte ihm eine Hand und half ihm auf. Endlich stand er wieder auf den Beinen.

»Für ihn kannst du nichts mehr tun. Die Wachen werden ihn zu den anderen legen. Könntest du mein Schwert da drüben vom Tisch holen und mir mit Luke helfen?«

Blackthorne sah sich ein letztes Mal im Festsaal um. Es war eine Leichenhalle. Es stank. Am anderen Ende bildeten sich gerade Trupps, denen die Aufgabe zufiel, die Leichen in den Hof zu schleppen, wo sie begraben werden sollten. Holz für eine Einäscherung konnten sie so wenig entbehren wie das Wasser, um die Toten zu waschen. Erst mussten sie sich vergewissern, wie viele Vorräte sie überhaupt noch besaßen.

Ihm wurde bewusst, dass sein Körper vor Dreck starrte – menschlicher Schmutz, aber auch das Blut von Dämonen. Luke stützte sich immer schwerer auf ihn.

»He, Junge, geht es dir nicht gut?«

»Ich hab mich schon besser gefühlt«, gab Luke zu.

Der Soldat kam zu ihnen geeilt.

»Stütze ihn auf der anderen Seite«, befahl Blackthorne. »Ich nehme an, die Mannschaftsquartiere sind außer Reichweite?«

»Ja, Mylord«, bestätigte Luke.

»Dann wirst du dich in meinen Gemächern ausruhen.«

»Nein, es gibt noch so viel zu tun.«

»Damit hast du recht. Ich werde mich zusammen mit dem braven Sergeant hier darum kümmern. Wenn ich die Zahlen habe, werde ich sie dir nennen. Nein, keine Widerworte, Luke. Ich brauche dich wach und gesund, und im Augenblick bist du beides nicht.«

Der dankbare Blick des Jungen brach Blackthorne fast das Herz. Der junge Mann sackte in sich zusammen.

»Verdammt«, sagte der Baron. »Komm schon, lass uns gehen.«

Zusammen mit dem Sergeant schleppte er Luke aus dem Saal. Draußen auf den Fluren sah es kaum besser aus als in dem Saal, den sie gerade verlassen hatten. Überall in den Gängen, auf den Treppen und in den Zimmern lagen Menschen, und die meisten bewegten sich nicht mehr.

Auf dem Weg zu seinen Gemächern kamen sie an der Krankenstation vorbei, wo hektisches Treiben herrschte. Sie war hoffnungslos überfüllt.

»In meine Gemächer! Gleich!« Er wartete nicht auf die Bestätigung.

Sie hievten Luke die Treppe hinauf und legten ihn etwas unsanft auf Blackthornes gusseisernes Himmelbett. Es war dunkel im Schlafgemach. Das Feuer war erloschen, keine Kerze brannte, die Fenster waren verschlossen und vernagelt. Draußen tobten die Dämonen.

Der Sergeant spülte in Blackthornes Waschgeschirr ein Tuch aus und faltete es zu einer Kompresse zusammen.

»Er hat kein Fieber, Mann!«, fauchte Blackthorne. »Mach Feuer, rasch!«

Blackthorne zog Luke die Decke bis zum Hals hoch und setzt sich auf die Bettkante. Mit dem Betttuch wischte er das Blut ab, so gut es ging. Lukes Haut war eiskalt.

»Halte durch, Bursche, halte durch. Das geht vorbei.«

»Ich laufe hier ganz bestimmt nicht weg«, sagte Luke schwach.

»Gut.«

Es klopfte sachte an der Tür, und zwei Heiler traten ein.

»Lasst ihn nicht sterben. Wir brauchen ihn. Ich brauche ihn.«

Dann rannte Blackthorne aus seinem Schlafgemach. Er musste herausfinden, welchen Bereich er noch kontrollierte und welche Kräfte er noch befehligte. An jeder Ecke bekamen seine Hoffnungen einen neuen Dämpfer, bis er sich drei Fragen stellen musste: Warum waren die Dämonen auf einmal so viel stärker geworden? Warum hatten sie sich zurückgezogen, wenn sie wirklich so stark waren, wie es schien? Wann würden sie zurückkehren, um ihm den tödlichen Schlag zu versetzen?

Bis zu diesem Nachmittag hatte der Kaltraum ungefähr ein Drittel seiner Stadt abgedeckt. Sie hatten sich recht bequem einrichten können. Jetzt musste er sich mit der Tatsache abfinden, dass er ein Gefangener in seiner eigenen Burg war. Luke hatte nicht übertrieben, und Blackthorne war dankbar, dass seine Leute eine große Disziplin an den Tag legten und ringsherum Wachen aufgestellt hatten. Das hatte er Darrick zu verdanken, der nachdrücklich darauf bestanden hatte, dass sie mehrere einander überlappende Wachbezirke einrichten sollten. Wahrscheinlich würde er nie mehr eine Gelegenheit bekommen, sich persönlich zu bedanken.

Dieses Mal sah Blackthorne sich etwas gründlicher in der Krankenstation um. In dem ehemals stillen, weiß gekalkten Zimmer herrschte jetzt großer Lärm, und die Wände waren voller Blutspritzer. Verletzte schrien auf und verstummten entkräftet, Metall kratzte über Stein, wenn die Verwundeten nach der ersten Untersuchung auf ihren Pritschen zu den erschöpften Heilern weitergeschoben wurden, die sich um die Behandlung kümmerten. Wenn die Verletzten Glück hatten, mochten sie eines Tages sogar wieder genesen. Dicht an dicht drängten sich Krieger, Magier und gewöhnliche Bewohner der Stadt. Sie lagen auf notdürftigen Kissen, lehnten an der Wand und an den Säulen, ließen sich von Angehörigen in den Armen wiegen.

Er verweilte etwas, spendete Trost, wo er konnte, und versprach den Heilern, sie würden alles erhalten, was er überhaupt an Hilfsmitteln beschaffen konnte. Warmes Wasser und saubere Tücher waren besonders knapp.

Als er in die Küche eilte, erwachte eine neue Hoffnung in ihm. Tief im Innern der Burg, wo die Schornsteine mit Gittern gesichert und die Lüftungsschächte durch die Fundamente bis hinab zu den Höhlen im Fels führten, waren viele dem Angriff entgangen. Sie kochten Essen und Wasser und hatten eine Eimerkette zu den drei Brunnen eingerichtet. Blackthorne nickte erfreut, als er sah, wie viele Wachen in diesem Raum postiert waren, der jetzt das Zentrum seines Reichs bildete.

Er schüttelte Hände, klopfte den Leuten auf den Rücken und machte aufmunternde Bemerkungen. Wichtig war vor allem, dass er sich blicken ließ. Bei den Göttern, die Hälfte der Menschen in der Burg wusste vermutlich nicht einmal, ob er tot oder lebendig war. So unternahm er einen raschen Rundgang, überprüfte die Stallungen, verschaffte sich einen Eindruck von der Verfassung der Pferde und Magier, ging in den Hof hinaus, wo immer noch Wachen patrouillierten. Die Zuversicht war jedoch der Furcht gewichen, und statt zweien waren jetzt immer drei bis vier unterwegs, um die Grenze des Kaltraums zu kontrollieren. Dort blieb er stehen und versuchte, die Dämonen zu zählen.

Sie waren noch da, hatten aber große Verluste hinnehmen müssen. Blackthorne und seine Leute hatten ihnen einen ordentlichen Dämpfer verpasst, aber mit ihrem Blut dafür bezahlt. Selbst wenn die Dämonen, was er nicht glaubte, momentan stark geschwächt waren, konnten sie sicherlich leicht Verstärkung heranholen. Seine eigene Truppe war ebenfalls stark dezimiert, und das war den Dämonen wohl kaum entgangen. Dennoch gab es keine Verhöhnungen, keine Demonstrationen der Stärke oder Bekräftigungen ihrer Absichten. Es war ruhig in der Stadt. So ruhig, dass man fast meinen konnte, die Dämonen hätten aufgegeben.

Später, als er seinen Rundgang über das Gelände, durch die Gärten und die Gebäude beendet hatte, die er noch kontrollierte, kehrte er in sein Schlafgemach zurück und setzte sich zu Luke. Der junge Mann starrte blicklos die Decke an, während der Baron sprach.

»Wie war noch deine Einschätzung? Es könnte schlimmer sein? Das trifft es ungefähr. Wir haben noch genügend Magier, die sich ablösen können. Wir haben einen sicheren Bereich, in dem sie ihr Mana auffrischen können, und wir haben Zugang zu Essen und Wasser. Letzteres unbeschränkt, Nahrung haben wir noch für mindestens vierzig Tage. Eigentlich wäre es weniger, aber ich fürchte, unsere Verluste waren hoch. Wir müssten den Schutzschirm auf die ganze Burg ausdehnen, aber wenn wir ehrlich sind, reicht es für kaum mehr als die Küche, die Ställe, die Zimmer im Erdgeschoss und den Festsaal. Wir sollten wohl auch die Krankenstation verlegen. Wenn wir das tun, können wir meiner Ansicht nach aushalten, bis uns die Nahrung ausgeht. Wir sind immer noch stark, und wir haben unsere Hoffnung. Nur ausbrechen können wir nicht, dazu sind wir nicht genug. Jedenfalls nehme ich es an. Es wäre mir wichtig gewesen, deine Meinung zu hören und vor allem auch deine Zuversicht zu sehen. Es tut mir leid, dass ich dich allein gelassen habe, Luke. Ich bin bekümmert, weil ich nun ebenfalls allein bin.«

Blackthorne drückte Lukes Augen zu, dann drehte er sich zu dem Sergeant und den Heilern um, die er heraufgeholt hatte und die hier gestorben waren.

»Ich bin den Tränen nahe, aber ich kann nicht weinen. Galt diese Ansprache mir oder ihm? Er hatte so eine prächtige Seele, die mich gesättigt hat.«

»Sein Name war Luke, und meine Worte waren an uns alle gerichtet.« Blackthorne erhob sich.

»Glaubst du das wirklich? Tatsächlich?« Ferouc löste sich aus den Schatten. Er hatte die Flügel auf dem Rücken zusammengefaltet, seine Farbe war ein sattes, entspanntes Dunkelgrün. »Oder habe ich dich endlich überzeugt, dass dieser vergebliche Kampf aufhören muss?«

»Es ist schon seltsam. Hättest du mich dies da draußen gefragt«, Blackthorne deutete zum geborstenen Fensterladen, »dann wäre ich vielleicht sogar geneigt gewesen, dir zuzustimmen. Jetzt aber hast du den Falschen getötet, und daher werde ich bis zum letzten Atemzug kämpfen. Findest du das nicht seltsam, Fummler? Zu sehen, was uns Menschen antreibt?«

Feroucs Farbe flackerte und wurde vorübergehend erheblich heller. Klickend verflocht er seine Finger.

»Vorsicht mit deinen Beleidigungen, Baron Blackthorne. Du bist unbewaffnet.«

»Und du bist innerhalb meines Schutzschirms. Schwach und verletzlich.« Blackthorne näherte sich dem Dämon. »Möchtest du gerne herausfinden, wer hier der Stärkere ist?«

»Eine flüchtige Berührung reicht aus, Mensch.«

»Glaubst du wirklich, ich fiele dir so leicht in die Hände?« Blackthorne hatte keinerlei Angst vor dem Wesen. So mächtig es auch war, er empfand nur verhaltene Wut und Entschlossenheit. Daraus schöpfte er Mut, und dies verband ihn mit allen anderen Menschen und Frauen in ganz Balaia, die ähnlich empfanden. Es war die beste Verteidigung. »Ich bin Baron Blackthorne. Mich beherrscht niemand. Niemand nimmt mir das, was mich ausmacht.«

Ferouc klatschte in die Hände und legte sie an die Kehle. Er stieß ein trockenes Knacken aus, das wohl Gelächter sein sollte.

»Schade für Balaia, dass nicht alle Menschen so stark sind. Dennoch, auch du kannst besiegt werden. Besiegt und gebrochen.«

Blackthorne sah die Seelenfresser durch den verzogenen Fensterrahmen hereinfliegen. Es waren drei.

»Wir haben gesiegt, Baron Blackthorne. Unsere Kraft

ist jetzt so groß, dass wir euch auch innerhalb der Schutzhülle bezwingen können. Aber glaube mir, die Unterwerfung ist schmerzlos.«

Blackthorne riss den Dolch aus der Scheide und zog ihn mit der Rückhand dem ersten Wesen durch die Kehle. Der Dämon stürzte zu Boden und starb sofort. Blackthorne nutzte den freien Raum und bewegte sich zur Tür. Dankbar nahm er Ferouc s Überraschung zur Kenntnis. Wieder wechselte die Farbe des Dämons.

»Jeder Baron hat Feinde, Fummler, und kein Baron ist jemals unbewaffnet. Wir werden siegen. Der Rabe und die Elfen werden dich bezwingen, und du wirst sterben, ohne meine Burg eingenommen und meine Seele gekostet zu haben.«

Immer drei Stufen auf einmal nehmend, rannte er die Treppe hinunter und rief nach seinen Wachen.

Wütendes Bellen ertönte am Himmel über Beshara und zerstörte die Choreographie der simulierten Angriffsformation. Die Brutführer sendeten ihre Gedanken und riefen die Drachen zusammen. Sha-Kaan sah hilflos zu, wie sich die Formationen auf der ganzen Ebene auflösten. Gost stiegen auf und kreisten. Stara sammelten sich und setzten sich ein Stück in Richtung ihres Brutlandes ab. Skoor sanken in eine Wolkenschicht und nahmen eine Verteidigungsformation ein.

Kleinere Bruten verstreuten sich in alle Himmelsrichtungen. Drachen prallten gegeneinander und rempelten sich an. Feuerstöße zuckten durch die Dämmerung. Mehrere Drachen stürzten ab, Rauchfahnen hinter sich herziehend. Spannung flackerte auf, plötzlich aufkommende Wut überlagerte alles andere. Naik und Kaan flogen in die Lücke und baten um Ruhe.

Von Süden sah Sha-Kaan die Brut Koli kommen. Alle Drachen spürten den Zorn, den sie ausstrahlten. Alle erkannten sofort, gegen wen er gerichtet war. Auf einmal entstand viel freier Raum um die Skoor, die sich zugleich unschuldig gaben und trotzig auftraten. Sha-Kaan bat Yasal, ihm zu folgen, und schwebte davon, um sich zu den versammelten Bruten zu begeben.

»Kein offener Konflikt darf ausbrechen, so groß das Verbrechen auch sei«, sendete er. »Umringt die Skoor. Yasal, begleite mich bitte zu den Koli.«

»Natürlich«, sagte Yasal.

Die Naik und Kaan flogen zur Wolkenbank, wo die Skoor warteten. Die Gedanken der Drachen waren voller Abscheu und Zorn, darin war aber auch eine Spur von Bereitschaft zur Versöhnung zu erkennen.

Sha-Kaan hatte den starken Eindruck, etwas Unausweichliches sei endlich eingetreten. Die Spannungen hatten länger gebraucht als erwartet, um schließlich doch noch durchzubrechen. Seine Dummheit war es gewesen zu glauben, größere Schwierigkeiten könnten gänzlich ausbleiben.

Als er sich den Koli näherte, es waren sieben, bemerkte Sha, wie Trupps fast aller anderen Bruten sich lösten und in Richtung ihrer Brutländer flogen. Er war versucht, ihrem Beispiel zu folgen.

»Langsam«, sendete er den Koli. »Langsam.«

Sie ignorierten ihn und änderten ein wenig die Richtung, um den beiden Friedensboten auszuweichen. Yasal drehte ebenfalls ab, Sha dagegen flog einen Bogen, um sich ihrer Formation anzuschließen, statt ihnen den Weg zu versperren.

»Falon-Koli, du wirst anhalten und reden. Du kannst sie nicht erreichen.«

»Versuche nicht, mich aufzuhalten, Sha-Kaan«, sendete Falon. »Dies ist nicht deine Angelegenheit.«

»In diesem Moment ist jeder Konflikt meine Angelegenheit«, sagte Sha und ließ sich seine Gereiztheit durchaus anmerken. »Wir bemühen uns um unser aller Zukunft.«

»Ich habe keine Zukunft!«, tobte Falon. »Die Skoor haben unser Brutland angegriffen. Wir sind vernichtet. Wir sieben sind alle, die noch übrig sind.«

Ein anderer Impuls erreichte Sha-Kaan.

»Wir haben dir vertraut, Sha-Kaan, und wurden verraten. Du kämpfst für deine Zukunft. Wir kennen nur noch die Rache.«

»Nein«, erwiderte Yasal zornig. »Ihr dürft nicht angreifen. Ihr dürft nicht alles aufs Spiel setzen, was wir aufbauen.«

»Nichts habt ihr aufgebaut«, erwiderte Falon-Koli aufgebracht. »Ein Bündnis, das auf Lug und Trug beruht. Wo ist denn deine Bedrohung, Sha-Kaan? Ich kann dir sagen, wo sie ist. Es sind die Skoor. Sie haben dich benutzt, um uns zu vernichten. Wir werden sterben, aber wir werden uns rächen. Das ist alles, was wir noch haben.«

»Noch einmal, fliege langsamer. Bitte.«

Sha-Kaan flog in einem hohen Bogen über sie und kam rasch näher. Yasal stieg von unten auf, um sie abzufangen.

»Halte uns auf, und du spürst unsere Flammen.«

Auf ein Zeichen schwärmten die sieben Koli aus. Sha-Kaan bellte wütend. Er schickte seiner Brut einen Hinweis, wie es auch Yasal tat. Die Skoor stürmten aus den Wolken heraus. Hundertfünfundsiebzig waren es, eine entsetzliche Übermacht für die Koli.

»Die Flammen mögen dich holen, Caval-Skoor«, sendete er. »Was hast du getan?«

»Wir mussten es tun«, kam prompt die Antwort. »Jetzt wird die Aufgabe vollendet, und dann hast du meine ganze Aufmerksamkeit.«

Caval hatte an alle gesendet, die ihn hören wollten. Eine Flut wütender Antworten erfüllte den Gedankenraum. Die anderen Drachen wollten nicht mit den Skoor fliegen. Sie hatten allen Streit vergessen und würden sich auf die Seite der Koli stellen, um die Skoor vom Himmel zu vertreiben.

Die Drachen der Naik und Kaan baten um Ruhe, während sie sich zur Verteidigung formierten. Sha-Kaans Herz schlug zum Zerspringen, und alle Hoffnung wich von ihm. Wieder brüllte er und spie Flammen in den leeren Himmel. Koli und Skoor näherten sich einander, stießen hasserfüllte Rufe und Todesdrohungen aus. Am Himmel formierten sich die Bruten zum Angriff und zur Verteidigung. Stara und Gost rotteten sich zusammen. Die kleineren Bruten versammelten sich, einige flogen bereits hinter den wenigen Koli her. Die ersten Flammen zuckten, die Krallen packten zu.

»Yasal, brich ab. Bringe dich nicht selbst in Gefahr. Kaan, in die Höhe.«

Die Bruten Kaan und Naik flogen aufwärts. Sha-Kaan hörte das Kreischen der verbrannten Drachen und schloss die Augen.

»Bitte«, sendete er an alle, die hören wollten. »Zieht euch zurück. Tanis-Veret, Koln-Stara, Eram-Gost. Alle, die unsere Dimension retten wollen, zieht euch zurück. Kommt zu uns in die Höhe.«

Doch der ohrenbetäubende Schlachtlärm drunten verriet ihm, dass sie verloren waren.

# Sechstes Kapitel

Der Rabe bemerkte die von Elfen geführte julatsanische Truppe, lange bevor sie fürs Auge sichtbar wurde. Auum hatte sie in ein Versteck südlich vom Triverne-See begleitet, wo sie den Treck erwarten konnten.

Im Grunde war die Deckung nur eine Illusion. Die Klippen erlaubten ihnen einen guten Blick und boten Schutz aus allen Richtungen, abgesehen von vorne, aber der Rabe hatte eine Signatur, die jeder Dämon gierig wittern würde, lange bevor er das Auge zu Hilfe nehmen musste. Es war ein kalkuliertes Risiko. Denser nahm an, die dicht gedrängten Magierseelen würden die Aufmerksamkeit der Dämonen lange genug fesseln, damit der Rabe den Zug erreichen konnte.

Eine Weile hatten sie zugesehen, wie die Dämonen den Zug verfolgten, ausschwärmten und zu hunderten zum Angriff herabstießen. Zur Antwort flackerten und knallten Sprüche. Die ordnenden Rufe, der Kampflärm und das Knarren der Wagen waren beständige Begleiter der Karawane. Erst jetzt aber vervollständigte sich das Bild.

Auf der Kuppe eines lang gestreckten, flachen Hügels tauchten in der Spätnachmittagssonne die ersten Wagen als dunkle Silhouetten auf. Sie waren höchstens noch eine Meile entfernt. Elfen bewachten jeden Wagen, beschützten die Segeltuchdächer und die wertvolle Fracht.

Droben sammelten sich die Dämonen am Himmel und stießen immer wieder in die schützende Hülle des Kaltraums hinab, während der Treck schwerfällig gen Xetesk rollte. Die empfindliche Konzentration der Sprüchewirker in den Wagen gab das Tempo vor. Ohne diese Magier würden die Dämonen die Verbündeten im Handumdrehen überwältigen.

Hinter der Hügelkuppe flammte gelbes Licht auf. Dämonen kreischten und verstreuten sich. Einige stürzten hilflos zu Boden, andere versuchten, die Magier anzugreifen.

»Wie machen sie das?«, fragte Hirad.

»Rebraal hat die Kalträume vermutlich aufgeteilt«, sagte Erienne, »und dazwischen Lücken geschaffen, in denen das Mana hoch konzentriert ist.«

»Faszinierend«, fügte Denser hinzu. »Das Mana läuft außen an den Hüllen entlang, und so entstehen konzentrierte Bereiche, wenn die Abstände passen.«

Hirad sah ihn an. »Darüber müssen wir uns unbedingt mal unterhalten. Ich würde das alles gern lernen.«

»Du bist ein hoffnungsloser Barbar, Coldheart«, gab Denser zurück. »Es ist eine sehr kluge Idee. Auf so was wärst du nie gekommen.«

»Aber riskant, oder?«, wollte Darrick wissen.

»Nur wenn sie sich nach dem Spruch noch lange dort herumtreiben«, meinte Erienne.

Hirad beobachtete die Kämpfe innerhalb der Abschirmungen und musste wider Willen lächeln. Aus dieser Entfernung konnte er die Gesichter nicht erkennen, aber das war auch nicht nötig. Ein Angriff der Dämonen begann, es war ein Schwarm winziger Ungeheuer, die Auum als Drohnen bezeichnete und die auch Hirad sehr gut kannte, unterstützt von mannsgroßen Seelenfressern.

Die Drohnen sollten vor allem Verwirrung stiften und stürzten sich deshalb direkt auf die Kutscher. Dort stießen sie jedoch auf Widerstand. Anmutig, zielsicher und immer in der Offensive kämpften dort die Elfen. Ihre menschlichen Begleiter, sofern sie bisher überlebt hatten, waren dagegen außer sich vor Angst, gerieten leicht in Panik und konnten sich nur zurückziehen. Deshalb brauchte Rebraal den Raben. Um den Menschen ein Ziel und neue Hoffnung zu geben.

»Wie viele Wagen sind aufgebrochen?«, fragte Hirad.

»Fünfzehn«, informierte ihn Auum.

»Bei den brennenden Göttern.«

Das Ende der Kolonne kam in Sicht. Acht Wagen waren es noch.

»Sie werden in weniger als einer halben Stunde hier sein«, überlegte Denser.

»Das weißt du ganz genau, ja?«, stichelte Hirad.

»Ich kann gut schätzen.«

»Ist aber auch egal. Wir müssen da rein und uns einmischen. Wir haben lange genug herumgehangen. Wir …«

»Hirad, was ist denn?« Erienne legte ihm eine Hand in den Nacken.

»Ich …«

Die Wut traf ihn mit voller Wucht. Er spürte, dass er stürzte, konnte sich aber nicht festhalten. Sha-Kaans Zorn durchdrang ihn mit voller Wucht, und er konnte nichts tun, außer abwarten und es über sich ergehen lassen.

»Sha-Kaan«, konnte er noch senden, »ich kann nicht …«

Der Große Kaan stand kurz davor, die Geduld zu verlieren. Seine Frustration und sein Zorn rumorten in Hirads Schädel und streckten den Rabenkrieger hilflos zu Boden. Irgendwie bemerkte er noch, dass seine Freunde mit ihm redeten und ihn berührten, aber er konnte nicht reagieren. Er nahm das bisschen Kraft zusammen, das ihm noch geblieben war, und tat das Einzige, was er konnte.

»Sha-Kaan, hör auf. Du bringst mich um.«

Abrupt brachen die Emotionen ab, die auf ihn eingeprasselt waren, aber sein Wachbewusstsein kehrte noch nicht zurück.

»Der Himmel soll sie holen, sie vernichten all unsere Hoffnungen«, sendete Sha-Kaan. Hirad spürte die Verzweiflung und Ohnmacht des Drachen.

»Wer denn?«, fragte er in die Leere hinein.

Sha-Kaan seufzte, es war ein dröhnendes Schnaufen, das traurig klang. »Dies zu erklären, würde sehr lange dauern. Da du ruhst, was ich nicht erwartet hatte, werde ich dich einladen, durch meine Augen zu sehen und wahrzunehmen, was ich empfinde.«

Auf einmal hatte Hirad das Gefühl zu fallen. Der Boden verschwand unter seinen Füßen, stattdessen hatte er den Eindruck einer gewaltigen Weite rings um sich. Kalte Luft strömte über seinen Körper, alle Nerven und Fasern schrien vor altem Schmerz und Sehnsucht.

Er hörte Flügel schlagen, spürte den Luftwiderstand und die Kraft hinter den Bewegungen. Er fing den scharfen Geruch von Holz und Öl auf, den Gestank von zerstörtem, verbranntem Fleisch. Er schmeckte etwas Bitteres, Saures im Mund. Alles drehte sich um ihn, als die Emotionen aus allen Richtungen über ihn hereinbrachen. Schließlich öffnete er die Augen und nahm auf, was am Himmel von Beshara geschah.

Der Anblick jagte ihm einen kalten Schauer über den Rücken. Sha-Kaan drehte den Kopf hin und her, um Hirad alles zu zeigen. Der Himmel war voll von blitzenden Schuppen, grellen gelben Flammenstößen und dunklem Rauch, der vom Wind der höheren Luftschichten rasch hin und her getrieben wurde. Brüllende Drachenmäuler spien Feuer, begleitet von einer Welle von Wut, die ihn erzittern ließ.

Hirad konnte nicht einmal annähernd schätzen, wie viele Drachen sich an dem Zerstörungswerk dort unten beteiligten. Einen ähnlichen Anblick hatte er in dieser Region gesehen, als der Himmelsriss offen gestanden hatte, aber das war im Vergleich zu diesem Kampf ein kleines Scharmützel gewesen.

»Fast eintausend Drachen zanken sich und fügen uns allen einen Schaden zu, von dem wir uns möglicherweise nie wieder erholen werden«, erklärte Sha-Kaan. »Die Arakhe belauern uns außerhalb unser Dimension und werden es spüren. Das starke Feuer lockt sie an, und die Drachen kommen in Versuchung, aus der Schlacht heraus in den interdimensionalen Raum zu springen, um zu fliehen. Dies könnte den Arakhe eine Tür öffnen.«

Der Lärm, der von unten heraufdrang, war unbeschreiblich. Ein Trupp Skoor, zwanzig starke, wie gelber Sand schimmernde Drachen, beschrieb einen engen Bogen und stieß durch die linke Flanke der Gegner, die gerade eine andere Gruppe von Skoor unter Druck setzte. Sie waren wie eine Kugel formiert und näherten sich blitzschnell den Gegnern. Ringsumher spien sie Feuer in alle Himmelsrichtungen. Vorn prallten die führenden Drachen mit den anderen zusammen, die ihnen den Weg versperrten.

Es war eine vernichtende Taktik, die von anderen im Kampf aufgegriffen wurde. Drachen bellten und kreischten, wenn ihre Flügel, der Bauch oder der Rücken versengt wurden. Unzählige Rauchfahnen stiegen empor, Reißzähne verbissen sich in den Hälsen der Gegner. Dutzendweise stürzten die Drachen vom Himmel, und die Skoor verloren die Schlacht.

Sie waren fünf zu eins unterlegen und konnten nicht hoffen, sich für immer ihren Feinden zu widersetzen. Doch ihr Stolz ließ nicht zu, den Kampf abzubrechen. Sie hatten schreckliche Verluste.

»An einem Tag, an dem wir zusammenarbeiten sollten, um unser aller Zukunft zu sichern, wurde eine Brut ausgelöscht und eine andere so stark dezimiert, dass sie nicht überleben wird.«

Hirad spürte den unendlichen Kummer, als wäre es sein eigener.

»In unserem Stolz dachten wir, nur andere Lebensformen wären so blind, wegen nichts und wieder nichts gegeneinander zu kämpfen, obwohl die gegenseitige Vernichtung das einzige sichere Ergebnis sein konnte. Dabei sind wir noch viel schlimmer. Unser Versagen könnte vielen anderen den Tod bringen, weil wir sie hineingezogen haben, ohne ihnen die Gelegenheit zu geben, sich herauszuhalten. Sage mir, dass ihr Xetesk nahe seid.«

»Weniger als ein Tagesmarsch, Großer Kaan. Aber es wird einen höllischen Kampf erfordern hineinzukommen. Die Dämonen werden uns ja nicht gerade mit einer Verbeugung hereinbitten.«

Sha-Kaan hielt inne. Drunten hüllte ein gewaltiger koordinierter Feuerstoß fünfzig oder gar hundert Drachen auf einmal ein. »Wann wird der Kampf beginnen?«

»Er hat bereits begonnen. Julatsaner und Al-Arynaar sind ständigen Angriffen ausgesetzt, während sie sich Xetesk nähern. Wir stoßen jetzt zu ihnen und werden morgen früh die Stadt erreichen.«

»Ich bringe die Kaan zu dir.«

»Nein«, widersprach Hirad. »Wir sollten nicht gleich alle Karten auf den Tisch legen und ihnen vorschnell verraten, mit wem wir verbündet sind. Schone deine Kräfte, rette so viele, wie du nur kannst, und sei bereit, wenn ich dich rufe.«

Sha-Kaan grollte unwillig. »Du könntest vor den Toren fallen.«

»Wir werden nicht scheitern«, widersprach Hirad. »Wir …«

»Sag's nicht«, fiel ihm Sha-Kaan ins Wort. »Sage es nicht.« Eine kleine ironische Bemerkung, doch die Belustigung war beim nächsten Flügelschlag schon wieder verschwunden. »Es wird Zeit zu gehen, Hirad Coldheart. Ich muss in der Asche suchen und wiederaufbauen, was ich aufbauen kann.«

»Viel Glück.«

»Möge dich der Himmel tragen, mein Freund.«

Hirad schlug die Augen auf und sah sich von besorgten Gesichtern umringt. Die Kopfschmerzen waren bereits zu einem leichten Pochen abgeklungen. Nur Thraun lächelte.

»Sha-Kaan?«, sagte er und streckte eine Hand aus.

Hirad ergriff sie und ließ sich hochziehen.

»Ja.« Er nickte. »Ich fürchte, es gibt noch mehr Schwierigkeiten. Hört mal, wir müssen sehen, dass wir schleunigst nach Xetesk kommen. Ich erzähle es euch unterwegs. Es sieht so aus, als wären mit jedem Tag, den wir vertrödeln, weniger Drachen da, die uns abschirmen können.«

Der Lärm der Dämonen, die den Treck umringten, war so stark, dass Rebraal sich kaum verständlich machen konnte. Ständig griffen sie an, und nachdem sie am vergangenen Abend zwei Magiergruppen für die Kalträume verloren hatten, waren die Krieger der Al-Arynaar einem ungeheuren Druck ausgesetzt. Die Menschen gerieten immer wieder in Panik und verloren erst den Kopf und dann die Seele, sobald sie ihre Disziplin vergaßen. Fünf der acht Wagen wurden jetzt von Elfen gelenkt, und es waren nur noch so wenige Menschen am Leben, dass Rebraal ernsthaft darüber nachdachte, sie alle einfach in die Wagen zu stecken. Trotz seiner Gereiztheit über ihre Unzulänglichkeiten konnte er jedoch nicht umhin, beeindruckt ihre ungeheure Hartnäckigkeit zur Kenntnis zu nehmen. Jedes Mal, wenn ihre Zahl weiter dezimiert worden war, fanden sie dennoch einen Grund zu lachen. Die anderen Al-Arynaar konnten nicht begreifen, wie man in einer so schlimmen Lage lachen konnte. Rebraal kannte dies schon vom Raben.

Seine größte Sorge waren jetzt die Pferde. Sie waren müde und verängstigt. Die zitternden Beine und die verdrehten Augen sprachen Bände. Seine Elfen flüsterten den Pferden ständig beruhigende Worte ein, aber irgendwann würde das nicht mehr ausreichen.

Droben rotteten sich schon wieder die Dämonen zusammen. Viel Zeit blieb ihm nicht. Rebraal rannte an der Reihe der Wagen entlang, die sie bis hierher gerettet hatten. Er hinkte jetzt stärker. Das Tuch, das er sich um den Schenkel gebunden hatte, nützte nicht viel. Beim letzten

Angriff hatten ihn die Krallen der Cursyrd erwischt, und er hatte keine Gelegenheit gefunden, sich auszuruhen. Deshalb war die Blutung noch nicht gestillt. Die Wunde fühlte sich eiskalt an, sogar der Muskel war beschädigt, aber er durfte nicht anhalten. Nicht, solange Auum und der Rabe nicht zu ihnen gestoßen waren.

Wo blieben sie nur?

Der Treck fuhr inzwischen ein Stück südlich des Triverne-Sees. Bald mussten sie mit einem konzentrierten Angriff der Cursyrd aus Xetesk rechnen. So würden die Legionen, die ihnen seit Julatsa auf den Fersen waren, eine erhebliche Verstärkung bekommen.

Zwei Tage beständigen Lärms und unablässiger Angriffe, während sie pausenlos gefahren waren und nur gehalten hatten, um die Pferde zu wechseln, forderten ihren Tribut. Alle waren müde – die Magier in den Wagen, deren Konzentration jederzeit brechen konnte, die Krieger, die mit brennenden, erschöpften Muskeln neben ihnen rannten, die Offensivmagier, die in den Mana-Lücken kaum Zeit hatten, auch nur den einfachsten Spruch zu wirken, ehe die Cursyrd über sie herfielen.

Allen, die ihm begegneten, ob Mensch oder Elf, sah er die zunehmende Erschöpfung an. Der Glaube der Menschen schien zu wanken. Er rief ihnen Ermutigungen zu, ballte die Hände zu Fäusten und verlangte von ihnen, stark zu sein. Er rief Yniss und Tual an. Er murmelte mit angehaltenem Atem ein Gebet an Shorth, er möge bereit sein, sie alle gnädig aufzunehmen.

Mehr als fünfhundert Menschen und Elfen hatten Julatsa verlassen. Über einhundert hatten sie verloren, und die Überlebenden brauchten etwas, das ihnen neue Hoffnung gab. Der Rabe konnte das leisten. Der Rabe stand nie auf Seiten der Verlierer.

Er erreichte die Spitze des Trecks. Auch die beiden führenden Wagen wurden inzwischen von Elfen gelenkt. Die müden Pferde brachen fast zusammen, aber noch wollte er nicht anhalten. Wohl zum tausendsten Mal blickte er nach vorn. Der Himmel war dunkel von Cursyrd, sie lärmten lauter denn je.

»Bereit!«, rief er.

Der Befehl wurde weitergegeben. Elfen stiegen auf die Wagen oder umringten sie, Defensivmagier rannten und postierten sich in der Nähe der Mana-Lücken. Alle waren voll ängstlicher Spannung.

»Dila'heth!«

Die Anführerin der Elfenmagier antwortete sofort. Sie war außer Sicht auf der anderen Seite des Wagens. Er eilte zu ihr hinüber und unterbrach ihr Gespräch mit Pheone. Die Leiterin des Kollegs von Julatsa war noch stark, sie hatte den Mut der Menschen noch nicht verloren.

»Bei Gyals Tränen, Rebraal, du musst dich ausruhen.«

Rebraal grinste humorlos. »Das ist leider nicht möglich, wie du weißt.«

»Wo stecken sie nur?«, fragte Dila. Auch sie musste schreien, um sich im Lärm der Cursyrd verständlich zu machen.

»Nahe«, sagte er. »Es kann gar nicht anders sein.« Er fing Pheones Blick auf. »Sie werden kommen.«

Pheone lächelte. »Ganz gewiss.«

»Wo ist deine Position?«, fragte Dila.

»Ich bleibe beim zweiten Wagen und sorge dafür, dass die Pferde geradeaus laufen. Versuche, die Schutzhülle kurz zu verlassen, wenn du kannst. Alles, was sie ablenkt, ist eine Hilfe.«

Sie nickte. »Es sind so viele, obwohl wir schon hunderte getötet haben.«

»Nein, so darfst du es dir nicht vorstellen. Denke lieber daran, dass Xetesk vor Einbruch der Abenddämmerung in Sicht kommen wird, und dass wir vor morgen Mittag drinnen sein werden. Sie erwarten uns sicher schon.«

»Das will ich hoffen.«

»Yniss wacht über uns.«

»Es wäre gut, wenn er etwas mehr tun könnte.«

»Das ist wahr, Dila. Laufe schnell.«

Er wandte sich an Pheone. »Steig auf den Wagen.«

»Nein«, widersprach sie. »Ich muss mich blicken lassen.«

»Vor allem musst du überleben«, wandte Rebraal ein. »Uns stehen große Kämpfe bevor. Bitte, zwinge mich nicht, dich persönlich in den Wagen zu verfrachten.«

Pheone biss sich auf die Unterlippe, dann nickte sie. »Du hast vermutlich recht.«

Rebraal neigte den Kopf und rannte zur zweiten Wagengruppe zurück. Die Pferde waren zwischen der Eskorte der Elfen kaum zu sehen. Die menschlichen Kutscher hatten große Angst und blickten mehr nach oben als nach vorn.

Er drängte sich durch die Wächter, stieß aufmunternde Rufe aus und hörte die Antworten. Schließlich sprang er aufs Trittbrett des linken Wagens.

»Wir fahren nach vorn, nicht nach oben.« Er legte dem Kutscher eine Hand auf die Schulter.

»Ja, aber der Tod kommt von oben und nicht von vorn«, grollte Brynn, ein Mann in mittleren Jahren. Sein Gesicht war von Kratzern überzogen, die ihm die Drohnen zugefügt hatten. Sein Kopf war verbunden, aber die Augen darunter sprachen von einem unerschütterlichen Überlebenswillen. Rebraal mochte den Mann. Er war, wie Hirad in zehn Jahren sein würde.

»Lass mich den Himmel beobachten, Brynn. Du sorgst dafür, dass die Tiere geradeaus laufen.«

»Die werden sich hüten, vom Weg abzuweichen, wenn ich hinter ihnen sitze«, sagte Brynn nicht unfreundlich. »Fährst du dieses Mal mit mir? Willst du es dir mal von hier oben anschauen, wie es läuft?«

»Das will ich tun«, bestätigte Rebraal.

Dann brach die Hölle los.

Drohnen rasten zum hinteren Teil des Zuges, Seelenfresser kamen von vorn. Mit dieser Taktik hatten sie es schon einmal versucht. Offenbar wollten sie die Wagen veranlassen, hinten und vorne mit unterschiedlicher Geschwindigkeit zu fahren, damit in der Mitte Chaos entstand.

»Bleibt in der Formation!«, übertönte Rebraal den Lärm. Sein Ruf wurde aufgenommen und weitergegeben. »Haltet die Geschwindigkeit! Haltet die Geschwindigkeit!«

Wie die Heuschrecken, die über die südlichen Savannen von Calaius herfielen, schwärmten die Drohnen um die Wagen. Ein paar Augenblicke lang beobachtete Rebraal, wie die lärmende Masse niederging. Klingen blitzten im Zwielicht, ein Eiswind riss eine Lücke in die Reihen der Feinde, dann waren die Wagen wieder verdeckt.

Rebraal hatte unterdessen ganz andere Sorgen. Eine große Zahl Seelenfresser, es mussten gut über dreihundert sein, griffen von beiden Flanken und von oben die Spitze des Zuges an. Sie verhöhnten die Menschen und Elfen, lachten sie aus und tauchten in die Kalträume ein, die ihnen offenbar mit jedem Tag weniger Unannehmlichkeiten bereiteten.

»Lasst die Pferde laufen! Achtet auf die Scheuklappen!«

Die Angreifer fegten über den ersten Wagen hinweg und rasten weiter.

»Yniss möge uns schützen«, murmelte Rebraal.

Das Schwert in der rechten Hand, klopfte er noch einmal mit der linken Brynn auf die Schulter, dann waren die Feinde da.

»Aufpassen!«, rief er.

Die Cursyrd griffen den Wagen an. Mehr, als er zählen konnte. Er schob sich schützend vor Brynn, kehrte dem Ansturm den Rücken und spürte, wie die Krallen über seine Rüstung kratzten und Zähne nach seinem Kopf schnappten.

»Bin noch da«, sagte Brynn.

Die Pferde bockten, und Brynn hatte große Mühe, sie unter Kontrolle zu halten. Ringsumher hackten Al-Arynaar auf die Dämonen ein und schlugen die Seelenfresser zurück, die ihnen Augen und Kehle herausreißen wollten.

Rebraal richtete sich auf und schwang das Schwert in einem weiten Bogen. Er traf den Flügel eines Cursyrd, der kreischend und hellrot gefärbt nach oben auswich. Danach sah Rebraal sich rasch um. Die Plane des Wagens war gefährdet. Der Angriff der Cursyrd hatte drei Elfen von ihrem wackligen Hochsitz auf der Plane gerissen, sie kämpften jetzt weiter hinten im Staub und im Gras. Zwei waren noch dort. Rebraal blickte zu Brynn.

»Gheneer, du passt auf ihn auf.«

Der Al-Arynaar nickte, ohne im Kampf innezuhalten. Rebraal sprang auf die Plane, suchte nach einer Strebe und hätte beinahe das Gleichgewicht verloren, als der Wagen ruckte. Die Al-Arynaar kämpften schnell und hart. Ein Schwert schlitzte die Brust eines Cursyrd auf. Ein Tritt in den Bauch, und er flog vom Wagen. Ein anderer verlor durch einen nach unten geführten Hieb seinen Arm und zog sich heulend und fluchend zurück.

Rebraal musste es gleich mit dreien aufnehmen. Zwei kamen dem zu Hilfe, der schon mit den Krallen das Segeltuch zerfetzte. Der Anführer der Al-Arynaar stieg mit einem langen Schritt auf die nächste Strebe und versetzte dem Dämon einen Tritt vor den Kopf. Mit hilflos flatternden Flügeln überschlug sich das Wesen und versuchte, dem nachsetzenden Elf auszuweichen. Rebraal stellte sich über den Riss, nahm das Schwert in beide Hände und wartete.

Sie kamen von links und rechts. Lächelnd täuschte Rebraal links an und duckte sich rasch. Dann stach er gerade nach oben und trieb dem Cursyrd das Schwert zwischen den Beinen in den Leib. Er kreischte, dunkles Blut strömte aus der Wunde. Rebraal drehte die Klinge um und zog sie heraus, sprang hoch und versetzte dem zweiten Dämon in derselben Bewegung einen Tritt in den Bauch. Aus dem Gleichgewicht gebracht, konnte er die Arme nicht schnell genug vor die Brust bringen, um die Klinge des Elfenkriegers abzuwehren, ehe sie seinen Oberkörper durchbohrte.

Rebraal blieb in Bewegung und wechselte zum Heck des Wagens. Die beiden Al-Arynaar wehrten sich erbittert gegen die Feinde, die jetzt auch noch durch Drohnen verstärkt wurden. Rebraal packte einen Seelenfresser am Nacken und jagte ihm die Klinge mitten durch den Leib. Die Schneide durchtrennte die Wirbelsäule. Dann warf er den toten Dämon vom Wagen. Der Elf vor ihm nickte dankbar, drosch einem weiteren Gegner die Klinge mit einem Rückhandschlag ins Gesicht und drehte sich gleich zum nächsten um.

Über ihnen drängten sich die Seelenfresser in der Luft.

Al-Arynaar stiegen von beiden Seiten auf die Wagen. Rebraal blickte ins Innere hinein, sah die nach oben gedrehten Gesichter der Wächter und die gesenkten Köpfe der Magier. Bisher war der Schutzschirm noch intakt. Doch da die Luft voller Cursyrd war und der Rabe sich nicht blicken ließ, mussten sie mit aller Kraft kämpfen, wenn sie nicht untergehen wollten.

# Siebtes Kapitel

Dystran hatte die Ansicht aller anderen geteilt. Der unerwartete Rückzug der Dämonen bis an den Rand von Xetesk hatte es ihnen erlaubt, eine Menge Texte aus der Bibliothek zu bergen und nach draußen zu gehen, um die Einwohner der Stadt zu beruhigen. Außerdem hatten sie frische Lebensmittel von den Bauernhöfen holen und neue Informationen über die Dämonen und ihr Verhalten gewinnen können. Vor allem aber hatten sie im Freien den Manastrom genießen und ihre Reserven auffrischen können.

Allerdings hatten sie sich nicht sehr weit hinausgewagt. Zwei Jahre der Gefangenschaft hatten ihren Tribut gefordert. Die Magier und Soldaten witterten Tod und Gefahr in jedem Schatten und hinter jeder Ecke.

Der Herr vom Berge stand über dem Haupttor auf der Mauer seines Kollegs und blickte zur Stadt hinab. Weit im Süden am Stadtrand, wo das Spektrum völlig aufgewühlt war, machte er die Dämonen aus. Die Julatsaner kamen.

»Was hat das wohl zu bedeuten?«, fragte Prexys, ein Überlebender des Kreises der Sieben.

»Eine gute Gelegenheit … oder Verzweiflung. Vielleicht beides.« Dystran lächelte und genoss die frische Luft. »Ich kann nur nicht verstehen, warum sie uns völlig unbehelligt lassen.«

»Vielleicht stehen sie da draußen stärker unter Druck, als sie erwartet haben.«

»Das glaube ich nicht«, wandte Dystran ein. »Es sind so viele, aber selbst diejenigen, die jetzt noch aus dem Riss kommen, fliegen direkt dorthin. Wer sich von dort auch nähert – sie wollen um jeden Preis verhindern, dass er hier ankommt.«

Prexys schüttelte den Kopf. »Julatsa. Was muss dort geschehen sein, dass sie ausgebrochen sind?«

»Es wäre eine Schande, wenn wir es nicht herausfänden, was?« Dystran wandte sich an Chandyr und Vuldaroq. »Meine Herren, sind wir nicht bei unserer Ehre verpflichtet, den Menschen zu helfen, die in Not sind? Sagt mir, Chandyr, kommen sie Eurer Ansicht nach in unsere Richtung?«

»Daran besteht kein Zweifel, doch sie haben große Schwierigkeiten. Ich habe Magier über das Kolleg aufsteigen lassen, die den von Wagen aufgewirbelten Staub erkennen können, doch davor treibt sich ein großer Schwarm von Dämonen herum. Ich kann nicht empfehlen, das Kolleg zu verlassen und ihnen zu helfen, aber wir sollten Vorbereitungen treffen, um ihnen den Weg durch die Stadt zu erleichtern.«

»Wachsprüche, Wegweiser und Dreiergruppen von Magiern zur Verteidigung können wir entbehren«, sagte Dystran, »aber gefährdet nicht die Verteidigung des Kollegs, denn das wäre äußerst dumm.«

»Ich kümmere mich darum.«

»Gut. Setzt Eure Pläne so rasch wie möglich in die Tat

um. Wir haben nicht viel Zeit.« Die nächsten Worte richtete er an Vuldaroq. »Unterdessen sollten wir uns wohl noch einige Texte ansehen. Es muss vieles geben, was wir noch nicht entdeckt haben.«

»Ich bin ganz Eurer Meinung«, stimmte Vuldaroq zu.

»Gut, dann wollen wir an die Arbeit gehen. Noch etwas, Chandyr.«

»Lord Dystran?«

»Schickt eine Abordnung zu den Wesmen. Ich setze eine Botschaft auf. Es ist wohl allmählich an der Zeit, Tessaya einzuladen.«

»Der Wagen da soll langsamer fahren!« Rebraal versetzte einem Cursyrd einen Fausthieb, als er auf dem Wagendach wieder nach hinten ging. Ein Wagen aus der dritten Gruppe fuhr zu schnell, der Fahrer war unter den Drohnen fast nicht mehr zu sehen. »Al-Arynaar, nach hinten.«

Er fluchte verhalten. Hinter ihm rief Brynn eine Warnung, und er fuhr gerade noch rechtzeitig herum, um zu sehen, dass der führende rechte Wagen scharf abbog, weil ihn ein Rudel von mindestens zwanzig Seelenfressern angegriffen hatte. Es war der Ruhewagen, es konnte nicht anders sein. Kein Magier hätte bei dieser Geschwindigkeit einen Kaltraum halten können. Pheone befand sich in dem Wagen, über dem ein Schwarm Drohnen kreiste. Immer wieder stürzten sie sich aufs Dach und rissen neue Löcher in die schon beschädigte Plane. Drei Al-Arynaar standen noch, bekämpften mit Messer und Schwert die Dämonen und versuchten, Auums tödlichen Stich anzubringen, doch es war klar, dass sie sich nicht mehr lange halten konnten.

»Bewacht den Wagen mit den Magiern!«, rief er und versetzte einer einsamen Drohne einen Tritt in den Bauch.

»Verdammt.« Er zupfte einen Elf am Ärmel. »Haltet dieses Dach.«

Rebraal sprang zu Brynn herunter. »Geradeaus, und ja nicht erschrecken.«

Brynns Gesicht war blutüberströmt. Links von ihm hielt Gheneer zwei Seelenfresser in Schach. Rebraal riss ihm eine Drohne vom Rücken und zerquetschte sie mit dem Fuß.

»Bleib nicht zu lange weg«, knurrte der Mensch.

Rebraal sprang auf den harten Boden und rannte zu dem Wagen, der in Schwierigkeiten geraten war. Rings um ihn tobte das Chaos. Die Führer der Wagenpaare brüllten Befehle. Al-Arynaar gingen die Angreifer an, und inmitten des Waffengeklirrs hörte Rebraal hin und wieder die Schreie der Menschen, die den Cursyrd zum Opfer fielen.

Rebraal ignorierte alles andere, was rings um ihn geschah, und konzentrierte sich allein auf den Wagen. Die Seelenfresser hatten ihn eingeholt und attackierten das Dach, das Heck und die Seiten. Ein Kraftkegel, der aus einer Mana-Lücke kam, traf die Drohnen, die den Fahrer und seine Wächter bedrohten, löste sich aber innerhalb des Schutzschirms rasch wieder auf.

Ein Al-Arynaar auf dem Wagendach stach einem Seelenfresser die Klinge in den Hals. Das Wesen musste die Strebe loslassen, an die es sich geklammert hatte, stürzte zu Boden und überschlug sich. Rebraal sprang über den hellblauen sterbenden Körper hinweg, beschleunigte noch etwas und sprang aufs hintere Trittbrett des Wagens. Ein stechender Schmerz durchzuckte sein verletztes Bein, als er aufkam. Er hielt sich am schwankenden Wagen fest, jagte seine Klinge einem Cursyrd in den Rücken und riss ihn zurück.

Auch im Innern unter der Plane wurde schon gekämpft. Drohnen und Seelenfresser fielen über Al-Arynaar und verzweifelte Menschen her. Mindestens einer lag tot zwischen den Cursyrd, das Blut glänzte feucht auf dem zerfetzten Segeltuch. Pheone stand noch, umgeben von Al-Arynaar.

»Wir schützen sie«, sagte jemand. »Geh nach vorn.«

Rebraal nickte und sprang aufs Dach. Drei Krieger kämpften hier und schlugen die Seelenfresser zurück, die von allen Seiten kamen. Rebraal konnte sich nicht damit aufhalten, ihnen zu helfen. Er sprang von Strebe zu Strebe und ließ alles, was ihm in die Quere kam, seine Klinge, den Fuß und die Faust spüren. Er hörte Knochen brechen und Schwingen zerreißen. Vor ihm herrschte ein Durcheinander von Farben – dunkle Körperflüssigkeiten und das Blut von Elfen, das auf die Kämpfer drunten tropfte.

Er jagte einem großen, dünnen Cursyrd die Klinge durchs Kreuz, gelangte endlich zum Kutschbock und blickte auf die Bank und die Fußstütze hinunter.

»Yniss behüte uns.«

Ein toter Al-Arynaar lag rechts schräg auf dem Sitz. Der Fahrer lebte noch, war aber im Gewimmel der Drohnen kaum zu sehen. Ein Seelenfresser lauerte schon, und Rebraal war klar, dass er zu spät kommen würde, um den Fahrer zu retten. Weiter vorn versuchten einige Al-Arynaar, die Pferde zu beruhigen, die im Kampfgetümmel in Panik geraten waren.

Der Seelenfresser stach dem Fahrer die Hände bis zu den Handgelenken in den entblößten Rücken und fügte ihm im letzten Augenblick noch unermessliche Qualen zu, ehe er ihm die Seele nahm.

»Nein!«, rief Rebraal.

Er sprang neben dem erschrockenen Cursyrd auf den Kutschbock, während er eine Drohne mit seiner Schwertspitze aufspießte. Der Seelenfresser sah ihn an, die Hände immer noch tief im zerstörten Brustkorb seines Opfers. Die Farbe, bisher noch ein lässiges Dunkelbraun, wechselte zu hellem Purpur. Das Wesen wusste, was kam, und konnte nichts dagegen tun.

Rebraal vollendete die Bewegung, drehte sich auf dem unverletzten linken Bein herum, streckte sich und schlug dem Cursyrd den Kopf von den Schultern. Einen Moment vor dem Aufprall rutschte die tote Drohne von der Schwertspitze herunter.

»Möge Shorth dir ewige Schmerzen bereiten.«

Rebraal musste sich beeilen. Der Wagen würde gleich den Schutz des Kaltraums verlassen. Er stieß ein rasches Gebet aus, warf Mensch und Cursyrd von der Fußstütze und nahm dem toten Elf die Zügel aus der Hand. Dann richtete er sich auf, wehrte mit einem Hieb eine Drohne ab und keuchte schwer. Er hatte noch nie einen Wagen gelenkt.

Hinter ihm tobten die Dämonen auf dem Wagen, und seine Krieger kämpften ums nackte Überleben. Vor ihm rannten die Elfen und versuchten, mit den Pferden Schritt zu halten. Die schwirrenden Drohnen und Seelenfresser setzten ihnen zu. Jeder falsche Schritt wäre tödlich.

»Was soll ich tun?«, rief er.

»Zügele sie!«, antwortete jemand. »Biege nach links ab.«

»Wir sind alle Tuals Kinder«, schnaufte er. »So viel ist sicher.«

Er hatte die menschlichen Wagenlenker beobachtet. Diese sichere Hand, die selbstbewussten Befehle. Er wusste, was Brynn tun würde. Er zog kräftig an den Zügeln.

Viel zu fest.

Die Pferde stiegen mitten im Lauf beinahe senkrecht hoch und rannten dann erst recht los. Der Schweiß spritzte förmlich unter den engen Lederriemen hervor. Die Elfen auf dem Dach hinter ihm taumelten kurz, aber die Cursyrd traf es härter. Flügel flatterten, Krallen suchten einen Halt. Ihr Blut floss in Strömen.

Rebraal konnte die Pferde nicht bändigen; sie rannten geradewegs in den Tod. Wie die ganze Zeit seit zwei Tagen schwärmten die Cursyrd um den Schutzschirm und warteten auf den richtigen Augenblick.

»Halt!« Er ließ die Zügel schnalzen. Die Pferde wurden noch schneller. »Bei Gyals Tränen, nein!«

Er sah sich um. Direkt über dem Wagen sammelten sich die Cursyrd, bellten und riefen und vergrößerten die Panik der Pferde.

Rebraal wusste nicht ein noch aus, wollte aber keinesfalls seine Schutzbefohlenen im Stich lassen. Er befahl den Tieren anzuhalten und zog etwas vorsichtiger an den Zügeln, dieses Mal nach links, aber sie ließen sich nicht kontrollieren. Das Holz der Achsen und Aufbauten knarrte gefährlich, drinnen ertönten verzweifelte Rufe, draußen schrien die Cursyrd, die dumm genug waren, das Dach anzugreifen. Staub stieg ringsum auf, er musste husten. Die Pferde rasten weiter über den unebenen Boden. Nicht mehr lange, und sie würden aus der schützenden Hülle ausbrechen.

Rebraal empfahl seine Seele der Gnade des Yniss an. Im Innern des Schutzschirms flaute der Angriff der Cursyrd gerade wieder ab. Draußen wuchs die Erregung. Er hatte es dreimal aus größerer Entfernung beobachtet, jetzt war er selbst an der Reihe. Abermals zog er fest an den Zügeln. Wieder nichts.

»Weg da«, rief er den Al-Arynaar zu, die neben den durchgehenden Pferden rannten. »Weg da!«

Sie ignorierten ihn, und er war stolz, mit ihnen sterben zu dürfen.

Außerhalb der Schutzhülle donnerte eine Explosion, auf die ein seltsames Schweigen folgte. Die Cursyrd rotteten sich zusammen, dann flohen sie wie Vögel, die ein Raubtier aufgescheucht hat. Dunkelgrünes Licht überflutete die Umgebung und löste sich auf, wo es die Grenze des Kaltraums berührte. Zum ersten Mal hörte Rebraal echte Angst in den Schreien der Feinde mitschwingen. Der Angriff war zum Erliegen gekommen. Seelenfresser schwangen sich in die Luft. Drohnen sammelten sich und flogen davon. Wo das grüne Licht sie berührte, schmolzen die Cursyrd.

Flügel fielen ab, Körper lösten sich auf. Klagend und qualvoll stürzten sie zu Dutzenden. Durch die so entstandene Lücke kamen der Rabe, Auums Tai und die Protektoren. Rebraal stieß einen erleichterten Ruf aus, auch wenn sie ihn vermutlich nicht hören konnten. Die Cursyrd sammelten sich schon wieder, denn sie wollten ihre Beute keinesfalls entkommen lassen, und die Verstärkung wartete bereits in größeren Höhen. Immer mehr drängten sich dort oben über dem Raben, da jeder die größte Beute schlagen wollte.

Auf die Rolle des passiven Fahrgastes beschränkt, konnte Rebraal zufrieden beobachten, wie sich die Drohnen zurückzogen, je näher der Rabe kam. Thraun, Darrick, Hirad und der Unbekannte bildeten die vordere Linie. Ihre Streitkolben fegten die Cursyrd zur Seite, die ihnen in die Quere kamen. Direkt dahinter folgte Denser mit wehendem dunklem Mantel. Aus seinen Fingern entsprang ein Kraftkegel, der den Luftraum über ihnen leer räumte.

Und schließlich Erienne, die Wichtigste von allen, mit einer Leibwache, die Rebraal vor Freude lachen ließ. Sie wurde von den Protektoren Kas und Ark flankiert, und neben diesen liefen Duele und Evunn. Sie bewegten sich blitzschnell und hielten den Raum rings um die Magierin des Einen von Feinden frei. Fast unsichtbar kamen Auum und Eilaan als Letzte, und die ganze Gruppe rückte voller Selbstbewusstsein und zielstrebig vor.

Wieder flammte rings um die Abschirmung das wundervolle grüne Licht auf, und wieder gerieten die Cursyrd in Panik und flohen. Dieses Mal stolperte Erienne jedoch und wäre fast gestürzt. Sie streckte die Hände nach ihrem Mann aus. Sofort veränderte sich die Formation. Evunn und Duele liefen jetzt vor dem Raben, Ark hob Erienne auf und gab sie sofort an Thraun weiter, um sich dann hinter Kas und Auum zu postieren. Densers und Eilaans nächste Kraftkegel waren direkt nach vorne gerichtet. Sie liefen geradewegs auf den Schutzschirm und auf den Wagen zu, dessen Pferde durchgegangen waren.

Die Dämonen witterten ihre Chance und formierten sich über dem Schutzschirm neu. Der Wagen wurde jetzt zwar nicht mehr angegriffen, aber die Pferde machten keine Anstalten, langsamer zu werden. Rebraal drehte sich um.

»Die Al-Arynaar-Magier aufs Dach. Schnell!«

Der Wagen näherte sich dem Rand der Schutzhülle. Der Rabe rannte weiter. Rebraal sah, wie der Unbekannte auf etwas deutete. Die Cursyrd sammelten sich am Himmel. Eine Gruppe Seelenfresser kreiste hinter ihnen. Nur noch hundert Schritte waren sie von der relativen Sicherheit entfernt, und dennoch möglicherweise zu weit.

Rebraal ließ die Zügel knallen. »Lauft!«, rief er.

Die Pferde hatten nicht die Absicht, irgendetwas anderes zu tun. Außer sich vor Panik, näherten sie sich der Gruppe, die sich geteilt hatte, um den Wagen durchzulassen. Hirad und Darrick lösten sich aus der Formation und hielten schräg auf den holpernden, bockenden Wagen zu. Rebraal hörte die Elfen auf dem Dach des Wagens und drehte sich um.

»Kraftkegel«, sagte er. »Sobald wir aus der Hülle herausbrechen.«

Aber als er sich wieder nach vorn drehte, fragte er sich, was sie eigentlich erreichen konnten. Vielleicht ein wenig Verwirrung stiften. Das musste ausreichen.

So schnell war Hirad noch nie gerannt. Er rief sich alles ins Gedächtnis, was Auum ihn über die Lauftechnik der Elfen gelehrt hatte, und stürzte los. Der athletische Darrick war neben ihm, und zusammen eilten die beiden hinüber. Das Schicksal vieler Elfen und Menschen lag in ihren Händen.

Auum beobachtete den führerlosen Wagen und den hilflosen Rebraal, der die Zügel hielt. Zuerst war es eine amüsante Begebenheit gewesen, jetzt ging es um Leben und Tod.

»Coldheart, du bist alt und langsam«, spottete Darrick.

»General, du gibst mir für jedes Mal, wenn ich dich abhänge, einen aus. Dies hier wird so eine Gelegenheit.«

»Ich wäre stolz darauf, dir einen auszugeben.«

»Ich werde dankbar annehmen.«

Die Luft brannte in Hirads Lungen, dazu kamen der typische Geruch der Sprüche und der Gestank der Dämonen. Sie kreisten jetzt über ihm und dem General und machten Anstalten, sich auf sie zu stürzen. Vor ihnen wechselten Seelenfresser den Kurs und wollten ihnen den Weg abschneiden.

»Da kommen sie«, sagte Darrick.

»Rebraal muss den Wagen schneller fahren lassen«, keuchte Hirad.

»Hirad, er hat ihn nicht mehr unter Kontrolle.«

»Abrollen!«

Die beiden sanken nieder, überschlugen sich und kamen wieder hoch. Über ihnen schnitten Krallen durch die leere Luft. Den Lufthauch der Flügel konnten sie noch spüren. Hirad drehte sich um und knallte dem nächsten Feind seinen Streitkolben in den Rücken, Darrick brach einem zweiten mehrere Knochen. Der kurze Kampf hatte sie kaum aufgehalten.

Jetzt prasselten die Drohnen herunter. Hirad bekam die Krallen auf dem Kopf und im Nacken zu spüren, und die Zähne verletzten ihm trotz der dicken Hose die Beine. Er ignorierte die Kälte, die von jeder kleinen Wunde ausstrahlte, und schlug nach einem Seelenfresser, der herangesegelt kam. Der Schlag traf das Wesen im Gesicht, doch der Schwung warf Hirad um. Er überschlug sich und rollte sich ab. Ein Schwanz streifte Hirads Rücken und brachte ihm eine Schnittwunde bei, die sofort eiskalt wurde.

Ohne anzuhalten, kam er wieder auf die Beine. Inzwischen war Darrick ein Stück voraus und schlug mit dem Streitkolben die Drohnen weg. Mit einem satten Geräusch traf das Metall die Körper der Dämonen. Der Wagen raste ihnen ungesteuert entgegen, auf dem Dach und seitlich kämpften Elfen, die Räder holperten über den unebenen Boden. Auch der Schutzschirm bewegte sich entsprechend der Fahrt des Wagens, in dem die Magier saßen, allerdings erheblich langsamer und besser kontrolliert. Der Rand des Schutzschirms war dort, wo sich die Dämonen drängten. Rebraal hatte diese Stelle fast erreicht.

Hirad holte Darrick rechtzeitig ein, um eine Gruppe Drohnen zu verscheuchen, die es auf den Kopf des Generals abgesehen hatten. Auch die Seelenfresser griffen wieder an, wurden dieses Mal jedoch durch Sprüche aufgehalten.

Rebraals Wagen brach aus dem Kaltraum heraus. Da sie wieder Zugang zum Mana hatten, begannen die Magier, rasch und wirkungsvoll ihre Sprüche zu wirken. Kraftkegel brachen Schneisen in die Reihen der Dämonen und schleuderten sie durch die Luft. Gleich darauf wurden die Verteidiger auch von hinten angegriffen. Die Al-Arynaar gaben sich große Mühe, die Dämonen unter Druck zu setzen.

»Siegesgewiss?«

»Aber immer«, gab Darrick zurück.

Sie waren noch zwanzig Schritte vom Wagen entfernt, rannten direkt darauf zu und steckten die Streitkolben in die Schlaufen am Gürtel. Jetzt konnten die Drohnen sie ungehindert attackieren.

»Viel Glück.«

Darrick hatte seinen Lauf perfekt abgestimmt. Er hielt schräg auf die galoppierenden Pferde zu, schnappte das Geschirr des rechten Tiers und schwang sich auf dessen Rücken. Zwei Schritte später sprang Hirad aufs Trittbrett und landete so schwer, dass der ganze Wagen bebte. Er ignorierte die schmerzenden Rippen, wandte sich grinsend an Rebraal und nahm ihm die Zügel ab.

»Ihr verdammten Elfen. Von Pferden habt ihr einfach

keine Ahnung.« Dann blickte er nach vorn. »In Ordnung, General, dann lass uns das Ding in die richtige Richtung lenken.«

Eine Klinge pfiff knapp über seinem Kopf hinweg. Gespenstisch gelb flackernd torkelte ein Seelenfresser vorbei.

»Danke.«

Rebraal zuckte nur mit den Achseln und suchte sich das nächste Ziel.

Flankiert von Elfen versuchte Darrick, die Pferde zu beruhigen. Seine Befehle und die leisen, ins Ohr gemurmelten Worte brachten eines davon wieder zur Besinnung. Es wurde langsamer, und das andere passte sich an, weil es plötzlich spürte, dass es in Gefahr war und Anleitung brauchte. Die bekam es von Hirad, der den Wagen nach rechts zum Raben lenkte. Er ließ die Zügel knallen, um seinen Kommandos Nachdruck zu verleihen.

Seine Freunde steckten in Schwierigkeiten. Hunderte Drohnen hatten sich über ihnen versammelt, Seelenfresser näherten sich aus allen Himmelsrichtungen. Die Tai-Zelle kämpfte anmutig und abgeklärt vor den rennenden Gefährten, ohne auch nur einmal im Lauf zu zögern. Der Unbekannte und die beiden Protektoren waren wie ein Fels in der Brandung und teilten mächtige Schläge aus, die ihnen den Weg frei räumten. Thraun lief neben Denser, Eilaan folgte ihnen. Die Magier hatten Kraftkegel aufgebaut, die sie hierhin und dorthin richteten und dafür sorgten, dass die Dämonen Thraun mit seiner wichtigen Last nicht erreichen konnten.

»Wir brauchen noch mehr Sprüche, um den Himmel zu räumen«, sagte Hirad. »Darrick, komm hier rauf. Das wird interessant.«

Rebraal rief einen Befehl, darauf konzentrierten sich

die Magier der Al-Arynaar, die auf dem Wagendach standen, auf den Raben. Zwei folgten Densers Beispiel und setzten über die Pferde hinweg Kraftkegel ein, die wie Rammböcke wirkten. Hirad wartete, bis Darrick geschickt vom Pferderücken herübergesprungen war, ehe er noch einmal die Zügel knallen ließ, um die müden Tiere noch mehr anzutreiben.

Die beiden Gruppen näherten sich einander rasch, die Dämonen befanden sich zwischen ihnen. Kraftkegel der Elfen schoben die Wesen nach links, nach rechts und nach vorn. Hirad erkannte die Gefahr.

»Bewegt die Kraftkegel!«, rief er und winkte, um ihnen zu zeigen, was er meinte. »Über Kopfhöhe!«

Rebraal hatte es verstanden und gab den Befehl weiter. So konnte der Rabe unter einer vorübergehenden Deckung laufen. Hirad gab Darrick die Zügel.

»Du bist dran, General. Wir müssen Erienne so schnell wie möglich hereinholen.«

Damit sprang er vom Wagen ab und rannte zum Raben. Die Eiseskälte der Dämonenbisse lähmte seine Muskeln, der Schweiß lief ihm über die Stirn, das Blut rauschte in seinen Adern. Irgendwo im Hintergrund lauerte die Angst, die sie alle hatten: dass diese Horden kurz davor standen, sie zu erledigen. Dass eine einzige falsche Bewegung alles zerstören konnte.

Er stieß einen Schrei aus, um seine Gedanken zu klären, und zückte erneut den Streitkolben, um ihn dem ersten Seelenfresser, der ihm begegnete, ins Kreuz zu dreschen. Es fühlte sich gut an. Sehr gut.

»Unbekannter, mach dich bereit«, brüllte Hirad. Mühelos übertönte seine Stimme den Lärm der Dämonen, die ihn vom Raben trennten.

Der Unbekannte nickte und knallte einem Seelenfresser den Streitkolben auf den Kopf. Das Wesen ging kreischend zu Boden und schüttelte, hellblau verfärbt, den Kopf. Ark und Kas, die neben dem Unbekannten mit Streitkolben und Axt kämpften, bewegten sich schneller und schleuderten die Dämonen in alle Richtungen. Drohnen segelten über Hirad hinweg, Seelenfresser brachen zusammen, stürzten und wurden niedergetrampelt, als sie die Benommenheit nach den Schlägen abschütteln und sich aufrichten wollten.

Auums Tai waren hinter Thraun und die Magier zurückgefallen und bekämpften die Feinde mit tödlicher Zielstrebigkeit. Sie setzten keine Streitkolben ein, um sich einen Weg zu bahnen, sondern hielten die Dämonen mit bloßen Händen und Füßen davon ab, den Raben von hinten anzufallen. Sobald ein Dämon stürzte, sprang ein Tai-Gethen hinzu und tötete ihn mit einem Stich des Kurzschwerts in die Achselhöhle.

Wieder prügelte Hirad mit dem Streitkolben auf die Dämonenmeute ein. Der Wagen klapperte, er spürte schon die Erschütterungen der Hufe im Boden.

»Durchbrechen, durchbrechen!«, rief Darrick.

Der Wagen schleuderte heftig, die Räder warfen Gras und Dreck hoch. Denser verlagerte seinen Kraftkegel und trieb einen Keil zwischen die Dämonen, ließ den Spruch aber wieder fallen, ehe Hirad oder der Wagen gefährdet wurden. Der Barbar schlug sich bis zu Thraun durch, er führte den Streitkolben jetzt mit beiden Händen. Eine Kralle kratzte über seinen Schädel, und sofort setzte eine starke Blutung ein. Er taumelte, richtete sich wieder auf, machte noch zwei Schritte und wurde einfach umgerannt. Schmerzen schossen durch seine Seite, dass er kaum atmen konnte. Dämonen drängten sich um ihn, ihre Rufe mischten sich in die des Raben.

Er drehte sich auf den Rücken und sah den Himmel und die Flügel der Dämonen, die über ihn herfallen wollten. Er rollte weiter, eine Kralle verfehlte sein Gesicht um Haaresbreite. Eine Waffe zischte knapp über ihn hinweg, er hörte den Einschlag und den enttäuschten Schrei. Eine Faust packte ihn am Kragen und zog ihn hoch.

»Komm an Bord, Coldheart«, sagte der Unbekannte.

Thraun hatte das Heck des Wagens erreicht. Kas und Ark flankierten ihn immer noch, ihre Waffen hielten die blökenden Dämonen auf Abstand. Eiswind, rein gelb und offenbar julatsanischer Herkunft, fegte vom Wagendach herunter. Die TaiGethen rannten an ihm vorbei und sprangen aufs Dach, um sich am Kampf zu beteiligen. Denser und Eilaan gingen rückwärts, immer noch die Kraftkegel auf die Feinde gerichtet, damit der Rabe nicht von oben überrascht werden konnte.

»Das Dach, Unbekannter. Wir müssen da rauf.«

»Du nicht«, widersprach der Unbekannte. »Du fährst innen mit. Du bist verletzt. Ich gehe mit Darrick auf den Kutschbock.«

»Verletzt?«

»Ja.«

Der Unbekannte schlug mit dem Streitkolben zu, duckte sich unter einem pendelnden Schwanz hindurch und zog Hirad hinter dem Wagen her. Ein Stoß, und Hirad taumelte in Richtung der hinteren Klappe, wo Ark schon wartete.

»Lass ihn nicht weg.«

Hirad runzelte die Stirn. Ihm war ein wenig schwindlig, aber ansonsten ging es ihm gut. Er lächelte Ark an, doch das Gesicht des Protektors blieb unbewegt.

»Geh an Bord«, sagte er.

Hirad wollte widersprechen, taumelte aber schon beim

nächsten Schritt, weil seine Beine auf einmal nachgaben. Er blickte nach unten und sah das Blut, das an seiner Seite herabgelaufen war. Er schauderte.

Das Letzte, was er mitbekam, war der an Darrick gerichtete Ruf des Unbekannten, den Wagen schneller fahren zu lassen. Nachdem Ark ihn hochgehoben hatte und Rebraal befohlen hatte, noch mehr Kraftkegel einzusetzen, versank er in Kälte und Chaos.

# Achtes Kapitel

Sharyr und Brynel knieten nieder, um den Wachspruch vorzubereiten. Sie waren weit vom Tor des Kollegs entfernt und hörten den Lärm der Dämonen, die zum Glück anderweitig beschäftigt waren. Neben ihnen stand Suarav. Er war der Einzige, dem sie zutrauten, sie zu schützen. Aus ihrem schrecklichen Ausflug in die Bibliothek hatten sie eine eigenartige Stärke geschöpft, auch wenn sich keiner von ihnen wirklich davon erholt hatte. Sie alle schauderten hin und wieder und spürten immer noch die Kälte der Dämonen und die Nähe des Todes in allen Knochen.

Andererseits waren sie von einer fatalistischen Entschlossenheit erfüllt, die sie zu einem Bündnis gegenseitiger Achtung und wechselseitigen Vertrauens zusammenschweißte. Ein Bündnis, das in den kommenden Stunden auf eine harte Probe gestellt werden sollte.

»Bringe ihn da an der Ecke an«, flüsterte Sharyr.

Brynel nickte. Der Schutzspruch war einfach konstruiert und würde sich in eine genau festgelegte Richtung entladen. Die Magier richteten diese Sicherungen an

Straßenkreuzungen ein, die am Weg vom geborstenen Nordtor über den Tuchmarkt bis zum Kolleg lagen. Sie bildeten ein Element in Chandyrs Plan, die Julatsaner beim Einzug nach Xetesk zu unterstützen. Ein anderes zentrales Element waren diese drei Männer.

Sharyr beobachtete den Magier, der den Schutzspruch mit dem Gebäude verband. Als er angebracht war, ergänzte er ihn durch Ausnahmeregelungen, damit er nicht versehentlich durch Menschen oder Elfen ausgelöst wurde. Das Werk war schnell vollbracht.

»Gut«, sagte er, indem er aufstand und dann Brynel half. »Das wäre erledigt.«

»Gut gemacht«, lobte Suarav sie.

Die drei Männer sahen sich auf der düsteren Straße um, auf der eine gespenstische, bedrückende Stille herrschte. Jeder wusste, wie die anderen sich fühlten. Alle drei wären am liebsten sofort zum Kolleg zurückgerannt. Sie fürchteten sich vor der Aufgabe, die sie freiwillig übernommen hatten, waren aber auch stolz auf ihre Stärke und das Vertrauen, das andere in sie gesetzt hatten.

Andere Dreiergruppen, klassische Magiertrupps mit Begleitschutz, legten weitere Schutzsprüche nach einem Plan, den Chandyr entworfen hatte. Sie dagegen sollten Xetesk verlassen und mit den anrückenden Verbündeten Verbindung aufnehmen. Keiner brauchte ihnen zu erklären, welches Risiko sie damit eingingen. Niemand musste ihnen schildern, wie gering ihre Erfolgsaussichten waren. Sie wussten bereits, dass Chandyr für den Fall ihres Versagens einen Ausweichplan entwickelt hatte. Das sollte sie nicht beunruhigen, sondern es war angesichts der Umstände ganz einfach notwendig.

»Braucht ihr eine Pause?«, erkundigte sich der Hauptmann der Wache schroff.

Die Magier schüttelten die Köpfe.

»Wir müssen gehen«, sagte Sharyr.

»Vergesst nur nicht, meinen Hinweisen Folge zu leisten, und bleibt in Bewegung. Anhalten heißt sterben«, warnte Suarav sie.

Sharyr kicherte. »Mehr nicht?«

»Wir müssen stark sein«, ermahnte Suarav ihn.

»Los jetzt«, sagte Brynel. »Mir wird kalt, wenn wir noch länger hier herumstehen.«

Denser blickte auf seine Frau hinab, und eine Träne rollte von seiner auf ihre Wange. Es war mitten in der Nacht, die Dämonen griffen wieder an. Er hörte ihre Rufe über dem Treck, der sich beharrlich den Toren von Xetesk näherte. Füße tappten über ihm auf den Dachstreben, und im Zwielicht, das in den Wagen fiel, sah er die eingedrückten Stellen im Segeltuch, wo jemand neben den Streben stand.

Rebraal hatte gesagt, die Nächte seien am schlimmsten, und so war es auch. Die unermüdlichen Dämonen erhellten den Himmel mit ihren bunten Körpern. Sie gaben ein verblüffendes Lichterspiel zum besten, das zugleich erschreckend und schön war. Sie nahmen alle Regenbogenfarben an, hell strahlend oder pastellfarben, und der Anblick war ganz außergewöhnlich und beinahe hypnotisierend. Doch zugleich raubten sie den Menschen, Elfen und Tieren jegliche Ruhe. Ihre Schreie zehrten an den Nerven, und hin und wieder griffen sie auch an – nicht um den Treck endgültig zu zerstören, sondern im Wissen, dass jeder Angriff die Verteidiger schwächte und Angst und Schrecken verbreitete.

Denser schob dies alles beiseite und dachte über den verrückten Plan nach, den der Rabe bald ausführen wollte. Neben Erienne lag Hirad in unruhigem Schlaf. Seine vielen Kratzer und Schnittwunden waren versorgt und verbunden. Er schauderte immer wieder, aber er war stark und würde sich erholen. Bei Erienne sah die Sache anders aus. Denser hätte gern geglaubt, dass sie noch die willensstarke, entschlossene Frau war, die er vor Jahren kennengelernt hatte. Doch die Tragödien hatten ihr zugesetzt, und der Druck, etwas sein zu müssen, was sie nicht sein wollte, zerriss ihre Seele.

Oft verlor sie die Beherrschung, bemühte sich aber trotzdem zu tun, was der Rabe von ihr verlangte und was Balaia und alle damit verbundenen Dimensionen brauchten. Draußen auf dem Feld, als sie zum schützenden Kaltraum gelaufen waren, hatte Erienne etwas Neues, Erschreckendes versucht.

Denser verstand, was es war. Sie hatte in der Luft einen Raum definiert und daraus alles Mana entfernt. Dieser bewegliche Kaltraum war aber noch nicht alles gewesen. Sie hatte anschließend den Dämonen ein Element genommen, ohne das sie keinen Augenblick überleben konnten. Etwas, das ihre Körper zusammenhielt.

Das Ergebnis war so, als würde einem menschlichen Körper das Wasser entzogen. Was sie auch in den Körpern der Dämonen entdeckt hatte, sie hatte es mit vernichtenden Folgen eingesetzt. Doch wie bei allen Sprüchen der Einen Magie barg jede neue Idee auch gewisse Risiken.

Als sie den Spruch das zweite Mal gewirkt hatte, war zu viel Energie zu ihr zurückgeschlagen. Ihr Zusammenbruch war der natürliche Verteidigungsmechanismus ihres Körpers gewesen, der eine Katastrophe für sie selbst und Balaia abgewendet hatte. Sie hatten Glück gehabt. Gegenüber den Stürmen, die Erienne entfesseln konnte, wenn sie die Kontrolle verlor, wären Lyannas Gewalten ein lindes Lüftchen gewesen.

Aber wann würde sie aus diesem Trauma erwachen? Und wie würde es ihr gehen, wenn es so weit war? Er konnte nur hoffen, dass Cleress irgendwo in ihrem Bewusstsein bei ihr war.

»Warum hast du das versucht, Liebste?«, fragte er, während er ihre warme Wange streichelte und seine Träne abwischte. »Du musst uns nichts beweisen, das ist nicht nötig.«

Die anderen ruhenden elfischen und menschlichen Magier einschließlich Pheone behielten ihre Gedanken für sich und respektierten sein Bedürfnis, ungestört bei seiner Frau zu wachen. Auf einmal legte ihm jemand eine starke Hand auf die Schulter.

»Tief drinnen weiß sie das auch. Sie kann sich aber nicht dagegen wehren, dass ein Teil in ihr experimentieren will. Sie muss ihre Grenzen kennenlernen.«

Denser drehte sich zu Thraun um. Der große blonde Gestaltwandler saß hinter ihnen, das Schwert über seine Knie gelegt. Er wich nicht von Eriennes Seite, wenn sie bewusstlos war, er würde sie nie im Stich lassen. Thraun kannte sie länger als jeder andere von ihnen. Er hatte ihre Zwillinge aufwachsen sehen und sie neben ihrem ersten Mann begraben. Denser fand die tiefe Verbindung tröstlich. Sie würde niemals brechen.

»Warum sagst du das?«

Thraun lächelte leicht. »Ein Gestaltwandler verlangt seinem Körper das Äußerste ab, wenn er kein Mensch ist. Er will ihn weiter treiben, als das in menschlicher Gestalt möglich wäre. Dieser Drang unterliegt nicht seiner Kontrolle, aber diese Schwäche hat auch etwas Lebendiges und Erregendes. Man muss es fürchten und lieben zugleich.«

Der Wagen holperte über eine Bodenwelle. Über ihnen scharrten Füße, mehrere Waffen klirrten, Körper stürzten zu Boden, Todesschreie ertönten und verstummten.

»Vielleicht hast du ja recht, aber ich glaube, das ist noch nicht alles«, sagte Denser. »Das Eine ist Eriennes einzige Verbindung zu Lyanna. Wenn sie es aufblühen lässt, fühlt sie sich lebendig.«

Thraun zuckte mit den Achseln. »Ja. Aus dem gleichen Grund muss ich einen Teil meines Lebens beim Rudel verbringen. Es ist eine Verbindung zu etwas, das ich nicht verleugnen kann.«

»Erinnerst du dich noch an die Jahre, die du nach dem Himmelsriss als Wolf gelebt hast?«

Thrauns Miene verfinsterte sich. »Nein. Es ist kaum mehr als eine Witterung in einer Brise. Eine flüchtige Erinnerung, die sich rasch wieder auflöst. Das ist mir aber auch ganz recht so.«

Als Erienne sich im Schlaf regte, streichelte Denser ihre Stirn. »Schon gut, Liebste, du bist in Sicherheit.«

Das entsprach nicht unbedingt der Wahrheit, aber Denser fiel einfach sonst nichts ein. Er blickte zu Thraun hoch, doch der Gestaltwandler beachtete ihn nicht mehr. Er schnüffelte, hatte sein Schwert gepackt und alle Muskeln angespannt.

»Thraun?«

Die Augen des Gestaltwandlers glühten gelb im verschwommenen Licht der Dämonenkörper, die draußen vorbeiflogen. »Gefahr«, sagte er.

Er stieg über Erienne hinweg und ging zum überdachten Heck des Wagens, wo er schweigend und beinahe reglos stehen blieb. Geschmeidig glich er das Schwanken und Rütteln des Wagens aus. Draußen rief der Unbekannte, der mit Darrick auf dem Kutschbock saß, einige Anweisungen.

Etwas prallte auf das hintere Trittbrett des Wagens. Thraun fuhr auf und ging ein wenig in die Hocke. Das Segeltuch bewegte sich, Thrauns rechte Hand schoss vor und zerrte einen Seelenfresser an der Kehle herein. Er drückte ihn mit dem Knie auf den Boden und knurrte, das Schwert zum Stoß erhoben.

Der Dämon drehte mühsam den Kopf, sein Körper flackerte hellgelb und verbreitete ein gespenstisches Licht im Wagen. Hirad und Erienne stöhnten fast gleichzeitig. Vor dem Wagen entstand Unruhe.

»Gestaltwandler«, gurgelte der Dämon, dessen Kehle Thraun nicht losgelassen hatte.

»Der Grund dafür, dass du niemals bekommen wirst, was du so dringend haben willst«, erwiderte er.

Er riss das Wesen weiter in den Wagen hinein. Es spuckte und wehrte sich, die Flügel schlugen gegen die Plane, es packte Thrauns Handgelenk. Thraun verstärkte seinen Griff.

»Sieh her«, sagte er. »Sieh dir an, was du so nahe vor dir hast und dennoch nie berühren kannst.«

Er stach dem Dämon das Schwert durch die Brust. Innerhalb des Kaltraums gab es keine Gegenwehr. Das Wesen verkrampfte sich und starb. Sein Blut strömte auf den Wagenboden. Thraun warf den Kadaver aus dem Wagen und steckte den Kopf hinaus.

»Kommt nur her, wenn ihr Ärger haben wollt.«

So temperamentvoll hatte Denser Thraun noch nie gesehen. Der große Krieger kehrte zurück und setzte sich wieder.

»Ich bin froh, dass du auf meiner Seite stehst«, sagte Denser.

»Immer«, entgegnete Thraun.

»Was ist nur in dich gefahren?«

Thraun erwiderte seinen Blick. »Ich bewache sie seit Jahren und weiche nur von ihrer Seite, wenn ich weiß, dass sie in Sicherheit ist. Ich habe gesehen, wie ihre Kräfte zunahmen, obwohl ihr Herz gebrochen war. Sie kann uns alle retten. Es ist gut, dass sie es wissen.« Er deutete nach draußen.

»Du hast ihnen eine Falle gestellt«, sagte Denser.

»Und der Rabe wird sein wie die Kiefer, die zuschnappen.«

Hiela war nicht an Widerstand gewöhnt. Doch die Unfähigkeit der Angreifer über einen empörend langen Zeitraum hinweg hatte ihn gezwungen, früher als geplant in Balaia zu erscheinen. Nein, so hatte er es sich nicht vorgestellt. Die geordnete Übertragung des Mana aus der Heimat ihrer letzten Generationen erforderte eine genaue Aufsicht, und er war besonders gut darin ausgebildet, die Verbindung zwischen ihrem Land und Balaia zu überwachen.

Hiela war der gegenwärtige Schirmmeister. Er hatte die Gefangennahme vieler Seelen von balaianischen Magiern beaufsichtigt, als ihre kleinen Zwistigkeiten sie gezwungen hatten, sich Schutz suchend an die Dämonen zu wenden. Sie hatten geglaubt, alles sei besser als das, was sie jeweils gerade vor sich gehabt hatten.

Er konnte sich noch gut daran erinnern, wie die Julatsaner den Schirm abgedeckt und aufgelöst hatten, gerade als er einen wichtigen Durchbruch erzielt hatte, der alles, was seither geschehen war, überflüssig gemacht hätte. Damals war Balaia so schwach gewesen. Verschiedene Fraktionen von Magiern hatten sich gegenseitig bekämpft und der ganzen Welt den Mut genommen. Wie leicht es in jenem Augenblick gewesen wäre, mit der Invasion zu beginnen.

Dann aber hatten sich die Drachen eingemischt. Außerdem diese Gruppe von Menschen und Elfen, die so sehr allem widersprach, was man über die Schwäche und Mutlosigkeit der Bewohner von Balaias nördlichem Kontinent wusste. Die Erkenntnis, dass sie immer noch ein Stachel im Fleisch waren und die Eroberung behinderten, hatte seinen Aufbruch beschleunigt.

Statt im warmen Manastrom zu baden und sich um die Bedürfnisse der Meister zu kümmern, die den Riss und den Strom steuerten, war er nun also hier. Mitten in der umkämpften balaianischen Dimension. Er roch die schlechte Luft und hörte die armseligen Ausreden, warum das Land, das sie ausgewählt hatten, immer noch nicht für die Besiedlung geeignet sei. Warum so viele Menschen, Elfen und die verdammten Wesmen frei herumliefen und Ärger machten, statt sich zur Freude ihrer Herren zu vermehren, zu bauen und zu sterben.

Hiela schwebte vor den Mauern der Stadt, die Xetesk genannt wurde. Er spürte die Aktivitäten innerhalb der Grenzen und die Erleichterung, die der Rückzug seiner Truppen den Einwohnern verschafft hatte. Das kümmerte ihn wenig. Er hatte die Stadt überflogen, bevor er den Befehl bestätigt hatte, die Neuankömmlinge aufzuhalten. Jene, die sich innerhalb der schützenden Sprüche bisher noch scheinbar frei bewegen konnten, waren angeschlagen, und ihre Willenskraft war fast gebrochen. Er konnte das Unausweichliche beschleunigen, indem er die vernichtete, die ihnen zu Hilfe kommen wollten. Daher entsprach die Konzentration seiner Truppen vor der Stadt durchaus seinen Vorstellungen. Allerdings war diese Taktik schwieriger umzusetzen als erwartet.

»Bist du sicher, dass sie alle gekommen sind?«, wollte er wissen.

»Ja, Meister Hiela«, bestätigte der Bote. »Alle sind dort.«

»Ich verstehe.«

Er wandte sich an seine Ratgeber. Sie waren allesamt unfähig, wussten aber derzeit über die gegenwärtige Lage noch am besten Bescheid.

»Nun sagt mir, warum diese Truppe so versessen darauf ist, ausgerechnet ins Herz eines Kollegs zu gelangen, das wir so wirkungsvoll abgeschirmt haben?«

Hiela betrachtete sie nacheinander und wartete, dass einer das Wort ergriffe. Er kratzte sich am Bart, den er noch immer gern trug. Es war eine Erinnerung an seine widerwillige Achtung vor den alten julatsanischen Magiern. Das waren noch Menschen und Elfen gewesen, die Kampfgeist und Stärke besessen hatten. Sie zu brechen, war eine Herausforderung gewesen.

»Das ist eben ihre Art«, erwiderte einer. »In schwierigen Zeiten tun sie sich zusammen, weil sie glauben, gemeinsam könnten sie am ehesten überleben.«

»Hm.« Hiela nickte. »Aber das ist noch nicht alles, oder? Der Rabe ist jetzt bei ihnen. Den Rabenkriegern geht es nicht darum, möglichst lange zu leben. Es sind Männer, die siegen wollen, und die nur dort auftauchen, wo sie glauben, dass eine Siegeschance besteht.«

Schweigen.

»Ihr Idioten. Begehrt ihr nicht gerade deshalb ihre Seelen? Faszinieren sie euch nicht deshalb mehr als ein Magier oder ein Elf? In ihnen brennt eine so starke Lebenskraft, dass wir sie kaum berühren können. Glaubt ihr wirklich, diese Krieger würden hoffnungslose Verteidiger unterstützen?«

»Nicht einmal sie können etwas tun«, widersprach ein anderer. »Wir werden siegen. Es ist nur eine Frage der Zeit.«

»Selbst in einem Moment, in dem unsere Stärke den Höhepunkt erreicht, drohen noch Gefahren«, warnte Hiela und wechselte zu einem etwas helleren Blau. »Ohne nachzudenken schluckt ihr, was eure Meister euch sagen. Sie hatten im Gegensatz zu mir noch nicht mit diesen Leuten zu tun. Was sie tun, das tun sie nicht aus einer Laune heraus. Es dient immer einem Zweck.«

»Aber es ist doch nur eine …«

Hiela fuhr herum und schwebte in ihre Mitte, um den Geist mit den langen Fingern zu betrachten, der die Bemerkung gemacht hatte. Er legte eine dramatische Pause ein.

»Ja«, sagte er schließlich. »Könnt ihr euch vorstellen, warum die Julatsaner ihr Kolleg verlassen haben? Den einzigen Ort, an dem unser Sieg in Frage stand? Warum sie zum Zentrum der Dimensionsforschung reisen, wo das größte Verständnis für unser Volk konzentriert ist? Und warum beschränken sich die Wesmen aufs Beobachten? Warum sind sie überhaupt hier?«

Wind wehte über das offene Land und brachte willkommene Kühlung, auch wenn die Versammelten kaum darauf achteten. Hiela drehte sich in der Luft um sich selbst und vergewisserte sich, ob alle ihn hören konnten.

»Da draußen kommen Kämpfer, die fähig sind, uns zu besiegen, falls sie die Hilfe bekommen, die sie brauchen. Wir müssen annehmen, dass sie genau deshalb nach Xetesk reisen. Außerdem solltet ihr davon ausgehen, dass wir uns aus genau diesem Grund hier versammelt haben. Sie dürfen die Mauern des Kollegs nicht erreichen. Sie sollen nicht erbitten, was sie brauchen, ganz zu schweigen davon, es auch zu bekommen. In dieser Schlacht geht es nicht darum, die Willenskraft der Gegner zu brechen und die Seelen aufzunehmen, die zu uns kommen. Ich erteile den Befehl, die Ziele zu vernichten. Wir haben hier alles, was wir brauchen. Kümmert euch nicht um den süßen Geschmack. Wir müssen töten, was wir nicht zum Leben benötigen. Allein darauf müssen wir uns konzentrieren. Wie ist die Lage im Süden und im Kolleg von Lystern?«

»In beiden Gegenden erlahmt der Widerstand, ist aber noch nicht gebrochen. Es sind entschlossene Menschen«, berichtete Drenoul, der Meister der xeteskianischen Front.

»Das sind sie, aber es muss nun ein Ende haben. Ich weiß, dass deine Kommandanten die Seelen der Menschen dort drinnen haben wollen, aber wir brauchen ihre Kräfte hier draußen, damit die Wesmen uns nicht stören, wenn wir es mit Julatsa und Xetesk gleichzeitig zu tun bekommen. Befehle ihnen, alle zu vernichten, die sich nicht beugen wollen, und mit höchster Geschwindigkeit hierher zu reisen. Es wird Zeit, die Zerstörer einzusetzen.«

»Die sind sicher noch zu schwach. Die Mana-Dichte ist noch nicht hoch genug«, wandte Drenoul ein.

»Das wird sich sehr bald ändern, und es sind sehr viele«, entschied Hiela. »Rufe die Karron.«

Die Bösartigkeit löste Panik aus. Die anderen hatten sich weit entfernt vom Impuls reinen Hasses gesammelt, der sich rasch ausbreitete. Als hätte jemand an die Tür ihrer Welt gepocht. Das Klopfen wurde lauter und lauter. Er hatte mit dem Gedanken gerungen, ob es eine Kraft gäbe, die ihnen Böses wollte. Dann war er zu einem Ort gereist, wo das Böse stark gewesen und eine wollüstige Begierde über ihn hereingebrochen war.

Während seiner Suche nach dem Raben hatte er in einem Augenblick der Klarheit erkannt, dass die Bedrohung real war, und dass sie trotz ihrer unendlichen Zahl ohnmächtig waren. Diejenigen, die ihn in seiner Heimat hätten hören können, waren fortgegangen, aber einer war in der Nähe der Rabenkrieger wieder aufgetaucht. Er war sicher, dass es sein Bruder war. Es war nur logisch, sofern Logik hier überhaupt galt, dass auch die Lebenden die Bedrohung bemerkt hatten und dagegen kämpften.

Aber wussten sie wirklich, wie groß die Gefahr war? Wussten sie, wohin sie reisen mussten? Er wusste es. Jetzt war er am richtigen Ort eingetroffen und fragte sich, wie es weitergehen sollte. Da war der hämmernde Impuls, der sein Bewusstsein und seine Seele erfüllte. Dort war der Rabe, ein helles Licht in der verschwommenen Umgebung. Er hatte auch ein Gefühl für dessen Ziel. Es war ein Ort von gewaltiger Macht, die langsam abflaute, weil die Kräfte schwanden. Er spürte es, als hätte ihn ein Lufthauch durchweht, dessen Ursprung er bis in ein sonst kaltes und totes Land zurückverfolgen konnte.

Der Rabe musste dorthin, und nur dorthin, an diesen Ort in jenem Land. Er musste mit den Rabenkriegern Verbindung aufnehmen, aber nicht auf den unzuverlässigen Wegen des Unterbewusstseins, wie er es bisher getan hatte. Oft hätte Hirad ihn fast verstanden, aber immer waren die flüchtigen Träume abgerissen, bevor er sich hatte mitteilen können.

Er gelangte zu der Ansicht, dass er näher heran musste, sofern diese Nähe überhaupt möglich war. Vor ihm, nein, rings um ihn lähmte das Hämmern die Kraft der Geister im Inneren. Die Furcht hatte inzwischen alle erfasst, und jeder Austausch war von Angst und dem Wissen überlagert, dass sie gegen diejenigen, die hereinwollten, keine Verteidigung besaßen. Die Feinde würden eindringen, sobald die Tür zerstört war, und dann würde eine Panik ausbrechen, die jede Verständigung zunichte machen würde. Aber bis zu diesem Zeitpunkt musste er einfach daran glauben, dass er sicher war, und er durfte das Vertrauen in die Kraft der Geister, die ihm jeden Erfolg wünschten, nicht verlieren.

Er konzentrierte sich mit aller Kraft. Es gab einen bestimmten Punkt für den Raben, einen Ort, zu dem sie gehen mussten, und eine Tür, durch die sie treten mussten. Es war ein Ort voll großer Gefahren, wo die Grenzen zwischen den Welten schwach waren und wo das Böse auf seine Gelegenheit wartete. Es war jedoch der einzige Ort, an dem er wirklich etwas erreichen konnte.

Er ließ sich vom Licht seiner Freunde einhüllen und schützen und setzte die Reise fort.

# Neuntes Kapitel

»Du bist nicht gut genug in Form, um hier zu stehen«, widersprach der Unbekannte.

»Sag, was du willst, Unbekannter, aber ich glaube nicht, dass wir angesichts der Umstände eine andere Möglichkeit haben. Du brauchst mich hier.«

»Bei den Göttern, lass es ihn doch einfach tun«, meinte Denser. »Wenn er stirbt, dann müssen wir uns wenigstens nicht mehr ständig dieses Geblöke anhören.«

»Danke, Denser«, sagte Hirad.

»Du bist mir nicht gerade eine Hilfe«, beklagte sich der Unbekannte.

»Ich kann nicht glauben, dass du überrascht bist, ihn hier zu sehen.«

»Das überrascht mich auch nicht. Ich stelle lediglich die Weisheit seiner Entscheidung in Frage.«

»Glaubst du wirklich, irgendetwas, was Hirad je getan hat, könnte als weise bezeichnet werden?«

»Schon gut, Mann aus Xetesk, ich dachte, du wärst auf meiner Seite.«

»Das ist er auch, Hirad«, erwiderte der Unbekannte.

»Das sind wir alle. Wenn du unbedingt etwas Dummes tun musst, dann mach das doch im Wagen, wo du gleichzeitig Erienne beschützen kannst.«

»Darum kümmert sich Thraun.«

»Du bist störrisch wie ein Esel.«

Auum schüttelte den Kopf und kratzte sich an der Stirn. Er würde nie verstehen, wie sie so lange hatten überleben können. Immer mussten sie sich streiten. Er war damit beschäftigt, Dueles Gesicht grün und schwarz zu färben, ehe er mit ihnen betete. Die ganze Zeit über konnte er die Rabenkrieger wie kleine Kinder zanken hören.

Schließlich ging er mit seinen Tai zur Spitze des inzwischen stehenden Trecks. Es dämmerte, und es war kalt, sehr kalt. Der Atem stand als Wolke vor seinem Mund, die der eiskalte Wind sofort verwehte. Die Wagen hatten angehalten, nachdem die Cursyrd etwa eine Stunde vor der Morgendämmerung ihre Angriffe eingestellt hatten. Die Dämonen hatten sich bis zum Rand des Schutzschirms zurückgezogen, die meisten waren gelandet. Nur wenige flogen noch über ihnen, und kein einziger belauerte sie, als wolle er gleich angreifen.

Die Versuchung, einfach weiterzufahren, war groß gewesen, aber sowohl Darrick als auch Rebraal hatten sich dafür ausgesprochen, eine Pause einzulegen. Es war ausgeschlossen, dass sie die letzten drei Meilen bis Xetesk zurücklegen konnten, ohne weiteren schweren Angriffen ausgesetzt zu sein, und sie mussten jede Gelegenheit ergreifen, den Pferden und Magiern eine Ruhepause zu gönnen.

Als das Licht stärker wurde, kam ihnen die Entscheidung übervorsichtig vor. Vielleicht war es sogar ein großer Fehler gewesen. Hinter den Dämonen, die sich ohnehin schon vor dem Kaltraum drängten, tauchten weitere Cursyrd auf. Es waren keine Seelenfresser und auch keine Drohnen, sondern eine neue Sorte, die bisher noch keiner von ihnen in diesem Konflikt gesehen hatte.

Auum beobachtete sie. Es waren hunderte. Gedrungene, flügellose Geschöpfe mit einem wiegenden Gang. Sie waren mit einem dichten, dunklen Fell bedeckt, hatten vorne und an den Seiten Augen, aber keinen erkennbaren Mund und keine Nase. Dafür besaßen sie Arme, die anscheinend in Stacheln und Hämmern ausliefen.

Die übrige Versammlung war verstummt, seit diese Wesen sich dem Schirm näherten. Die anderen Cursyrd machten ihnen Platz und begannen zu kreischen. Auum konnte das Geschrei nicht verstehen, es klang aber eher erbost als triumphierend.

»Bei den ertrinkenden Göttern, sind die vielleicht hässlich. Was sind das für Biester?«

»Karron«, erklärte Auum, und man konnte hören, wie sehr er diese Wesen verabscheute. »Zerstörer.«

»Das wird kein Spaziergang«, sagte Hirad.

»Ich verstehe das nicht«, warf Denser ein. »Die sehen aus, als könnten sie uns wirklich Schwierigkeiten machen. Warum wurden die nicht schon längst gegen uns eingesetzt?«

»Weil die Dämonen bisher unsere Seelen wollten«, antwortete Rebraal. »Ich fürchte, jetzt wollen sie uns umbringen.«

»Wie beruhigend«, meinte Hirad.

»Hat jemand Vorschläge?«, fragte der Unbekannte.

»Sie sind langsam, aber sehr stark«, überlegte Darrick. »Wenn ich mich nicht irre, werden uns wieder die fliegenden Exemplare angreifen, während die dort von vorne kommen.«

»Können wir sie nicht einfach umfahren?«, fragte Hirad.

Darrick schüttelte den Kopf. »Wenn sie unsere Flanken angreifen, dann können sie die Wagen voneinander trennen. Es ist besser, sie frontal anzugehen und unsere Kräfte an einem Punkt zu bündeln.«

»Ich fürchte, das wird schwierig«, wandte der Unbekannte ein. »Sie sind stark genug, uns aufzuhalten, und das können wir uns nicht erlauben. Wir müssen unbedingt durchbrechen, weil sie uns sonst einkreisen und erledigen.«

»Ich habe eine Idee«, sagte Darrick. »Es ist aber ein großes Risiko.«

»Lass hören«, drängte ihn der Unbekannte.

Darrick blickte in die Runde. »Ist Pheone da? Ich muss wissen, wie stark unsere Magier sind.«

»Spielt das denn eine Rolle?«, fragte Hirad. »Wir sitzen hier in einem Kaltraum.«

Darrick lächelte. »Ja, das spielt eine Rolle. Du weißt doch, dass man Kalträume blitzschnell fallen lassen kann.«

Auum nickte nachdenklich. Er hatte bereits begriffen, worauf Darrick hinauswollte.

Es würde … wie hätte Hirad das noch ausgedrückt? Es würde interessant werden.

Tessaya, der Lord der Paleonstämme, gähnte herzhaft. Er hatte in der letzten Nacht gut geschlafen und freute sich über den kalten neuen Tag. Die Felle um die Schultern geschlungen, trat er aus dem Zelt. Ringsum herrschte schon reges Treiben. Die Krieger schärften ihre Waffen, zündeten Feuer an, um Wasser und Brühe zu kochen, rannten mit Botschaften hierhin und dorthin, bauten das Lager ab und packten ein. Andere suchten nach Proviant, den sie leicht transportieren konnten.

Geduld, hatte Tessaya immer prophezeit, würde sich eines Tages auszahlen. Heute war dieser Tag angebrochen, denn gestern hatte er den außergewöhnlichsten Besuch seines Lebens empfangen. Eine Delegation aus Xetesk hatte ihn ins Herz des Kollegs eingeladen. Er hätte es flegelhaft gefunden, die Einladung auszuschlagen, und nun machten sich zweitausend Krieger marschbereit.

Die Dämonen hatten sie in den letzten drei Tagen in Ruhe gelassen. Seine Späher hatten berichtet, dass die Ungeheuer sich im Norden zusammenrotteten. Außerdem näherte sich eine Staubwolke, die von den Feinden aus der Luft überwacht und ständig angegriffen wurde. Offensichtlich waren noch andere Kräfte zum Kolleg unterwegs.

Die Xeteskianer hatte dies bestätigt und den Wesmen vorgeschlagen, den Neuankömmlingen zu helfen, bis diese Xetesk erreicht hatten, und sich dann der großen Schlacht um die Freiheit von Balaia anzuschließen. Sie hatten ihm versichert, abgesehen vom Ende der Magie würde ihm als Gegenleistung für seine Hilfe alles gewährt werden, was er verlangte. So unglaublich es schien, er hatte mit ihnen ein Abkommen geschlossen, das die Wesmen zur dominierenden Kraft auf dem ganzen Kontinent machen würde. Die Xeteskianer hatten dies natürlich erkannt. Er musste behutsam vorgehen.

Tessaya lief in Begleitung seiner Adjutanten rasch zu den vorgeschobenen Positionen. Dort fand er Arnoan, den alten Schamanen, in tiefer Versunkenheit. Vielleicht empfing er eine Kommunion. Er ließ sich jedoch leicht wecken.

»Was meinst du, wollen sie mich in die Falle locken?«

»Das halte ich für sehr unwahrscheinlich«, überlegte Arnoan mit gerunzelter Stirn. »Die Xeteskianer hätten damit nichts zu gewinnen, sondern würden lediglich ihren eigenen Untergang beschleunigen. Es stimmt mich allerdings traurig, dass sie die Wesmen erst jetzt als ihre größte Hoffnung erkennen, diese Situation zu überleben.«

»Glaubst du das wirklich?«

»Das glaube ich, Mylord.«

»Wir wollen uns doch nichts vormachen«, erwiderte Tessaya. »Die Xeteskianer sind nur zu uns gekommen, weil die Dämonen ihnen etwas Freiraum gewährt haben. Wir müssen auch bedenken, dass möglicherweise die Dämonen selbst die ganze Sache inszeniert haben.«

»Auch das ist unwahrscheinlich«, widersprach Arnoan. »Schließlich werden wir nicht einmal beobachtet, was ich sehr eigenartig finde. Sie werden erst von unserer Entscheidung erfahren, wenn wir schon unterwegs sind.«

Tessaya kicherte und klopfte Arnoan auf den Rücken. Der Schamane taumelte und musste husten. »Vielleicht verstehen sie von der Taktik im Kampf so wenig wie du, mein Freund.«

»Das wollen wir hoffen, Tessaya, das wollen wir hoffen.«

Hinter sich hörte Tessaya die Gesänge der Wesmen. Sie erfüllten sein Herz mit Kraft und Stolz. Die Standarten wurden aufgerichtet und nebeneinander gestellt.

Die Wesmen marschierten wieder.

Es war ihre einzige Hoffnung, die Julatsaner zu erreichen, und es war eine schreckliche Entscheidung. Voller Angst hatten sie sich geduckt, als die neue Sorte Dämonen aus dem Riss erschienen und zu Boden gesunken war, um in Richtung Xetesk und der Julatsaner zu stampfen. Sie besaßen eine Aura, die dem Beobachter jegliche Willenskraft nahm und jedem Feind einen grässlichen Schauer über den Rücken jagte.

Sharyr hatte bereits mit seinem Leben abgeschlossen, doch die Dämonen hatten ihr Versteck nicht entdeckt, das Trio ignoriert und sich auf dem Schlachtfeld versammelt. Inzwischen war klar, dass ihr Plan, zu den Neuankömmlingen zu stoßen, während die Dämonen anderswo beschäftigt waren, nicht funktionieren würde. Die meisten Dämonen hatten sich direkt vor dem Kaltraum versammelt, der den Treck schützte. So blieb nur noch der Luftweg.

»Ich werde hier warten, bis ihr in Sicherheit seit, und dann nach Xetesk zurückkehren«, schlug Suarav vor. Die Worte wollten ihm nur widerstrebend über die Lippen.

»Nein«, widersprach Brynel sofort. »Mit dir sind wir stärker. Du musst mitkommen.«

Sharyr stimmte zu. »Ich glaube nicht, dass ich ohne dich die Kraft finde.«

Suarav fasste sie beide am Arm. »Meine Freunde, ihr schafft das. Ihr müsst gehen. Außerdem kann ich nicht fliegen.«

»Wir können dich zwischen uns tragen«, erklärte Sharyr. »Wir lassen dich nicht im Stich. Was glaubst du denn, welche Aussichten du hast, wohlbehalten ins Kolleg zurückzukehren?«

Suarav schloss die Augen, und Sharyr wusste, dass er den Grund für die Angst des Soldaten richtig erkannt hatte. Ein einsamer Schwertkämpfer, auf dem Rückweg durch die Straßen von Xetesk. Das wäre Selbstmord.

»Aber wenn wir uns aufteilen, wachsen die Chancen, dass wenigstens einer von euch die Julatsaner erreicht.«

»So groß ist der Unterschied nicht. Es wird eine schnelle, aber schwierige Reise. Dich und deine Zuversicht bei mir zu haben, ist mir wichtiger als die größere Beweglichkeit«, sagte Brynel.

Suarav seufzte. »Ist das wirklich möglich?«

»Oh ja«, sagte Brynel. »Schattenschwingen können sich nicht verfangen. Sie sind nicht materiell. Du hängst dich an unsere Gürtel, und wir fliegen. Niedrig und schnell.«

»Noch etwas«, sagte Sharyr. »Wenn wir in den Kaltraum eindringen, werden sich die Schattenschwingen schlagartig auflösen. Es wird eine unsanfte Landung.«

»Ich werde es mir merken.« Suarav seufzte wieder und schüttelte den Kopf. »Wisst ihr, ich bin zu alt für so was.«

»Du bist nie zu alt zum Fliegen«, sagte Sharyr.

»Also gut, dann lasst es uns tun. Aber wenn ich abstürze, dann kehrt nicht um. Ich bekleide einen höheren Rang als ihr, und das ist ein Befehl.«

Die Magier nickten. Brynel wandte sich an Sharyr. »Bereit für den Spruch?«

»Bereit. Hauptmann, halte dich jetzt fest. Sobald wir den Spruch wirken, werden die Dämonen auf uns aufmerksam. Dann müssen wir uns beeilen.«

Die Magier stellten sich nebeneinander, Suarav kniete zwischen und etwas hinter ihnen nieder, griff zwischen ihren Beinen hindurch und packte ihre Gürtel von vorn.

»Wirkt eure Sprüche«, sagte Suarav.

Das Spektrum änderte sich sofort, und die Dämonen stimmten ein mächtiges Geheul an.

In aller Eile hatten sie ihre Anweisungen gegeben, und Darrick konnte nur hoffen, dass alle wussten, was sie zu tun hatten. Wenn es funktionierte, würden sie die Linie der Dämonen durchbrechen, daran hatte er keinen Zweifel. Wenn nicht, würden sie große Schwierigkeiten bekommen und nur noch beten können, dass ihnen ein Wunder aus Xetesk zu Hilfe käme.

Vierzig Magier der Al-Arynaar standen jetzt vor den beiden führenden Wagen. Sie wurden von einer gleichgroßen Anzahl von Kriegern beschützt, die anderen gingen weiterhin ihren Aufgaben in den Wagen nach. Das vordere Ende des Schutzschilds lag fünfzig Schritt vor ihnen. Dort drängten sich die Karron, die Seelenfresser und Drohnen. An den Flanken und hinten warteten geflügelte Dämonen auf den Angriffsbefehl. Die meisten hockten seit der Morgendämmerung auf dem Boden.

Die Pferde waren nicht abgespannt worden, hatten sich aber etwas ausruhen können. Darrick hatte die Zügel einem anderen menschlichen Fahrer überlassen, einem Mann namens Brynn, der nach Rebraals Ansicht dem Druck an vorderster Front gewachsen war. Darrick konnte die Wahl des Elfen nur gutheißen. Brynn war über und über mit Kratzern und Verbänden bedeckt, aber trotz der Schauder, die durch seinen Körper liefen, voll ungebrochenen Mutes.

Jetzt stand Darrick mit dem Raben und den TaiGethen direkt hinter den Magiern. Nur Erienne und Thraun fehlten. Hirad hatte sich durchgesetzt und seinen Platz rechts neben dem Unbekannten eingenommen. Er war nicht in bester Verfassung, aber Darrick hatte lieber einen angeschlagenen Hirad in der Kampfreihe als überhaupt keinen. Dem Unbekannten war anzusehen, dass er trotz seiner Bedenken ganz ähnlich dachte.

Der Augenblick war fast gekommen. Immer noch näherten sich Karron dem Rand des Schutzschirms und stellten sich in dichten Reihen auf. Über ihnen schwebten zwei Meister. Einer hatte Tentakel, der andere war ein recht gewöhnlich aussehender blauer Dämon. Klein, aber offenbar sehr wichtig, wenn man seine Position berücksichtigte. Pheone trat vor ihre Schutzbefohlenen, Dila'heth stand bei den Elfen. Jeder wusste, was er zu tun hatte. Alle Magier hatten Anweisungen für die Sprüche bekommen. Unvorstellbar, dass sie scheitern sollten.

Auf einmal bemerkte Darrick rechts und ein Stück außerhalb der Schutzhülle eine Bewegung. Zuerst dachte er, dort kämen Dämonen geflogen, die sich dem Angriff anschließen wollten, doch die Bewegung war zu hektisch und sah eher nach einer Verfolgungsjagd aus. Er machte Auum darauf aufmerksam. Die Dämonen reagierten recht erschrocken auf diesen Anblick. Der Lärm, den sie machten, bekam einen zornigen Unterton. Drohnen verließen die Formation, um die Neuankömmlinge abzufangen.

»Das sind Menschen«, berichtete Auum. »Es sind drei. Zwei tragen den dritten.«

»Kommen sie in unsere Richtung?«

»Ja«, sagte er.

Darrick zog die Augenbrauen hoch. Irgendetwas würde den Angriff auslösen. Er hatte damit gerechnet, dass die Meisterdämonen den Angriffsbefehl erteilen würden, vielleicht würde es nun aber dieses zufällige Ereignis sein. Jedenfalls durften die Al-Arynaar keinesfalls abgelenkt werden.

»Die Augen nach vorn!«, befahl er. »Wählt eure Ziele aus.«

Rebraal übersetzte, und die Magier konzentrierten sich weiter. Auf Seiten der Dämonen sah die Sache jedoch anders aus, und es bestand einen Moment lang sogar die Möglichkeit, dass sich die Störung zugunsten der Eingekreisten auswirken würde. Vielleicht wurde der Angriff noch abgeblasen. Die drei Menschen flogen knapp über den Baumwipfeln, stiegen hoch und sanken abrupt, um den wachsenden Schwarm der Verfolger abzuschütteln. Rasch näherten sie sich der schützenden Hülle. Hoch droben eilten die Meister hinter ihre Hauptstreitmacht. Der Lärm schwoll zu einer ohrenbetäubenden Kakophonie an. Die Karron machten sich bereit.

»Aufpassen!«, rief Darrick. »Denkt an eure Aufgaben. Lasst euch nicht beirren, lasst euch nicht einschüchtern. Dila'heth, wirkt eure Sprüche, sobald ihr bereit seid.« Er wandte sich an einen Flaggenmann. »Jetzt. Das Signal zum Auflösen.«

Auf den Dächern der führenden Wagen wurden Flaggen geschwenkt. Die Magier im rechten Wagen ließen den Kaltraum fallen. Die Dämonen heulten auf, da sie ihren Sieg vor Augen sahen, und machten Anstalten anzugreifen. Sobald das Flaggensignal bemerkt wurde, setzte sich die hinteren Wagen in Bewegung, und die übrigen Kalträume rückten näher heran.

»Komm schon, komm schon«, murmelte Darrick.

Die vorderste Linie der Al-Arynaar blieb in tiefer Konzentration reglos stehen. Der General blickte besorgt hinauf. Der Himmel war voller Dämonen, die voller Vorfreude nach den Seelen der Menschen schrien. Die Karron beschleunigten, trotteten über den festgestampften Boden, schwenkten die Arme mit den Waffen, die sie anstelle von Händen besaßen. Hinter ihnen kamen die Seelenfresser, auf beiden Flanken trieben sich Schwärme von Drohnen herum. Es wurde knapp.

Wie ein Mann hoben die Elfenmagier die Köpfe. Pheone rief einen Befehl, und das Sperrfeuer der Sprüche setzte ein. Kraftkegel rasten los und zersprengten die heranstürmenden fliegenden Dämonen, die erschrocken kreischten. Sie waren für den Augenblick sogar die Glücklicheren. Direkt nach den Kraftkegeln flammte helles gelbes Licht am Morgenhimmel auf. Feuerkugeln flogen. Mindestens fünfzig radgroße brennende Bälle rasten zischend durch die feuchte Luft und zogen eine Dampfspur hinter sich her.

Die Karron sahen sie kommen und stießen laute Schreie aus, konnten aber nichts mehr tun, um sich vor dem Angriff zu schützen. Das magische Feuer fegte durch die Linien der Dämonen. Die Karron, die direkt mit den Feuerkugeln in Berührung kamen, explodierten auf der Stelle. Flammen sprühten in alle Richtungen und ließen ungeschützte Dämonenkörper schmelzen. Immer neue Feuerkugeln flogen durch den Himmel und trafen auch drei Seelenfresser, die sich nicht schnell genug in Sicherheit bringen konnten. Schwarzer Rauch stieg von den Kadavern und den abstürzenden Dämonen auf.

Am Boden prallten die geblendeten und vor Schmerzen fast verrückten Karron gegeneinander, und der geordnete Angriff löste sich im Chaos auf. Es stank nach verkohltem Fell und Fleisch, überall schrien Ungeheuer, die bei lebendigem Leibe verbrannten. Doch die Elfen hatten gerade erst angefangen.

Wieder rief Dila'heth einen Befehl, und jetzt richtete Eiswind in den noch vorrückenden Flanken entsetzliche Schäden an. Dämonenfleisch wurde von den Knochen gerissen, Augen gefroren, Schreie erstickten, bevor sie die Kehlen verlassen konnten. Karron stürzten zu Dutzenden auf den Boden, die Kälte hatte sämtliche Haare von den dunklen Körpern geätzt. Drohnen fielen wie reifes Obst im Sturm und zersprangen in tausend Stücke, sobald sie aufschlugen. Ein schreckliches Wehklagen erhob sich auf dem Schlachtfeld. Die Dämonen machten ihrer Wut und Angst Luft.

Darrick drehte sich um. Das zweite Wagenpaar kam gerade in Reichweite, schloss zu den ersten beiden auf und deckte sie mit seinem eigenen Kaltraum.

»Vorstoßen!«, rief er.

Dila'heth und Pheone zogen ihre Magier aus dem Manaspektrum zurück. Die Magier verteilten sich links und rechts und rannten zu ihren Wagen. Die Al-Arynaar und Rabenkrieger rückten in Richtung der Dämonen vor. Sie befanden sich jetzt wieder im Schutz eines Kaltraums.

Es war ein vernichtender Schlag gewesen, und Darrick spielte mit dem Gedanken, die Magier noch einmal angreifen zu lassen. Doch ihre Reserven waren begrenzt, und die Götter allein mochten wissen, wann sie ihre Energien das nächste Mal auffrischen konnten. Ein Blick nach vorn verriet ihm, dass sie große Lücken in die Reihen der Dämonen gerissen hatten. Doch schon formierten sich die Gegner neu, und wenn der Treck durchbrechen und Xetesk erreichen wollte, dann musste es jetzt sofort geschehen.

# Zehntes Kapitel

*Ich kann das nicht, Cleress. Ich kann es einfach nicht.*

*Oh mein Kind, natürlich kannst du es. Du bist eine äußerst begabte Schülerin.*

*Sei nicht so herablassend. Oder soll ich dich alte Tante nennen? Du warst nicht dabei. Du warst nicht in meinem Bewusstsein. Der zweite Spruch hätte genau wie der erste wirken müssen. Es hat nicht funktioniert, und das bedeutet, dass ich nicht fähig bin, es jedes Mal richtig zu machen. Da ich das nicht kann, müssen meine Freunde sterben.*

*Wenn du es nicht versuchst, werden sie sowieso sterben.*

Erienne spürte eine Bewegung, nichts weiter. Ihre Wahrnehmung war auf das Tosen der Einen Magie beschränkt, die durch ihr Bewusstsein und den Körper brandete. Daneben empfing sie nur noch die Versuche der gebrechlichen und fernen Al-Drechar, sie zu beruhigen. Erienne war nicht tot, also hatte es der Rabe bis zu den Wagen der Julatsaner geschafft. Sie nahm an, dass sie sich auf einem der Wagen befand. Wenn sie sich stark konzentrierte, konnte sie sogar eine beruhigende Kraft neben sich spüren. Sie wusste, wer es war.

*Glaubst du denn, es wird besser, wenn ich falsche Hoffnungen in ihnen wecke?*

*Sei nicht dumm, Erienne. Es sind keine falschen Hoffnungen. Die Kraft, über die du verfügst, kann über Sieg oder Niederlage entscheiden. Du musst nur verstehen, wo du einen Fehler gemacht hast. Du musst herausfinden, was geschehen ist.*

Erienne verkniff sich eine bissige Antwort. Sie wollte sich nicht wie das Schulmädchen verhalten, das sie angeblich nicht war.

*Ich habe keinen Fehler gemacht, Cleress. Ganz sicher nicht. Ich hatte die Energie des Spruchs genau berechnet, und er hat funktioniert wie geplant. Du wärst stolz auf mich gewesen. Ich habe die Mana-Bahnen und die Verbindungen zu den Dämonen verfolgt und dann diejenigen entfernt, die ihre Blutgefäße zusammenhielten. Es war perfekt. Aber als ich es noch einmal auf genau die gleiche Weise getan habe, entstand eine Art Sog in mir. Der Spruch hatte schon begonnen, und ich musste abbrechen, weil ich die Energien nicht mehr kontrollieren konnte. Es war, als hätte mein Körper die Gefahr vor meinem Verstand gespürt. Was ist da nur passiert? Warum kann ich es nicht wiederholen? Ich muss es doch wiederholen, wir haben sonst nichts.*

Eriennes Ängste wuchsen, je lauter das Eine in ihr rumorte. Wie immer kämpfte sie dagegen an und stellte es sich als Spinne vor, deren Beine sie aus ihrem Bewusstsein reißen musste, um nicht erdrückt zu werden. Sofort ließ der Druck nach, und Cleress half ihr, die Kraft zurückzudrängen.

*Beruhige dich, Erienne. Ich kenne deine Ängste, und gerade davon ernährt es sich. Vergiss nicht, was wir dir gezeigt haben.*

*Es ist so schwer, Cleress. Ich bin so müde.*

*Ich weiß. Aber hör mir zu. Du stellst viele Fragen, obwohl die Antworten direkt vor dir liegen. Ich bin stolz auf dich, weil du diesen Spruch entwickelt hast. Dies zeigt, dass du die Möglichkeiten des Einen wirklich verstehst und seine Energien kontrollieren kannst.*

*Aber …*

*Bitte, unterbrich mich nicht. Du warst diejenige, die immer geglaubt hat, das Eine besäße mehr Bewusstsein, als es tatsächlich der Fall ist. Wir haben dir erklärt, dass vielmehr dein eigenes Bewusstsein ihm sein Scheinleben verschafft. Es kann werden, was immer du dir vorstellst. Deshalb musst du dein eigenes Bewusstsein so genau kontrollieren, wenn du diese Kräfte freisetzt.*

*Meinst du damit, ich hätte das Problem beim zweiten Spruch selbst geschaffen?*

*So ist es uns allen ergangen. Du hast in deinem Verständnis einen neuen Durchbruch erzielt, auch wenn du das Gefühl hast, versagt zu haben. Du musst verstehen, dass es genau das Gleiche ist wie immer. Die Sprüche der Einen Magie sind im Grunde sehr einfach. Der schwierigste Teil der Gleichung ist stets die Zuführung der Energie. Ich möchte mein Leben darauf verwetten, dass du beim zweiten Mal nichts weiter getan hast, als dich ein wenig zu entspannen, weil du nicht ganz glauben konntest, wie leicht es beim ersten Mal gegangen ist.*

Erienne wollte antworten, aber Cleress war noch nicht fertig.

*Denk nach, ehe du antwortest. Erinnere dich, was dir durch den Kopf gegangen ist, als du den zweiten Spruch vorbereitet und gesehen hast, wie leicht sich beim ersten Versuch alles zusammengefügt hat. Überprüfe, was du getan hast. Wenn du an irgendeinem Punkt den Eindruck hattest, es sei zu leicht gegangen, dann war das schon genug. Du hast deine geistigen Muskeln ein wenig entspannt, und dadurch hat sich der Zustrom der Kraft geändert. Das Eine wurde, was du dir vorgestellt hast, nur ein bisschen nachlässiger. Genau das ist bei einem Spruch des Einen tödlich.*

Cleress hatte recht. Sie hatte wie immer den Nagel auf den Kopf getroffen.

*Was soll ich denn tun? Beim nächsten Mal ist vielleicht niemand da, der mich rettet.*

*Du musst nichts weiter tun, außer an dich zu glauben. Wahrscheinlich haben dir das auch deine Freunde schon gesagt. Das Gute ist, dass sich dein Körper inzwischen an den Energiestrom gewöhnt hat und einfach abschaltet, wenn er einen Fehler spürt. Du wirst dabei auch nicht immer ohnmächtig werden.*

*Ich habe nur solche Angst zu versagen.*

*Dann versage nicht. Du hast alles, was du wissen musst. Du vertraust mir doch, Erienne, oder?*

*Ja.*

*Gut. Dann hör auf mich. Glaube mir, was ich sage. Du darfst nicht an dir zweifeln. Konzentriere dich auf alle Sprüche, die dir bisher perfekt gelungen sind. Das sind erheblich mehr als die fehlgeschlagenen. Vergiss nicht, wie sehr du dich konzentriert hast.*

*Wenn du es sagst, klingt das alles so einfach, Cleress. Aber was werde ich vorfinden, wenn ich die Augen öffne?*

*Du bist alles, was du dir nur ausdenken kannst. Du bist die Magierin des Einen.*

*Das bin ich, wenn du bei mir bist.*

Cleress lachte, doch es klang müde. *Du brauchst meine Stärke nicht. Du hast davon selbst genug.*

*Wenn ich nur wüsste, wo ich sie finden kann.*

*Du weißt schon, wo sie liegt, Kind.*

*Du musst müde sein, alte Tante.*

*Das bin ich. Wenn du erlaubst, will ich jetzt ruhen. Komme wieder zu dir und lass dir vom Raben helfen. Ihr könnt euch gegenseitig unterstützen.*

*Danke, Cleress.*

Sharyr schrie und hatte keine Lust, damit aufzuhören. Vermutlich taten Brynel und Suarav das Gleiche, und wenn sie es nicht taten, hätten sie es tun sollen. Sie bewegten sich wie ein Mann, er führte sie an und rief zwischen seinen Schreien möglichst einfache, leicht verständliche Befehle. Auf keinen Fall durften er und Brynel in entgegengesetzte Richtungen fliegen. Dann wäre Suarav sofort tot.

»Nach links!«

Sie flogen nach links, der Wind schlug ihnen ins Gesicht, ein Schwarm Drohnen verfehlte sie knapp. Sie drehten wieder in Richtung Schutzschirm. Am Himmel flackerte das julatsanische Sperrfeuer. Sharyr jubelte. Was für ein Anblick.

»Jetzt geradeaus. Stelle deine Flügel um, Brynel.«

Die Magier richteten ihre Flügel auf hohe Geschwindigkeit aus und verloren sofort an Höhe, da Suaravs Gewicht sie nach unten zog. Sie hatten es ohnehin nicht mehr weit, und eine zweite Chance würden sie nicht bekommen.

Die Wagen hatten sich inzwischen wieder in Bewegung gesetzt. Einige Kämpfer hatten sich aus dem Zug gelöst und eilten zum Rande des Schutzschirms, wo sie durchbrechen wollten.

Drohnen und Seelenfresser flogen auf und blockierten den Weg der Magier. Sharyr blickte kurz nach unten. Sie flogen noch etwa zwanzig Fuß hoch und sanken stetig. Sie hatten keine andere Wahl.

»Kurs halten, Brynel. Schließt die Augen und lasst uns beten.«

Er verspürte eine eigenartige Erregung. Dies war ein Wendepunkt in seinem Leben. Endlich einmal lag sein Schicksal wirklich in seinen eigenen Händen, und er hatte sich für seinen Weg entschieden. Wie gut erinnerte er sich an Dystran, der ihn gedemütigt hatte, an seine Proteste, und daran, dass er nicht hatte hoffen können, dass seine Stimme jemals gehört wurde. Das war jetzt anders. Er betete nicht, sondern stieß einen trotzigen Schrei aus.

»Festhalten, Suarav. Genieße den Flug.«

Sie prallten mit den Drohnen zusammen. Die kleinen Körper prasselten wie Hagel auf sie herab. Er zog den Kopf ein und ließ es über sich ergehen. Dämonen prallten gegen seinen Schädel, seinen Rumpf und seine Beine. Er spürte ein Zerren an der Hüfte, als auch Suarav getroffen wurde, dann einen mächtigen Ruck, für den nur ein Seelenfresser verantwortlich gewesen sein konnte.

Dann stürzte er.

Er schlug die Augen auf. Sie befanden sich jetzt innerhalb des Schutzschirms, und die Flügel hatten sich sofort aufgelöst. Sie stürzten ab. Sie fielen schnell, viel zu schnell. Dann landeten sie auf dem Boden und überschlugen sich. Jede Umdrehung brachte neue Schmerzen mit sich. Er spürte die harte Erde im Rücken, scharfe Kanten von Holz oder Stein, die sich in seinen Bauch bohrten. Er schmeckte Dreck im Mund und schrie auf, als er unglücklich auf die Schulter prallte und endlich liegenblieb.

»Bei den guten Göttern, ich lebe noch.« Dann musste er lachen.

Hände packten ihn, und er sah Gesichter. Elfen sprachen mit schwerem Akzent, stellten ihm Fragen. Es waren Al-Arynaar. Er hatte von ihnen gehört.

»Bist du verletzt? Kannst du aufstehen? Wir müssen jetzt weiter.«

Er wusste die Antwort nicht. Als er aufstehen wollte, schoss ihm der Schmerz durch den Rücken, dass er heftig zusammenzuckte. Die Elfen halfen ihm behutsam auf die Beine. Er sah sich um. Suarav lag noch am Boden, schüttelte aber den Kopf und kam gerade zu sich. Brynel lächelte und keuchte zur gleichen Zeit, eine schwierige Kombination.

Jetzt wurden Sharyr auch die Geräusche innerhalb des Schutzschirms bewusst. Die Rufe der Dämonen und die Schreie von Menschen und Elfen. Das Klappern der Wagen, die Hufschläge, überall wurde gekämpft.

»Die Cursyrd greifen an. Wir müssen gehen.«

»Ja«, sagte er. »Ja.«

Sie setzten sich in Bewegung. Dämonen stießen auf ihre Köpfe herab. Winzige Drohnen brachten ihnen Kratzer auf dem Kopf und an den Ohren bei. Er ruderte hilflos mit den Armen. Die Elfen schoben ihn eilig weiter.

»Eigentlich können sie dich nicht verletzen«, erklärte der Elf, der neben ihnen lief. »Warum seid ihr hier?«

»Ich muss mit dem Mann sprechen … mit dem Elf, der verantwortlich ist. Ihr müsst wissen, wie die Straßen von Xetesk aussehen.«

»Ich bringe dich zu Rebraal.«

Sharyr hatte noch nie von ihm gehört, aber der ehrfürchtige Unterton sagt ihm genug.

»Das soll mir recht sein.«

Der Elf antwortete nicht.

Unablässigen Angriffen der fliegenden Dämonen ausgesetzt, rollten die Wagen dahin. Auum führte seine Tai über verbranntes Gras und zwischen verkohlten Dämonen hindurch. Die Linie der Cursyrd war durchbrochen, formierte sich jedoch rasch neu. Seine Tai, die Al-Arynaar und der Rabe mussten die Cursyrd weiter unter Druck setzen. Wenn die Karron sich erneut in großer Zahl zusammenrotten konnten, wäre der Einsatz der Magier umsonst gewesen.

Auum blieb innerhalb des Kaltraums und ging zum Angriff über. Er benutzte zwei kurz Schwerter, Duelle und Evunn waren bei ihm.

»Nehmt euch die Karron vor. Tai, wir greifen an.«

Die Karron hatten sich wie zuvor aufgestellt, ganz anders als die Seelenfresser. Der Pelz, den sie aus der Ferne gesehen hatten, war in Wirklichkeit ein einziges großes Sinnesorgan in Form kleiner Härchen, die ständig in Bewegung waren. Die Augen waren klein und trüb und konnten vielleicht nur den Unterschied zwischen hell und dunkel wahrnehmen. Der Rumpf und die Arme waren kräftig, und die Wesen wussten Letztere trotz des schwankenden Ganges mit überraschender Gewandtheit zu schwingen.

Auum duckte sich unter dem Hieb eines mit Dornen besetzten Arms hindurch und schlug dem Karron seine Klingen in die Beine. Dann wich er blitzschnell zurück, und ein Hammerarm knallte dort, wo er gerade noch gestanden hatte, auf den Boden. Er zog sich zurück und schätzte die Geschwindigkeit des Wesens ein. Es ging auf ihn los, holte mit beiden Armen aus und schlug erneut zu. Eine vernichtende Taktik, aber recht ziellos. Auum machte einen Schritt nach links und verpasste dem Wesen von der Seite einen Tritt vor den Kopf. Es grunzte und schüttelte die Benommenheit ab, aber Auum setzte sofort nach. Er trat dicht an das Wesen heran und stach ihm beide Klingen ins Gesicht.

Der Karron brach schreiend zusammen. Auum ging in die Knie, rollte sich rückwärts ab und kam sofort wieder hoch. Duele und Evunn nahmen sich drei weitere vor, die gemeinsam angegriffen hatten.

»Fühlt den Tanz, meine Brüder«, sagte Auum.

Hinter ihm stürzte sich auch der Rabe in den Kampf. Auum wich einem weiteren vernichtenden Angriff aus und schlug seinerseits zu, trieb seine Klingen in den Arm, der in eine mit Stacheln bewehrten Keule auslief, worauf graues Blut aus den tiefen Wunden spritzte. Er sprang zur Seite, um dem Wesen den tödlichen Stich zu versetzen, aber Hirad war vor ihm zur Stelle. Der Barbar trieb dem Karron sein Schwert tief in den Bauch, und der Dämon kippte um.

»Wir wollen diese Bastarde auf uns ziehen!«, rief Hirad.

Er zog sein Schwert heraus, grinste Auum an und rannte hinüber, um sich dem Unbekannten Krieger anzuschließen. Auum räusperte sich und wechselte die Richtung, um seine Tai zu unterstützen. Er atmete tief durch und erreichte den Zustand der Reinheit. Die Karron waren nicht schnell genug, um den Elfen gefährlich zu werden. Auum sah ihnen in die kleinen Augen, die unter der mächtigen Stirn tief in den Höhlen lagen, und beobachtete die Bewegung der Haare. Die Glieder folgten dem, was die Sinnesorgane aufnahmen, waren aber viel zu langsam, um die TaiGethen zu treffen.

Auum wollte die Gegner möglichst schnell ausschalten. Er rollte sich unter den Armen eines Karron hindurch ab und jagte ihm die Klingen in die Brust. Sofort danach wich er nach rechts aus, sprang hoch und stieß dem nächsten beide Füße ins Gesicht, um auf dem Bauch des Dämons zu landen, als dieser auf den Rücken fiel. Mit einem Doppelschlag zerfetzte er ihm die Kehle. Ein Keulenarm sauste auf ihn zu. Immer noch zu langsam. Er sprang darüber hinweg, drehte sich in der Luft und versetzte dem Angreifer einen Tritt. Anschließend ging er sofort in die Hocke, fegte dem Wesen die Beine weg und stach ihm die Klingen unter den linken Arm. Es zuckte zusammen und blieb reglos liegen.

Danach richtete Auum sich wieder auf. Duele und Evunn waren in seiner Nähe. Die Al-Arynaar und der Rabe waren in Kämpfe verwickelt und trieben vor den Wagen, die schwerfällig folgten, einen Keil in die Reihen der Gegner. Auum verspürte ein Brennen in der Brust und erkannte, dass es reine Freude war. Nicht unbedingt das Gefühl, das er sonst empfand, wenn er seine Feinde zu Shorth schickte, aber er genoss es nichtsdestotrotz.

Er lächelte.

»Tai«, sagte er. »Bleibt zusammen. Es geht weiter.«

Man konnte nur dastehen und sie bewundern. Allerdings hätte dies Hirad fast das Leben gekostet. Er hatte einem der hässlichen behaarten Dämonen das Schwert in die Brust gejagt und in einer kleinen Verschnaufpause das verblutende Wesen vor seinen Füßen betrachtet. In diesem Moment hatte er Auums Tai bemerkt, die sich gerade ans Werk machten, und erkannt, dass er sich trotz allem, was er auf Calaius von ihnen gelernt hatte, niemals würde mit ihnen messen können.

Die Dämonen, gegen die sie kämpften, taten ihm beinahe leid. Nicht einmal er vermochte mit den Augen allen ihren Bewegungen zu folgen. Sie arbeiteten so gut zusammen, dass kein Raum für einen feindlichen Vorstoß blieb, und obwohl sich jetzt auch Seelenfresser in den Kampf einschalteten, hatten die Dämonen keine Chance.

Auum führte in Fahrtrichtung der Wagen einen ungestümen Angriff an. Seine Schwerter funkelten in der Morgensonne. Jeder Schlag ließ das Blut spritzen. Die unbeholfenen Karron versuchten, ihn zu treffen, aber er kämpfte sich erbarmungslos weiter und stieß ihnen seine Klingen in den Hals, in die Brust und unter die Arme, um sie mit blitzschnellen Stichen zu töten. Neben ihm kämpften seine Tai, verteidigten ihn und bewegten sich mit einer ähnlichen schlafwandlerischen Sicherheit wie er.

Mit einer Hand führten die Elfen jeweils ein kurzes Schwert, mit dem sie die Karron töteten, doch ihre Aufmerksamkeit galt vor allem dem Schutz der Wagen und den fliegenden Dämonen. Mühelos parierten sie alle Schläge der Karron. Jeder Seelenfresser, der herabstieß, wurde mit einem Tritt oder einem Faustschlag empfangen und segelte hilflos über Auums Kopf hinweg. Unzählige Dämonen kreischten frustriert und zogen sich, halb besinnungslos vor Schmerzen, wieder zurück. Die Tai ließen in ihrer Konzentration keine Sekunde nach. Sie verstanden einander, konnten sich blind aufeinander verlassen und führten dem Raben vor, was dieser in all den Jahren des Kämpfens angestrebt, aber nie erreicht hatte. Die Rabenkrieger waren der Vollendung der Tai nicht einmal nahegekommen.

Der Kampf der Tai war ein Tanz, und wer die Schritte nicht beherrschte, musste sterben.

Hirad taumelte, als ein Schlag seinen Bauch traf. Auf einmal lag ein abgetrennter Hammerarm vor ihm auf dem Boden.

»Bei den Göttern, Hirad, pass doch auf.« Mit der Rückhand schlug der Unbekannte dem Karron noch einmal die

Klinge ins Gesicht und humpelte seinem nächsten Gegner entgegen. »Kämpfe oder verschwinde.«

Hirad riss sich aus seinem Tagtraum. Der Rabe war in der Nähe der Tai postiert. Die Karron waren schnell, aber nicht schnell genug. Auch Denser hatte jetzt eine Klinge in der Hand und gab ihnen gegen Angriffe der Seelenfresser Rückendeckung. Der Unbekannte und Darrick hackten sich geradeaus durch die Reihen der Feinde. Wütend auf sich selbst, stürzte Hirad sich wieder ins Getümmel. Ein Dämon schlug mit einem Keulenarm nach ihm. Er blockte den Schlag mit der Klinge ab und spürte, wie wuchtig der Hieb des Gegners gewesen war. Rasch nahm er sein Schwert in die linke Hand, stieß nach dem Kopf des Wesens und schnitt ihm ein Auge aus dem Schädel. Heulend wich es zurück. Hirad sprang hinterdrein und durchtrennte ihm die Sehnen in der Kniekehle. Jetzt brach es zusammen, und er konnte es mit einem Stich in die Brust erledigen.

»Das gefällt mir schon besser«, sagte der Unbekannte.

»Dachte ich mir«, gab Hirad zurück.

Er streckte sich, um einen Hieb abzuwehren, der auf den großen Mann gezielt war, und spürte dabei, wie sich die genähte Hüftwunde wieder öffnete und zu bluten begann. Die Schmerzen schossen durch seinen ganzen Körper, er schwankte. Der nächste Schlag des Karron traf voll die Deckung des Unbekannten und schleuderte diesen gegen Darrick, der stolpernd ausweichen musste und mit knapper Not dem Arm eines weiteren Feindes entging.

Hirad schleppte sich weiter und stach dem Karron das Schwert in die Seite. Graue Körperflüssigkeit spritzte auf seine Rüstung.

»Denkt nicht einmal drüber nach.«

Der Unbekannte hatte sich wieder erholt und ließ

einen gewaltigen Schlag nach rechts los, der den Karron enthauptete. Die Linie der Feinde war fast durchbrochen. Seelenfresser flogen heran, um sie zu verstärken, doch die Drohnen brachten sich bereits in Sicherheit. Von neuer Energie durchflutet, stürmte Hirad los und versuchte, den brennenden Schmerz in der Hüfte zu ignorieren.

Als hinter ihm ein Ruf ertönte, wurde er langsamer und drehte sich um. Die Wagen hatten fast zu ihnen aufgeschlossen. Die Al-Arynaar, die neben den Zugpferden liefen, bewegten sich zielstrebig wie ein Rammbock den Feinden entgegen, und nun war der julatsanische Treck endlich durchgebrochen und hielt auf das geschleifte Nordtor von Xetesk zu.

# Elftes Kapitel

Die Dämonen waren mit aller Macht zurückgekehrt und hatten ein paar neue Freunde mitgebracht. Seine Trupps, die inzwischen wieder das sichere Kolleg erreicht hatten, wussten zu berichten, dass die Karron sich auf alle Stadtviertel verteilt hatten. Es war zu spät, die Julatsaner zu warnen, aber allem Anschein nach kamen sie gut voran.

Wie so oft in den letzten zwei Jahren stand Dystran auf dem Balkon seines Turms und empfand neue Hoffnung. Noch vor der Mittagsstunde würden sich Wesmen und Julatsaner in seinem Hof drängen. Ein mehr als seltsamer Anblick, inzwischen aber sein sehnlichster Wunsch.

Die Staubwolke im Norden verriet ihm, dass die Julatsaner sich der Stadt näherten. Von Süden, wo eine ähnliche Wolke aufstieg, kamen die Wesmen. Sie standen kaum unter Druck, die Dämonen hielten sie offensichtlich nicht für eine Bedrohung. Dystran betete inbrünstig, dass Tessaya darauf verzichtete, sie eines Besseren zu belehren.

Im Kolleg war alles bereit. Ob Mann, Frau oder Kind, alle kannten ihre Aufgaben und wussten, was zu tun war.

Dystran konnte seine Erregung nicht völlig verbergen. Ein Ruck war durch sein Kolleg gegangen, als sich herausgestellt hatte, dass die Julatsaner kamen. Auch wenn es vielleicht nicht ganz berechtigt war, hatten alle neuen Mut und neue Hoffnung geschöpft. Dies sah nicht mehr nur nach Widerstand aus, sondern eher nach einem Aufstand.

Die Frage war freilich, ob sie auch Erfolg haben würden. Am Netzwerk der Schutzsprüche würde es ganz sicher nicht scheitern. Darauf wäre sogar Septern stolz gewesen. Es musste nur noch aktiviert werden, was er sich persönlich vorbehalten hatte. Chandyrs Angriffs- und Ausweichpläne waren gut durchdacht. Der Kommandant war ein geschickter Taktiker und hatte General Darricks Anregungen viele Jahre lang studiert.

Allerdings konnte Dystran das bohrende Gefühl nicht abschütteln, dass ihm die Dämonen immer noch einen Schritt voraus waren. Was hatten er übersehen? Es gab sicher irgendetwas. Es gab immer irgendetwas.

Hirads Wunde war frisch verbunden, und er hatte eingewilligt, auf dem Trittbrett von Eriennes Wagen zu fahren, der jetzt wieder von Darrick gelenkt wurde. Thraun war drinnen, die übrigen Rabenkrieger befanden sich weiter vorn, direkt hinter der Linie der Al-Arynaar, und räumten den Weg frei.

Darricks erfolgreiche Taktik hatte die Dämonen anscheinend verwirrt und demoralisiert. Halbherzige Versuche der Karron, sich neu zu formieren, wurden von den Elfen unter Führung der TaiGethen rücksichtslos zerschlagen. Die schwerfälligen Dämonen hatten offenbar große Schwierigkeiten, innerhalb des Kaltraums zu kämpfen.

So blieb es den Seelenfressern und Drohnen überlassen, ihre Überraschungsangriffe allein fortzusetzen. Auch wenn sie hin und wieder einen kleinen Sieg erringen mochten, konnten sie den Treck nicht aufhalten, der sich über das alte Schlachtfeld vor dem Nordtor bewegte. Eine eigenartige Stimmung schien sich unter den Dämonen auszubreiten. Hirad nahm an, es hatte mit ihrer Niederlage zu tun, und sprach mit Darrick darüber.

»Das glaube ich nicht. Sie werden versuchen, uns in einer schmalen Straße innerhalb der Stadt noch einmal anzugreifen«, warnte Darrick.

»Nun ja, dort warten wohl auch einige Überraschungen auf sie, oder?«, sagte Hirad.

»Wir bleiben sowieso auf der Hauptstraße«, ergänzte Denser, der sich auf den Kutschbock gesetzt hatte. »Wir können, immer zwei Wagen nebeneinander, bis zum Kolleg fahren.«

»Klingt doch ganz einfach«, meinte Hirad.

Der General schüttelte den Kopf. »Das wage ich zu bezweifeln.«

Vom Nordtor bis zum Kolleg hatten sie weniger als eine halbe Meile vor sich. Hirad kannte Xetesk gut genug, um zu wissen, dass auch die breitesten Straßen recht schmal waren. Hohe, alte Gebäude ragten neben dem alten Pflaster der Wege auf, dass man kaum den Himmel sehen konnte. In Xetesk war jede Straße für einen Hinterhalt geeignet. Hoffentlich behielten die Xeteskianer, die zu ihnen gestoßen waren, wenigstens recht, was die Wirkung ihrer Schutzsprüche anging.

Inzwischen flogen Schwärme von Dämonen nach Xetesk zurück und bestätigten Darricks Einschätzung. Die anfängliche Freude des Generals über seinen gelungenen Überraschungsangriff war inzwischen tiefer Nachdenklichkeit gewichen, und er schaute ausgesprochen besorgt drein.

»Komm schon, Darrick«, sagte Hirad. »Wir haben sie geschlagen. Wo ist das Problem?«

»Findest du nicht auch, dass es viel zu leicht ging?«, antwortete der ehemalige General.

»Ich weiß nur, dass wir ihnen eine ordentliche Abreibung verpasst haben.«

Wieder schüttelte Darrick den Kopf. »Sie haben sich äußerst unfähig gezeigt, und das kaufe ich ihnen nicht ab. Sie wollten von vornherein nicht gewinnen.«

»Ach, was. Wie ich es sehe, haben sie nicht damit gerechnet, dass wir den Kaltraum fallen lassen würden. Damit haben wir sie überrumpelt.«

»Das mag sein, aber ich mache mir Sorgen über das, was danach geschehen ist. Sie haben nicht versucht, sich neu zu formieren, sie haben nicht die Reserven von hinten nachgeführt. Im Grunde haben sie nur herumgestanden und sich von uns abschlachten lassen. Wie viele Kämpfer haben wir verloren? Fünf oder zehn?«

»Ich glaube, du machst dir zu viele Sorgen«, sagte Hirad.

»Wirklich?« Darrick drehte sich um und starrte den Barbaren an. »Glaubst du wirklich, wir werden von jetzt an keine Schwierigkeiten mehr haben?«

Hirad zog die Augenbrauen hoch. »Wenn Xetesk uns unterstützt wie versprochen. Sieh dir den Feind doch an. Damit haben sie nicht gerechnet, kein einziger von ihnen.«

»Genau. Das glauben anscheinend auch die meisten Elfen. Lass ja keinen Augenblick in deiner Wachsamkeit nach. Das Gleiche sage ich auch zu Rebraal.«

Hirad schluckte seine bissige Antwort hinunter. »Das ist dein Ernst, was?«

»Auf jeden Fall. So lahm sind die Dämonen nicht. Sie haben hier das Sagen, ganz egal, was gerade geschehen ist. Unvorstellbar, dass wir sie so leicht schlagen konnten.«

»Wenn du meinst, General.«

»Ja, so sehe ich das.«

Hirad kicherte. »Ein Glück, dass wir dich nicht wegen deines Humors bei uns aufgenommen haben.«

»Ich wüsste nicht, was es da zu lachen gibt.«

»Sag ich doch.«

Eine Stunde später, nachdem sie kaum noch Angriffen ausgesetzt gewesen waren, rollten die julatsanischen Wagen durch das Nordtor von Xetesk. Das beeindruckende Torhaus, obschon stark beschädigt, war die erste von vielen für einen Hinterhalt geeigneten Stellen. Nichts geschah.

»Bist du deiner Sache immer noch sicher, General?«

»Fordere nicht das Schicksal heraus, Hirad. Sie brauchen nur eine einzige Stelle, eine einzige Gelegenheit. Bleib wachsam.«

Sobald sie das Torhaus hinter sich gelassen hatten, veränderte sich die Atmosphäre. Die Kälte nahm zu. Der Atem stand in Wolken vor ihren Mündern, kein Lufthauch regte sich. Die Stadt stank nach Angst, Tod und Verwesung. Die Stille ging Hirad entschieden auf die Nerven. Nicht einmal ein Dämon schrie. Kein Laut drang aus den Gebäuden an den Straßen. Kein einziger Vogel sang, kein Hund bellte. Hirad hörte nichts außer dem Knarren der Wagen, seinem eigenen Atem und den Hufschlägen auf dem Pflaster.

Hoch und verlassen reckten sich die Gebäude mit ihren vernagelten Fenstern an der Straße, die vom Tor zum Kolleg führte, in den blauen Himmel. Unwillkürlich wurden sie langsamer.

»Haltet das Tempo da vorn«, befahl Darrick. Es klang unnatürlich laut.

»Spürst du es auch?«, fragte Hirad auf einmal.

»Deshalb flüstern wir alle«, bestätigte Denser. Er schauderte.

»Achtet auf jede Bewegung«, zischte Darrick. »Rebraal, gib das weiter. Konzentriert euch.«

Die Dämonen waren vom Himmel verschwunden. Kein einziger beobachtete sie. Nachdem sie so lange Angriffen ausgesetzt gewesen waren, empfanden sie die Leere über sich fast als beunruhigend. Auf dem zweiten der beiden führenden Wagen wiesen Suarav und Sharyr, dessen Arm mit einer Schlinge notdürftig bandagiert war, auf die Positionen der Schutzsprüche hin. Gerade deuteten sie auf die erste Kreuzung, die der Treck auf dem Weg zum Schauspielhaus passieren sollte. Das Theater stand im Zentrum eines nicht sehr großen Platzes. Dort draußen wären sie besonders gefährdet.

Als sie sich der Kreuzung näherten, schlug Hirads Herz schneller. Immer wieder musste er die Hand vom Schwertgriff lösen und sich die schwitzende Handfläche an der Hose abwischen. Jeder Hufschlag kam ihm wie ein Fanfarenstoß vor, der den Angriff der Dämonen auslösen musste. Jedes nervöse Schnauben oder Wiehern war eine Aufforderung zur Attacke. Immer noch keine Dämonen. Darricks Stirnrunzeln wurde noch finsterer.

»Wo würde ich es tun?«, murmelte er. »Wo?«

Seine Worte waren die einzigen, die das gespannte Schweigen durchbrachen. Mehr als dreihundert Elfen und Menschen zogen durch die toten Straßen. Jeder Schritt versetzte Hirads Tollkühnheit einen kleinen Dämpfer.

»Nur eine einzige günstige Stelle, sagst du?«

Darrick nickte. »Und dann mit allem, was sie haben.«

Hirad schluckte trocken. Die Al-Arynaar an der Spitze hatten gerade die Kreuzung erreicht. Auf einmal sprangen an beiden Seiten, fünfzig oder mehr Fuß hoch, tödliche Flammenwände empor. Die Kutscher hatten Mühe, die erschrockenen Pferde zu beruhigen. Rufe flogen auf dem engen Platz hin und her. Hirad fluchte. Er spürte die Hitze im Gesicht.

»Das hätte mich beinahe zu Tode erschreckt«, sagte er.

Auf dem benachbarten Wagen rang Sharyr sich ein gequältes Lächeln ab.

»Sie haben die Schutzsprüche weiter verteilt, als ich dachte. Das ist gut.«

»Es wäre nur schön gewesen, wenn wir eine Warnung bekommen hätten.«

»Hm.« Darrick zuckte mit den Achseln, dann sah er sich um, ob alle Kutscher die Pferde wieder unter Kontrolle hatten. »Eng zusammen bleiben. Behaltet die Geschwindigkeit bei und konzentriert euch. Gebt diesen Biestern keine Gelegenheit.«

Die anderen reagierten sofort auf die Stimme der Autorität. Sie richteten sich auf, ermunternde Rufe machten die Runde. Hände schlossen sich energisch um die Griffe von Schwertern und Äxten, sie waren zum Kampf bereit. Das Trampeln der Füße und Rufe bekam einen militärischen Rhythmus.

»Das gefällt mir schon besser«, schnaufte Darrick. »Es geht doch nichts über Disziplin und Ordnung.«

Der Treck bewegte sich weiter in Richtung Kolleg. Unter ihren Füßen knirschte der Abfall, der sich in zwei Jahren der Vernachlässigung gesammelt hatte. Der Gestank des Unrats stieg ihnen in die Nasen. Am Schauspielhaus bogen sie auf Sharyrs Anweisung nach rechts ab, links brannte eine Flammenwand, die sie abschirmte.

Das Schauspielhaus war ein kreisrundes Gebäude, dessen Eingänge nach den vier Himmelsrichtungen ausgerichtet waren. Umgeben war es von verlassenen Restaurants, Gasthöfen und Geschäften, in denen immer noch bunte Kleider hingen. Über den Geschäften gab es jeweils zwei bis drei Stockwerke mit Wohnungen und Herbergen.

Laut hallten ihre Schritte und die Hufschläge zwischen den Mauern. Es war ein ernüchternder Kontrast zur Stille in der übrigen Stadt. Gargylen und geschnitzte Neidköpfe starrten von den Häusern auf sie herab. Lachend, weinend, zornig oder spöttisch beobachteten sie den letzten verzweifelten Versuch der Verbündeten, die Feinde zu bezwingen und die Kontrolle über Balaia zurückzugewinnen.

Hirad biss sich auf die Lippen. Die Stille zehrte an ihren Nerven und dämpfte ihren Mut. Zwischen den Gebäuden, in denen einst so viele Menschen gelebt hatten, gab es keine Sicherheit.

»Wo sind die Xeteskianer?«, fragte er, und es war kaum mehr als ein Flüstern.

»Sie haben sich in Sicherheit gebracht«, erklärte Denser.

Der Treck bog einmal links und einmal rechts ab, um den Platz zu verlassen und auf dem Königsdamm weiterzufahren. Diese Straße, die den Spitznamen »der Strang« trug, führte kurvenreich bis ins Stadtzentrum. Sie konnten schon das Licht in Dystrans Turm brennen sehen, obwohl sie noch fast eine halbe Meile davon entfernt waren.

Auf seiner ganzen Länge zweigten Gassen und Nebenstraßen vom Strang ab. Einige waren kaum so breit wie ein Mann, andere hätten auch einem Wagen die Durchfahrt erlaubt. Alle waren still und verlassen.

Ein Stück weiter vorn wurde der Strang schmaler und wand sich hinter dem zentralen Kornspeicher entlang. Die Al-Arynaar der Vorhut blieben dicht beisammen. Der Unbekannte, Ark und Kas ließen sich zurückfallen und fuhren auf den Trittbrettern von Eriennes Wagen mit. Hirad bemerkte, dass Sharyr sich umsah und fluchte.

»Gibt es ein Problem?«, fragte Darrick. Auch er hatte es bemerkt.

»Die Schutzsprüche hätten hinter uns auslösen müssen«, sagte er. »Sie haben anscheinend versagt.«

»Oder jemand hat daran herumgefummelt«, überlegte Hirad.

»Das halte ich für unwahrscheinlich«, sagte Sharyr. »Wir …«

Die Rückseite des Kornspeichers brach über Sharyrs Wagen zusammen. Der Lärm, ein Knallen wie von Donner, gefolgt vom dumpfen Rumpeln eines Erdrutsches, tat in den Ohren weh und schüttelte sie durch. Riesige Steinbrocken prallten seitlich gegen den Wagen, zerschmetterten den Aufbau und zermalmten die Pferde und Kutscher. Die beiden hilflosen Xeteskianer wurden heruntergeworfen. Der Wagen scherte auf dem Pflaster seitlich aus, die Achsen brachen unter dem Druck, und das Wrack prallte mit dem Wagen des Raben zusammen. Das überbeanspruchte Metall kreischte. Kas, der auf dem linken Trittbrett fuhr, wurde voll getroffen. Darrick, Hirad und Denser wurden heftig nach links geschleudert und stürzten zwischen dem Geschirr und den Pferden auf den Boden.

Jetzt ertönten auch wieder die Schreie der Dämonen. Hirad kam mühsam auf die Beine und hob sein Schwert auf. Er sah sich um und wich den Pferden aus, die sich aufbäumten und immer noch versuchten, den

Wagen zu ziehen, dessen Räder von Trümmern blockiert wurden.

Im zweiten führenden Wagen hatte mit Sicherheit niemand überlebt. Suarav und Sharyr standen gerade wieder auf, außer ihnen bewegte sich nichts. Karron strömten aus dem zerstörten Kornspeicher heraus. Weiter vorn waren die Al-Arynaar und Auums Tai bereits in heftige Kämpfe verwickelt und fast vom Treck abgeschnitten. Sie konnten nicht viel erreichen, und der Grund lag auf der Hand. Im zerstörten Wagen hatten sich die Kaltraum-Magier befunden. Die Dämonen konnten ungehindert angreifen.

Die Lage war verzweifelt. Sofort waren die Al-Arynaar herbeigerannt, um dem Angriff der Karron aus dem Kornspeicher zu begegnen, doch sie waren in der Unterzahl und zersplittert. Eine Gruppe wachsamer Elfenmagier hockte ungeschützt auf dem Boden und wirkte Sprüche, doch über ihnen sammelten sich bereits die fliegenden Dämonen zum Angriff.

»Darrick, Denser. Los, los. Wir müssen auf die andere Seite.« Hirad führte sie, unterwegs trafen sie auf den benommenen Unbekannten Krieger, dem Ark gerade auf die Beine half. »Wir müssen Erienne in Sicherheit bringen. Sie sind vor allem hinter ihr her.«

Der Ansturm der Dämonen nahm an Heftigkeit noch zu, Drohnen prasselten auf sie herab.

Hirad führte den Raben hinter den Wagen. Thraun erschien, er trug Erienne auf den Armen, Blut strömte von seiner Schläfe herab.

»Bring sie in den Schutz des Kaltraums zurück. Lauf, Thraun, wir sind hinter dir«, befahl Hirad.

Die ersten Drohnen hatten sie erreicht, die Seelenfresser folgten dicht dahinter.

»Wir müssen Kas retten«, drängte Hirad.

»Du kannst ihm nicht mehr helfen«, wandte Ark ein. »Er ist befreit.«

Die Rabenkrieger rannten, so schnell sie konnten. Hirad postierte sich links neben dem Unbekannten, um Ark zu unterstützen. Dämonen flatterten um sie herum, Seelenfresser landeten vor ihnen und machten Anstalten, sie anzugreifen.

»Geht«, sagte der Unbekannte. Sein Kopf war blutüberströmt, seine Stimme klang undeutlich.

Hirad nickte, rannte weiter und überholte Thraun auf der linken Seite. Darrick war auf der rechten Seite sein Spiegelbild. Sie steckten ihre Schwerter in die Scheiden, Darrick zog seinen Streitkolben, aber Hirad hatte eine andere Idee. Die Seelenfresser waren zu zahlreich, um sie rasch auszuschalten. Die Al-Arynaar kamen ihnen zwar zu Hilfe, würden aber nicht rechtzeitig eintreffen.

Den Dolch in der Hand, rannte der Barbar direkt ins Gedränge der Seelenfresser hinein und riss drei von ihnen um. Er landete auf ihnen, Darrick folgte seinem Beispiel, Thraun stieß einen Warnruf aus.

Die Seelenfresser waren stark. Hirad fing sich einen Schlag ins Gesicht ein, der ihn fast in die Knie zwang. Er spürte die Hände, die unter seinem Kinn und in Höhe des Herzens einen Halt suchten, um ihm die Seele zu entreißen. Er stieß eine Krallenhand fort und stach dem Dämon, der sich unter ihm wand, die Finger in die Augen. Das Wesen heulte. Hirads nächster Dolchstoß traf die Achselhöhle des Dämons. Er bäumte sich auf und blieb reglos liegen. Ein anderer Angreifer versetzte dem Barbaren einen Stoß. Thraun rannte vorbei.

»Lauf weiter!«, rief Hirad.

Eine Hand krallte sich in seinen Hinterkopf und riss

ihn zurück. Hilflos mit den Armen rudernd, fiel er auf den Rücken. Er sah nur noch Dämonen vor sich. Auf einmal blitzte Stahl. Einer seiner Gegner wurde zur Seite gerissen. Hirad drehte sich um und kam in die Hocke hoch. Ark stand bei ihm, er stützte den Unbekannten mit einem Arm und schwang mit dem anderen seinen Streitkolben.

»Runter«, sagte er. Hirad duckte sich, und der ehemalige Protektor schwang abermals seinen Streitkolben. Hinter Hirad kreischte ein Dämon. »Geh jetzt.«

Hirad stellte sich auf die andere Seite des Unbekannten. »Nicht ohne ihn. Komm schon.«

Sie setzten sich wieder in Bewegung, Darrick ging vor ihnen, Denser schützte sie mit einem nach vorn gerichteten Kraftkegel und räumte den Weg frei. Inzwischen hatten die Al-Arynaar Thraun in die Mitte genommen und begleiteten ihn zum Treck. Auf dem ganzen Strang flogen jetzt Dämonen auf und ab und griffen auch diejenigen an, die sich innerhalb der noch funktionierenden Schutzschirme aufhielten. Hinter den Rabenkriegern entbrannten heftige Kämpfe. Die Elfen verloren an Boden. Vorne war der Weg blockiert. Die beiden zerstörten Wagen und Tonnen von Steinen versperrten die Fahrbahn. Im Kaltraum angelangt, nahm Hirad sich einen Moment Zeit, sich zu orientieren. Währenddessen pflückte er sich einige Drohnen vom Rücken und zerquetschte sie zwischen den Fäusten oder mit dem Fuß.

Die beiden überlebenden Xeteskianer rannten an ihm vorbei. Ein Stück entfernt führte Auum die Al-Arynaar an. Zwischen den TaiGethen und dem Treck hatte sich die Hauptmasse der gedrungenen Karron versammelt. Er würde überleben, er überlebte immer. Im Moment hatte der Treck allerdings große Schwierigkeiten, er wurde unablässig aus der Luft angegriffen, die Pferde waren verstört, und auf der schmalen Straße war es fast unmöglich, die Wagen zu wenden.

Erienne fest an sich gedrückt, rannte Thraun zum vorderen Wagen. Denser war bei ihm. Darrick war weiter nach hinten gelaufen, um beim Umdrehen zu helfen. Der Unbekannte kam gerade wieder zu sich und stieß Hirad fort.

»Mir geht es gut.«

»Deine Urteilsfähigkeit ist mindestens so unzuverlässig wie meine.«

»Wie ist die Lage?«, fragte der große Mann.

»Auum ist abgeschnitten, kann sich bisher aber behaupten. Darrick ist weiter hinten. Wir müssen die Wagen wenden und den Platz vor dem Schauspielhaus an der Ostseite verlassen. Alle anderen sind da, nur Kas ist gefallen. Eilaan oder Rebraal habe ich nicht gesehen. Wir stecken in Schwierigkeiten.«

»Sehr witzig«, sagte der Unbekannte und verzog sein blutiges Gesicht zu einem Lächeln.

Dann hatten sie keine Zeit mehr zum Plaudern. Ringsum kämpften die Al-Arynaar. Sie schlugen die Seelenfresser zurück, damit der Rabe sich in Sicherheit bringen konnte. Dann hörte Hirad eine Stimme, über die er sich besonders freute. Stark und befehlsgewohnt, ein Elf.

»Wir müssen die Wagen wenden!«, rief Rebraal. »Bewegt euch, Al-Arynaar. Yniss möge uns schützen.«

Endlich setzten sich die Wagen wieder in Bewegung, nachdem die Elfen und Menschen die verschreckten Pferde beruhigt hatten. Darrick kümmerte sich um die beiden hinteren Wagen, Hirad konnte sehen, wie sich Darricks Mund bewegte, aber seine Anweisungen im Lärm nicht verstehen. Was Darrick auch sagte, sofort kehrte Ruhe ein. Hirad lächelte und fasste Denser am Arm.

»Sieh dir Darrick an. Einmal ein Kommandant, immer ein Kommandant. Ich …«

Hinter dem Treck brachen auf beiden Seiten die Mauern der Gebäude. Der Schutt flog in hohem Bogen heraus und traf die hinteren Wagen, zerstörte sie beide und schaltete auch den hinteren Kaltraum aus. Dämonen stürmten auf die Straße und griffen gleichzeitig von oben an, um ihren Vorteil zu nutzen, während die Al-Arynaar noch dabei waren, sich neu zu formieren. Die Explosionsgeräusche schlugen ihnen entgegen und nahmen ihnen den Mut.

Hirad starrte nur mit offenem Mund, der angefangene Satz war vergessen. Darrick war tot, verschüttet unter einer Sintflut von Steinen. Tot. Einen Augenblick glaubte er noch, den General durch den Staub zu sehen, wie er sich mühsam erheben wollte, aber das waren vermutlich nur die Dämonen, die eilig angriffen. Eine Illusion, die ihn quälen sollte.

»Darrick. Nein!«

Hirad wollte losrennen, aber Denser hielt ihn auf.

»Hirad, bleibt stehen.«

»Aus dem Weg, Denser. Darrick ist da unten.«

»Er ist tot, Hirad. Du weißt, was du gesehen hast.«

»Ich habe die Gebäude einstürzen und die Dämonen herauskommen sehen. Lass mich.«

»Hirad, er ist tot. Und wenn wir nicht sehr schnell etwas tun, dann werden wir auch sterben. Bitte.«

Hirad blickte Denser in die Augen, er sah die Tränen, die sich dort sammelten, das verzweifelte Bemühen, Hirad zu erreichen, damit dieser es verstand und akzeptierte. Der Barbar verkniff sich seine Wut und nickte.

Ringsum kreischten die Dämonen begeistert. Karron brüllten und griffen heftiger an den je. Rebraal rief Befehle. Die Elfen und die wenigen überlebenden Menschen zogen sich von beiden Enden zum Zentrum des Trecks zurück. Drohnen hagelten auf sie herab. Hirad blickte zum Unbekannten, der sich das Blut aus dem Gesicht wischte und sich ungläubig nach links und rechts umsah.

Darrick war tot. Der Treck war eingekeilt. Sie saßen in der Falle.

# Zwölftes Kapitel

Als er die toten Al-Arynaar, die Xeteskianer und den Protektor Kas sah, nahm Auum sich einen Augenblick Zeit für ein geflüstertes Gebet, bevor er seine Gefährten in den Kampf gegen die Karron führte.

»Tai, bleibt zusammen.«

Die Al-Arynaar strömten herbei und postierten sich rings um die TaiGethen-Zelle. Die Karron wurden durch den Schutt behindert, den sie selbst erzeugt hatten. Die TaiGethen, die den trügerischen Untergrund und die Hindernisse im Regenwald gewöhnt waren, hatten dagegen keine Schwierigkeiten.

Auum setzte über einen Steinblock hinweg, duckte sich unter einer Strebe durch und sprang den ersten Feind an. Beide Füße trafen die Brust der Kreatur, sie taumelte zurück und prallte gegen die dicht gedrängten Dämonen hinter ihr.

Ohne auch nur eine Sekunde das Gleichgewicht zu verlieren, sprang Auum nach rechts, drehte sich um sich selbst und versetzte dem nächsten Dämon aus der Drehung heraus einen Tritt in die Seite. Jetzt hatte er den

Raum, den er brauchte. Evunn folgte seinem Beispiel, schlug zu und trennte dem ersten gefallenen Gegner den Arm vom Körper ab. Duele, auf dessen Stirn sich Schweißtropfen sammelten, versetzte dem Ungeheuer den Todesstoß. Keiner der Elfen hielt auch nur einen Moment in der Bewegung inne, fließend kamen sie sofort wieder hoch und nahmen sich den nächsten Dämon vor. Auum brauchte sich nicht nach seinen Gefährten umzusehen, er hörte ihre Schritte und ihre machtvollen Schläge. Und er hörte die Cursyrd sterben.

Schwer atmend vor Anstrengung, und weil er die vielen Feinde sah, die noch vor ihm standen, richtete er sich vor einem Karron auf. Auum blockte links und rechts ab, ein Schauder lief durch seinen Körper. Er fing den Blick des Cursyrd ein, der keinen hohen Rang bekleidete, und erkannte dessen Verständnislosigkeit angesichts der Stärke der Elfen. Auum zerquetschte ihm die Augen. Das Wesen kreischte und hob die Arme, Dueles Messer fand sein Ziel.

Auum sprang nach links und sah sich gleichzeitig nach rechts um. Mit der flachen Hand versetzte er einem Karron einen Stoß vor die Brust, um freie Bahn zu haben. Seine Tai waren sofort bei ihm, auf ihren Messern blitzte die Morgensonne. Wieder wurde ein Karron gefällt und getötet.

Während die Tai nach vorne gewandt kämpften, wurden die Al-Arynaar zurückgedrängt. Immer mehr Karron strömten herbei und schwangen ihre Hämmer und Stacheln. Die vierschrötigen Wesen nahmen auf ihre Gefährten keine Rücksicht und griffen unkoordiniert an. Jeder krächzte und quakte auf seine Weise, stampfte vorwärts und wollte mit seinen Waffen Elfenfleisch zermalmen. Auch hinter ihnen sammelten sich jetzt die Dämonen.

»Abbrechen!«

Seine Tai tänzelten in den Raum zurück, den sie freigekämpft hatten. Hinter ihnen hatten die Magier der Al-Arynaar Kraftkegel eingesetzt, um die fliegenden Cursyrd abzuhalten.

Die Karron stürzten aus dem zerstörten Kornspeicher heraus. In ihrer Eile schlugen sich die Kreaturen sogar gegenseitig nieder. Dunkles Blut spritzte in die Luft. Rechts hatten sich die Elfen nicht schnell genug zurückgezogen. Die Welle der Karron brandete gegen sie an. Ein Stachelarm drosch nach links und traf einen Krieger seitlich am Kopf. Der Karron krähte entzückt und warf den toten Elf wie eine Puppe zur Seite. Hämmer schlugen schnell und erbarmungslos zu. Auum hielt einen Moment inne, ehe er wieder zum Angriff überging, um sich die nächsten Ziele auszusuchen.

»Aufpassen!«, rief er. »Möge Tual eure Hände führen.«

Doch weiter hinten drängten sich die fliegenden Cursyrd auf der Straße. Bei den noch intakten Wagen bewegte sich nicht mehr viel. Auum musste mehr Zeit herausschinden, aber die Karron waren stark und kämpften verbissen. Die Elfen konnten nicht genügend Magier nach hinten bringen, um die Linien der Feinde zu brechen, ohne zugleich ihren Rücken für Angriffe der Seelenfresser zu entblößen. Den Kriegern blieb nichts übrig, als ihre Position zu halten.

Auf der rechten Seite brach die Kampfreihe der Elfen zusammen. Karron zertrampelten die Krieger, zerschmetterten Schädel und Körper mit ihren Hammerarmen, zerhackten das Fleisch mit ihren Stacheln. Die Al-Arynaar reagierten sofort und schlossen ihre Linien wieder, aber sieben Karron waren durchgebrochen und bedrohten die schwach bewachten Magier.

»Tai, es geht los.«

Auum versetzte einem heranstürmenden Karron einen Handkantenschlag auf die Brust und wollte anschließend den durchgebrochenen Feinden nachsetzen. Er konnte jedoch nicht einmal einen einzigen Schritt machen. Neben ihm verfehlte ein Elf sein Ziel, der Stachelarm eines Karron holte aus und zerschmetterte ihm den Schädel. Der tote Elf wurde rückwärts und zur Seite geschleudert und prallte gegen Duele. Der TaiGethen brachte sich in Sicherheit, stolperte aber auf dem glitschigen Pflaster und fiel auf die Knie. Der Karron brach durch und schlug dem Elf seinen Hammer vor die Brust.

»Nein!« Auum musste ohnmächtig zusehen, wie Duele quer über die Straße geschleudert wurde, und eilte sofort hinterher, um dem Freund zu helfen. Evunn schlug dem Karron die Beine unter dem Rumpf weg und ließ einen vernichtenden Angriff auf die Kreatur los. Das triumphierende Krächzen blieb dem Dämon in der Kehle stecken, als Evunns Kurzschwert seine Achselhöhle traf.

Auum erreichte Duele genau in dem Augenblick, als die Abwehr der Al-Arynaar endgültig zusammenbrach. Rechts wurden jetzt auch die Magier angegriffen, ihre Kraftkegel lösten sich auf. Fliegende Cursyrd strömten sofort in den freien Raum und schnitten sie vom Treck ab. Auum hatte keine Zeit, sich darum zu kümmern. Er hob seinen Tai mit beiden Armen hoch. Blut strömte aus Dueles Mund, aber er atmete noch.

»Yniss möge dich beschützen, mein Freund«, flüsterte er mit zitternden Gliedern. Dann hob er den Kopf. »Abbrechen. Rennt zum Kolleg«, rief er.

Hinter sich das dumpfe Trampeln der Karron, die das Pflaster erbeben ließen, über sich das Kreischen der fliegenden Cursyrd, das laut in seinen Ohren gellte, führte

Auum seine Leute beim verzweifelten Wettlauf zum sicheren Kolleg an.

Eine letzte Explosion bildete den Schlusspunkt von Darricks Leben. Ein xeteskianischer Schutzspruch hatte viel zu spät ausgelöst, um das Blutbad noch verhindern zu können. Eine Handvoll Karron fanden dabei den Tod, die Flammen holten einige Dämonen vom Himmel, aber der Vorstoß der Dämonen ging unvermindert weiter.

Die Karron schoben die zerstörten Wagen und die Leichen der Verbündeten zur Seite und kamen den Strang herauf zum einzigen noch funktionierenden Kaltraum. Der Himmel war dunkel vor Drohnen und Seelenfressern, ihr Schnattern und ihre höhnischen Rufe hallten zwischen den verlassenen Gebäuden. Al-Arynaar eilten herbei, um innerhalb des Kaltraums eine Verteidigungslinie aufzubauen, hatten dem Ansturm der Feinde aber nichts entgegenzusetzen.

»Wir müssen Deckung finden«, brüllte der Unbekannte mitten im Tumult. »Denser, was haben wir für Möglichkeiten?«

Denser hatte mitgedacht. Er deutete auf eine schmale Gasse, die rechts vor ihnen abzweigte. »Das Schauspielhaus. Nur dort können wir so viele Leute unterbringen.«

»Was haben wir davon?«

»Wir gewinnen etwas Zeit. Hier draußen sind wir im Handumdrehen tot.«

Er hatte recht. Der hintere Teil des Trecks war völlig verloren. Dämonen stießen bis in den Kaltraum vor, Karron machten die Verteidiger nieder. Als Hirad sich umdrehte, brach die Kampflinie der Al-Arynaar abermals zusammen.

»Verdammt.« Vor Wut zitternd, rannte er zu Rebraal und fasste diesen bei den Schultern. »Schick sofort Magier mit Kraftkegeln in den Durchgang. Wir fliehen ins Schauspielhaus. Die vorderen Linien sollen sich aus dem Kampf lösen. Mach es sofort, damit diese Schweinehunde niemanden mehr erwischen.«

Rebraal nickte und rief gleich darauf einige Befehle. Hirad drehte sich wieder zum Raben um.

»Thraun, du bleibst mit Denser hinter mir. Ark, lass mir ja nicht den großen Mann stürzen. Passt auf Pheone und die Xeteskianer auf. Rebraal, los jetzt. Der Rabe! Der Rabe, zu mir!«

Rebraal hatte schnell reagiert, und seine Magier wussten, was sie zu tun hatten. Drei liefen, von Kriegern beschützt, in die Gasse. Hirad folgte ihnen und nahm den Raben mit. Auf dem Strang lagen überall tote Menschen, Elfen und Dämonen, mitten darin auch ein Rabenkrieger.

Sie gaben die vier noch fahrtüchtigen Wagen auf und ließen den letzten Kaltraum fallen. Sofort setzten die Dämonen nach und trieben die geschlagenen Balaianer vor sich her. Der schmale Zugang der Gasse erwies sich rasch als Nadelöhr.

»Verdammt.« Hirad lief los und gab Anweisungen in der Elfensprache. »Ihr seid zu langsam. Lasst die Kraftkegel fallen und setzt euch in Bewegung.«

Es wurde ein Wettlauf um Leben und Tod, ganz ähnlich dem, den Auum zu den Toren des Kollegs angeführt hatte. Drohnen fielen über ihre Köpfe her, bissen und kratzten und schnitten sie. Wenn er sich selbst oder Thraun, der neben ihm lief, eine abgepflückt hatte, waren sofort drei neue da, die gackernd angriffen. Andere bedrohten Erienne. Thraun ignorierte seine eigenen Schmerzen, um vor allem sie zu beschützen. In den Gebäuden zu beiden Seiten der schmalen Gasse hörte Hirad die Karron rumoren, die dünne Innenwände durchbrachen, um ihnen den Weg abzuschneiden.

»Links vor euch!«, rief Denser.

Hirad gab die Nachricht nach vorn weiter. Ein paar Schritte hinter dem Raben zerstörten die Karron eine Mauer und brachen in die Gasse durch. Er riskierte einen Blick und sah Elfen tretend, schlagend und stoßend die Barrikaden überwinden. Für besondere Kunstfertigkeit blieb keine Zeit, und das Einzige, was die Fliehenden rettete, war die Tatsache, dass nur die kleinsten Seelenfresser in die enge Gasse eindringen konnten.

Die ersten Elfen kamen um die Ecke. Hirad und Thraun ließen sich ein wenig zurückfallen. Voraus war es heller, dort mussten der Platz und das Schauspielhaus liegen. Das Licht änderte sich ständig, der Himmel war voller Dämonen.

Hirad nagte an der Unterlippe. Auf dem Platz warteten sicher schon die Feinde. Sie brauchten schützende Sprüche, aber die unablässigen Nadelstiche der Drohnen und die schiere Anzahl der Menschen und Elfen, die durch die Gasse rannten, ließen den Magiern wenig Raum.

»Wir brauchen unbedingt einen sicheren Korridor«, sagte er leicht keuchend. »Magier, öffnet die nächste Tür. Schwerter und Streitkolben links und rechts. Gebt das nach hinten weiter. Thraun, bleib in der Gasse. Du auch, Unbekannter.«

»Vergiss es.«

Sie erreichten den Platz. Die nächste Tür des Schauspielhauses befand sich weniger als zehn Schritte entfernt auf der anderen Seite der Straße. Seelenfresser drängten sich vor dem Eingang. Hirad hörte Gebete, dann machten sich die Al-Arynaar ans Werk. Sie hatten zu wenig Platz, um Auums tödlichen Stich anzubringen, und beschränkten sich vorerst darauf, die Dämonen zurückzudrängen und mit ihren Klingen einen freien Durchgang zu schaffen. Hirad rannte sofort los.

»Der Rabe, los jetzt!«

Direkt vor Hirad trieb ein Al-Arynaar einem Seelenfresser sein Schwert mit der Rückhand in die Brust. Das Wesen taumelte kreischend zurück. Der Elf wich nach links aus, um Hirad Platz zu machen. Dieser nahm das Angebot an, führte von unten nach oben mit seinem Streitkolben einen mächtigen Schlag, traf das Gesicht des Gegners und setzte sofort nach. Der Aufprall riss dem Dämon den Kopf zurück, er torkelte rückwärts gegen seine Kumpane.

»Nachsetzen!«, rief Hirad, und dann waren Rebraal und der Unbekannte neben ihm.

Der Elf drosch seinem Gegenüber den Streitkolben in den Bauch. Der Unbekannte hackte von links nach rechts, bis vor ihm nur noch ein Durcheinander aus Klauen und Flügeln zu sehen war. Ark führte weitere Al-Arynaar aus dem Durchgang, stärkte ihren Vorposten und trieb die Feinde auf der Straße weiter zurück. Überrascht über diesen wilden und gut organisierten Angriff, der aus der Asche einer Niederlage entstanden war, hatten die Dämonen Mühe, ihre Stellung zu halten.

Drohnen stießen herab. Es war schwer, sie zu ignorieren, denn ihre Krallen waren eiskalt. Sie strichen über den Köpfen der Elfen und Menschen hin und her und versuchten, die Gesichter zu erreichen, wo sie den größten Schaden anrichten konnten.

Den Streitkolben in der rechten Hand, duckte Hirad sich, um einer Kralle zu entgehen, die ihm das Gesicht zerkratzen wollte, und antwortete mit einem kräftigen Hieb. Die Dornen seines Streitkolbens rissen die Haut des Dämons auf, er musste fliehen. Andere Drohnen landeten unterdessen auf Hirads Hinterkopf und krabbelten nach vorn. Er packte eine mit der freien Hand, riss sie herunter und schleuderte sie fort. Sofort rann aus seinen Haaren Blut.

Seine Glieder waren bleischwer. Er brüllte, um seine Gedanken zu klären, und wischte sich mit einer Hand das schwitzende Gesicht ab. Er musste weitermachen, er musste die anderen antreiben. Seine Arme waren müde, ausgehend von seinem Rücken jagten bei jedem Schritt und jedem Schlag Schmerzen durch seinen ganzen Körper. Sie hatten keine Wahl, sie mussten sich durchbeißen. Wieder wich er einem Hieb aus, wieder machte er einen Schritt zum Schauspielhaus hinüber. Ihr Ziel war nur noch drei Schritte entfernt. Dann hörte er das dumpfe Grollen von fallendem Stein und das Knallen berstender Mauern, übertönt von den Jubelrufen der Dämonen. Die Karron hatten den Platz erreicht.

»Verdammt, was ist da unten los?«, knurrte Dystran seine Magier und Chandyr an, die sich auf dem Balkon um ihn versammelt hatten.

Die Dämonen ballten sich an zwei Punkten der Stadt zusammen. Er sah sie zu Angriffen hinabstoßen und gackernd wieder auffliegen. Er hörte Kampfgeräusche und Schreie. Menschliche Stimmen ertönten, wenn die Kakophonie der Dämonen nachließ. Vor dem Schauspielhaus stieg eine Staubwolke auf.

»Das Netz der Schutzsprüche hat versagt«, berichtete Chandyr.

»Ach, wirklich?«, verhöhnte Dystran seinen Kommandanten. »Euer scharfer Verstand kann sich doch gewiss an meine Bitte erinnern, einen Ausweichplan zu entwickeln?«

»Dafür habe ich Sorge getragen, Mylord.« Chandyr war nicht anzusehen, was in ihm vorging.

»Wenn Ihr mich vielleicht einweihen könntet, mein geschätzter Kommandant?«

Chandyr nickte. »Prexys, wenn Ihr so freundlich sein wollt?«

Der alte Magier aus dem Kreis der Sieben schloss einen Moment die Augen. »Er kommt«, sagte er.

»Er sollte sich beeilen«, sagte Dystran. »Unsere neuen Freunde werden abgeschlachtet.«

Eine Gestalt löste sich aus dem Gedränge der Dämonen über der Stadt und flog zum Kolleg zurück. Der Hausgeist, einer von nur noch dreien, die dem Kolleg geblieben waren, landete elegant auf Prexys' Schulter.

»Herr«, sagte das Wesen leicht sabbernd und schwer atmend.

»Da fällt mir gerade ein, dass wir diese Biester viel eher hätten veranlassen müssen, sich draußen umzusehen. Sie wären nützliche Spione gewesen.«

Prexys beruhigte seinen müden Hausgeist. »Das ist jetzt schon sehr gefährlich«, sagte er. »Dabei sind die Feinde noch mit anderen Dingen beschäftigt. Sprich. Erzähle uns, was du gesehen hast.«

Der Hausgeist berichtete alles: die Angriffe an zwei Fronten, die sich rasch nähernden Elfen, die größere Gruppe, die ins Schauspielhaus gelangen wollte. Die Tatsache, dass das Kolleg vorübergehend nicht attackiert wurde, das Versagen der Schutzsprüche. Chandyr hatte genug gehört.

»Wir können die Elfen hereinholen«, versicherte er den anderen. »Wir können auch die übrigen Schutzsprüche auslösen, doch sie werden alle im gleichen Augenblick explodieren.«

Dystran verdrehte die Augen zum Himmel. »Richtig, es gibt ja noch ein paar Gebäude, die bisher noch nicht beschädigt wurden. Wie wollt Ihr überhaupt die Elfen hereinholen?«

»Nun«, erklärte Chandyr, »ich will Euch nicht mit den Einzelheiten langweilen, aber im Grunde werden wir die Tore öffnen und einen Ausfall gegen die Dämonen machen. Das ist aber noch nicht alles. Jeder Magier kennt die Positionen und die Sprüche auf dem Strang. Das war von vornherein die wahrscheinlichste Route ins Kolleg. Es wird funktionieren.«

»Das will ich doch hoffen.«

»Keine Sorge.«

»Noch etwas«, fügte Dystran hinzu. »Könnte mir bitte jemand erklären, was, in aller Welt, mit unseren neuen Freunden, den Wesmen, passiert ist?«

Auum kannte jeden Weg, der ins Kolleg von Xetesk führte, doch zum ersten Mal im Leben fühlte er sich hilflos. Duele starb in seinen Armen. Jeder Schritt fiel ihm unendlich schwer und jagte eine Erschütterung durch den Körper seines schwerverletzten Tai. Er hielt ihn so behutsam er konnte, aber mehr und mehr wirkten seine Arme wie Aderpressen, die den Freund einschnürten. Sogar dessen eigener Atem beengte ihn, und alle Gebete der Welt konnten ihm nicht mehr helfen.

Evunn aber behielt die Übersicht und führte sie in die Sicherheit. Sie rannten an der Spitze von etwa fünfzig Kriegern und Magiern der Al-Arynaar. Die Karron konnten sie nicht einholen, und der größte Teil der Drohnen hetzte den Raben. Allerdings flogen immer noch genügend Seelenfresser am Himmel, um ihnen gefährlich zu werden. Er hörte sie über sich, sie verhöhnten ihn, und er sah sie vor sich landen und ihn herausfordern, weil sie wussten, wie verwundbar die Elfen in diesem Augenblick waren.

Evunn verstand sich darauf, seine Wut in sinnvolle Bahnen zu lenken. Er führte ein Dutzend Al-Arynaar bis an die Seelenfresser heran, rief Befehle und wies den Kämpfern Positionen zu. Auum rannte hinter dem Halbmond, der sich auf diese Weise gebildet hatte, auf beiden Seiten und hinten von den Elitekämpfern der Elfen geschützt. Sein Tai zögerte nicht einmal im Schritt, obwohl die Dämonen unablässig spotteten und sich vor ihm zusammenrotteten oder sich vom Himmel herabstürzten. Er reagierte auf seine Weise.

Auum murmelte ein kurzes Gebet. Evunn griff niedrig an und trat nach den Fußgelenken zweier Gegner. Beide stürzten, er sprang sofort wieder auf, versetzte ihnen Tritte ins Gesicht und stürzte sich auf die betäubt am Boden liegenden Dämonen. Auum hörte seine Stimme, konnte die Worte im Lärm aber nicht verstehen. Auch die Al-Arynaar griffen jetzt an. Ihre Klingen blitzten, Fäuste und Füße bewegten sich schneller, als das Auge folgen konnte. Die Cursyrd wurden zurückgedrängt. Flügel wurden verdreht und zerfetzt, ihre Besitzer stürzten taumelnd ab.

Evunn sah sich einem mächtigen Seelenfresser mit schwarzer Haut gegenüber. Mit dem Kopf voran sprang er los und drehte sich in der Luft. Dieses Manöver hatte Auum vorausgesehen. Im letzten Augenblick vor dem Aufprall streckte der Tai jedoch die Arme aus, packte das Wesen bei den Schultern und drehte sich mit ihm herum. Der Cursyrd wusste nicht, wie er darauf reagieren sollte. Dank seines Schwungs landete Evunn hinter dem Seelenfresser und riss ihn von den Beinen. Sie prallten schwer auf den Boden. Der Cursyrd kreischte frustriert und fuchtelte hilflos mit den Armen herum, um sich aus

Evunns Klammergriff zu befreien. Das war der letzte Fehler, den er je begehen sollte. Eine Klinge der Al-Arynaar fuhr in seine Achselhöhle.

Auum beschleunigte seine Schritte. Aus Richtung des Kollegs kamen weitere Cursyrd geflogen. Er duckte sich unter dem Hieb eines Seelenfressers, der seinen Kopf aufs Korn genommen hatte. Gleich danach griff das Ungeheuer noch einmal an. Wieder ging Auum in die Hocke. Diesmal landete der Seelenfresser jedoch vor ihm. Anscheinend war ihm klar, dass Auum ein wenig isoliert war und durch seine Last behindert wurde. Das Wesen fauchte böse und breitete herausfordernd Arme und Schwingen aus.

Duele regte sich leicht in Auums Armen und spuckte Blut. Er war gebrochen, seine Seele nur noch einen Hauch davon entfernt, genommen zu werden. Auum schnitt eine widerwillige Grimasse. Duele wurde angegriffen, wie das schwächste Tier in der Herde von Raubtieren ausgesucht wird. So sollte Duele nicht enden.

»Du weißt nichts über unsere Stärke«, sagte Auum. Rasch überwand er die Distanz zwischen ihnen und beschleunigte sogar noch seine Schritte.

Den rechten Fuß fest auf die Erde gesetzt, beschrieb er eine halbe Drehung um sich selbst und stieß mit dem linken Fuß zu. Der Tritt traf das gestreckte Knie des Cursyrd und brach ihm das Gelenk. Sehnen rissen, Knochen splitterten. Das Wesen ging kreischend zu Boden. Auum setzte sofort nach und knallte ihm das Knie unters Kinn, dass seine Zähne durch die Oberlippe stachen.

Er hielt sich nicht weiter mit diesem Gegner auf. Die anderen hinter ihm würden den Dämon erledigen, bevor er sich erholen konnte. Er lief weiter hinter Evunn her. Nur wenige Schritte vor ihm nahmen die Kämpfe an Heftigkeit zu, und Auum musste fürchten, dass die Elfen überwältigt wurden. Die Cursyrd rotteten sich zusammen und verfolgten aufmerksam die Bewegungen der Elfen. In der Nähe schwebte ein Dämonenmeister auf seinen Tentakeln und beobachtete die Hatz. Allerdings hatten sie Evunn bisher nicht aufhalten können. Er hatte einen Keil in die feindlichen Reihen getrieben, andere setzten bereits nach und drängten die Cursyrd am Boden zurück, um Auum und seiner Last Platz zu machen.

Lange würde es allerdings nicht mehr gut gehen. Dutzende, wenn nicht hunderte Seelenfresser hatten sich inzwischen versammelt, zwischen ihnen lauerten Drohnen. Sie flogen auf der ganzen Straße hin und her, wendeten und stießen herab.

»Yniss möge uns behüten«, keuchte Auum. Aber nicht einmal Yniss konnte ihnen gegen diesen Gegner helfen. »Evunn!«, rief er. »Wir brauchen Schutz, deckt die Flanken, und dann hinein.«

Die Al-Arynaar verteilten sich nach links und rechts, aber es war zu spät. Wieder betete Auum. Dieses Mal wurde sein Flehen erhört.

Sprüche flogen durch den Himmel, pressten die Cursyrd gegen die Gebäude. Kalte Luft fauchte über seinen Kopf hinweg, zerstörte die Flügel und ließ die Körper erstarren. Seelenfresser und Drohnen stürzten herab. Der Angriff löste sich auf. Dann explodierten die Gebäude. Riesige Flammenwände griffen von den Dächern zum Himmel hinauf. Feuerkugeln fegten durch Trauben von Cursyrd, die sich gerade wieder formieren wollten. Detonationen ließen den Boden unter seinen Füßen erbeben. Auf der anderen Straßenseite brach ein Gebäude unter dem Druck der Sprüche zusammen, eine Staubwolke stieg auf.

»Meine Brüder, los jetzt!«, rief Evunn.

Der Elf führte die anderen an. Er war das Licht, das auch Auum in dieser dunklen Stunde brauchte, da sein Freund in seinen Armen starb. Sie rannten durch Rauch und Asche, durch den beißenden Brandgeruch und den Schutt, der auf die Straße fiel. Sie nahmen keine Rücksicht mehr auf den Angriff der Dämonen, da ihre Feinde es jetzt mit einer viel größeren Gefahr zu tun bekamen. Auum starrte mit brennenden Augen Evunn an, der die Elfen zur sicheren Zuflucht führte. Nicht nur der Rauch ließ seine Tränen fließen.

Die Xeteskianer. Endlich hatten die Xeteskianer zurückgeschlagen.

»Durchhalten«, flüsterte er an Duele gewandt, obwohl ihn der Freund sicher nicht hören konnte. »Bitte halte durch.«

Wieder heulte Eiswind über seinen Kopf hinweg. Kraftkegel schlugen große Breschen in die Reihen der angreifenden Dämonen und schleuderten sie hoch in die Luft. Auum hätte bei diesem Anblick laut gejubelt, hätte ihm nicht die Angst um seinen Freund die Kehle zugeschnürt. Seine Lungen brannten vor Erschöpfung, seine Arme und Beine wurden müde. Noch einmal flehte er Tual an, seinen Freund nicht sterben zu lassen, und betete zu Shorth, dass dieser sich zurückhalten und noch ein wenig warten möge.

Er spürte, wie Duele atmete und hustete, als der Rauch in seine Lungen drang. Sein Leben konnten sie aber nur retten, wenn sie ihn rasch zu einem Heiler brachten.

Als er die nächste Straßenecke erreichte, sah er, dass die Tore des Kollegs offen standen. Dieses Mal konnte er den Triumphschrei nicht unterdrücken.

# Dreizehntes Kapitel

Hirad stand vor den beiden Magiern, schwang seinen Streitkolben und schleuderte die Drohnen nach rechts. Anschließend zog er die Waffe abrupt nach unten und traf die Klaue eines Seelenfressers, der sich von links angeschlichen hatte. Neben ihm kämpfte der Unbekannte, stark wie immer. Den Streitkolben in einer und das Langschwert in der anderen Hand, arbeitete er wie der Protektor, der er einmal gewesen war. Hirad freute sich über seine Stärke und fürchtete zugleich um den Freund. Der Schlag auf den Kopf hatte ihn beeinträchtigt. Blut lief über sein Gesicht und die Arme. Die alte Hüftverletzung beeinträchtigte die Beweglichkeit seines rechten Beins und störte sein Gleichgewicht.

Über die Schulter wandte Hirad sich an den Magier, der vor dem schweren Türschloss kauerte.

»Wir haben nicht mehr viel Zeit«, drängte er.

»Das ist mir durchaus bewusst«, lautete die bissige Antwort.

»Ich will nicht noch mehr Freunde verlieren.«

»Dann lass mich in Ruhe arbeiten.«

Der zweite Magier feuerte seinen Kraftkegel durch den von Elfen frei geräumten Weg mitten ins Gedränge der Dämonen und holte eine Reihe Feinde vom Himmel. Auf dem Boden, drei Stufen unterhalb von Hirad, wurde die Lage mit jedem Augenblick gefährlicher. Von beiden Seiten rückten Dämonen vor. Ganz vorn die Karron, dahinter die Seelenfresser. Die Al-Arynaar waren in ein verzweifeltes Rückzugsgefecht verwickelt und versuchten, für jene, die noch in der Gasse waren, den Weg frei zu halten.

Die Elfen hatten jetzt kaum noch Platz zum Kämpfen. Sie sahen sich in die Enge getrieben, die meisten hatten die Schwerter fallen lassen und benutzten Messer und Dolche. In ihrer Mitte drosch Ark auf die Feinde ein, ohne auf die Drohnen zu achten, die an seinem riesigen Körper hingen. Mit beiden Händen setzte er den Streitkolben wie einen Rammbock ein und verließ sich darauf, dass die Elfen an seiner Seite ihn vor den ausholenden Schlägen der Karron beschützten.

Thraun hielt unterdessen Erienne in den Armen und war bereit, jederzeit loszulaufen. Bei ihm waren Denser, Pheone und die beiden noch lebenden Xeteskianer. Die drei Magier setzten Kraftkegel ein. Ohne diese magische Verstärkung wären sie alle schon längst tot, wie Hirad genau wusste. Aber auch so mussten die Elfen Schritt um Schritt vor den Dämonen zurückweichen. Die Gasse war gerade so breit wie zwei Männer, und die Feinde stießen unerbittlich vor.

Hinter sich hörte er ein scharfes Knacken, dann stieg der Gebrauch von verbranntem Metall auf, und es wurde warm.

»Mach schon, mach schon«, flüsterte er.

Es gab ein Klicken. »Ich hab's.«

»Ausgezeichnet«, lobte Hirad. Er drosch einem Seelenfresser seinen Streitkolben ins Gesicht und hörte dessen Schädel kacken. Das Wesen kreischte und flog auf, direkt in die Bahn eines Kraftkegels, den ein Elf gesprochen hatte. Der Dämon wurde rückwärts gegen die halb zertrümmerte Mauer eines Gebäudes geschleudert. »Macht, dass ihr hineinkommt. Sichert die anderen Eingänge mit Schutzsprüchen. Los jetzt!«

Er drehte sich nicht um, sondern holte tief Luft und brüllte: »Magier, die Magier zu mir.«

Sofort brach das Chaos aus. Krieger der Al-Arynaar rannten herbei, um die Lücken zu schließen, während ihre Magier sich zurückzogen. Unter dem Schutz von Denser und Pheone, die keinerlei Anstalten machten, Thraun allein zu lassen, flohen die Magier aus der Gasse. Auch Suarav und Sharyr rannten jetzt, Letzterer hielt einen Kraftkegel über ihren Köpfen, um die anderen abzuschirmen, die ihn begleiteten.

Von beiden Seiten rasten Dämonen herbei. Die Al-Arynaar hielten stand, in ihrer Mitte stieß Ark einen trotzigen Schrei aus. Der Hammerarm eines Karron traf den Kopf eines Elfenkriegers, der sofort zu Boden ging. Darauf lief Arks Gesicht dunkel an, er packte das Wesen an der Kehle und schlug ihm mehrmals den Streitkolben auf den Schädel, ehe er den reglosen Körper hinter sich ins Gedränge warf.

Die ersten Magier erreichten die Treppe und die Türen des Schauspielhauses. Der Unbekannte und Hirad machten ihnen Platz und ließen sie durch, der Barbar gab allen, die vorbeikamen, neue Befehle.

»Wir brauchen drinnen Licht. Leuchtkugeln, um alle Schatten zu vertreiben. Setzt über uns Kraftkegel auf alle Fenster. Sichert die Mauern mit Schutzsprüchen. Die

Karron brauchen keine Türen. Bereitet Eiswind vor und haltet die Sprüche. Kein Dämon kommt hinein, bevor ich drinnen bin, verstanden?«

Elfen strömten durch die kleiner werdende Lücke herüber. Am Ende der Gasse hatten die Karron die Al-Arynaar zurückgetrieben und bedrohten die restlichen Rabenkrieger.

»Unbekannter, bleib hier«, sagte er. »Ich muss zurück und die anderen holen.«

»Keine Sorge, ich gehe hier nicht weg.«

Hirad sprang die Stufen hinunter und kehrte in die Gasse zurück. Unterwegs brüllte er die Elfen an, die an ihm vorbeikamen. Er fand Rebraal in der Kampflinie und zog ihn zurück.

»Geh zur Treppe. Wir müssen drinnen die Verteidigung organisieren.«

Rebraal, aus dessen Nase das Blut tropfte, nickte und entfernte sich. Hirad schob sich weiter nach vorn. Nur noch sieben Schritte.

»Thraun! Mach dich bereit. Denser, halte den Kraftkegel.«

Hirad eilte zur Einmündung der Gasse, wo noch heftig gekämpft wurde. Die Karron hatten zwei Al-Arynaar getötet. Die Gefallenen wurden gerade rückwärts durch den schmalen Gang gezogen, sodass Hirad etwas Platz hatte. Er schwang seinen Streitkolben, traf einen bluttriefenden Stachelarm, zog die Waffe sofort wieder hoch und versetzte dem Karron einen Schlag vor die Kehle. Der Dämon taumelte, Hirad verstärkte die Bewegung, indem er ihn mit der Schulter rammte und machte ein wenig verlorenen Boden wieder wett.

»Schneller. Ihr müsst euch schneller bewegen.«

Laut hallte seine Stimme durch die Gasse. Immer noch

eilten die Al-Arynaar vorbei. Ihre Nachhut kämpfte, wie sie gekämpft hatte, seit sie den Strang verlassen hatten. Von allen Seiten strömten die Karron aus zerstörten Gebäuden herbei.

Hirad zog sich wieder zurück, er fand die Berührung der wallenden Körperbehaarung widerlich. Noch einmal schlug er dem Karron seinen Streitkolben auf den Kopf, um das Wesen zu vertreiben. Links bemerkte er den Stachelarm eines anderen Karron, der ihn treffen wollte. Er blockte ab, der Arm traf gerade noch seinen Oberarm, und die Stacheln brachten ihm einige Kratzer bei. Der Schlag hatte seinen linken Arm gelähmt, und er musste in der Mündung der Gasse seitlich ausweichen.

Er hörte ein zufriedenes Krächzen. Weitere Karron setzten nach. Hirad drückte sich von der Wand ab und schlug mit dem Streitkolben zu. Er traf irgendetwas, konnte in dem Durcheinander aber nicht erkennen, was es war. Die Al-Arynaar setzten zu einem neuen Angriff an. Niedrige Tritte sollten die Feinde aus dem Gleichgewicht bringen. Er hörte das Rumpeln herabfallender Steine. In der Gasse stieg eine Staubwolke auf. Er schauderte.

»Thraun, Denser, bewegt euch!«, brüllte Hirad.

Sie hatten den Ruf gehört. Denser kam zuerst und sicherte den Raum über ihren Köpfen mit einem Kraftkegel. Gleich darauf folgte Thraun, der immer noch Erienne in den Armen trug. Pheone bildete den Abschluss.

Hirad beugte sich etwas zurück und versetzte einem Gegner einen Tritt in den Bauch. Da er einen Augenblick Luft hatte, blickte er die Gasse hinunter. Durch die Staubwolken sah er einige Al-Arynaar gegen die Karron kämpfen. Eine verlorene kleine Truppe im Sturm, die nicht bemerkte, was in ihrem Rücken vorging.

»Kampf einstellen«, rief er. »Lauft.«

Er wusste nicht, ob sie es wirklich gehört hatten, aber einer drehte sich um, sah den freien Raum und beorderte seine Brüder zurück. Er führte die zerschlagenen, blutenden und schaudernden Krieger in die Sicherheit. Sie bewegten sich nur noch, weil sie in der Hitze des Kampfes nicht bemerkten, wie müde sie eigentlich waren. Endlich verließ der Letzte die Gasse. Mit erstaunlicher Geschwindigkeit setzten die Karron ihnen nach.

»Bei den guten Göttern«, keuchte Hirad. Es war niemand mehr da, der sie aufhalten konnte. »Zieht euch abwechselnd zurück. Löst euch paarweise aus dem Kampf.«

Der Befehl wurde die Linie entlang weitergegeben. Hirad stand jetzt in der Mitte des zerstörten Durchgangs. Elfenhände legten sich auf seine Schulter und führten ihn rückwärts. Ringsum hörte er nur noch die Schreie der Dämonen und das Klirren der Waffen. Er packte den Streitkolben mit beiden Händen und beobachtete einen Moment lang die herbeiströmenden Karron. Er fragte sich, ob er sie lange genug aufhalten konnte, damit die Elfen ins Schauspielhaus fliehen konnten.

Der Raum, den sie freigegeben hatten, füllte sich sofort mit Dämonen. Hirad zog sich langsam zurück und schwang seinen Streitkolben in der Form einer Acht. Es half nichts, er konnte die Flut der Feinde nicht aufhalten. In wenigen Augenblicken hätten sie ihn überwältigt. Er schaute nach oben. Dort sammelten sich Seelenfresser zum nächsten Angriff.

»Verdammt«, fluchte er.

Er war nur noch vier Schritte von der Tür entfernt. Hinter ihm drängten sich allerdings die Elfen. Die Hände, die ihn geführt hatten, ließen seine Schulter los und wurden sofort durch andere ersetzt.

»Duck dich.«

Das Wort in seinem Ohr war wie ein kaltes Bier an einem heißen Sommertag. Humorlos grinste er die vorrückenden Dämonen an, dann ging er in die Hocke. Die Luft gefror. Tödlicher Eiswind fegte auf die Mündung der Gasse zu. Gleichzeitig raste ein Kraftkegel über seinen Kopf hinweg und räumte an den Flanken auf. Feuerkugeln schlugen links und rechts ein.

Der Gegenangriff ließ das Triumphgeheul der Dämonen vorübergehend verstummen. Jetzt waren nur noch die Schreie der verbrannten, erstarrten und von Elfenwaffen durchbohrten Gegner zu hören.

»Du kommst jetzt mit«, sagte der Unbekannte links neben ihm.

Rebraal war auf der anderen Seite, dahinter stand Denser.

Sie wichen langsam zurück, die Elfen lösten sich unterdessen aus dem Gefecht. Dann war die kleine Verschnaufpause auch schon wieder vorbei. Die Dämonen griffen erneut an. Stolz erfüllte sein Herz, und neue Kraft belebte seinen Körper.

»Der Rabe! Wir müssen unsere Leute nach drinnen bringen!«, rief er über die Köpfe der Feinde hinweg.

Geschützt durch Pheones Kraftkegel, der die fliegenden Dämonen abhielt, übernahm der Rabe die Deckung des Rückzugs. Hirad stieß den Hammer eines Karron beiseite, unterlief den Stachelarm und drosch dem Wesen seinen Streitkolben auf die Stirn. Das Wesen taumelte und wollte sich mit erhobenen Armen schützen. Rebraal durchbohrte sein Nervenzentrum.

Links kämpfte der Unbekannte jetzt mit einem Streitkolben in jeder Hand, von beiden tropfte Dämonenblut. Mit beiden Waffen beschrieb er schnelle Kreise, traf Körper und Gliedmaßen und stieß einen herausfordernden

Schrei aus. Einen Seelenfresser traf er seitlich am Kopf, die Wucht des Schlages warf den Dämon auf seine Kumpane zurück. Der Karron, der dessen Platz einnahm, bekam Schläge in den Bauch und in den Nacken, bevor er selbst die Waffe heben konnte. Erbarmungslos griff der Unbekannte an, die Dämonen hatten alle Mühe, sich zu verteidigen.

Auf der rechten Seite hielt Rebraal die Feinde in Schach. Er hatte den Streitkolben mit beiden Händen gepackt und vollführte komplizierte Bewegungen, die den Karron vor ihm verwirrten. Über ihm stießen Seelenfresser aufmunternde Rufe aus, während sie versuchten, unter den Kraftkegel zu gelangen. Die ganze Zeit über wich der Rabe langsam zurück. Wieder schlugen Feuerkugeln ein, und der Druck der Feinde ließ etwas nach. Rebraal grunzte vor Anstrengung, als er den Schlag eines Karron mit dem Streitkolben ablenkte. Die Wucht brachte ihn etwas aus dem Gleichgewicht. Sofort folgte der nächste Hieb, den Rebraal allerdings unterlaufen konnte. Anschließend zog er sich sofort in die Schatten des Schauspielhauses zurück.

»Der Rabe, wir haben es fast geschafft«, rief Hirad, als er mit dem Stiefelabsatz hinter sich die erste Stufe ertastete. »Al-Arynaar, geht dort hinein.«

Er stieg eine Stufe hinauf. Weitere Sprüche fegten über seinen Kopf hinweg, trafen die wehrlosen Dämonen und verbreiteten Feuer und Chaos. Die Karron schlugen wie wild um sich und wollten in einem letzten Ansturm so viele Feinde wie möglich erwischen. Unerschütterlich ließ der Unbekannte seine Streitkolben wirbeln. Auch Hirad prügelte mit seiner Waffe unermüdlich auf Köpfe und Gliedmaßen ein. Rebraal bekam einen weiteren Schlag in die Seite, den er jedoch fast vollständig abblocken konnte. Er erholte sich rasch und wehrte sich.

Hirad tastete nach der obersten Stufe. Der Kraftkegel riss ab. Jetzt konnten sich auch die Seelenfresser am Angriff beteiligen. Hirad hob beide Hände, um nach oben zu schlagen, wurde aber zurückgezogen und Hals über Kopf ins Schauspielhaus gezerrt. Dann verschlossen sie die Tür und sperrten die Dämonen aus. Schutzsprüche summten auf den Balken, die jetzt nicht einmal mehr die Karron zerstören konnten. Eine Zeit lang jedenfalls.

Am ganzen Körper zitternd, richtete Hirad sich mühsam auf. Den Streitkolben hatte er abgelegt. Die Menschen und Elfen waren im staubigen, düsteren Schauspielhaus schon damit beschäftigt, ihre Verteidigung zu organisieren.

Draußen hämmerten die Dämonen an Türen, Wände und das Dach, dumpf drangen die Geräusche durch die schweren Vorhänge, mit denen der Saal ausgekleidet war.

Hirad betrachtete den Raben. In ihren Reihen klaffte eine entsetzliche Lücke. Thraun und Denser knieten bei Erienne, die im freien Raum vor der Bühne bei den anderen Verletzten lag.

Rebraal war mit Dila'heth auf die Bühne gesprungen, die sich im Mittelpunkt des Raumes erhob. Er gab bereits rasche Anweisungen an seine Krieger, während sie ihre Magier einteilte. Sprüche knisterten und ließen hier und dort Staubwolken aufwallen.

Al-Arynaar rannten in alle Ecken und suchten nach Nebeneingängen, die gesichert werden mussten. Droben schwebten Lichtkugeln, deren sanfter Schein allmählich die Dunkelheit vertrieb. Als der Unbekannte zur Bühne ging, folgte Hirad ihm trotz der Schmerzen, die seinen ganzen Körper durchfluteten. Sein linker Arm, mit dem er den Schlag des Karron abgewehrt hatte, kribbelte noch, sein Kopf juckte entsetzlich vom Schweiß und den vielen Kratzern, die ihm die Drohnen beigebracht hatten.

»Sammelt die Verletzten an der Nordseite. Pheone und Denser sehen nach ihnen«, rief Rebraal. »Die Kaltraum-Gruppen bitte auf die Bühne. Bereitet den Spruch vor und wartet auf den Befehl. Wir hoffen aber, dass wir euch nicht brauchen.«

Grimmig und müde lächelnd wandte er sich an Hirad. Er legte dem Barbaren die Hände auf die Schultern.

»Du hast vielen das Leben gerettet«, sagte er. »Danke.«

Hirad zuckte mit den Achseln. »Leider waren es nicht genug, was?«

»Du weißt schon, was ich meine.«

»Das Gebäude ist schwer zu verteidigen«, warf der Unbekannte ein.

Hirad verstand, was der große Krieger meinte. Die zentrale Bühne war von einem zehn Schritte weiten freien Bereich umgeben. Dann folgte ein Geländer, dahinter waren Bänke in vierzehn Reihen auf steil ansteigenden Stufen verschraubt. Von den verriegelten und mit Schutzsprüchen gesicherten Türen führten Durchgänge bis ganz hinunter, ganz außen lief hinter den Bänken ein Gang rundum. Neben den Türen führten Treppen nach oben zu den geschmückten überhängenden Logen der Reichen von Xetesk. Es war lange her, dass die Privilegierten ihre Plätze in Anspruch genommen hatten. Seltsam. Beinahe konnte er das erwartungsvolle Raunen und den Applaus der Menge hören. Als hätten die Wände die Atmosphäre früherer Aufführungen gespeichert.

»Wir brauchen Zahlen, wir müssen wissen, wie viel Kraft und magische Energie wir noch haben«, sagte der Unbekannte.

»Wir brauchen auch einen Fluchtweg«, keuchte Rebraal.

»Eins nach dem anderen«, sagte der Unbekannte. »Dila'heth, was hast du?«

Dila blies die Wangen auf. »Es sieht nicht gut aus«, berichtete sie mühsam beherrscht. »Vor nicht ganz drei Tagen haben wir Julatsa mit hundertachtzig Magiern verlassen. Jetzt …« Sie deutete umher, während sie es erklärte. »Ich habe sechs Magier, die Kraftkegel auf die Decke richten. Dreißig sichern die Mauern mit Schutzsprüchen. Neun sind bereit, Kalträume zu erzeugen, fünf sind als Heiler eingesetzt, die restlichen sieben sind zu schwer verletzt, um Sprüche zu wirken. Mich selbst eingeschlossen, sind wir achtundfünfzig.«

»Wir alle haben Freunde verloren«, murmelte Hirad.

Dila wartete schweigend, ob noch jemand etwas sagen wollte. Hirad sah sich unterdessen um. Als sie zum Schauspielhaus gerannt waren, hatte er noch den Eindruck gehabt, sie seien zahlreich, aber jetzt, im Saal, wurde ihm bewusst, wie groß ihre Verluste waren.

»Was ist mit den Kriegern, Rebraal?«, fragte der Unbekannte.

»Wohl weniger als einhundert«, erwiderte der Elf mit schmerzlich verzogenem Gesicht. »Wir wissen nicht, wie viele bei Auum sind, aber im schlimmsten Fall haben wir die Hälfte unserer Schwertkämpfer und zwei Drittel unserer Magier verloren. Pheone?«

Die julatsanische Hohe Magierin, die sich gerade um einen Verwundeten gekümmert hatte, schaute auf.

»Wie schlimm ist es?«

Pheones Miene spiegelte ihre Verzweiflung. Tränen rannen über ihre Wangen, und sie zitterte, während die Angst von ihr Besitz ergriff. Sie brauchte einen Augenblick, um sich zu fassen und zur Bühne zu kommen. Geren begleitete sie.

»Ich habe fast alle verloren. Es sind nur noch zehn übrig. Es ist schrecklich, Geren und ich sind die einzigen menschlichen Magier, die Julatsa jetzt noch hat. Alle anderen sind tot oder keine Magier.«

»Es gibt doch sicher noch andere, Pheone«, sagte Hirad. »Sie sind versteckt und verstreut. Blackthorne beschäftigt einige Julatsaner. Ihr könnt das Kolleg wieder aufbauen.«

»Wie denn?«, platzte Geren heraus. »Du redest, als wäre es vorbei, als hätten wir gesiegt. Aber schau dir an, wo wir stehen. Wir sind von einer Falle in die nächste gegangen. Es gibt hier keinen Ausgang, wir sitzen hier fest.«

»Es gibt immer einen Weg«, sagte Hirad ruhig und unterbrach Gerens Ausbruch. »Darum kümmern wir uns. Du musst dich um unsere Leute kümmern, damit sie wieder kämpfen können. Ich werde das Gleiche tun.«

Geren nickte.

»Noch etwas, Geren.«

»Ja?«

»Wir sind alle müde und haben Angst«, sagte Hirad. »Aber die Angst ist wie eine Krankheit. Sie breitet sich weiter aus, sobald sie sich einmal gezeigt hat. Vergiss das nicht, wenn du den Verletzten in die Augen siehst, während du sie heilst. Sonst nützt du uns nichts.«

Geren zog sich zurück, nachdem Pheone ihm noch einmal beruhigend eine Hand auf den Arm gelegt hatte. Das Hämmern an Türen und Wänden ließ nicht nach, es nahm sogar noch zu. Stuck löste sich von den Verzierungen der Balkone und den Säulen, die mit dunkelroten Vorhängen geschmückt waren.

Der Unbekannte breitete die Arme aus. »Nun, wie sind

unsere Aussichten? Nehmen wir an, wir haben eine Position erreicht, in der wir sie in Schach halten können. Die Frage ist, wie lange wir durchhalten.«

Alle sahen Dila'heth an.

»Das ist nicht so leicht zu sagen. Selbst wenn ich die Magier, die Kraftkegel sprechen, ablösen und die anderen, die Schutzsprüche gewirkt haben, eine Pause einlegen lasse, können wir nicht einmal bis Einbruch der Nacht so weitermachen.« Sie zuckte mit den Achseln. »Drei Tage waren wir unterwegs und ständigen Angriffen ausgesetzt. Wir hatten schon nicht mehr viel Kraft, als wir angekommen sind. Bald werden sie durchbrechen, und ich fürchte, dann bleiben uns nur noch die Kalträume. Es tut mir leid.«

»Es sieht so aus, als hätte Geren recht gehabt«, murmelte Pheone.

Hirad sah sie scharf an, brachte es aber nicht übers Herz, sie zurechtzuweisen. Irgendwie musste er ihr sogar zustimmen. Vor dem inneren Auge sah er immer noch die zusammenbrechenden Mauern, unter denen Darrick verschüttet worden war. So hätte der General nicht sterben sollen. Nicht er. Draußen verlangten die Dämonen brüllend nach ihren Seelen. Sie wussten, wie schwierig die Lage der Gefangenen war. Vom unablässigen Hämmern bekam Hirad Kopfschmerzen. Inzwischen mussten dort draußen tausende sein, und die meisten warteten einfach auf das Unvermeidliche, während die Seelenfresser das Dach zerlegten und die Karron gegen Wände und Türen schlugen. Viel zu viele Gegner, um aus der Falle auszubrechen.

»Kennt jemand einen Geheimausgang?«, fragte er.

Rebraal schüttelte den Kopf. »Wir haben es überprüft. Die Falltüren führen nur zu den Garderoben und einem

Lager. Es gibt lediglich vier Ausgänge, die alle nicht sehr verlockend sind.«

An der Nordtür klopfte Denser Thraun auf den Rücken, und in seinem Gesicht zeichnete sich das Gespenst eines Lächelns ab. Erienne regte sich.

Vielleicht wäre es besser gewesen, wenn sie bewusstlos geblieben wäre.

# Vierzehntes Kapitel

Unter dem Schutz von Kraftkegeln und von xeteskianischen Kriegern flankiert, waren sie in den Turmkomplex gerannt. Die Cursyrd hatten sich zurückgezogen, sobald die Fliehenden die Kuppel erreicht hatten. Zum Abschied hatten die Dämonen wütend und frustriert gekreischt und ihnen einen qualvollen Tod versprochen.

Auum hatte lautstark nach Heilern gerufen und einen Platz gesucht, wo er Duele ablegen konnte. Evunn war nicht von seiner Seite gewichen. Der Tai hatte stark blutende Schnittwunden davongetragen, aber seine Augen blickten grimmig und kampflustig wie eh und je. Irgendjemand hatte ihnen den Weg in die Katakomben gezeigt, an die er sich gut erinnern konnte. Durch gewundene Gänge und Kammern ging es bis zu dem Bereich, in dem sonst die xeteskianischen Magier unter schwerer Bewachung schliefen, um ihre Mana-Reserven aufzufrischen. Der Bereich war derzeit leer. Nur eine verlassene Kammer mit nackten Wänden, einem einsamen Tisch und Nachtlagern.

Die Al-Arynaar waren ihnen durch das Labyrinth gefolgt und begannen sofort, ihre Vorbereitungen zu treffen. Auum legte Duele auf das Bettzeug, das jemand auf dem Tisch ausgebreitet hatte. Der Tai stöhnte schwach, auf seinen Lippen bildeten sich Blutblasen. Auum streichelte die in tiefe Falten gelegte Stirn des Bewusstlosen und küsste sie.

»Du hast es so weit geschafft, mein Tai«, sagte er. »Kämpfe wieder mit uns, damit wir Yniss' Werk vollenden können.« Er wandte sich an die Elfenmagier. »Rettet ihn. Und wenn ihr das nicht könnt, dann sorgt dafür, dass er keine Schmerzen hat. Evunn, wir beten.«

Die Tai kniete vor Dueles Füßen nieder, während die Al-Arynaar sich um seine Heilung kümmerten und taten, was sie konnten.

»Yniss, gebrochen bringen wir unseren Tai zu dir. Sein Schicksal liegt in deiner Hand. Du wirst nun Shorth rufen oder darauf verzichten. Wir sind ewig deine Diener und tun dein Werk ohne Fragen. Erhalte Duele am Leben. Lasse Shorth auf ihn warten. Deine Weisheit soll uns leiten und uns niemals einen falschen Weg weisen. Aber …« Auum atmete tief durch. Evunn hatte ihm die Arme um den Hals geschlungen und zog ihn an sich, jeder legte den Kopf auf die Schulter des anderen. »Wir bitten dich, nimm uns nicht unseren Besten. Seine Seele ist rein. Er muss mit uns laufen, nicht mit den Ahnen. Noch nicht. Rette ihn. Lass nicht zu, das Shorth ihn nimmt. Wir sind deine Diener, Yniss. Erhöre uns in dieser großen Not. Erhöre uns.«

Von Evunn gestützt, kam Auum wieder hoch. Er wischte sich die Tränen aus dem Gesicht und verspürte die Last einer ungeheuren Verzweiflung. Schon bevor er die Blicke der Heiler suchte, wusste er, was er sehen würde. Aber Duele atmete noch. Er öffnete sogar einen kleinen

Moment lang die Augen, und Auums Herz schöpfte neue Hoffnung und schlug schneller.

»Er stirbt, nicht wahr?«

Der Magier nickte, und Auum spürte einen Stich im Herzen. Eine Wut, die zu beherrschen er gar nicht erst versuchte, ergriff von ihm Besitz.

»Seine Brusthöhle ist hoffnungslos zerschmettert. Seine Lungen sind zerstört, sein Herz durchbohrt. Er hätte schon sterben müssen, als es ihn traf, aber er besitzt einen starken Willen«, erklärte der Magier. »Nicht einmal, wenn wir direkt bei ihm gestanden hätten, hätten wir ihn retten können. Es tut mir leid.«

»Nein, nicht«, sagte Auum. »Euch ist kein Vorwurf zu machen.«

»Er hat keine Schmerzen. Du solltest mit ihm reden, es bleibt nicht mehr viel Zeit.«

Die Magier zogen sich zurück und schoben auch die anderen aus dem Raum. Auum und Evunn stellten sich neben Duele, damit er sie sehen konnte, und betrachteten ihn. Ein paar Fingerbreit hob Duele die Hand. Auum ergriff sie und drückte fest. Duele leckte sich über die von getrocknetem Blut verkrusteten Lippen. Endlich schlug er die Augen auf, seine Lider flatterten ein wenig. Wieder runzelte er die Stirn und versuchte, den Blick auf die Freunde zu richten.

»Yniss nimmt mich, damit ich einem anderen Zweck dienen kann«, quetschte er zwischen pfeifenden Atemzügen heraus. Jedes dieser zuversichtlichen Worte versetzte Auum einen Stich. »Shorth wartet schon. Ich kann ihn spüren.«

»So ist es, mein Tai«, sagte Auum. Er schluckte schwer.

»Sei nicht bekümmert«, fügte Duele hinzu. »Ich gehe zu den Ahnen.«

»Wir haben uns geschworen, uns nur gemeinsam auf diese Reise zu begeben. Alle drei«, erwiderte Auum. Er drückte Dueles Hand etwas fester. »Du warst immer der Beste von uns. Yniss sieht es. Tu noch eines für mich. Suche denjenigen, der Rebraal und Hirad erreichen will. Wende dich an Ilkar. Begleite ihn, beschütze ihn, zeige ihm den Weg.«

»Das werde ich tun, Auum.« Duelle hustete und spuckte Blut, dann lächelte er. »Immer diese Befehle.«

»Das ist kein Befehl, sondern eine Bitte. Eine Hoffnung.« Auum beugte sich vor und küsste Duele auf die Lippen. »Lebe wohl, Duele. Sei stark, bis wir uns wiedersehen. Diene Yniss, suche Ilkar.«

Er zog sich zurück, damit auch Evunn Dueles Hand nehmen konnte.

»Vierzig Jahre bei den TaiGethen«, sagte Evunn. »Vierzig Jahre wie eines.«

»Und keinen Tag bereue ich«, erwiderte Duele mit schwacher Stimme und rasselndem Atem.

»Es hätten noch vierzig mehr sein sollen«, antwortete Evunn mit bebender Stimme. »Das ist nicht recht. Das ist ein Unglück.«

»Es ist alles Yniss' Ratschluss. Wir sind seine Diener.«

»Ja, und wir …« Evunn hielt inne und ließ die Schultern hängen. Dann beugte er sich vor, um den Sterbenden zu küssen. »Möge Shorth dir die Ehre erweisen, die du verdienst, mein Freund.« Dann ließ er Dueles Hand sinken und wandte sich mit bebender Stimme an Auum. »Er ist gegangen.«

Auum kehrte zu Duele zurück und stellte sich gegenüber von Evunn neben den Toten. Er nahm die Beutel mit Farbe vom Gürtel, und dann schmückten sie Dueles Gesicht mit den Jagdfarben. Peinlich genau achteten sie auf jede Einzelheit und ließen keinen Teil des Gesichts unbedeckt. Schließlich zog Auum Dueles Kurzschwerter aus den Scheiden und drückte ihm die Hefte links und rechts in die Hände, während Evunn seinen Jaqrui-Beutel öffnete und Duele eine flüsternde Klinge auf die zerstörte Brust legte.

»Wohin du auch immer gehst, du gehst bewaffnet«, sagte Auum.

»Kämpfe gut«, sagte Evunn. »Kämpfe stark.«

Schweigend bemalten die noch lebenden Tai gegenseitig ihre Gesichter und sprachen stille Gebete an Yniss, über sie alle zu wachen, an Tual, ihnen Kraft zu geben, und Shorth, ihre Feinde rasch zu sich zu nehmen. Danach wandte Auum sich wieder an die anderen, an die drei Magier der Al-Arynaar und einen xeteskianischen Krieger.

»Niemand wird ihn anrühren, bis wir zurückkehren. Er wird liegen bleiben, wie er ist, ohne Bedeckung. Er gehört zur Elite der TaiGethen und verrichtet immer noch das Werk des Yniss. Evunn, komm mit. Wir müssen das Gedenken unseres Tai ehren. Wir müssen aufräumen.«

Ohne sich auch nur einmal in der Richtung zu irren, rannten sie durch das Labyrinth. In der Kuppel war Dystran vor die großen Türen getreten. Draußen kreischten unzählige Dämonen. Ihre Rufe klangen nach Triumph und Sieg, ihre Verheißungen nach Niederlage und Versklavung. Auum erkannte Dystran sofort. Er hatte keinen Streit mit dem Mann. Nicht jetzt in dem Moment der größten Gefahr für alle Einwohner Balaias. An einem anderen Tag hätte er ihn ohne weiteres für seine Verbrechen gegen das Elfenvolk getötet.

»Macht Platz«, sagte er.

Dystran lächelte nachsichtig. »Ich verstehe Eure Schmerzen …«

»Nein, Ihr versteht sie nicht, Mensch.«

»… aber ich kann Euch nicht hinauslassen. Ihr werdet getötet.«

Jegliche Farbe wich aus Auums Gesicht. Er machte einen Schritt.

»Macht Platz«, wiederholte er.

Dystran hob eine Hand, um seine Leibwächter aufzuhalten, die sich bereits näherten. »Narren. Was glaubt Ihr, wie weit Ihr kommen werdet?«

»Wir haben gebetet«, erklärte Auum. Er rang mit den Worten und kämpfte um seine Beherrschung. »Jetzt ehren wir unseren Toten und reinigen unser Bewusstsein.«

»Wie denn?«, fragte Dystran. »Da draußen gibt es nichts außer Tod und Dämonen.«

»Lasst die Türen offen und seht zu«, sagte Auum. »Macht Platz.«

Dystran war klar, dass der TaiGethen nicht noch einmal fragen würde. Er schüttelte den Kopf, trat zur Seite und nickte seinen Männern zu. Sachte schwangen die Türen auf.

»Tai, es geht los. Tual wird uns im Kampf leiten.«

Gelassen trat Auum in die kühle, frische Luft hinaus. Über dem Hof schossen Cursyrd in der Luft hin und her. Karron hatten die Tore eingerissen und sich vor den Trümmern versammelt. Über allem schwebte gemächlich ein Meister auf seinen Tentakeln. Aller Augen ruhten auf den beiden TaiGethen, die sich den Dämonen näherten.

Auum trat bis zur Treppe vor, ein gutes Stück außerhalb des schützenden Kaltraums. Er breitete die Arme weit aus und blickte zum Himmel hinauf. So erwachte in ihm die Sehnsucht, der Wunsch nach Vergebung. Duele sah ihm zu.

»Ich bin Auum von den TaiGethen. Ich stehe hier mit Evunn, und im Geiste ist auch Duele bei uns. Ihr kennt uns, ihr kennt unsere Aufgabe. Heute habt ihr einen von uns geholt. Dafür sollt ihr büßen. Wer von euch ist bereit, unseren Toten zu ehren? Wer von euch wird Duele begleiten und sich Shorths Urteil stellen? Wer von euch wird uns zu Shorth senden? Ich bin Auum, ich warte.«

»Ich bin Evunn, ich warte.«

Kreischend vor Freude stießen die Cursyrd herab.

Der Druck auf die Kraftkegel nahm zu. Die Seelenfresser hatten die Fenster zerstört und die Balken und Steine vom Dach gerissen. Nur die Sprüche hielten die Dämonen noch ab. Am Boden war die Lage nicht weniger schwierig. Schutzsprüche und Mauern gaben unter dem unablässigen Hämmern der Karron allmählich nach. Gelbes Mana-Licht knisterte im stöhnenden Fachwerk. Der Putz bekam Risse, zerkrümelte und fiel auf den Boden.

Die Al-Arynaar warteten, und ihre Gelassenheit strahlte auf fast alle anderen aus. Hirad hörte das Brüllen der draußen versammelten Dämonen, die nach ihren Seelen gierten, ohnehin nicht. Er stakste um Rebraal herum, dessen Lederrüstung und Hemd in der Nähe auf dem Boden lagen. Denser und Pheone untersuchten ihn. Sie hatten die Hände auf seinen rechten Arm und die Brust gelegt und die Augen geschlossen, um mit ihrem Mana seinen arg zerschundenen Körper zu erforschen.

»Findest du nicht, dass wir dies hätten wissen sollen?« Hirad konnte es nicht glauben. Nur der Gedanke an die Kämpfe, die noch vor ihnen lagen, hielt ihn davon ab, völlig aus der Haut zu fahren. »Wenn wir dich nun in der Kampflinie gebraucht hätten?«

Gelassen erwiderte Rebraal seinen Blick. »Wir mussten

so viel organisieren. Vor allem musste unsere Sicherheit gewährleistet sein.«

»Wir können schon für uns selbst sorgen, Rebraal. Ist dir das noch nicht aufgefallen? Außerdem beherrsche ich die Elfensprache.«

»Ich wollte doch nur sicher sein.«

Hirad schüttelte den Kopf. »Wie schlimm ist es denn?«

»Die Rippen, der Arm, die Schulter …« Rebraal zuckte mit den Achseln und lächelte leicht. »Der Rest tut einfach nur weh.«

»Ist etwas gebrochen?«

»Natürlich hat er Knochenbrüche«, sagte Denser, indem er die Augen aufschlug. »Außerdem weiß er ganz genau, dass wir ihn schlafen legen müssen, wenn wir seine Verletzungen heilen wollen. Ein gebrochenes Schlüsselbein, drei Rippenbrüche, eine davon drückt auf seine Lunge.«

»Verdammt auch, Rebraal«, sagte Hirad. »Was ist nur in dich gefahren, uns das zu verschweigen?«

Rebraals Augen blitzten wütend. »Ich bin doch nutzlos, wenn ich hier liege und schlafe. Außerdem gehöre ich nicht zum Raben. Ich werde mit meinen Leuten an eurer Seite kämpfen, solange ich es für richtig halte.«

»Na, wundervoll«, knurrte Hirad. »Hast du schon eine Idee, wie du deine rechte Seite schützt, wenn du den Streitkolben nicht mehr halten kannst?«

»Ich habe zwei Hände«, fauchte Rebraal. »Ich kämpfe eben mit der linken Hand.«

»Und wer ist auf meiner rechten Seite? Sirendor Larn etwa? Nur schade, dass er schon seit acht Jahren tot ist. Willst du ihm heute noch Gesellschaft leisten?«

»Hirad, es reicht«, sagte der Unbekannte, der gerade von den Heilern herüberkam. Die Schnittwunde auf seiner Stirn war mithilfe einer warmen Heilung geschlossen worden. Sie glühte unnatürlich rot und hatte einen dunklen gelben Saum, der den Lichtkugeln ähnelte. »Lass uns nachdenken.«

»Das wäre mal was Neues.«

»Coldheart, hör auf damit.«

Hirad wandte sich noch einmal an Rebraal. »Kämpfe mit uns, aber ziehe dich zurück, wenn du schwach wirst. Versprich es mir. Wir können es uns nicht erlauben, auch dich zu verlieren.«

Rebraal nickte widerstrebend. Rechts von ihnen gab unter freudigem Gebrüll der draußen lauernden Dämonen ein sechs Fuß weiter Abschnitt der Außenwand nach. Über dem Riss schwankte ein Balkon, brach in sich zusammen, krachte auf den Boden herab und ließ eine gewaltige Staubwolke aufsteigen. Sofort rückten Karron an und stapften durch den Schutt.

»Legt einen Kraftkegel auf das Loch!«, befahl Rebraal.

»Gheneer, kümmere dich darum«, sagte Dila'heth.

Gheneer kam sofort herüber und verlagerte seinen Spruch von der Decke auf die Wand.

»Weg da!«, rief er.

Links und rechts brachten sich Elfen in Sicherheit. Der Kraftkegel traf die Karron und schob sie durch das Loch wieder nach draußen.

»Jetzt brauche ich einen weiteren Kraftkegel für die Decke«, sagte Dila. »Afen'erei. Es tut mir leid, aber ich brauche dich.«

Die müde Elfenmagierin richtete sich schwerfällig auf. In ihren Augen war nicht die kleinste Spur von Unzufriedenheit zu erkennen. Sie wirkte ihren Spruch.

»Was immer wir tun, wir müssen uns beeilen«, sagte Hirad. »Die Schutzsprüche werden nicht ewig halten.«

Wie um seine Worte zu bekräftigen, brachen die Dämonen eine weitere Lücke in die Mauer. Dila'heth rief nach zusätzlichen Magiern. Die Heiler verließen ihre Schutzbefohlenen und kamen angerannt, um das Gebäude zu verteidigen. Pheone stieg wieder auf die Bühne und hielt ihre Leute an, sich zu konzentrieren und möglichst wirkungsvoll zu arbeiten.

»Thraun, kommt alle hier herüber«, rief der Unbekannte im zunehmenden Lärm. »Wir formieren uns. Jemand muss Rebraal mit seiner Rüstung helfen.«

»Bei den fallenden Göttern«, sagte Hirad. »Die werden das Gebäude über unseren Köpfen zum Einsturz bringen.«

»Die Kraftkegel halten das Dach oben«, erklärte Dila'heth.

»Nicht mehr lange«, widersprach Pheone. »Das Gewicht ist groß, der Druck ist enorm.«

Thraun führte Erienne, Denser und Ark herüber. Ringsum machten sich die Elfenkrieger im Schauspielhaus kampfbereit. Magier bereiteten Offensivsprüche vor und stimmten Gebete an. Die Dämonen heulten und kreischten. Am Himmel versammelten sich die Seelenfresser, durch die Risse im Dach inzwischen gut zu erkennen. Auch die Drohnen rotteten sich wieder zusammen. Abermals brachen die Dämonen ein Loch in die Wand des Schauspielhauses. Als einige Balken abknickten, fielen weitere Balkone herab.

»Wir müssen uns jetzt entscheiden«, sagte Denser. »Wir müssen klären, wann wir die Sprüche fallen lassen und den Kaltraum einsetzen, damit wir wenigstens ein paar von ihnen töten können.«

»Erst wenn wir gar nichts anderes mehr haben«, erwiderte Pheone. »Im Augenblick halten wir noch durch.«

»Der Rabe, formiert euch«, befahl der Unbekannte.

»Rebraal, links neben mich. Thraun, du wechselst auf die rechte Seite neben Hirad. Ark, ganz nach links. Denser, du kennst deinen Platz. Erienne, kannst du einen Spruch wirken?«

»Es bleibt mir ja kaum etwas anderes übrig, Unbekannter«, erwiderte sie. »Es wird schon gehen.«

»Setze die Sprüche ein, die sie schwächen«, sagte der Unbekannte. »Den Rest erledigen wir.«

»Wie du meinst.« Es klang müde. Zaghaft.

»Der Rabe, macht euch bereit«, sagte Hirad. »Wo steckt Eilaan?«

»Verletzt, aber er erholt sich«, antwortete Pheone. »Ich unterstütze euch.«

»Kraftkegel über uns«, sagte der Unbekannte. »Und vielen Dank.«

Zwei Männer rannten zur Bühne und zuckten zusammen, als sie hinter sich Steine fallen hörten. Wieder ein Durchbruch, ein weiterer Schwachpunkt. Vor dem Unbekannten blieben sie stehen.

»Hauptmann Suarav.«

»Sol«, sagte der Hauptmann, der bereits der xeteskianischen Kollegwache angehört hatte, als der Unbekannte auf seinen Dienst als Protektor vorbereitet worden war. »Brynel lebt nicht mehr, aber wir können kämpfen. Es wäre uns eine Ehre, uns Euren Reihen anschließen zu dürfen.«

Der Unbekannte lächelte humorlos. »Wie sich doch die Zeiten ändern, was? Ihr seid willkommen. Geht nach rechts zu Thraun, wenn es Euch nichts ausmacht. Sharyr, ich schlage vor, Ihr bereitet etwas Tödliches vor. Stellt Euch zu den anderen Magiern.«

»Es ist mir ein Vergnügen.«

»Der Rabe, Streitkolben«, sagte der Unbekannte. Er

hob die Stimme, um den Lärm zu übertönen. Rebraal übersetzte für ihn.

»Wir warten noch. Vergesst nicht, wenn wir tatsächlich zum Kolleg durchbrechen wollen, dann müssen wir mit aller Kraft vorstoßen. Al-Arynaar, ihr müsst die Flanken sichern und für Rückendeckung sorgen. Es reicht, wenn ihr die Dämonen auf Abstand haltet. Dila, Pheone, jemand muss in der Nähe der Verletzten bereitstehen, um sie zu wecken, wenn es nötig wird.«

»Willst du wirklich durchbrechen?«, fragte Pheone.

»Nicht, wenn es nicht unbedingt sein muss. Aber wenn wir die Dämonen nicht mehr abwehren können, bleibt uns nichts anderes übrig.«

»Und was dann?«

»Dann können wir nur beten, dass wir Unterstützung bekommen«, sagte der Unbekannte grimmig. »Denn wenn wir durchbrechen müssen, werden wir viele verlieren, ehe wir die sichere Zuflucht erreicht haben.«

»Wollen wir hoffen, dass es nicht so weit kommt«, sagte Denser.

Die Rabenkrieger bemerkten die zunehmende Verzweiflung der Elfenmagier. Hirads Herz pochte heftig in seiner Brust. Die Erregung vor dem kommenden Kampf überdeckte vorübergehend die Schmerzen. Ein langer Blick auf Rebraal verriet ihm überdeutlich, wie sehr die Verletzungen den Elfenkrieger behinderten. Bleich und schwitzend stand er auf der linken Seite und presste den rechten Arm an die Brust.

»Geh weg, Rebraal«, sagte Hirad. »Du kannst in diesem Zustand nicht kämpfen.«

»Das zu beurteilen ist meine Sache«, erwiderte Rebraal. »Es kommt nicht infrage, dass ich meine Freunde und mein Volk im Stich lasse, solange ich noch stehen kann.«

»Du bist hier nicht im Regenwald, Rebraal«, sagte Hirad. »Wir brauchen dich später noch.«

»Glaubst du denn, es wird ein Später geben?«, antwortete der Elf. »Hör nur, der Lärm. Schau durch die Löcher nach draußen. Wenn wir überleben wollen, bis die Hilfe kommt, auf die der Unbekannte hofft, brauchen wir jeden, der kämpfen kann. Die Al-Arynaar müssen sehen können, dass ich in vorderster Linie stehe.«

»Macht euch bereit«, warnte der Unbekannte.

Er deutete auf einen Bereich jenseits der Verletzten, wo die Wand nachzugeben begannen. Der Rabe setzte sich in Bewegung. Die Schutzsprüche knackten und knisterten protestierend. Putz fiel von der Wand. Balken stöhnten und splitterten. Dieser Durchbruch würde mindestens sechs Schritte breit werden, und sie hatten nicht mehr genug Magier, um die Lücke mit Kraftkegeln zu schließen.

»Nicht zu nahe«, rief Hirad. »Die Sprüche halten noch.«

An den Flanken postierten sich Al-Arynaar und schützten den Weg zu den Verletzten. Rechts neben Hirad knurrte Thraun, die gelben Augen geweitet, seine Haltung ruhig und gefasst. Neben ihm hatte der Xeteskianer Suarav sein Schwert mit der rechten Hand erhoben. Er zeigte Entschlossenheit, doch sein Zittern verriet, welche Schrecken er durchlitten hatte, um diesen gefährlichen Ort zu erreichen. So leicht würde er sich seine Seele nicht wegnehmen lassen.

Die Sprüche versagten. Steine und zerbrochene Balken flogen ins Schauspielhaus, als die Wand nachgab, fielen in die Gänge und schoben die Bänke zur Seite. In einem dreißig Schritt weiten Bereich kamen die Balkone herunter. Die Staubwolke folgte der Form der Kraftkegel und dehnte sich bis zum freien Bereich vor der Bühne aus, wo die Rabenkrieger standen. Die Karron brüllten und krächzten. Sie griffen an, direkt hinter ihnen folgten die Seelenfresser.

»Feuert die Sprüche ab«, rief der Unbekannte. »Der Rabe, jetzt können wir anwenden, was wir auf dem Schiff gelernt haben. Suarav, folgt unserem Beispiel. Ruhig, ruhig.«

Pheones Kraftkegel fegte über ihren Köpfen vorbei und traf die Seelenfresser, die hinter den Karron eindrangen. Denser und Sharyr schossen dunkelblaue Feuerkugeln ab, die in einem Bogen über den Raben hinwegflogen und die Meute trafen, die draußen vor dem Schauspielhaus lauerte. Hirad spürte die Hitze, als sie vorbeiflogen, und hörte die Detonationen und das Kreischen. Manafeuer hüllte die wehrlosen Karron ein. Es hatte die gewünschte Wirkung. Die Dämonen, die sich vor dem Feuer befanden, wurden von den anderen abgeschnitten.

»Ich wirke einen Spruch«, murmelte Erienne. Die Luft ringsum trocknete aus. Der Staub sank sofort zu Boden, und die Sicht wurde klar. Der Spruch des Einen traf die vorderste Reihe der Karron. Diese niederen Dämonen, die viel stärker als die höher entwickelten Seelenfresser auf konzentriertes Mana angewiesen waren, sahen sich auf einmal von der Quelle ihrer Lebenskraft abgeschnitten. Panik breitete sich unter den Karron aus, und Denser ließ sofort weitere Feuerkugeln folgen. Gedrängt von den Seelenfressern, griffen sie noch einmal an, waren aber dank Eriennes Spruch verletzlich.

»Der Rabe, macht euch bereit.« Der Unbekannte tippte mit seinem Streitkolben regelmäßig auf den Boden des Schauspielhauses. Der erste Karron erreichte den freien Bereich vor der Bühne. »Es geht los, greift an.«

Noch zweimal pochte der Unbekannte auf den Boden. Ganz links machte Ark einen Schritt nach vorn, zog den Streitkolben abrupt hoch und ließ einen abwärts geführten Schlag mit seiner Klinge folgen. Der Karron kippte zurück, sein Bauch war schwer verletzt, die Eingeweide quollen heraus. Einen Herzschlag später schritten auch die anderen Rabenkrieger zur Tat. Ihre Schläge trafen die Gliedmaßen, die Köpfe und die Rümpfe der Karron. Der heftige Angriff ließ die Dämonen zögern.

Suarav war der Bewegung nicht gefolgt, sondern geradeaus gelaufen, und viele Al-Arynaar waren seinem Beispiel gefolgt. Der freie Raum, der zwischen ihm und Thraun entstand, war ein Köder, dem die Karron nicht widerstehen konnten. Einer näherte sich mit rudernden Armen.

»Thraun, los.«

Schon vor dem Befehl des Unbekannten hatte Thraun sich geduckt und war nach rechts ausgewichen, um sich zwischen den Armen des Karron wieder aufzurichten und ihm mit einem mächtigen Schlag den Schädel zu zerschmettern. Das Wesen brach zusammen, Thraun machte einen weiteren Schritt, wich ein wenig weiter nach rechts aus und übernahm die Führung. Suarav hatte das Manöver vorausgesehen und folgte sofort. Sein Hieb wurde von einem Karron abgewehrt, doch der Dämon taumelte rückwärts. Die Rabenkrieger stießen sofort nach, schlugen mit ihren Streitkolben auf Bäuche und Gesichter ein und erkämpften sich einen kleinen Freiraum.

»Position halten!«, rief der Unbekannte.

Draußen sammelten sich die Dämonen schon wieder. Eine Wolke von Drohnen kam rasch näher. Die Karron rempelten sich gegenseitig an und formierten sich neu. Seelenfresser landeten und rannten los.

»Der Rabe, da gibt es noch einiges zu tun. Es war ein guter Anfang, aber darauf fallen sie sicher nicht noch einmal herein.«

Noch einmal tippte der Unbekannte mit dem Streitkolben auf den Boden, und der Rabe genoss die kurze Verschnaufpause.

Flankiert von Leibwächtern und mit Vuldaroq an seiner Seite beobachtete Dystran den Kampf. Er konnte kaum glauben, was er sah. Vergeblich versuchte er, alles zu erfassen und die Geschwindigkeit und das Tempo der Schläge mit den Augen zu verfolgen. Es war schier unglaublich.

Auum und Evunn standen Rücken an Rücken, etwa einen Schritt voneinander entfernt, leicht gebeugt, die Füße schulterbreit gestellt, und kämpften mit einer scheinbar mühelosen Anmut, die den Zuschauern die Sprache verschlug. Dystran vermochte kaum zu erkennen, wie sie die Feinde erledigten, die sie am Boden und in der Luft angriffen. Sie schienen nicht einmal richtig hinzuschauen. Doch ihre Schläge waren wirkungsvoll und verfehlten nie ihr Ziel. Als die Seelenfresser kamen, konzentrierte er sich auf Auum. Es waren nicht viele, vielleicht fünfzehn, von etwa einem Dutzend winziger Drohnen begleitet. Karron formierten sich und marschierten herbei, griffen aber noch nicht an.

Auum hatte seine nächsten Ziele ausgewählt. Der erste Gegner kam zu Fuß, drei weitere flogen. Auum ließ sich fallen und fegte dem Gegner die Füße weg, sprang sofort wieder auf, traf links den nächsten Gegner mit dem Messer und zerfetzte ihm den Flügel. Der Dämon brachte sich in Sicherheit, Auum achtete nicht weiter auf ihn. Ein anderer setzte seinen Schwanz ein. Auum fing ihn vor seinem Gesicht ab, wickelte ihn sich um das Handgelenk und zog den Seelenfresser aus der Luft zu sich herab. Er prallte hart auf den Boden. Der TaiGethen sprang ihm auf die Brust und stach ihm das Messer in die Achselhöhle.

Er hielt nicht inne, sondern richtete sich sofort wieder auf, zog den rechten Fuß über Evunns Kopf hinweg und zerschmetterte die Drohne, die seinen Freund hatte angreifen wollen, vollendete die Drehung, setzte den Fuß wieder fest auf den Boden und ließ eine außerordentliche Serie von Schlägen los, denen Dystran nicht mit den Augen folgen konnte. Der erste gefallene Dämon, gerade wieder in der Hocke, bekam einen Stiefeltritt ins Gesicht und fiel auf den Rücken. Auums Arme bewegten sich rasend schnell. Dystran sah hin und wieder das Messer im Sonnenlicht blitzen. Die Seelenfresser wurden zur Seite gefegt, sie starben zuckend, die Drohnen flogen in alle Richtungen. Auum blockierte die Schläge seiner Gegner und ließ Riposten folgen, ohne auch nur eine Sekunde das Gleichgewicht zu verlieren. Seine Arme und Beine bewegten sich in einem Tempo, als würde er von jemand anderem gesteuert.

Sieben tote Seelenfresser lagen schon vor den beiden TaiGethen auf dem Boden. Andere sammelten sich und stießen herab. Die Elfen warteten. Ohne ein Wort gewechselt zu haben, wichen sie gleichzeitig nach links und rechts aus, drehten sich auf der Hacke um sich selbst und kehrten zu dem Platz zurück, den sie gerade verlassen hatten. Die Seelenfresser waren hart aufgeschlagen und verwirrt. Die TaiGethen fielen sofort über sie her. Evunn übernahm die Führung, seine Schläge sollten die Gegner vorübergehend lähmen. Er zerschnitt die Flügel, zerschmetterte mit Fäusten und Fingern die Kehlen der Gegner und sprang ihnen auf die Brust, zerquetschte Nasen und Schläfen mit Tritten.

Hinter ihm kam Auum, ein Messer in jeder Hand, beugte sich über die liegenden Dämonen und versetzte ihnen den Todesstoß. Er war wie ein Schatten, und wo der Schatten fiel, starben Dämonen. Fünfzehn Seelenfresser und Drohnen waren ausgeschaltet, bevor die Karron überhaupt mit ihrem Angriff begonnen hatten.

Auum und Evunn wandten sich zu ihnen um, verneigten sich leicht und kehrten gelassen zum Turmkomplex zurück. Ohne ein Wort schritten die beiden Elfen an Dystran vorbei. Sie waren mit kleinen Schnitten übersät, Evunn hatte eine lange Risswunde an einem Arm, Auums linkes Bein blutete.

Dystran ließ die Türen wieder schließen. Sie waren mit Schutzsprüchen gesichert und würden auch einem massiven Angriff von Karron standhalten, der zweifellos kommen würde.

Er blickte den Elfen nach, die in die Katakomben zurückkehrten.

»Außerordentlich«, sagte er.

»Aber selbst sie wissen, wann sie aufhören müssen«, sagte Vuldaroq. »Eine Handvoll Dämonen ist tot, aber zehntausende fliegen noch.«

»Wenn wir nur ein paar mehr von dieser Sorte hätten, was?«

»Eine Schande, dass Ihr so viele mit dem Elfenfluch getötet habt, nicht wahr?«

Dystran schoss einen scharfen Blick auf Vuldaroq ab, doch dieser hatte ihm keinen Vorwurf gemacht, sondern lediglich eine Tatsache festgestellt.

»Und alles für nichts und wieder nichts«, sagte er. Auf einmal war er sehr müde. »Ich wünschte, ich könnte es ungeschehen machen.«

# Fünfzehntes Kapitel

Unterstützt von Seelenfressern griffen die Karron wieder an und unterliefen Pheones Kraftkegel. Sie stürmten ins Schauspielhaus, rannten auf den Raben zu und attackierten auch die Al-Arynaar an den Flanken. Erienne wirkte abermals den Spruch, der die Feinde schwächte, aber ohne offensive magische Unterstützung waren Denser und Sharyr überfordert, und die Dämonen rückten unerbittlich vor.

»Linke Seite, Stellung halten«, bellte der Unbekannte.

Rebraal warf einen Blick hinüber. Die Linie der Al-Arynaar war zusammengebrochen. Der Schutt, die zerstörten Sitzbänke und der abschüssige Zuschauerraum behinderten sie. Seelenfresser, die nur einen Schritt über dem Boden schwebten, setzten ihnen hart zu.

»Gheneer«, rief er. »Kümmere dich um die Verteidigung.«

Dabei war ihm klar, wie wenig sie in dieser Hinsicht aufbieten konnten. Er schlug nach dem Hammerarm eines Karron. Die Dornen seines Streitkolbens rissen dem Dämon das Fleisch vom Arm, der sich aufbäumte und stürzte. Ark setzte sofort nach und stieß ihm das Schwert in den Bauch. Rebraal nahm sich einen Augenblick Zeit, ihre Situation einzuschätzen. Die Lage war verzweifelt, und es wurde immer schlimmer. Die Cursyrd griffen unerbittlich an, der Druck auf die Kraftkegel nahm ständig zu, die Magier bekamen keine Verschnaufpause. An fünf Stellen und auf dem ganzen Dach warfen sich Seelenfresser und Karron gegen die Sprüche. Bei jedem Angriff lösten sich Putz und Steine, und jedes Mal verloren die Magier ein wenig von ihrer Kraft. Es war nur eine Frage der Zeit.

Vor ihnen drängten sich immer mehr Cursyrd durch die Lücke, die zusehends breiter wurde. Die Dachbalken gerieten in Bewegung, bald würden sie endgültig nachgeben. Auch die Mauern des Gebäudes waren nicht mehr stabil. Ohne die Kraftkegel wäre das Dach längst eingestürzt.

Wieder mussten sie ein paar Schritte zur Bühne zurückweichen. Rebraal war müde. Das gebrochene Schlüsselbein und sein rechter Arm taten weh, jeder Atemzug jagte einen stechenden Schmerz durch seine Brust. Schweiß lief ihm übers Gesicht, und sein linker Arm zitterte leicht. Der Streitkolben wurde ihm schwer.

Pheone schwenkte den Kraftkegel über ihren Köpfen hin und her, um die wütend quietschenden Drohnen zu zerstreuen. Rebraal blockte einen Stachelarm ab und drosch dem nächsten Seelenfresser seinen Streitkolben vor den Hals. Der Cursyrd stieg auf und wurde vom Kraftkegel an die Wand gepresst. Ark zersplitterte einem Dämon den Schädel und warf das Wesen zu seinen Artgenossen zurück. Der Unbekannte stieß einem anderen den Streitkolben ins Gesicht, irgendwo brüllte Hirad. Der Barbar wollte sie zu größeren Anstrengungen anstacheln. In Darricks Namen forderte er Stärke und eine unerschütterliche Willenskraft. Alle, die ihn hörten, zögerten keine Sekunde, ihm zu geben, was er verlangte.

Rebraal folgte Arks Beispiel und unternahm einen Vorstoß. Er duckte sich unter dem Hieb eines Karron hindurch und schlug von links nach rechts zu. Sein Streitkolben traf den Gegner seitlich am Kopf, worauf dieser rückwärts gegen seine Kumpane taumelte. Der Rabe nutzte die momentane Verwirrung der Dämonen sofort aus. Der Unbekannte trat vor und spaltete seinen Gegner vom Schritt bis zum Brustkorb. Hirad wirbelte herum, trat zu und traf das Kinn eines Dämons. Dann suchte er einen stabilen Stand und knallte ihm den Streitkolben in die Achselhöhle. Das Wesen war auf der Stelle tot.

»Vorstoß!«, rief er.

Seelenfresser kamen niedrig geflogen und beschnitten die Bewegungsfreiheit der Verbündeten. Die Krallen eines Dämons brachten Ark drei lange Kratzer im Gesicht bei. Drohnen folgten, schwirrten um ihre Köpfe herum und lenkten sie ab. Einer biss Rebraal in den rechten Oberarm. Er zuckte vor Schmerzen zusammen, die Kälte schoss bis ins gebrochene Schlüsselbein hinauf. Als er den kleinen Dämon wegriss, glaubte ein Seelenfresser, seine Gelegenheit sei gekommen, und griff gleichzeitig mit seinen Krallen und dem Schwanz an. Rebraal stolperte und fiel hart auf die rechte Seite. Mit letzter Kraft konnte er den Streitkolben heben und die Krallen abwehren.

Er schrie vor Schmerzen auf und fürchtete schon, er werde das Bewusstsein verlieren. Der Unbekannte rief einen Befehl, dann pfiff der Streitkolben des Unbekannten dicht über ihm vorbei und traf die Seite des Seelenfressers. Rebraal richtete sich wieder auf und zog sich zurück. Gheneer eilte herbei, um seinen Platz in der Kampflinie einzunehmen. Er war jetzt mit einem Schwert bewaffnet.

Mühsam richtete Rebraal sich auf.

»Na, stehst du wieder?«, rief Hirad.

»Ja, ich stehe wieder«, bestätigte er.

Erienne kam zu ihm. »Du solltest dich aus dem Kampf zurückziehen. Lass mich die Schmerzen stillen.«

»Keine Zeit«, widersprach Rebraal.

»Runter«, befahl Denser.

Wieder fegte ein Eiswind über ihre Köpfe hinweg, trieb die Cursyrd zurück und tötete sie zu Dutzenden. Es war nicht klar, wie groß seine Reserven noch waren, aber offensichtlich waren sie reichlich vorhanden. Er war der wirkungsvollste Magier, den Rebraal je gesehen hatte. Sharyr dagegen wirkte müde. Es war klar, dass die Cursyrd die Oberhand gewinnen würden.

Rebraal kehrte an die Front zurück. Gheneer bemerkte ihn, durchtrennte mit einem wilden Hieb den Flügel eines Seelenfressers und wich geduckt zurück. Rebraal schaltete sich wieder in den Kampf ein. Sein nächster Schlag tötete den Seelenfresser, den Gheneer verstümmelt hatte.

»Nachsetzen!« Die Stimme des Unbekannten klang erschöpft. »Erienne, noch einen Spruch, wenn du kannst. Da kommen schon wieder neue hinterher.«

»Sofort.«

Links stürzte ein großer Teil der Wand nach innen. Einige Al-Arynaar wurden verschüttet, andere umgeworfen. Durch die neue Lücke strömten Karron herein, gefolgt von Seelenfressern. Gheneer rief Befehle, der Unbekannte trat unterdessen zu Rebraal.

»Der Rabe, ändert die Richtung der Abwehr. Verschafft ihnen eine Atempause.«

Die Schmerzen in Rebraals Brust wurden immer stärker. Sein rechter Arm war jetzt völlig nutzlos. Er presste ihn an die Brust und versuchte, trotz der Behinderung so gut wie möglich das Gleichgewicht zu halten. Der Unbekannte gab den Befehl, und der Rabe gruppierte sich um und stellte sich den neuen Angreifern. Die Al-Arynaar folgten seinem Beispiel, hielten den Druck aufrecht und hinderten die Cursyrd daran, auf der linken Seite nachzusetzen.

Die Front war jedoch zu breit, als dass sie lange gehalten werden konnte. Rebraal schwang den Streitkolben und dachte angestrengt darüber nach, wie sie das Blatt zu ihren Gunsten wenden konnten. Hinter dem unerträglichen Lärm der Cursyrd, die schon ins Schauspielhaus eingedrungen waren, und hinter den Befehlen und den Schreien konnte Rebraal noch etwas anderes hören. Es klang wie ferner Donner, den der Wind herantrug. Er glaubte sogar, es auch in den Füßen zu spüren, verwarf den Gedanken aber wieder.

»Unbekannter!«, rief er. »Wir müssen auf der linken Seite den Druck wegnehmen. Feuerkugeln und Eiswind in die Lücke.«

Der Unbekannte folgte dem Vorschlag. »Denser, Sharyr. Zielt auf das Loch. Pheone, halte die Drohnen ab.«

Die Cursyrd unternahmen auf der linken Flanke einen energischen Vorstoß. Gheneer hatte schnell reagiert und eine neue Verteidigungslinie organisiert, dabei jedoch zehn oder mehr Kämpfer verloren. Ihre Linie war noch nicht gebrochen, aber stark gefährdet. Einige Magier, die sich hinter ihnen um die Kranken gekümmert hatten, schalteten sich jetzt in den Kampf ein. Feuerkugeln landeten in der Lücke, Staubwolken stiegen auf, und die Feinde brannten.

Rebraal duckte sich unter einer Feuerlanze hindurch, die in die Reihen der Cursyrd schoss. Die Luft war zum

Ersticken heiß. Er folgte Ark, der gerade zu einem neuen Angriff ansetzte, und schlug mit seinem Streitkolben auf die ungeschützten Dämonen ein. Ein Seelenfresser heulte, schlug zurück und traf Rebraals Kopf. Kaltes Blut strömte aus der Wunde, und er taumelte zurück. Ark war bei ihm und wehrte den nächsten Angriff ab, während Rebraal einen sicheren Stand suchte.

»Zurück«, sagte Ark. »Du kannst nicht kämpfen.«

Das Donnern schwoll an. Irgendetwas geschah. Wenn es frische Cursyrd waren, dann würden sie die Elfen und Menschen einfach wegfegen. Wenn Hilfe kam, dann mussten sie durchhalten. Was es auch war, es nützte niemandem, wenn er sich jetzt zurückzog.

»Es geht schon.« Und wie um es zu beweisen, schlug er von rechts nach links und leicht nach oben gerichtet zu, um einem Karron das Kinn zu zerschmettern. Das Wesen starb mit dem zum Schlag erhobenen Arm. »Hörst du das Donnern?«

»Ja.« Arks Klinge blockte einen Hammerarm ab, der zweite Hieb trennte ihn vom Körper. »Das ist kein Donner, das ist Gesang.«

Rebraal wehrte die Kralle eines Seelenfressers ab, schlug über dessen Kopf hinweg nach eine Drohne und schmetterte den katzengroßen Cursyrd auf den Boden. Ark hatte recht. Es war Gesang, und er näherte sich.

»Werft sie zurück«, brüllte Hirad. »Wir bekommen Unterstützung.«

Die anderen Kämpfer hatten Hirads Worte gehört und schöpften neuen Mut. Auch Rebraal fühlte sich angespornt, neue Hoffnung erfüllte ihn, sogar die Schmerzen im Arm waren auf einmal gedämpft. Wenn sie aber geglaubt hatten, der Feind werde sich geschlagen geben, dann hatten sie sich getäuscht. Die Seelenfresser stimmten ein entsetzliches Geschrei an, das laut im Saal widerhallte.

Die Drohnen reagierten sofort, zogen sich zurück und sammelten sich außerhalb des Schauspielhauses. Mit gerunzelter Stirn überlegte Rebraal, was dies zu bedeuten hatte. Auch die Karron wichen einen Schritt zurück, einige sogar etwas weiter. Es war das erste Mal, dass sie sich im Gleichschritt bewegten.

»Ruhig!«, rief der Unbekannte. »Aufpassen.«

Eine Handvoll Al-Arynaar wollte nachsetzen. Rebraal und die Rabenkrieger hielten sie zurück. Es war zu spät. Die Karron, die von den Seelenfressern angeleitet wurden, wirbelten herum und gingen mit erstaunlicher Geschwindigkeit wieder zum Angriff über. Zweimal oder dreimal ließen sie vor den Elfen die Arme kreisen. Einige waren bereits von den anderen abgeschnitten und konnten sich allein nicht mehr behaupten. Sie starben binnen Sekunden.

Zwei Karron brachen durch und rannten geradewegs auf Erienne zu. Rebraal sah sie kommen.

»Erienne, links! Links von dir!«

Doch sie war voll auf ihren Spruch konzentriert und konnte ihn nicht hören. Auch Denser bereitete einen Spruch vor und bemerkte nicht, was ihm drohte. Die Al-Arynaar waren momentan verwirrt und sahen sich selbst einem heftigen Angriff ausgesetzt. Andere rückten von hinten nach, würden aber zu spät kommen.

Rebraal drehte sich nach links, der Karron vor ihm stürmte weiter. Neben ihm enthauptete Ark, der eine größere Reichweite besaß, das erste Wesen, das in Reichweite kam, und drosch mit dem Streitkolben auf das nächste ein. Er hob das Schwert, um Rebraal zu schützen, und lenkte den Schlag eines Hammerarms ab. Die Stacheln konnte Rebraal mit Mühe selbst abwehren. Er musste sich aus dem Kampf lösen.

»Ark, gib mir Deckung.«

Er tänzelte einen Schritt zurück und rannte los, um die Lücke zu schließen und Erienne zu schützen. Die Karron krächzten und schlugen wild um sich. Rebraal packte den Streitkolben mit beiden Händen, die Schmerzen rasten durch seine Schulter und seine Brust. Hart und niedrig schlug er zu, traf den Hammerarm des ersten Wesens und brachte ihm eine tiefe Brustverletzung bei. Der Karron bäumte sich auf und schlug mit dem Stachelarm zurück. Rebraal konnte den Schlag abwehren, verlor dabei aber das Gleichgewicht und vermochte nicht mehr zu kontern. Die Wesen bewegten die Arme einfach zu schnell für ihn, er konnte ihnen nichts entgegensetzen. Der Hammerarm des Karron traf seine Verteidigung und schleuderte ihn auf den Rücken, im gleichen Moment durchbohrten Klingen der Al-Arynaar den Dämon.

Rebraal hatte das Gefühl, ewig zu stürzen – eine Art Schwerelosigkeit –, und zugleich hörte er im Kopf ein Rauschen. Irgendwo, weit weg, rief jemand seinen Namen. Er hatte keine Schmerzen, bis er auf den Boden prallte. Dann wurde es dunkel um ihn.

»Ich frage dich als Gegner, für den ich eine gewisse Achtung empfinde«, verkündete Ferouc.

Seine Hände verflochten sich klickend, und seine Hautfarbe wechselte von Dunkelgrün zu einem lebhaften Blau. Während er sprach, erwachten seine Gefühle. Blackthorne stand auf den Stufen seines Burgfrieds allein vor dem Dämon, weit genug entfernt, um sich umzudrehen und zu fliehen, falls Ferouc angreifen sollte. Er glaubte allerdings nicht, dass der Dämon dies tun wollte.

Nicht, dass er seinem Feind traute. Ferouc konnte es jedoch nicht riskieren, sich selbst zu gefährden oder auf irgendeine Weise gedemütigt zu werden. Hinter ihm hatten sich hunderte jener Dämonen versammelt, die er Karron nannte. Zerstörer. Über ihnen schwebten ebenso viele Seelenfresser. Die Drohnen waren verschwunden, sie wurden nicht mehr gebraucht.

»Achtung muss man sich verdienen, Ferouc«, erwiderte Blackthorne. Er verzichtete darauf, den Befehlshaber der Besatzer beim Spitznamen zu nennen. »Aber du würdest im ganzen Leben nicht den Geist der Menschen verstehen können. Wir leisten euch schon so lange Widerstand, dass uns der Gedanke an Kapitulation ferner ist denn je. Dies umso mehr, als wir genau wissen, was die Kapitulation bedeuten würde. Es wäre schließlich keine bloße Gefangenschaft und Unterwerfung.«

»Aber ihr seid besiegt«, wandte Ferouc ein.

»Nein, das sind wir nicht, mein Feind.« Blackthorne kostete die Reaktion aus, die seine Worte ausgelöst hatten. »Wir sehen ein, dass wir euch nicht schlagen können, da ihr so sehr in der Überzahl seid. Aber besiegt sind wir nicht. Das eine ergibt sich nicht zwingend aus dem anderen.«

»Die Anweisungen wurden verändert«, sagte Ferouc. »Ich soll eurem Widerstand ein Ende setzen, und wenn dies bedeutet, euch zu töten, ohne eure Seelen zu nehmen, dann soll es geschehen. Ihr seid nicht viele, aber ihr seid gefährlich, und ich werde im Norden gebraucht, um zu unserem letzten großen Sieg beizutragen.«

»Daher also diese …« Blackthorne deutete auf die Wesen hinter Ferouc. »Diese Karron.«

»Sie können nur dort eingesetzt werden, wo es viel Mana in der Atmosphäre gibt«, erklärte Ferouc mit einer gewissen Genugtuung. »Es ist ein Zeichen für unseren unausweichlichen Sieg, dass wir sie nach Balaia bringen konnten.«

»Wir werden sie töten, wie wir jeden anderen töten, der uns angreift.«

Feroucs Farbe wechselten zu einem helleren Blau, sein Zorn machte sich deutlich bemerkbar. »Ich hatte die Absicht, deine Seele zu kosten, Baron Blackthorne, aber jetzt werde ich eher über deinen seelenlosen Körper lachen. Die Karron werden eure Mauern einreißen, und dann seid ihr uns schutzlos ausgeliefert. Sie mögen eure Kalträume fürchten, aber wir fürchten sie nicht mehr. Frage dein Volk. Jeder dürfte das Leben unter der Herrschaft der Dämonen, selbst wenn es kurz ist, dem schmachvollen Tod in den Trümmern eurer Burg vorziehen.«

Blackthorne lachte. »Oh Fummler, du wirst die Menschen nie verstehen. Nein, so empfinden sie nicht. Begreifst du nicht, dass unsere Freunde in Xetesk mit jedem Moment, den wir aushalten, dem Sieg über euch näher kommen, und dass der Rabe Anstalten macht, euch das Herz aus dem Leib zu reißen? Vor eurer Ankunft war diesen Land zerstritten. Ihr habt es geschafft, uns zu einen, ihr habt uns den Willen geschenkt, wie ein Mann gegen euch zu kämpfen. Dafür werden wir euch immer dankbar sein. Eines Tages werden wir euch besiegen. Du glaubst es nicht, aber genau dort liegt eure Schwäche. Komm nur, greife uns an, wenn du willst. Kostet zu hunderten den Tod und die Enttäuschung, wenn wir euch Tag um Tag Widerstand leisten.«

Blackthorne wandte sich um und schritt in seine Burg zurück. Wenn er verhindern wollte, dass sein Volk noch vor der Abenddämmerung unterging, dann musste er die Rede seines Lebens halten.

Hirad schlug hüfthoch zu, sein Streitkolben zerfetzte den Hammerarm des Karron, traf dessen Bauch und riss ihm das Fleisch auf. Das Messer, das er jetzt mit der linken Hand führte, stach er ihm gleich danach ins Gesicht. Auf der ganzen Front wurden die Karron erheblich langsamer. Sie hatten einen Durchbruch erzielen wollen und waren gescheitert. Der Rabe hatte standgehalten, die Al-Arynaar hatten mit ihrem typischen Mut auf das veränderte Angriffstempo der Dämonen reagiert. Allerdings kam der Angriff nicht gänzlich zum Erliegen, und Hirad war frustriert.

»Jemand muss sich um Rebraal kümmern, sofort!« Er drosch einem Karron seine Waffe auf den Schädel. »Irgendjemand muss zu ihm, verdammt.« Alle seine Muskeln brannten, sein Körper war schweißüberströmt. »Erienne, sieh nach ihm.«

Als der Anführer der Al-Arynaar den Schlag des Karron abgelenkt hatte, um Erienne zu retten, hatte Hirad sich kurz umgedreht. Danach war Rebraal zusammengebrochen, und der Unbekannte hatte den Raben zum Gegenangriff geführt und den Kampf organisiert, bis die Attacke der Karron abzuebben begann. Danach hatte ein wahres Gemetzel eingesetzt. Al-Arynaar waren auf die Karron eingedrungen und hatten sie durch die Löcher in den Mauern des Schauspielhauses wieder nach draußen getrieben. So sehr die Seelenfresser auch kreischten und die Drohnen schwirrten, die Kraftkegel hielten sie fern. Immer wieder prasselten Feuerkugeln auf die Dämonenhorde herab, die ohnehin schon durch das abgelenkt war, was sich hinter ihnen zusammenbraute.

»Vorstoß«, befahl der Unbekannte. »Lass dich bloß nicht ablenken, Coldheart. Erledige diese Biester.«

Hirad ließ, um Klarheit zu gewinnen, seine Wut in den

Hintergrund treten, wie Auum es ihn gelehrt hatte. Er trat einem Karron die Beine weg und brach ihm mit dem Streitkolben das Genick, als er vor ihm stürzte. Sofort richtete er sich wieder auf, stach mit dem Messer zu und traf sein Opfer. Der Karron wich zurück. Hirad verpasste ihm einen Kopfstoß und schlug ihm den Streitkolben unters Kinn. Von rechts wurde schwerfällig ein Stachelarm geschwungen. Thraun hatte inzwischen sein Langschwert gezogen und trennte die Stacheln am Handgelenk ab.

Draußen waren inzwischen Getrampel und lauter Gesang zu hören. Die Dämonen im Schauspielhaus stießen panische Rufe aus, einige Seelenfresser schossen in die Luft hinauf. In den hinteren Reihen hielten die Karron inne und blieben stehen.

»Durchbrechen«, knurrte er. »Der Rabe, zu mir.«

Mit der festen Absicht, erst anzuhalten, wenn sie geschlagen waren oder wenn er tot war, setzte er sich in Bewegung. Immer wieder krachte sein Streitkolben auf die Dämonenkörper herab, die vor Erschöpfung und durch Eriennes Spruch geschwächt waren. Blitzschnell zuckte sein Messer, fügte den Gegnern Schmerzen zu und tötete sie. Neben ihm schwang der Unbekannte Schwert und Streitkolben, Ark tat ganz in der Nähe das Gleiche. Die Karron wehrten sich kaum noch. Ihr Plan war gescheitert, ihre Feinde hatten sich als zu geschickt erwiesen. Da ihnen nun eine neue Gefahr drohte, wurden sie zurückgerufen. Sie lösten sich aus dem Kampf und liefen fort.

»Position halten«, rief der Unbekannte. »Auf keinen Fall verfolgen.«

Die ersten Entsatztruppen strömten draußen auf den Platz. Banner flatterten, Äxte und Schwerter schimmerten im Sonnenlicht, die Lieder hallten zwischen den düsteren Gebäuden.

»Wesmen. Bei den fallenden Göttern«, sagte Hirad. »Das ist ein Anblick, den ich mir nie hätte träumen lassen.«

»Wollen wir hoffen, dass sie uns unterstützen«, sagte Thraun.

»Oh, das tun sie gewiss«, schaltete sich Suarav ein. Der Hauptmann des Kollegs hatte still und wirkungsvoll neben Thraun gekämpft. Er hatte eine Reihe von blutenden Schnittwunden davongetragen, war aber ungebrochen. »Wir können jetzt ins Kolleg gelangen.«

Die Erinnerungen kamen, und Hirads Erleichterung wich der Angst. Er fuhr auf der Hacke herum und rannte zu Rebraal, der dicht vor der Bühne lag. Erienne und Denser knieten schon bei ihm. Denser wirkte gerade einen Spruch. Hirad konnte Eriennes Hände zittern sehen. Er betete, dass es vor Erschöpfung und nicht vor Kummer sei, gesellte sich zu ihnen und hockte sich vor Rebraals Füße.

»Bei den guten Göttern, nein«, sagte er. »Nicht auch du.«

Unter Rebraals Kopf hatte sich eine Blutlache gebildet, das Gesicht war leichenblass. Sein Streitkolben lag neben ihm, der linke Arm steckte verdreht unter dem Körper, seine Lederrüstung war zerrissen, die Schnallen gebrochen. Wenigstens atmete er noch.

Denser war mit seinem Spruch fertig. »Dieser Elf hat großes Glück gehabt. Er hat eine Schnittwunde am Kopf und vom Schlag zweifellos eine Gehirnerschütterung davongetragen. Sein Streitkolben hat allerdings den Hieb abgefangen und auf seine Lederrüstung abgelenkt. So hat ihn der Schlag nur gestreift. Andernfalls wäre ihm sicherlich der Bauch aufgeplatzt. Wenn er aufwacht, wird er allerdings starke Schmerzen haben.«

»Verdammt, Rebraal, habe ich es dir nicht gleich gesagt?«, flüsterte Hirad. »Warum musstest du auch unbedingt kämpfen?«

»Weil er im Grunde seines Herzens ein Rabenkrieger ist«, antwortete Erienne. »Weil er wusste, dass du an seiner Stelle nicht anders gehandelt hättest. Er hat getan, was jeder von uns getan hätte. Er hat mir das Leben gerettet, Hirad. Denkt nur daran, wie nahe wir waren, alles zu verlieren.«

Hirad strich über Rebraals Haare. »Gut gemacht, Ilkars kleiner Bruder. Gut gemacht.« Er blickte zum Himmel hinauf. »Diesen Kampf haben wir gewonnen, General«, sagte er.

Überall waren jetzt die Gesänge der Wesmen zu hören. Aus dem Augenwinkel bemerkte er Krieger, die ins Schauspielhaus strömten, und durch die Löcher sah er weitere Wesmen, die das Gebäude umstellt hatten. Befehle wurden gerufen, die Dämonen schrien, inzwischen aber weiter entfernt.

Dann spürte er, dass jemand neben ihm wartete, respektvoll und ein kleines Stück entfernt. Er hob den Kopf. Vor ihm stand ein Mann in mittleren Jahren, dessen Felle und Lederrüstung einen offensichtlich starken Körper bedeckten. Das Gesicht war voller Narben und frischer Schnittwunden. Das ergraute Haar war zu langen Zöpfen geflochten, seine Augen blickten grimmig. Er strahlte Macht und Autorität aus. Dennoch wartete er höflich, bis sie ihn bemerkten. Von der riesigen Axt, die er lässig in einer Hand hielt, tropfte Dämonenblut. Hirad hatte den Mann noch nie gesehen, wusste aber sofort, wen er vor sich hatte.

»Lord Tessaya«, sagte er.

Tessaya neigte den Kopf. »Der Rabe. Endlich begegnen wir uns.« Dann runzelte er die Stirn und sah Hirad scharf an. »Wir alle haben Brüder verloren. Euer Verlust bekümmert Dich, es steht in Eurem Gesicht geschrieben. Welcher von Euch ist gefallen?«

»Ein großer Mann«, sagte Hirad. »General Darrick.«

»Ah.« Tessaya schien ehrlich bekümmert. »Für ihn empfand ich mehr Achtung als für die meisten Männer, auch wenn seine Taten den Wesmen sehr geschadet haben. Ich wünschte, wir hätten uns kennenlernen können. Sein Tod stimmt mich traurig. Die Geister mögen ihn in Ehren halten.«

»Sein Leichnam liegt noch auf der Straße. Wir können ihn nicht dort lassen«, fuhr Hirad fort, indem er sich an den Raben wandte. »Wir brauchen ihn, wir müssen das Ritual abhalten.«

»Nein«, widersprach Tessaya, »das könnt Ihr nicht.«

»Das versteht Ihr nicht«, sagte Hirad mühsam beherrscht. »Er gehörte zum Raben. Wir sind ihm diese letzte Ehre schuldig.«

Tessaya legte sachte eine Hand auf Hirads Schulter. »Nein«, wiederholte er. »Es spielt keine Rolle, wo er fiel, Ihr könnt ihn nicht holen. Die Dämonen sind jetzt fort, formieren sich aber schon wieder neu. Sie werden zurückkehren, und wir müssen im Kolleg sein, bevor sie kommen. Wenn Ihr einen Umweg macht, werden sie Euch erwischen.«

»Unbekannter?« Hirad blickte den großen Mann fragend an. »Er ist doch gleich dort draußen auf dem Strang. Nur ein kleines Stück entfernt im Norden.« Der Unbekannte kaute unschlüssig an der Unterlippe und schüttelte schließlich den Kopf.

»Dann ist er hinter uns und damit verloren«, schaltete sich Tessaya wieder ein. »Die Dämonen halten jetzt den

Norden der Stadt, und zwar alles jenseits dieses Gebäudes.« Er sah sich um. Die meisten Al-Arynaar standen reglos in der Nähe und hatten offenbar nicht mehr die Kraft, auch nur einen Finger zu rühren. »Eure Truppen sind erschöpft. Empfehlt seinen Geist in Euren Gebeten den Göttern an, und er wird seinen Weg finden. Ihr aber müsst mitkommen. Draußen braut sich ein neuer Sturm zusammen. Die Wesmen werden Euch beschützen. Lauft zwischen uns und lasst Eure Magier die Dämonen über unseren Köpfen bekämpfen.« Er lächelte leicht. »Auch wenn ich die Magie hasse, vermag ich doch zu erkennen, dass sie manchmal nützlich ist. Vor allem heute.«

»Unbekannter?«, fragte Hirad noch einmal. »Darrick ist so nahe.«

»Nicht dieses Mal, Hirad«, erwiderte der große Krieger. »Wir können es uns nicht erlauben, bei der Suche nach ihm noch weitere Rabenkrieger zu verlieren. Schau in dich hinein. Vergiss nicht, warum wir hier sind und was wir tun müssen. Du weißt, dass ich recht habe.«

Fest entschlossen, in Tessayas Gegenwart nicht aus der Haut zu fahren, massierte Hirad sein Kinn und dachte nach. »Ich weiß, ich weiß«, entgegnete er schließlich, auch wenn die Worte nur widerstrebend über seine Lippen kommen wollten. Seine Wangen brannten vor aufgestauter Wut, seine Frustration hatte den Siedepunkt erreicht. »Ich sag dir was, Unbekannter, diese Dämonen gehen mir entschieden auf die Nerven. Ich bin die Feinde leid, die mein Land zerstören und meine Freunde töten. Dachtest du, ich war schon vorher wütend? Das war nichts. Überhaupt nichts. Lasst uns dafür sorgen, dass diese Hunde den Tag bereuen, an dem sie es das erste Mal wagten, unsere Luft zu atmen.«

# Sechzehntes Kapitel

Die Angriffe hatten nicht nachgelassen, nachdem die Wesmen und ihre Schutzbefohlenen sich durch die Trümmer und die zerbrochenen Balken der Tore des Kollegs einen Weg gebahnt hatten. Tessaya hatte den Raben, die verwundeten und erschöpften Krieger, die ihm früher so sehr zugesetzt hatten, ins Kolleg begleitet und es seinen Stammesfürsten überlassen, die Verteidigung zu organisieren.

Unerwartete, aber willkommene Hilfe hatte er von den Elfenmagiern erhalten, die Schutzschilde über ihre Köpfe gelegt und Sprüche gewirkt hatten, die sie als Kalträume bezeichneten.

Tessaya wusste nicht, wie sie funktionierten. Es war ihm auch egal. Wichtig war nur, dass der Zauber die Dämonen für Angriffe mit Schwert und Axt verletzlich machte, sodass seine Krieger sie endlich töten konnten.

Diese Erkenntnis hatte die Stämme beflügelt, und das erste Gefecht war ein kurzes, heftiges Gemetzel gewesen. Die schnellen fliegenden Dämonen waren widerstandsfähiger als die schlurfenden Karron, aber alle starben, als die aufgestaute Wut der Wesmen endlich ein Ziel fand, nachdem die Krieger den Gegnern so lange kaum mehr als eine vorübergehende Lähmung hatten zufügen können.

In Strömen hatten sie das Dämonenblut auf den Steinplatten im Hof des Kollegs vergossen, vermischt mit einigen Spritzern vom Blut der Wesmen. Schließlich hatten sich die Dämonen zurückgezogen. Sofort hatten die Wesmen ihre Lieder angestimmt und waren seitdem nicht mehr verstummt. Dies war nicht nur ein Sieg über die Dämonen, sondern auch ein Ausdruck der Gewissheit, dass sie an dem Platz standen, der ihnen als den wahren Herren zustand. Tessaya klopfte seinem Schamanen Arnoan auf den Rücken und lachte, als er die Lieder hörte.

»Hörst du das? Heute erfüllt sich unsere Bestimmung.«

»Du bist ein wenig voreilig«, widersprach Arnoan. »Noch haben wir die Dämonen nicht besiegt.«

»Aber wenn wir es tun, werden wir als Sieger im Herzen des Dunklen Kollegs stehen. Es ist nur noch eine Frage der Zeit.«

Arnoan runzelte die Stirn. »Den Geistern wird das nicht behagen. Sie haben Angst und sind einer Bedrohung ausgesetzt. Es steckt mehr dahinter, als du und ich sehen können.«

Tessaya blickte zu den Türmen von Xetesk hinauf, wo seine einstigen Feinde standen und zu den Wesmen herabschauten, die sich in ihrem Refugium versammelt hatten. Dann richtete er den Blick auf den Himmel, wo die Dämonen vor der Grenze des unsichtbaren Kaltraums lauerten. Einige warteten auf den richtigen Moment, um mit hoher Geschwindigkeit anzugreifen, andere suchten den Ursprung der Sprüche und wollten die Magier angreifen, die sie wirkten.

Von seiner geschützten Position in der Nähe der Mannschaftsquartiere aus vermochte er zu erkennen, dass die Gegner vier Vorstöße planten. Es waren ausschließlich Seelenfresser, die versuchen wollten, die Elfenmagier zu schnappen. Seine Krieger bewachten die Magier und rissen die Feinde aus der Luft, spalteten ihre Schädel und zerfetzten die Flügel. So hielten es die Wesmen eben.

Am Boden standen stumm die Karron. Tessaya konnte sie durch die Breschen beobachten, die sie in die Mauern geschlagen hatten, und durch die Tore, die sie zerstört hatten, bevor die Kalträume sie vom Gelände des Kollegs vertrieben hatten. Sie waren stark im Angriff, besaßen aber schwache Körper. Der Einfluss der Kalträume schwächte sie sehr schnell. »Niedere Dämonen«, so hatte sie der Elf namens Rebraal genannt. Tessaya konnte ihm nur beipflichten.

»Du machst dir zu viele Sorgen«, sagte Tessaya. »Die Geister sind weit entfernt, und ihr Verstand ist eher verwirrt als klar. Schau dir die Dämonen an. Sind sie nicht zum Scheitern verdammt? Warum setzen sie nicht alle ihre Kräfte für den Angriff ein? Was meinst du? Sie sind uns mindestens zehn zu eins überlegen. Sie tun das nicht, weil sie wissen, dass wir sie hier drinnen besiegen können. Sie kämpfen nicht gut. Sie bauen auf Furcht, aber wir fürchten uns nicht.«

Arnoan schüttelte den Kopf. »Vielleicht, Mylord, vielleicht.«

»Bist du anderer Meinung?«

»Es kommt mir eher vor, als hätten sie uns eingesperrt. Unterdessen werden sie stärker. Wie lange werden die Karron noch so schwach bleiben, dass sie nicht in den

Schutzraum der Magier eindringen können? Sie haben alle Zeit der Welt, und wir werden schwächer.«

»Das glaube ich nicht.«

»Ich meine die dort.« Arnoan deutete auf die Türme. »Wenn die Magier fort sind, haben wir keine Waffe mehr. Was glaubst du, warum die Dämonen uns bis heute nicht angegriffen haben? Sie wollten uns nur verschonen, bis es keine schlagkräftige Verteidigung mehr gibt.«

»Wir werden sie dennoch besiegen«, sagte Tessaya.

Arnoan zog die Augenbrauen hoch. »Ich will beten.«

»Versuche du nur, die Geister zu beschwichtigen, mein Schamane.«

Tessaya sah Arnoan nach, als dieser sich zu dem Schrein begab, den er in der Offiziersmesse errichtet hatte. Im Moment hatten die Dämonen die Angriffe eingestellt, und die Wesmen jagten die letzten Versprengten aus dem Kaltraum. Drenoul trieb sich dort oben herum, starrte herab und haderte mit sich, nachdem er den Fehler begangen hatte, die Wesmen nicht beizeiten anzugreifen. Eine Bewegung im höchsten Turm erregte seine Aufmerksamkeit. Ungerufen kamen ihm Arnoans Worte wieder in den Sinn. Er runzelte die Stirn.

Das vorherrschende Gefühl im Turmkomplex war Erleichterung, nicht etwa Triumph wie draußen. Tessayas Zuversicht geriet ins Wanken. Er fragte sich, mit welchen Neuigkeiten der Rabe nach Xetesk gekommen war, und welche Rolle er selbst dabei spielen würde. Er hatte sich ausbedungen, an ihren Debatten nicht teilnehmen zu müssen, und bereute bereits die Entscheidung, die ihm in jenem Augenblick noch richtig vorgekommen war. Seine Gegenwart wäre sowohl für die Stammesfürsten als auch für die Bewohner der Türme, die er so sehr verachtete, eine Herausforderung gewesen. Im Augenblick aber mussten sie zusammenhalten und den gemeinsamen Feind bekämpfen.

Schließlich starrte er durch die Tore zu den Karron hinaus. Es waren tausende, die dort warteten. Er musste sich wohl damit abfinden, dass Arnoan womöglich recht hatte, und so rief er seine Kommandanten zu sich, statt noch eine Stunde ins Bett zu gehen, wie es ursprünglich seine Absicht gewesen war. Sie mussten sich um die Verteidigung kümmern.

Hirad war nicht sicher, ob Dystran oder Vuldaroq viel von dem mitbekommen hatten, was der Unbekannte zu sagen hatte. Die Männer konnten kaum den Blick von Erienne wenden. Sie lehnte sich an ihren Mann; der Kummer war ihr deutlich anzusehen, und ihre Hände zitterten noch, nachdem sie vor kurzem die Sprüche der Magie des Einen gewirkt hatte.

Vielleicht hatten sie sogar begriffen, was von ihnen verlangt wurde, aber sicherlich nicht viel mehr als das. Hirad war müde und niedergeschlagen. Er musste ständig an Darrick denken. Wütend hielt er sich vor Augen, dass sie den General nicht hatten retten können, und er war nicht in der Stimmung, sich irgend etwas anderes anzuhören außer den Antworten, die er bekommen wollte. Kaum dass der Unbekannte geendet hatte, ergriff Hirad das Wort.

»Hat einer von Euch eigentlich gemerkt, wer gesprochen hat?«

Seine laute, scharfe Frage ließ die beiden Männer herumfahren.

»Wie bitte?«, sagte Dystran.

»Der Unbekannte sitzt neben mir, aber Ihr habt ihn kaum eines Blickes gewürdigt.«

»Und was wollt Ihr mir damit sagen?«

»Wir zeigen Euch den einzigen Weg auf, diese Ungeheuer da draußen zu besiegen, und Ihr zwei beäugt Erienne, als hättet Ihr ein Festmahl vor Euch. Lasst mich zwei Dinge unmissverständlich klarstellen.«

Der Unbekannte zuckte zusammen, sagte aber nichts.

»Wir haben uns bis zu Euch durchgekämpft, weil dies nötig war, um unser Land aus der Not zu retten, in die Ihr es gestürzt habt. Nicht nur unser Land, sondern wahrscheinlich auch unzählige andere Dimensionen, abgesehen von denen, die uns bisher bekannt sind. Im Kampf ist Ry Darrick gefallen, und Auum trauert um Duele. Auch haben wir einige verloren, die wir geschickt haben, um Euch vor den Gefahren zu warnen. Ihr tragt die Verantwortung, aber dies ist nicht der Augenblick für Rache und Beschuldigungen. Wäre er es, dann wärt Ihr schon tot. Dies bedeutet aber auch, dass Ihr Euren Wunsch, Erienne unter Eure Kontrolle zu bringen, vergessen müsst, wenn Ihr nicht uns allen großen Schaden zufügen wollt. Erienne gehört zum Raben. Sie bleibt bei uns. Ihr habt jetzt nur noch über das nachzudenken, was der Unbekannte vorgeschlagen hat. Vorausgesetzt, Ihr habt überhaupt zugehört. Wenn Ihr nicht vergessen könnt, was geschehen und vorbei ist, dann hat keiner von uns mehr eine Zukunft. Wie lautet Eure Entscheidung?«

Dystran starrte Hirad an, als legte er sich eine scharfe Antwort zurecht, doch irgendetwas in der Miene des Barbaren veranlasste ihn, sich zu beherrschen. Mit einem gezwungenen Lächeln breitete er die Arme aus.

»Niemand unterschätzt die Schwierigkeiten, in denen wir stecken, noch die Verluste, die Ihr erleiden musstet. Aber im Herzen bleiben wir doch Magier. Erienne, bitte verzeiht uns, aber was Ihr seid, übt eine einzigartige Faszination aus.«

Erienne zuckte mit den Achseln. »Wenn es Euch glücklich macht.«

»Was aber Eure Vorschläge angeht ...« Dystran schüttelte den Kopf. »Wir haben keine Möglichkeit, Euch oder sonst jemanden in die gegenwärtige Dimension der Dämonen zu schicken. Unsere Verbindung zu ihnen beruhte vor allem auf konzentrierten Mana-Strängen und hatte nichts mit deren Standort zu tun. Es tut mir leid, aber wir müssen uns einen anderen Weg überlegen, um sie zu besiegen.«

»Es muss doch eine Möglichkeit geben, uns dorthin zu befördern. Nur auf diese Weise können wir den Riss schließen, damit nicht noch mehr herüberkommen und das Mana sich wieder verstreut. Ohne diese Möglichkeit sind wir so gut wie tot, wie Ihr genau wisst.«

»Ja, das wissen wir«, antwortete Vuldaroq müde. »Und glaubt mir, wir sind sicher, dass es einen solchen Weg gibt. Leider kennen wir ihn nicht. Wir haben alle Texte erforscht, die wir aus der Bibliothek bergen konnten. Dabei haben wir etwas ungeheuer Wichtiges gefunden, aber leider ist dort von religiöser Bestrafung die Rede, die auf einer alten Magie beruht habe. Diese Magie sei jedoch zusammen mit einem Volk untergegangen, das als Characnack bezeichnet wird. Wenn wir einen lebendigen Vertreter dieses Volks finden, kommen wir sicherlich einen großen Schritt weiter.«

»Warum?«

»Einer Randnotiz in einem Dokument über die Dämonologie konnten wir entnehmen, dass diese Leute, wer sie auch waren, eine Verbindung zu den Dämonen unterhielten, die offenbar als Strafe eingesetzt wurde. Eine Art Verbannung oder so etwas.« Dystran hielt inne und blickte an Hirad vorbei. »Was gibt es da zu lachen?«

Hirad drehte sich um. Trotz der gedrückten Stimmung lächelte Rebraal, und Auum schürzte die Lippen und starrte den Magier verächtlich an. Der TaiGethen erklärte es ihnen schließlich.

»Die Menschen sind so dumm«, sagte er in der Elfensprache. Rebraal übersetzte. »Immer überseht Ihr Eure früheren Feinde und haltet sie für unwichtig, da sie scheinbar verschwunden sind. Zugleich fragt Ihr Euch, warum Ihr keine Zukunft habt.«

»Wenn Ihr uns vielleicht erleuchten könntet?«, sagte Dystran.

»Charanack ist eine Abwandlung eines alten elfischen Begriffs«, sagte Rebraal. »Chorun-y-ayck. Es bedeutet: Menschen aus dem Westen. Den Rest könnt Ihr Euch jetzt sicher selbst zusammenreimen.«

Hirad stieß den Atem aus. Ihm war nicht bewusst gewesen, dass er ihn angehalten hatte. Kopfschüttelnd stand er auf und ging steifbeinig zu Dystrans Balkontür, wo Thraun und Ark Wache hielten. Er war erschöpft. Bei den ertrinkenden Göttern, sie waren alle erschöpft. Erienne und Denser waren zu nichts mehr zu gebrauchen, alle Krieger hatten Schnittwunden und schmerzhafte Muskelrisse davongetragen, weil sie schon lange nicht mehr daran gewöhnt waren, so hart zu kämpfen. Genau wie die anderen konnte auch Hirad es kaum erwarten, sich endlich ein paar Stunden auszuruhen. Vielleicht konnte ihm sogar jemand eine warme Heilung zukommen lassen. Im Moment waren sie hier so sicher wie nirgendwo sonst in Balaia. Er musste nur nach unten schauen, um sich zu überzeugen, dass dies der Wahrheit entsprach.

Er schlenderte durch die offenen Türen nach draußen und blickte zum zurückeroberten Kolleg hinab. Im Hof wimmelte es vor Wesmen. Sie hatten offensichtlich gerade einen weiteren Angriff der Dämonen zurückgeschlagen. Mit den etwa zweitausend Kriegern und Schamanen hatte eine große Zuversicht im Kolleg Einzug gehalten. Die Lieder der Krieger stiegen zum Himmel empor, ihre Kochfeuer brannten hell, und die Gerüche ihres mitgebrachten Proviants ließen den ausgehungerten Xeteskianern das Wasser im Mund zusammenlaufen.

Sie hatten sich auf allen offenen Flächen eingerichtet, in den Ställen, in den Mannschaftsquartieren und in drei langen Räumen, und hatten zusätzlich die Bibliothek und das Mana-Bad befreit. Sie hatten den Zugang zu den Brunnen im Hof und im Stall freigekämpft und konnten das nunmehr reichlich vorhandene Wasser benutzen, um den Schleim der Dämonen und die grässlichen Überreste des Kampfes bis zur Grenze des Kaltraums von den Steinen zu waschen. Vor den Feinden, die sich nur wenige Schritte vor ihnen drängten und zuschauten, hatten sie anscheinend nicht die geringste Angst. Tessaya schritt gerade in die Mitte des Hofes und gab einige Anweisungen.

Ein außerordentlicher Mann und einer der wenigen, die Hirads Erwartungen gerecht geworden waren. Der Barbar konnte beobachten, wie die Wesmen vor den Lücken in den Mauern, wo sich die Karron sammelten, starke Verteidigungsstellungen einrichteten. Bisher hatten die niederen Dämonen den Kaltraum nicht angegriffen, aber Tessaya war offensichtlich der Magie gegenüber misstrauisch wie eh und je.

»Nun«, sagte Hirad, »wer ist bereit, mich zu begleiten und den großen Mann um einen großen Gefallen zu bitten, bevor wir uns schlafen legen?«

Er spürte, wie eine schreckliche Panik von ihnen allen Besitz ergriff, und wie sich ganz in der Nähe das Böse zusammenballte. Die Gegner drängten und zerrten, wo die Trennung zwischen Lebenden und Toten ohnehin schon unter Spannung stand. Verschwunden die Gefühle von Licht und Wärme, von Nähe und Freude. Stattdessen ging die Angst um, und ein Abgrund tat sich auf, in dem das ewige Nichts wartete.

Die anderen, die er aufgesucht hatte, um sich auszutauschen, waren so weit wie nur irgend möglich vor der Bedrohung zurückgewichen, auch wenn Entfernungen im Grunde bedeutungslos waren. Er aber wollte nicht fortlaufen. Es gab keinen sicheren Zufluchtsort. Vielmehr musste die Bedrohung beseitigt werden. Wieder suchte er hinter der dünner werdenden Grenze nach dem Licht der Gefährten, die er liebte. Wie hatte das Böse nur so viel Kraft gewinnen können? Er hatte keine Vorstellung, fand keine Antwort. Zeit war bedeutungslos.

Jemand näherte sich ihm. Stark und beruhigend. Es gab Erinnerungen, aber er liebte ihn nicht. Wie konnte er es nur beschreiben … Achtung. Verehrung. Er spürte ein Drängen und sah rennende Füße und rasch fließendes Wasser. Auch Worte empfing er. Sie klangen nach Sicherheit.

*Ich habe dich gefunden.*

Ohne in der Reise zu seinem Ziel innezuhalten, teilte er sich mit. Was verschwommen gewesen war, nahm in seinem Geist Gestalt an. Er verspürte eine Klarheit und Zielstrebigkeit, wie er sie noch bei keinem anderen wahrgenommen hatte.

*Ich werde es dir zeigen.*

Jetzt war sein Geist ganz und gar auf das Wesen neben ihm konzentriert. Es empfand Verachtung für das Böse, aber keine Furcht vor der Gefahr. Er sah Bilder. Blut floss, ein Körper fiel auf die kalte Erde. Er sah triumphierend erhobene Arme, dann ein Gebäude und ein Erstarken der Macht, die gebrochen werden musste. Das Gefühl der Dringlichkeit verstärkte sich.

*Die Lebenden haben nicht mehr viel Zeit.*

*Wer bist du?*

*Ein Freund.*

So reiste er weiter zu dem Ort, wo die Gefahr am größten war. Beruhigt und bestätigt. Dabei spürte er die kurze Berührung eines hellen, lebendigen Lichts. Es war ihm fremd. Er versuchte, damit Verbindung aufzunehmen, doch es wich vor ihm zurück und schien heller zu leuchten, als es zur Masse zurückkehrte. Neue Gedanken keimten in Ilkar auf, doch ringsum nahm die Hilflosigkeit zu. Auf einmal entstand ein gewaltiger Druck. Das Licht wurde gedämpft, die Angst war stärker denn je.

Die Feinde waren durchgebrochen. Nicht nur für die Lebenden wurde die Zeit knapp. Er dachte an den Namen und rief um Hilfe.

Hirad wäre die Treppe hinuntergefallen, hätte nicht der breite Rücken des Unbekannten seinen Sturz gebremst. Dieser drehte sich um und fing den Barbaren auf, was einen stechenden Schmerz durch seine Hüfte fahren ließ.

»Hirad? Hirad!«

Der Rabe drängte sich um den Barbaren, der mit beiden Händen seinen Kopf hielt. Er hatte die Augen weit aufgerissen und starrte ins Leere. Seine ursprünglich fest zusammengepressten Lippen bewegten sich auf einmal, die Stirn hatte er in tiefe Falten gelegt.

»Bringen wir ihn zum nächsten Treppenabsatz. Thraun, nimm seine Beine.«

Sie setzten sich in Bewegung. Der Unbekannte ging rückwärts die Treppe hinunter und orientierte sich an der Außenwand und dem Geländer.

»Was denkst du? Ist es Sha-Kaan?«

Der Unbekannte schüttelte den Kopf. Sha-Kaans Gegenwart führte stets dazu, dass Hirad sich entspannte. Dies hier erinnerte eher an einen Anfall.

In Hirads Augen lag eine tiefe Angst, die er dort noch nie gesehen hatte. Sein ungutes Gefühl besserte sich nicht, als sie den Barbaren auf dem Treppenabsatz ablegten und ihm einen zusammengerollten Mantel unter den Kopf schoben.

»Ilkar?«, fragte Erienne.

Laut hallte der Name des Elfenmagiers durch den engen Raum. Der Unbekannte schauderte.

»Wir wollen es hoffen«, sagte er. »Aber so wie jetzt war es noch nie.«

»Nein«, stimmte Rebraal zu, der an Hirads Seite getreten war. »Höre ihm zu, mein Freund. Höre genau zu. Versuche zu verstehen.«

Von unten drang wieder Schlachtlärm herauf. Der Unbekannte ließ sich nicht ablenken, sondern fasste Hirads fest zusammengeballte Fäuste.

»Also gut, Coldheart«, sagte er. »Wir sind hier alle bei dir. Atme ruhiger.«

Der Barbar hörte es nicht. Heftig bewegte sich sein Brustkorb auf und ab, sein Gesicht war bleich. Der Unbekannte wandte sich an Erienne, die Hirads Haare streichelte. Ihr Gesichtsausdruck spiegelte auch seine Sorgen wider.

»Kannst du etwas tun?«

»Ich wage es nicht«, sagte sie. »Schau ihn dir an. Es spielt sich tief in seinem Bewusstsein ab. Was wir sehen, sind nur die körperlichen Symptome. Ich kann nichts dagegen tun, ich weiß nicht wie.«

»Du sollst es auch nicht versuchen«, sagte Rebraal.

»Ich wollte nur Gewissheit haben.«

Erienne lächelte. Alle starrten Hirad an, dessen Augen wild zuckten und dessen Lippen sich bewegten. Er flüsterte etwas. Der Unbekannte hielt den Kopf dicht an seine Lippen.

»Wo bist du?«, sagte Hirad leise. Sein Atem ging jetzt flach, offenbar hatte er Schmerzen.

»Genau hier, alter Junge«, sagte der Unbekannte.

»Ich kann dich nicht sehen. Aber ich fühle dich, Ilks.«

Der Unbekannte schaute auf.

»Es ist Ilkar«, bestätigte er.

»Lasst mich durch«, sagte Dystran übertrieben laut. Er drängte sich durch seine Wachen und schob etwas sanfter Denser und Thraun zur Seite. »Was ist hier los? Warum hat es mir niemand gesagt? Beinahe wäre ich allein hinausgegangen. Das wäre höchst unpassend gewesen.«

»Hirad hat einen Kontakt, seid still«, sagte der Unbekannte.

Dystran atmete scharf ein.

»Stört ihn nicht«, bekräftigte Rebraal. »Das wäre für sie beide gefährlich.«

»Ein Kontakt also. Mit wem denn? Mit dem verdammten Drachen?«

Der Unbekannte erwiderte Dystrans Blick und fand die alte Überheblichkeit.

»Nein, Dystran«, erwiderte er kalt und abweisend. »Ilkar. In einer anderen Dimension, die Ihr in Gefahr gebracht habt.«

»Aber er ist doch tot, dachte ich?«

»Ja«, erwiderte Rebraal.

»Ja, aber dann …«

»Nehmt es einfach hin«, fauchte Erienne. »Lasst uns in Ruhe.«

Dem Unbekannten wurde bewusst, dass der Lärm draußen zugenommen hatte. Unter ihnen im Turmkomplex riefen Männer.

»Ihr müsst weglaufen«, rief Hirad.

Alle zuckten zusammen.

»Bei den Göttern«, sagte Denser. »Hat er etwa uns gemeint?«

»Nein«, erklärte Rebraal. »Er bemerkt uns überhaupt nicht.« Der Anführer der Al-Arynaar wirkte äußerst angespannt.

»Bitte, bringt euch in Sicherheit. Wir kommen«, sagte Hirad.

»Ich nehme an, das ist ungewöhnlich?«, fragte Denser.

»Unmöglich«, bekräftigte Rebraal. »So deutlich dürfte er Ilkar nicht verstehen können.«

Ein mächtiges Brüllen erhob sich. Die Wesmen hatten wieder ihren Kriegsgesang angestimmt, in der Kuppel rannten Xeteskianer hin und her. Die Türen wurden reihum geschlossen, das Knallen hallte durch den Turm.

»Ark, geh hinunter und sieh nach, was dort im Gange ist«, befahl der Unbekannte. »Hirad, ich glaube, es wird Zeit, dass du zu uns zurückkehrst.«

Der ehemalige Protektor entfernte sich, Auum und Evunn folgten ihm. Thraun schnüffelte. Der Unbekannte sah den Gestaltwandler, der die Augen zusammengekniffen und die Lippen zusammengepresst hatte, fragend an.

»Die Jagd hat begonnen«, sagte Thraun.

»Was meinst du damit?«

Von unten rief Ark etwas herauf. Dystran war schon unterwegs, gefolgt von Vuldaroq und den Leibwächtern.

Der Rabe blieb, wo er war, und wartete, dass Hirad wieder zu sich käme.

Endlich war es so weit, er riss die Augen auf, packte den Arm des Unbekannten und zog ihn an sich. Die Augen des Barbaren waren blutunterlaufen und blickten verzweifelt.

»Wir müssen hinüber«, sagte er. »Sie sind eingedrungen.«

Arnoan keuchte, brach seine Gebete abrupt ab und fiel flach auf den Rücken. Sein Brustkorb hob sich schwer, sein Puls raste. In seinem Kopf pochte und hämmerte es, stechende Schmerzen zuckten durch seine Stirn und die Schläfen. Weihrauchwolken waberten wie ein undurchdringlicher Nebel vor ihm.

Er blieb liegen, wo er war, bis er sich Gewissheit verschafft hatte, dass er sich doch nicht zu denen gesellen sollte, mit denen er gerade eben in Berührung gekommen war. Allmählich beruhigte sich sein Herzschlag wieder, der Weihrauch dämpfte die Erregung. Was blieb, war ein kleiner Schmerz wie von einer Zerrung. Auch sein Atem ging jetzt langsamer, und schließlich vermochte er sogar wieder etwas zu sehen und die geballten Fäuste zu öffnen. Gegen das Pochen im Kopf und den Schweiß, der aus allen Poren strömte, konnte er nicht viel tun.

Der alte Schamane kam mühsam hoch, bis er aufrecht saß und die Wand anstarren konnte, die seinem Schrein gegenüberlag. Besorgte Gesichter schauten zur Tür herein. Mit einer schwachen Geste verscheuchte er sie.

»Mir ist nichts passiert«, sagte er. »Schon gut. Später, bitte. Ich brauche etwas Zeit.«

Die Neugierigen zogen sich zurück. Arnoan legte seine fahrigen Hände auf die zitternden Beine, schloss die

Augen und kämpfte um seine Beherrschung. Was war während der Kommunion geschehen? In vieler Hinsicht hatte sie begonnen wie alle anderen. In seinem Bewusstsein hatte sich das Tor geöffnet. Das äußere Anzeichen waren die Weihrauchschwaden gewesen, die sich auf einmal verdichtet hatten. Er war durch das offene Portal getreten, das sein Körper nicht überwinden konnte, und niedergekniet. Er war mit seinem Geist gereist und hätte sich fast verirrt.

Zuerst die Berührung von etwas Neuem. Strahlend und lebendig und beinahe verlegen. Er hatte es jedoch ignoriert, weil er die Geister der Alten gesucht hatte. Die Kraft ihrer Emotionen hätten jeden unerfahrenen Schamanen überwältigt, und viele wären danach nicht zurückgekehrt. Laut und mit einer Stimme hatten sie gesprochen. All die Anzeichen der Furcht, die er schon so lange Zeit spürte, nur tausendfach verstärkt.

Schrecken. Hilflosigkeit. Verzweiflung. Flehen. Zeit, die knapp wurde, und Möglichkeiten, die schwanden.

Arnoan schlug die Augen auf und erhob sich. Taumelnd musste er sich an der Wand abstützen. Ihm war übel. Draußen setzten wieder die Geräusche der Schlacht ein, doch es war ein fremdartiger Lärm. Der alte Schamane, dem das Herz schmerzhaft in der Brust hämmerte, wartete ab, bis die Übelkeit abgeklungen war. Dann stieß er sich von der Wand ab und eilte zur Tür der Quartiere.

»Wo ist Tessaya?«

Der Krieger an der Tür sah ihn mit verängstigten Augen an. »Da draußen«, sagte er. »Er führt die Stämme an.«

»Begleite mich«, befahl Arnoan. »Ich muss mit ihm sprechen.«

Der Krieger holte tief Luft. »Ja, mein Schamane.«

Arnoan scheuchte ihn zur Seite und trat in den eiskalten Nachmittag hinaus. Die Dämonen griffen an mehreren Stellen und aus der Luft an. Das war zu erwarten gewesen. Stolz flatterten die Banner der Stämme, laut drangen die Lieder der Wesmen aus dem Kaltraum, und die Krieger kämpften tapfer.

Nach mehreren zuversichtlichen Schritten hielt Arnoan inne. Auf dem Boden lagen tote Dämonen, aber dazwischen viel zu viele Wesmen. Al-Arynaar kamen aus dem Turmkomplex gerannt, teilten sich in zwei große Gruppen auf und eilten zu den Toren und den langen Räumen. In Letzteren waren die Elfenmagier untergebracht, die unbedingt beschützt werden mussten.

Die Atmosphäre hatte sich jedoch verändert. Die Lieder erzählten nicht vom Sieg, sondern von schwerem Kampf und dem Mut der Verzweiflung. Lieder, die verängstigte Krieger beisammen hielten und ihnen die Kraft gaben, gegen einen übermächtigen Feind zu bestehen. Vor sich entdeckte er das hohe Banner der Paleonstämme. Dort stand Tessaya und kämpfte gegen Seelenfresser und Drohnen. Gleich vor dem Lord der Wesmen brachen die Mauern von Xetesk zusammen, und der Schutt ergoss sich in den Hof. Auf vierzig Schritt Länge stürzte ein Wehrgang ein, und durch die Lücke kamen die Karron. Sie waren verwandelt.

»Die Geister mögen uns alle beschützen«, sagte Arnoan.

# Siebzehntes Kapitel

Der Rabe folgte den Al-Arynaar aus dem Turmkomplex nach draußen, während die Xeteskianer noch dabei waren, sich zu organisieren. Die Elfenkrieger und Magier teilten sich auf und eilten zu den Kaltraum-Magiern. Der Unbekannte ließ den Raben auf der Treppe anhalten, um die Lage zu sondieren.

Im Hof herrschte das Chaos, aber der Grund für das Gebrüll, das sie in Dystrans Turm gehört hatten, war hoch über dem Kolleg zu finden. Aus dem Riss im dunkelblauen Himmel wallten weiße Wolken und schossen nach Balaia herein. Es war Mana, das mit stark erhöhter Geschwindigkeit eindrang. Die ohnehin schon niedrige Temperatur fiel bis fast auf den Gefrierpunkt, und es bestand kein Zweifel, dass die Wolke aus Eiskristallen bestand. Sie erwärmten sich gerade weit genug, um als kalter Regen über den Kämpfenden niederzugehen.

Unten am Boden sahen sich Wesmen und Al-Arynaar einem vernichtenden Angriff ausgesetzt. Seelenfresser waren in den Kaltraum vorgestoßen, und ein Schwarm von Drohnen begleitete sie. Karron hämmerten an vielen

Stellen gegen die Wände und versuchten auch, durch die gesicherten Tore einzudringen. Bisher konnten sich die zweitausend Wesmen-Krieger gut behaupten, auch wenn sie viele Tote zu beklagen hatten. Hirad, nach dem erschreckenden Kontakt mit Ilkar noch etwas benommen, konnte sich nicht erklären, warum ihm die Szenerie so seltsam vorkam.

»Bilde ich es mir nur ein, oder sind die Seelenfresser stärker und schneller geworden?«, fragte er.

»Ganz sicher«, bestätigte Rebraal. »Sage mir, was Ilkar dir mitgeteilt hat.«

»Er sagte, sie seien in die Dimension der Geister durchgebrochen. Es gebe zwar Gegenwehr, aber sie hätten nur ihren Glauben und ihre Verbindungen zu uns, um sich zu halten, sich zu verteidigen und Kraft zu schöpfen. Wir müssen hinüber und die Kraftquelle der Dämonen sofort abstellen, sonst werden sie überwältigt.«

Hirad wollte die Treppe hinunter.

»Hirad, warte«, rief der Unbekannte. »Es tut mir leid, aber ich kann den Zusammenhang nicht erkennen.«

»Wie sind sie überhaupt durchgebrochen?«, wollte Erienne wissen. »Ich dachte, das sei nur möglich, wenn sie entweder die Elfen oder die Wesmen besiegt haben.«

Hirad drehte sich zu ihnen um, eine heiße Wut stieg in ihm auf. »Glaubt ihr etwa, wir hätten Zeit, darüber zu debattieren? Seht euch doch um. Die Dämonen greifen an wie nie zuvor. Ist nicht offensichtlich, was passiert ist? Wir müssen gehen, sonst ist Ilkar verloren, und wir dazu.«

»Hirad, warte«, sagte der Unbekannte. »Wir müssen klug vorgehen, wenn wir uns an Tessaya wenden, und genau wissen, was wir wollen. Wir wollen ein zentrales Element seiner Religion einsetzen. Er wird uns nicht fröhlich zusehen und zum Abschied freundlich winken.«

»Warum eigentlich nicht? Wir retten ja auch seine Toten. Bei den ertrinkenden Göttern, warum seid ihr alle so vorsichtig? Seht doch nur!«

Er deutete zum Himmel. Seelenfresser stießen auf die Wesmen und Al-Arynaar herab. Die erschöpften Krieger wehrten sich, so gut sie konnten. Aus den Lücken zwischen den Abschnitten des Kaltraums schossen Elfenmagier Eiswind in den Himmel. Der Barbar kam zum Raben zurück. Bisher hatte niemand auf sie geachtet, aber das würde sich bald ändern. Über ihnen schwebten die Meister und dirigierten die Schlacht. Der Lärm nahm sogar noch zu, die Mauern ächzten unter den Schlägen der Karron. Auf einmal gab ein fünfzig Schritt breiter Abschnitt nach und fiel mitsamt der Brustwehr in sich zusammen.

Die Karron stürmten herein. Oder vielmehr, sie begannen in der Gestalt von Karron. Anscheinend unbehindert vom Mangel an Mana im Kaltraum, marschierten sie herbei und wurden mit jedem Schritt größer. Sieben oder acht Fuß maßen sie auf einmal, und das Wachstum nahm kein Ende. Neue Muskeln bauten sich auf, die Hämmer und Stacheln verlängerten sich, neue Waffen entwickelten sich. Auf halber Höhe ihrer Oberkörper sprossen unter den Armen weitere Gliedmaßen, biegsam, lang und mit scharfen Spitzen und Scheren. Wahre Ungeheuer, denen sich die Wesmen trotzig und mutig singend stellten. Unerschütterlich im Angesicht einer tödlichen Gefahr.

»Bei den brennenden Göttern«, keuchte der Unbekannte.

»Glaubt ihr wirklich, wir hätten jetzt noch Zeit für ein Schwätzchen?«, fragte Hirad. »Darrick ist gestorben, damit wir hierher gelangen konnten. Lasst uns nicht vergeuden, was er uns geschenkt hat.«

»Das ist richtig«, stimmte der Unbekannte zu. »Rebraal, Auum, wir brauchen ihren obersten Schamanen. Und suche Eilaan. Der Rabe, wir gehen zu Tessaya. Wir treffen uns dann an den Quartieren, wo ihr Schrein steht. Los jetzt.«

Der Rabe eilte zum Kampfgetümmel hinab. Sie formierten sich wie gewohnt als Fünfstern, aber nun kämpfte Thraun an Hirads rechter Seite, da Darrick nicht mehr da war. Der Unbekannte und Ark besetzten rechts vorn die Spitze. Hinter ihnen hatten auch Denser und Erienne die Klingen gezogen. Al-Arynaar verstärkten ihre Flanken und boten ihnen etwas Schutz.

»Tessaya!«, rief Hirad. »Wir müssen mit Tessaya reden!«

An vorderster Front, wo die verstärkten Karron die Wesmen attackierten, flatterte das Banner der Paleonstämme im Wind. Einige Krieger drehten sich zum Raben um. Befehle wurden gerufen, und vor ihnen öffnete sich widerstrebend eine Gasse.

Seelenfresser landeten vor dem Raben, Drohnen sammelten sich droben und schossen herab.

»Der Rabe, in Bewegung bleiben!«, rief der Unbekannte.

»Kein Problem«, bestätigte Hirad.

Die Klinge mit beiden Händen haltend, rannte er weiter. Der erste Seelenfresser wurde von zahlreichen Äxten der Wesmen zerhackt, aber weitere folgten sofort nach. Als Hirad nach oben blickte, sah er mindestens drei.

»Oben, Unbekannter!«

Hirad machte noch einen Schritt, drehte sich auf der Hacke um sich selbst und ließ das Schwert über dem Kopf kreisen. Die Klinge traf die Füße eines Seelenfressers und durchtrennte Krallen und Knochen. Der Dämon kreischte und wollte wieder aufsteigen, verlor jedoch an Höhe und sank weiter herab. Thrauns Klinge zerfetzte seinen linken Flügel, und er stürzte zu Boden.

Links hatte der Unbekannte auf Hirads Warnung reagiert, drosch mit dem Streitkolben auf einen Seelenfresser ein und schnitt ihm mit dem Schwert den Schwanz ab. Das Wesen verlor das Gleichgewicht und stürzte, worauf Ark ihm den Schädel einschlug. Der dritte Dämon flog in einem flachen Bogen und wollte die Magier angreifen. Hirad überließ es Thraun, den ersten Gegner zu erledigen, und beeilte sich.

»Erienne, runter!«

Sie ging in die Hocke. Hirads Klinge fegte über sie hinweg und schnitt den Rumpf des Seelenfressers bis zur Wirbelsäule auf. Sein Blut spritzte heraus, der Seelenfresser flatterte noch einige Male und stürzte zwischen die Wesmen.

»Der Rabe, weiter!« Der Befehl des Unbekannten stellte die Ordnung wieder her.

Drohnen regneten förmlich auf sie herab. Sie waren hartnäckiger als zuvor, stellten aber im Grunde keine große Gefahr dar. Hirad hielt das Schwert oben und nach vorn gerichtet und achtete vor allem auf Seelenfresser. Die freie Hand hielt er sich vors Gesicht, um die Drohnen abzuwehren, die ihm die Augen auskratzen wollten. Die Reihen der Al-Arynaar und Wesmen schlossen sich um sie. Das Banner der Paleonstämme war jetzt nicht mehr weit entfernt.

Nur wenige Schritte voraus waren die neuen Karron an der lang gestreckten Front weit vorgedrungen. Mit erschreckender Geschwindigkeit rannten sie gegen die tapfere Abwehr der Wesmen an. Lord Tessayas Stimme übertönte den Lärm und gab den Kämpfern Kraft. Äxte hoben sich und kamen herab, Krieger schrien. Karron starben.

Durch das Gedränge konnte Hirad beobachten, wie stark die Karron geworden waren. Eine Wesmen-Axt traf das Gesicht eines Karron. Der Dämon stürzte, aber sofort war der nächste zur Stelle und suchte mit seinem Schlangenarm das Handgelenk des Kriegers. Dann drosch das Wesen mit seinem Stachelarm auf den ungeschützten Krieger ein und schleuderte den Leichnam zur Seite.

»Halt!«, rief der Unbekannte.

Der Rabe blieb stehen und nahm eine Verteidigungsformation an. Tessaya rief unterdessen weitere Befehle und trennte einem Gegner mit der Axt den Kopf vom Rumpf. Weitere Wesmen stürmten vor und geboten dem Ansturm der Karron Einhalt. Hirad konnte die Wildheit der Krieger fast körperlich spüren. Er riss sich eine Drohne von der Schulter und zerquetschte sie mit der Hacke. Als er aufschaute, stand Tessaya vor ihm.

»Wollt ihr gemeinsam mit den Wesmen kämpfen?«, fragte er.

Sein Gesicht war voller blutender Kratzer, aber in seinen Augen funkelten die alte Entschlossenheit und Tatkraft. Die Krieger pflückten rings um ihn die Drohnen aus der Luft, wie es die Al-Arynaar für den Raben taten.

»Nein«, erwiderte Hirad. »Wir müssen anderswo kämpfen, aber wir brauchen deine Hilfe und die deines Schamanen.«

Tessaya runzelte die Stirn. »Das verstehe ich nicht.«

»Wir können es erklären, aber nicht hier. Bitte komm mit uns zu den Quartieren, wo dein Schamane wartet.«

»Ich kann die Schlacht gegen die Ul-Karron nicht verlassen«, sagte er. »Ich muss hier stehen und neben meinen Kriegern kämpfen.«

Der Anführer hob trotzig die Schultern, er hatte kaum eine Sekunde den Kampf zu seiner Rechten aus den Augen gelassen.

»Nur für einige Augenblicke«, sagte der Unbekannte. »Es geht um unser aller Zukunft.«

Tessaya musterte sie. Hirad fühlte sich, als steckte er in einer Blase. Der Kampf ringsum war ihm bewusst, die Sprüche, die hin und wieder über den Kaltraum hinwegflogen, die Schreie der Seelenfresser, die Attacken der Drohnen. Die Gesänge der Wesmen, die hart gegen die Ul-Karron vorstießen. Irgendwie schien das alles aber weit entfernt zu sein. Fast unwichtig verglichen mit den Gedankengängen des Mannes, der vor ihnen stand.

Tessaya wandte sich um und sprach rasch mit seinem Leutnant, dann nickte er Hirad zu.

»Ihr habt meine Aufmerksamkeit«, sagte er. »Verschwendet sie nicht.«

Al-Arynaar und Wesmen begleiteten sie zu den Quartieren. Den Meisterdämonen droben blieb die Bewegung nicht verborgen, und sofort verlagerte sich der Angriff der Seelenfresser. Dies nahm etwas Druck von den Wesmen in der vordersten Linie, stellte die Verbündeten aber vor neue Schwierigkeiten. Schon wurden die Reserven der Wesmen für die Sicherung der Quartiere eingeteilt, während Rebraal, der in der Tür stand, seine eigenen Leute beaufsichtigte, die an den Wänden emporkletterten, um das Flachdach zu besetzen.

Sie wurden ins Offiziersquartier geschoben. Arnoan war schon dort, bei ihm standen Auum, Evunn, Pheone, Dystran und Vuldaroq. Eilaan wartete, sichtlich nervös, etwas abseits in einer Ecke. Als der Rabe, Rebraal und Tessaya die Versammlung vervollständigt hatten, wurde es zwischen den Weihrauchschwaden stickig und warm.

Hirad empfand eine starke Erregung wie immer, wenn etwas Wichtiges geschehen sollte. In diesem Raum waren die Männer, Frauen und Elfen versammelt, von denen das Schicksal ganzer Dimensionen abhing.

Tessaya, zweifellos der Anführer mit der stärksten Ausstrahlung im Raum, legte seine Axt auf einen Tisch neben der Tür und schritt geradewegs auf Arnoan zu. Er betrachtete die Versammlung und war offensichtlich beeindruckt.

»Wir müssen da draußen eine Schlacht gewinnen«, sagte er in der Sprache des Ostens, damit alle ihn verstanden. »Erklärt mir, was ihr vorzuschlagen habt.«

Arnoan wirkte gehetzt und schien der Panik nahe. Seine Hände zitterten, sein Gesicht war grau vor Erschöpfung. Tessaya fasste ihn an den Schultern, und der alte Mann kam halbwegs wieder zu sich.

»Mein Schamane, beruhige dich«, sagte er. »Mir ist klar, dass wir noch andere Probleme haben als jene, die uns da draußen beschäftigen. Was ist passiert?«

»Ich wollte gerade zu dir, Mylord«, sagte Arnoan. »Die Dämonen sind in den Ruheplatz der Geister eingedrungen. Sie kämpfen, obwohl sie eigentlich keine Waffen besitzen. Der Angriff wird von den Elfen bestätigt. Wir müssen handeln, sonst sind unsere Ahnen verloren. Das dürfen wir nicht zulassen.«

»Wie kann so etwas geschehen?«, fragte Tessaya. »Die Geister sind unverletzlich.«

»Der Durchbruch ist noch klein, aber er wird wachsen«, erklärte Arnoan. »Ich fürchte, die Dämonen haben einen unserer Schamanen genommen.«

»Dann müssen wir ihn finden und retten. Den Bruch versiegeln und den Kampf gegen die Feinde unter günstigeren Bedingungen fortsetzen.«

»Das ist nicht möglich«, widersprach Dystran. »Xetesk ist eine große Stadt. Die Dämonen kontrollieren den Ort und das Umland. Ihr könnt nicht hoffen, ihn zu finden.«

»Es gibt allerdings noch einen anderen Weg«, warf Hirad ein. »Der Weg des Raben.«

»Der einzige Weg«, bekräftigte der Unbekannte.

Tessaya drehte sich zum Raben um. »Sprecht«, sagte er.

Hirad nickte Denser zu, der es am besten erklären konnte.

»Lord Tessaya, die Dämonen greifen auf mehreren Ebenen an. Uns ist schon lange klar, was wir tun müssen, aber jetzt müssen wir eher handeln, als uns lieb ist. Die einzige Möglichkeit, den Feind aufzuhalten, besteht darin, den Riss am Himmel über dem Kolleg zu schließen. Wir müssen den Zustrom von Mana und den Weg in diese Dimension unterbinden, ehe die Manadichte und die Zahl der Feinde uns überwältigen. Nach dem Durchbruch der Dämonen in die Dimension der Geister ist dieser Zeitpunkt viel näher gerückt. Ihr seht jetzt schon, wie stark die Dämonen auf einmal geworden sind, und ihre Stärke wird weiter zunehmen. Wir müssen in die sterbende Heimat der Dämonen reisen, den Zustrom sperren und die Lücke schließen. Das wird den Dämonen die Niederlage bereiten. Bisher dachten wir, das xeteskianische Wissen um die Dimensionsmagie würde ausreichen, um uns dorthin zu bringen, aber wir haben uns geirrt. Ihr könnt es jedoch vollbringen. Eure Religion und die Kraft Eurer Schamanen können es uns erlauben, ins Herz des Dämonenlandes zu reisen. Ihr müsst einwilligen, uns dorthin zu schicken. Ihr müsst es tun, denn sonst werden wir angesichts der Macht unserer Feinde alle untergehen.«

Tessayas Miene waren seine Zweifel deutlich anzusehen, und seine Worte brachten sie zum Ausdruck. »Das ist grotesk«, sagte er. »Die Zeremonie, von der Ihr sprecht, ist die strengste Bestrafung, die wir einem Krieger auferlegen können. Es ist die Verbannung und Verdammung ohne jede Möglichkeit, bei den Geistern Ruhe zu finden.« Er zuckte mit den Achseln. »Es ist der Tod, aber ohne jede Hoffnung auf Rettung.«

»Dennoch müsst Ihr zustimmen«, fuhr Denser fort. »Es ist ein Risiko, aber eines, das wir eingehen müssen. Es ist das Einzige, was uns jetzt noch retten kann.«

»Und um diese große Tat zu vollbringen, sollen wir ein paar erschöpfte Leute aus dem Osten hinüberschicken? Wenn es so wichtig ist, werden die Wesmen es selbst in die Hand nehmen. Warum wenige schicken, wenn draußen ein Heer zur Verfügung steht?«

»Mylord, wenn Euer Heer sich auf diese Reise begibt, hat Xetesk keine Verteidigung mehr und wird überrannt werden. Julatsa ist verlassen, Dordover gefallen und Lystern steht sicher kurz davor. Wenn die balaianische Magie stirbt, dann spielt es keine Rolle mehr, ob wir den Riss schließen oder nicht. Die Dämonen werden über Balaia herrschen.«

»Die Wesmen werden sich den Dämonen niemals beugen.«

»Verdammt, Tessaya, das erinnert mich an meinen eigenen Dickschädel«, knurrte Hirad. »Wenn die Magie nicht mehr da ist, nützen Eure Waffen überhaupt nichts. Ihr könnt die Dämonen ohne Magie nicht töten, das wisst Ihr doch. Hört mit dem Getue auf und entscheidet Euch für das, was richtig ist.«

Tessaya fuhr herum. »Sprecht nie wieder so mit mir, Rabenmann. Ich bin Tessaya, der Lord aller Wesmen.«

»Ich weiß«, sagte Hirad, »und ich bewundere und achte

Euch. Aber Ihr werdet der Herr eines versklavten Volks sein, wenn Ihr es uns nicht versuchen lasst.«

»Was habt Ihr schon zu verlieren?«, ergänzte Erienne. »Wenn Ihr uns nicht glaubt, na schön, aber hindert uns nicht daran, das zu tun, was wir für richtig halten. Hört auf Euren Schamanen, Lord Tessaya. Gebt den Befehl.«

»Arnoan? Sprich.«

»Mylord, ich kann nicht sagen, ob sie Erfolg haben werden, aber ich weiß wie du, wohin sie reisen werden. Kein Wesmen-Krieger geht gern dorthin, und wenn sie gezwungen werden, sind sie geschwächt. Wir können es uns nicht erlauben, ein Heer zu schicken. Wir müssen die Verteidigung übernehmen, während sie es versuchen. Ich würde sagen, lasse sie gehen. Und falls sie nicht zurückkehren, sind wir immer noch hier und können kämpfen. Die Wesmen werden siegen.«

Tessaya dachte noch einmal nach. Über ihnen auf dem Dach kämpften die Al-Arynaar gegen die Seelenfresser, die ihre Beute schlagen wollten. Eine Dämonenfaust schlug ein Loch ins Dach, dass die Dachziegel und der Putz nur so davonflogen.

Hirad zeigte auf die Decke. »Die Dämonen wissen, dass wir eine Gefahr darstellen. Ihnen mag nicht klar sein, was wir vorhaben, aber sie wollen unsere Seelen haben. Solange wir leben, können sie nicht siegen, weil der Wille unseres Landes nicht gebrochen werden kann.«

Tessaya kicherte. »Eure Überheblichkeit kommt der meinen gleich«, sagte er. »Aber Ihr bittet mich, einem Vorhaben zuzustimmen, in dem ich keinen Vorteil erkenne. Ich stimme Euch zu, dass die Dämonen Euch für gefährlich halten. Gerade deshalb solltet Ihr an meiner Seite kämpfen und den Feinden und Verbündeten zeigen, dass unser Mut ungebrochen ist.«

»Nicht dieses Mal«, widersprach der Unbekannte. »Der Rabe muss einen anderen Weg einschlagen. Ihr glaubt nicht, dass er nützlich ist. Dann müsst Ihr das Kolleg bewachen und die Magie am Leben halten.«

Dieses Mal lachte Tessaya lauthals. »Das retten, was ich verachte. Dass ich hier stehe und gezwungen bin, in einen solchen Vorschlag einzuwilligen.« Er wurde wieder ernst. »Ihr glaubt also wirklich, dies sei unsere einzige Hoffnung?«

Hirad nickte. »Wir werden nicht allein sein. Zwar haben wir kein Heer der Wesmen hinter uns, was ich sehr begrüßt hätte, aber es gibt Verbündete, die durch die Dimensionen reisen und uns beschützen werden. Die Drachen, Lord Tessaya. Ihr kennt ihre Macht und seid nur dreien begegnet. Dieses Mal kann ich tausende rufen.«

»Ein mächtiger Verbündeter. Vielleicht sollten sie hier bei uns kämpfen.«

»Das tun sie nicht, weil ihnen klar ist, was wir vollbringen müssen. Ihr Kampf wird nicht hier ausgefochten.«

Tessaya wandte sich von Hirad ab und richtete seine nächste Frage an die vier Elfen. »Was meint Ihr?«

Auum neigte den Kopf. »Es gibt nur eine Lösung. Ich reise mit ihnen.«

Schließlich fiel sein Blick auf Dystran. »Und Ihr, Mylord Dystran. Wie steht Ihr zu dieser Tollheit?«

Dystran lächelte. »Im Laufe der Jahre habe ich gelernt, dass der Rabe sich selten irrt und immer siegt. Ich kann nicht behaupten, die Verbindung zwischen den Lebenden und den Toten zu verstehen, so faszinierend ich dies auch finde. Es soll zu einem späteren Zeitpunkt untersucht werden. Jetzt aber liegt mir vor allem daran, dass ich überhaupt noch lange genug lebe, um eine Welt zu genießen, in der es keine Dämonen mehr gibt. Wenn der Rabe glaubt, es müsse geschehen, dann werde ich ihn nicht davon abhalten.«

Tessaya nickte. »Nun gut. Reist mit der Hilfe meines Schamanen, wohin ihr wollt. Ihr habt meinen Segen, und meine Hoffnungen reisen mit Euch, auch wenn ich glaube, dass Ihr dem Tod entgegengeht. Es ist eine vergeudete Gelegenheit. Ich hätte Euch gern an meiner Seite kämpfen sehen.«

»Wir hätten es gern getan«, sagte Hirad. Die Erleichterung über Tessayas Zustimmung wärmte ihn.

»Wenn Ihr zurückkehrt, mag dazu vielleicht noch Zeit sein«, fuhr Tessaya fort.

»Nein.« Zum ersten Mal meldete sich Thraun zu Wort und erinnerte alle daran, was ihre Entscheidung bedeutete. »Wir wissen, dass Euer Schamane uns in die Dimension der Dämonen schicken kann. Er kann uns jedoch nicht zurückholen.«

Es gab eine Pause. Keiner sah den anderen an, aber ihre Entschlossenheit war ungebrochen.

»Der Rabe?«, fragte Hirad. »Unbekannter, du hast eine Familie.«

»Genau deshalb bin ich hier«, sagte der Unbekannte.

»Keiner von uns wird zurückkehren«, bekräftigte Denser. »Das letzte Abenteuer des Raben.«

»Wir gehen hin«, fügte Hirad ohne jede Furcht hinzu, »und kehren nicht zurück.«

»Dann erstreckt sich meine Trauer um den Verlust von General Darrick auch auf Euch. Mögen die Geister Euch alle willkommen heißen.« Tessaya nahm seine Axt wieder an sich. »Ich muss nun eine Schlacht gewinnen, weil sonst, wie ich es verstehe, Euer Opfer sinnlos wäre. Und das wäre unverzeihlich.«

# Achtzehntes Kapitel

Der Angriff kam so abrupt zum Stehen, dass es eine Weile dauerte, bis irgendjemand etwas sagte. Die Verteidiger waren derart stark bedrängt worden, dass sie es kaum fassen konnten, als die Attacken nachließen.

»Ruhig, ruhig«, mahnte Heryst.

Er ließ sein tropfendes Schwert sinken. Seine Arme und Beine zitterten vor Erschöpfung, seine Brust hob und senkte sich schwer. Abermals hatten sie die Dämonen besiegt. Seelenfresser waren durch die Fenster und Türen des großen Ratssaales hereingestürmt und hatten mehr als einmal versucht, die beiden letzten Gruppen der Kaltraum-Magier auszuschalten. Es war eine verzweifelte Schlacht gewesen, aber sie hatten gesiegt.

Wie immer hatten sie allerdings einen viel zu hohen Preis dafür zahlen müssen. Im Saal verstreut lagen tote Dämonen und Lysternier, die fortgeschafft werden mussten. Wieder einmal galt es, das Blut und den Schleim vom Boden abzuwischen, aber der Gestank würde unweigerlich zunehmen, und mit ihm auch die Übelkeit. Er schob den Gedanken zur Seite. Wenn er sich umsah, wurde ihm klar, dass sie für Empfindlichkeiten sowieso keine Zeit mehr haben würden.

Wie schnell Hoffnungen doch ausgelöscht werden konnten. Vor kurzem hatten sie noch über einen Ausbruchsversuch nachgedacht. Sie hatten Pläne entwickelt, um einige Wagen in ihren Besitz zu bringen, und sich den Fluchtweg aus der Stadt eingeprägt. Sie hatten Vorräte angelegt und Schläuche mit Wasser gefüllt. Sie waren bereit gewesen, jederzeit aufzubrechen.

Dann auf einmal hatten die Dämonen ohne Vorwarnung zu einem Angriff angesetzt, den Heryst in dieser Stärke nicht für möglich gehalten hätte. Beinahe hätte er in einer Katastrophe geendet, die Dämonen waren erst im letzten Augenblick zurückgeschlagen worden. Nach drei aufeinanderfolgenden Attacken war die Zeit, die sie brauchten, um die Überlebenden zu versammeln, erschreckend kurz geworden. Sie zählten jetzt weniger als fünfzig.

Heryst ließ den Blick über seine Schutzbefohlenen wandern. Ihr Kampfgeist war ungebrochen, obwohl mit jedem Augenblick ihr unausweichlicher Tod näher rückte. Nacheinander betrachtete er sie und erkannte in ihren bleichen, blutverschmierten Gesichtern das Wissen um ihren drohenden Untergang. Arabelle, Makkan, Terol, Renarn … sie lebten noch, sie kämpften noch. Soldaten, Magier und Küchenjungen, alle waren stolz, aber erschöpft. Alle fragten sich, wie viele Angriffe sie noch überstehen konnten, ehe die Kaltraum-Magier getötet wurden.

»Warum haben sie den Angriff eingestellt?«, fragte Arabelle. »Sie hatten uns doch schon fast besiegt.«

»Vielleicht war ihnen das nicht klar«, überlegte Renarn. »Vielleicht wurden sie zu einer anderen Schlacht gerufen.«

Trotz ihrer schwierigen Lage, trotz Dreck, Kälte, Hunger und Durst, musste Heryst kichern. »Immer der Optimist, Renarn. Aber sonst haben wir ja auch nicht viel. Ich glaube, sie verhalten sich weiterhin vorsichtig, egal, wie übermächtig ihre Kräfte sind. Wir haben ihnen ja vor Augen geführt, dass wir sie durchaus verletzen können. Es sind viele, aber auch ihre Zahl ist begrenzt.«

Heryst winkte alle bis auf die Wachen zu sich, die auf dem Tisch standen und die wenigen Magier beschützten, die ihre letzte Hoffnung darstellten. Ein eigenartiges Hochgefühl ergriff von ihm Besitz.

»Meine Freunde«, sagte er, und seine Worte kamen von Herzen. »Wir haben die Feinde lange abgewehrt. Wir haben jenen Zeit erkauft, die stärker sind und den Dämonen größere Schäden zufügen können. Wir haben viele Dämonen hier gebunden, und das hat sie davon abgehalten, die Seelen anderer Menschen zu nehmen. Vergesst nie, was ihr geleistet habt. Nichts von allem, was ihr getan habt, war vergebens. Wenn die Dämonen noch einmal angreifen, könnte es das letzte Mal sein. Vielleicht sind sie nur verschwunden, um Bericht zu erstatten. Wer sich ihnen jetzt ergeben will, soll mit meinem Segen gehen. Vielleicht könnt ihr auf diese Weise überleben und doch noch auf Befreiung hoffen. Ich weiß nur, dass es keine Hoffnung gibt, wenn ihr hier bleibt.«

Niemand rührte sich. Heryst nickte.

»Damit habe ich gerechnet. Es wäre wie ein Verrat, nicht wahr?«

Zustimmendes Murmeln erhob sich.

»Wir wollen nichts, außer bis zum Ende neben Euch zu kämpfen«, sagte Arabelle.

»Dann ist jetzt der Augenblick gekommen, mit den Göttern, an die ihr glaubt, Frieden zu schließen und denen Lebewohl zu sagen, die ihr liebt. Später wird es keine Gelegenheit mehr dazu geben. Ich werde noch mit euch allen sprechen, aber ihr wisst, wo ich beginnen muss.«

Heryst ging in eine stille Ecke des Saales. Einer der fünf, die dort auf behelfsmäßigen Lagern ruhten, war Kayvel. Sein alter Freund und Mentor war dem Tode nahe, und das war ein Segen. In den letzten Tagen hatte er sein Augenlicht verloren, und seine Haut war fahl und kalt. Heryst kniete vor ihm nieder und wischte ihm den Schleim von Nase und Mund.

»Habt Ihr gehört, was ich gesagt habe?«, fragte er leise.

»Es war eine passende Ansprache«, sagte Kayvel mit trockener, brüchiger Stimme. »Ihr trefft stets den richtigen Ton.«

»Dann wisst Ihr, warum ich hier bin.«

»Es ist mir eine Ehre, der Erste zu sein.«

»Wo sollte ich sonst beginnen, Kayvel?«

Kayvel fasste sein Handgelenk und bekam es beim zweiten Versuch zu fassen. »Dann hört mir ein letztes Mal zu. Ihr und die übrigen Magier müsst jetzt auf der Stelle fortgehen. Lystern darf nicht sterben. Lasst die Kalträume fallen, wirkt Schattenschwingen und fliegt fort.«

»Ich werde meine Leute nicht im Stich lassen.«

»Ihr wisst, dass ich recht habe«, widersprach Kayvel mit rasselndem Atem. »Es ist nicht der Augenblick für Gefühlsduselei.«

Heryst schwieg. Natürlich hatte Kayvel recht, aber es war ihm unmöglich, diesem Vorschlag Folge zu leisten. So lange kämpfte er schon gemeinsam mit diesen Menschen. Wie konnte er da auf Schattenschwingen emporsteigen und zusehen, wie sie unten starben?

Durch die geborstenen Fenster drang das unverkennbare Rumpeln anrückender Karron herein. Es klang sehr zielstrebig. Am Himmel schrien die Seelenfresser, und die Drohnen schnatterten. Heryst wandte sich noch einmal an Kayvel, um Lebewohl zu sagen.

»Lasst nicht zu, dass sie mich nehmen«, sagte Kayvel. »Ich will nicht meine Seele verlieren.«

»Wie Ihr wollt«, versprach Heryst.

Ein dumpfer Knall erschütterte den ganzen Turm. Dann noch einer und noch einer. Kurz darauf hallte ein beständiges Hämmern durch das ganze Gebäude. Putz fiel von den Wänden, die wenigen intakten Scheiben schepperten, und die Balken knarrten bedenklich in den Fugen. Das Hämmern verstärkte sich zusehends, bis der ganze Ratssaal bebte. Die Türen klapperten in den Rahmen.

»Bei den guten Göttern«, murmelte Heryst.

Kayvel hatte seine Hand nicht losgelassen. »Tut, was ich sage, Heryst. Bald habt Ihr keine Wahl mehr.«

Heryst beugte sich vor und küsste den sterbenden Mann auf die Stirn. »Lebt wohl, alter Freund. Macht Euch meinetwegen keine Sorgen.«

»Lebt wohl, Lord Heryst. Es war mir eine Ehre, Euch zu dienen.«

Heryst stand auf und sah sich im Saal um. Die Karron nahmen den Turm von unten nach oben auseinander. Arabelle organisierte, was sie an Verteidigung noch aufbieten konnten.

Die Wachen auf dem Tisch beobachteten besorgt die Kaltraum-Magier. Der ganze Tisch wackelte.

Die Magier, die allesamt saßen, wurden durchgeschüttelt. Es war nur eine Frage der Zeit, bis sie die Konzentration verloren.

»Arabelle!«, rief Heryst. Der Saal bebte heftig. »Arabelle!«

Sie erteilte noch einige Befehle, dann rannte sie zu ihm. »Macht Euch bereit aufzubrechen.«

»Wohin?«, fragte er.

Sie deutete nach oben. »Das wisst Ihr doch. Ich habe Kayvel zugehört, und wir stimmen ihm zu. Wir können die Feinde lange genug abhalten.«

Wieder erfolgten einige heftige Stöße. Der ganze Turm wankte leicht.

»Arabelle, sie werden nicht hier heraufkommen. Sie wollen den Turm einreißen.«

»Ich weiß«, sagte sie. »Wir werden sie ablenken. Ihr nehmt die Magier mit.«

Das Geräusch fallender Steine hallte herauf. Ein Dachbalken brach und krachte auf den Boden. Seine Leute flohen erschrocken. Er landete mitten auf dem Tisch und zerquetschte zwei Wachen.

»Kaltraum fällt zusammen!«, rief ein Magier. »Wir haben keine Verteidigung mehr.«

Arabelle schüttelte Heryst. »Es muss jetzt sein, Mylord. Die Fenster sind offen, Ihr könnt den Spruch wirken.«

»Nein.«

»Das Kolleg muss überleben. Widersprecht mir nicht.«

Heryst blickte an ihr vorbei zu den anderen, die ihn anstarrten. Alle hatten sich Arabelle angeschlossen.

Der erste Seelenfresser erschien am Fenster und spähte herein, um sich zu vergewissern, in welcher Verfassung die Lysternier waren. Drunten schlugen die Karron große Löcher in den Turm. Der Fußboden gab langsam nach, oben knarrten die Balken.

»Fliegt gut und sicher«, sagte sie.

Mit Tränen in den Augen nickte Heryst dankbar und

voller Bewunderung. Arabelle wandte sich sofort an die Verteidiger. »Auf eure Posten, los!«

Der Seelenfresser wich zurück, als der Turm ein wenig kippte. Balken brachen und stürzten herab. Heryst rannte zu seinen Magiern auf dem Tisch.

»Zu mir her, meine Magier. Schattenschwingen, und fliegt.«

Sieben. Sieben Magier. Zwei mehr, als aus Dordover geflohen waren. Als der Spruch wirkte und die Flügel auf seinem Rücken entstanden, flog Heryst zu einem geborstenen Fenster. Unter ihm erkämpften ihm die tapfersten Menschen, die er je kennengelernt hatte, ein wenig kostbare Zeit, damit er entkommen konnte.

Er flüsterte seinen Freunden einige letzte Worte zu und flog eilig zu den Wolken hinauf.

Arnoan vollzog in tiefer Konzentration das Ritual der Verbannung, während die Dämonen das Dach des Quartiers zerfetzten und gegen die Al-Arynaar kämpften. Wesmen-Krieger hatten Wasserschläuche und Beutel mit Vorräten gefüllt. Jetzt warteten alle auf den Schamanen.

»Woher bezieht er seine Kraft?«, fragte Erienne. »Ich meine, es ist doch Magie, oder?«

»Offensichtlich«, bestätigte Vuldaroq. »Aber er benutzt kein Mana.«

»Diese Erörterung müssen wir uns für eine spätere Gelegenheit aufheben«, sagte Dystran. »Bei den guten Göttern, seht Euch doch mal an. Und auf Euch sollen all unsere Hoffnungen ruhen?«

Hirad wollte auf ihn losgehen, dann hielt er inne. Der Mann hatte ja recht. Am liebsten hätte Hirad sich für eine Ewigkeit schlafen gelegt, und die anderen Rabenkrieger waren auch nicht besser in Form.

Erienne und Denser hatten ihre Mana-Reserven mehr oder weniger erschöpft, der Unbekannte humpelte schwer mit seiner verletzten Hüfte, und Thraun hatte wie Hirad so viele Schnittwunden von den Dämonen abbekommen, dass er fast ständig zitterte. Nur Ark schien einigermaßen kampfbereit. Sogar Eilaan war offenbar müde. Die TaiGethen, die hinter ihm warteten, konnte man nicht so leicht einschätzen. Sie trugen ihre Kriegsbemalung und hatten ihre Gebete gesprochen. Jetzt standen sie schweigend da und ließen sich nicht anmerken, was in ihnen vorging.

»Wir sind die einzige Chance, die Ihr habt«, sagte Hirad schließlich.

»Trotzdem, der Mensch hat recht«, brach Auum sein Schweigen. »Rebraal, du wirst mit den TaiGethen kämpfen.«

Rebraal wäre fast aus der Haut gefahren. »Auum, mein Platz ist hier bei den Al-Arynaar. Sie brauchen ihren Anführer.«

»Tessaya wird sie wirkungsvoll einsetzen.« Auum wandte sich an Dystran. »Sorgt dafür, dass die Botschaft weitergegeben wird.«

Hirad rechnete mit weiteren Protesten, doch Rebraal reagierte keineswegs gereizt, sondern fühlte sich anscheinend geehrt und war stolz. Er nickte nur und stimmte mit ihnen ein neues Gebet an.

»Seht euch das mal an«, keuchte Denser auf einmal.

Arnoans Weihrauch nahm in der Luft eine Form an. Graue Fäden sammelten sich und verdichteten sich, bis ein lang gestrecktes, flaches Oval entstand. In seinem Innern verblasste der Hintergrund des Quartiers, und ein gleichförmiges Grau erschien. Es wellte sich einmal und blieb dann ruhig. Der Schamane öffnete die Augen.

»Das Tor ist bereit«, sagte er. »Nutzt es schnell.« Er hielt inne. »Ich glaube, bei den Menschen im Osten ist es üblich, einander Glück zu wünschen. Also wünsche ich euch alles Gute.«

»Danke.« Der Unbekannte schulterte seinen Rucksack. »Der Rabe, kommt jetzt. Es wäre sinnlos, noch weiter zu verweilen.«

»Bleibt miteinander in körperlichem Kontakt«, riet Arnoan. »Sonst verirrt ihr euch auf der Reise und findet im Land der Verbannung nicht mehr zusammen.«

Vuldaroq half Erienne mit ihrem Rucksack. Sie nickte höflich.

»Es hätte auch ganz anders verlaufen können«, sagte sie. »Ihr hättet mich nur in Ruhe lassen müssen, damit ich meine Tochter auf meine Weise erziehen konnte.«

Vuldaroq zog die Augenbrauen hoch. »Eine traurige Geschichte.« Er trat neben Dystran. »Sagt mir noch eins. War eigentlich niemand sonst dort, als Ihr am Triverne-See wart?«

»Vor uns war jemand dort«, erwiderte Hirad, »aber wer es auch war, die Dämonen haben sie getötet. Warum? Waren es Eure Leute?«

»Wir mussten es versuchen«, sagte Vuldaroq.

»Was denn?«, wollte Dystran wissen.

»Später, mein Freund. Viel später.«

Der Rabe stellte sich, immer zwei nebeneinander, vor dem Portal auf. Hinter ihnen warteten die Elfen.

»Was geschieht dort drüben?«, fragte Hirad.

»Das weiß ich nicht«, erwiderte Arnoan. »Oft schreien die Krieger, aber ich nehme an, dies liegt eher an der Erwartung des Kommenden als an der Reise selbst.«

»Hoffentlich hast du recht.«

Der Unbekannte ergriff das Wort. »Vergesst nicht, dass

wir an einen Ort gehen, über den wir nichts wissen. Wir wissen nicht einmal, ob wir dort atmen können. Aber vorausgesetzt, wir können es, müssen wir uns als Erstes verstecken, damit Hirad die Drachen rufen kann. Ich muss wissen, ob die Magier Zugang zum Mana-Spektrum haben und Sprüche wirken können. Erienne, wie du weißt, ist deine Verfassung für uns alle von entscheidender Bedeutung. Behalte es bitte nicht für dich. Wir verlassen uns auf euch drei, denn ihr müsst uns sagen, wo das Mana austritt. Dorthin müssen wir uns wenden.«

»Wir wollen hoffen, dass wir dort irgendwo in der Nähe herauskommen«, sagte Denser.

»Wenn nicht, haben wir die Schattenschwingen und Seile, oder wir können auf den Drachen fliegen.« Der Unbekannte hielt inne. »Alles bereit?«

Er und Hirad fassten sich bei den Schultern. Die anderen hinter ihnen folgten ihrem Beispiel und packten mit der freien Hand den Gürtel des Vordermanns oder schlangen ihm gleich den Arm um die Hüften.

»Kämpft weiter«, sagte Hirad. »Wir machen das nicht zum Vergnügen.«

»Rabenkrieger, enttäuscht uns nicht«, mahnte Dystran.

»Noch etwas, Dystran.« Hirad konnte es sich nicht verkneifen. »Ich habe nicht vergessen, dass Euer Elfenfluch für den Tod Ilkars und so vieler anderer Elfen verantwortlich war. Das kann und werde ich Euch nicht verzeihen. Also will ich eines klarstellen. Ich mache das hier für ihn, für die Elfen und für ganz Balaia. Aber nicht für Euch. Ist das klar?«

»Wenn es Euch glücklich macht.«

Hirad lachte. »Es ist fast eine Schande, dass wir nicht zurückkommen. So entgeht mir die Gelegenheit, Euch persönlich zu töten.«

»Viel Glück, Rabenkrieger«, sagte Vuldaroq. »Ich will stolz auf Euch sein, Erienne.«

»Übertreibt es nicht.«

»Der Rabe, es geht los!«

Hirad trat durch das Portal.

Fast sofort spürte er den Zug. Es war wie der Sog der Ebbe, langsam, aber unverkennbar. In seiner Umgebung konnte er absolut nichts wahrnehmen, und doch war es nicht völlig dunkel. Ein bleiches Licht umgab die Rabenkrieger. Er versuchte, in die Richtung zu blicken, in die sie trieben, konnte aber nichts erkennen. Ein Blick nach unten zeigte ihm, dass es dort nicht anders aussah. Dabei fiel ihm auf, dass er die Beine bewegte, als liefe er auf festem Grund, obwohl unter ihm nichts war. Er hielt inne.

»Sind alle da?« Seine Stimme klang gedämpft, aber wenigstens konnte er sprechen.

Er hörte ein Murmeln und nahm es als Zustimmung. Der Unbekannte war neben ihm, im Rücken spürte er Eriennes Hand, die seinen Gürtel festhielt. Es war ein eigenartiges Gefühl, wie ein kontrollierter Sturz. Nur schade, dass er ihr Ziel nicht sehen konnte. Noch seltsamer war, dass er dieses Erlebnis keineswegs beunruhigend fand. Sein ganzes bisheriges Leben war von außergewöhnlichen Ereignissen geprägt gewesen. Reisen durch die Dimensionen, Verbindungen zu Drachen, Gespräche mit Toten ... dies war nur eine unter vielen Erfahrungen. Er musste sich eben durchschlagen, und danach wäre es wie alle anderen nur noch eine Erinnerung.

Abrupt stießen sie auf einen Widerstand. Sie wurden hin und her geworfen und erkannten schließlich, dass sie sich zwischen Mauern befanden.

»Der Rabe, festhalten!«, rief er.

Außerhalb des Tunnels, oder was es auch war, pfiff der

Wind. Hirad glaubte auch, die Rufe von Dämonen zu hören, aber vielleicht bildete er es sich nur ein. Er drückte sich noch einmal von der Wand ab, die ihm vorkam wie fest gespannter Stoff, und spürte einen Energiestoß, der durch seinen Körper lief. Er zuckte zusammen.

»Hirad, alles in Ordnung?«, fragte der Unbekannte, dessen Stimme trotz der Nähe so klang, als käme sie aus weiter Ferne.

»Ich glaube schon, aber …«

Irgendjemand war bei ihnen im Tunnel. Nein, es waren sogar zwei. Hirad hatte das Gefühl, sie schwebten vor ihnen. Beinahe glaubte er, im schwachen Licht einen Umriss zu erkennen, ähnlich wie ein Schatten, oder gar mehrere. Verschwommen, aber zielstrebig. Auch eine Wärme spürte er, die ihm vorkam wie die Berührung eines Menschen, den er verloren geglaubt hatte.

»Könnt ihr es sehen?«, rief er. »Vor uns. Seht ihr es?«

Offensichtlich hatte keiner wahrgenommen, was er bemerkt hatte. Die Stimme aber konnten sie alle hören.

»Du gehst in die falsche Richtung, Coldheart. Wie üblich.«

Hinter sich hörte der Barbar jemanden lachen.

Erienne kam näher und umarmte ihn mit dem freien Arm. »Er ist es«, hauchte sie ihm ins Ohr. »Er ist es wirklich.«

Hirad wischte sich die Augen trocken, in denen auf einmal Tränen standen. Sein Herz hüpfte in der Brust, und er jubelte innerlich. Er hatte ihn auch selbst gespürt, beinahe konnte er ihn schon riechen.

»Wo bist du, Ilks?«

»Du siehst mich direkt an, du Trottel«, sagte Ilkar. »Ich bin zwar ein wenig substanzlos geworden, aber es verletzt mich doch, dass du mich einfach übersiehst.«

»Ein wenig? Ich sehe nur eine Art Gespenst vor mir, sonst nichts.«

»Tja, das muss dann wohl reichen. Ich habe noch einen Freund mitgebracht. Er hat noch nicht herausbekommen, wie man redet, aber das zeige ich ihm noch. Danke, dass du ihn geschickt hast, Auum. Ohne ihn wäre ich jetzt nicht hier.«

»Ich sagte doch, du sollst an einen sicheren Ort gehen«, unterbrach Hirad. »Das hier sieht aber nicht danach aus.«

»Tut mir leid, aber ich dachte, bei den Toten wäre ich sicher. Offenbar haben die Lebenden aber auch das vermasselt.«

»Xeteskianer«, sagte Denser knapp.

»Hätte ich mir denken können. Einem Xeteskianer kann man nicht trauen, was? Deshalb bin ich hier. Bei den Göttern, Hirad, der Rabe … aber wir stecken in Schwierigkeiten. Die Feinde sind eingedrungen. Wir kennen die Quelle ihrer Energie, können sie aber nicht erreichen. Bislang konnten wir sie noch aufhalten, aber sie werden schnell stärker.«

»Deshalb sind wir hier«, sagte Hirad.

»Ich wusste, dass ihr kommen würdet. Ich wusste, dass ihr helfen würdet. Der Rabe lässt niemals jemanden leiden. Allerdings müsst ihr euch beeilen.«

Hirad sah sich von Gefühlen überschwemmt. Erleichterung und Liebe, aber auch die Angst vor der Bedrohung.

»He, Ilks, wir bewegen uns so schnell wir können. Diese Art von Fortbewegung ist aber neu für uns.«

»Wie ich schon sagte, du gehst in die falsche Richtung. Bei den ertrinkenden Göttern, kann man dich denn keine Minute allein lassen, ohne dass du falsch abbiegst, Hirad?«

»Ilkar, wenn du es bist, dann hör auf mit dem Unsinn und sage uns, was wir tun müssen. Was meinst du mit der falschen Richtung? Wir hatten keine andere Wahl.«

»Ah, Unbekannter, obwohl ich glaube, ich sollte dich jetzt Sol nennen. Ja, ich bin es. Und glaube mir, dies ist für mich so eigenartig wie für euch. Eigentlich ist dies hier überhaupt nicht möglich, aber da die Grenzen meiner Welt dünn geworden sind, kann ich euch deutlich genug spüren und bei euch sein. Nun gut, ihr seid jetzt hier. Glaubt aber nicht, dass es lange anhält.«

»Wo sind wir denn?«

»Am Verknüpfungspunkt aller Dimensionen. Im Augenblick sind es mindestens drei. Eure, meine und die der Dämonen. Das Portal der Wesmen schickt euch an einen bestimmten Punkt in der Dimension der Dämonen, aber dorthin solltet ihr nicht gehen, weil sie euch dort erwarten würden wie alle Seelen, die dorthin verbannt wurden.«

»Dann bringe uns doch zum richtigen Ort«, drängte Hirad.

»Bei dir klingt das immer so einfach, Coldheart«, erwiderte Ilkar. »Nur gut, dass deine Weitsicht ein Spiegelbild deines Verstandes ist.«

»Bei den Göttern, habe ich dich vermisst. Denser ist in dieser Hinsicht wirklich kein Ersatz.«

»Ich bin unersetzlich«, stimmte Ilkar zu. »Und jetzt hört mir alle zu. Rebraal, bist du da?«

»Ich bin da, mein Bruder. Ich spüre deine Stärke in der Berührung unserer Seelen.«

»Yniss gibt uns auch unter den widrigsten Umständen alles, was wir brauchen.« Ilkar hielt inne, und einen schrecklichen Moment lang fürchtete Hirad schon, er sei verschwunden. »Rebraal, vergiss nicht, am Wissen der Alten festzuhalten. Es wird euch alle binden.«

»Ich verstehe.«

»Worüber redet ihr da?«, wollte Hirad wissen

»Das geht dich nichts an. Hör zu. Der Weg, auf dem ihr seid, führt euch direkt zu dem Ort, an dem sie euch erwarten. Das solltet ihr besser vermeiden …«

»Du hast einen bemerkenswerten Hang zur Untertreibung«, warf Hirad ein.

»Das habe ich von dir gelernt. Wir können aus der Bahn ausbrechen, auf der ihr euch befindet, aber das wird etwas unsanft. Ihr kommt dann außerhalb ihres unmittelbaren Einflussbereichs heraus. Allerdings werden sie eure Seelen und eure Magie schnell wittern und euch angreifen.«

»Wo ist der Haken?«, fragte Denser.

»Ich kann euch recht nahe an die Energiequelle heranbringen, aber nicht garantieren, wo genau ihr herauskommt.«

»Hauptsache, wir landen weich«, meinte Hirad.

»Ich werde sehen, was ich tun kann.« Ilkars Stimme klang mehr als unsicher.

»Woher weißt du das alles?«, fragte der Unbekannte.

»Ach, Duele und ich haben einen Dämon gefangen. Wir haben ihn, nun ja, befragt.«

Hirad musste lachen. »Du wirst dich nie ändern, Ilks.«

»Yniss hatte wirklich eine größere Bestimmung für dich, Duele«, sagte Auum. »Warum habe ich je an ihm gezweifelt?«

»Wann wird das alles geschehen?«

»Im Grunde jetzt sofort«, sagte Ilkar. »Es war wundervoll, euch zu treffen, meine Freunde, aber es wird Zeit zu gehen. Ich glaube nicht, dass wir noch einmal einen solchen Kontakt haben werden. Aber was soll's, Coldheart, du weißt ja, wo du mich finden kannst.«

»Ich schau mal vorbei, sobald ich kann.«

»Überstürze es nicht, alter Junge.«

Damit verschwand Ilkar, und sie stürzten. Das Licht hatte vom bleichen Grau zu einem strahlenden Blau gewechselt, das immer heller wurde. Hirad schloss die Augen, doch dies änderte nichts. Einen Moment lang hatte er das Gefühl, er müsste ersticken, und als läge eine gewaltige Last auf seiner Brust. Er schnappte nach Luft, konnte aber nicht einatmen. Unwillkürlich packte er den Unbekannten fester und zog etwas Trost aus der Gegenwart des großen Mannes. Ringsum hörte er jetzt Schreie. Er brauchte eine Weile, um zu erkennen, dass es seine Gefährten waren. Einen Augenblick lang hatte er das Gefühl, die Haut werde ihm bei lebendigem Leibe abgezogen. Es war ein außerordentlicher Schmerz, der aber zum Glück nicht lange anhielt.

Dann schlug ihm eiskalte Luft ins Gesicht, und ein säuerlicher Gestank drang ihm in die Nase. Er öffnete die Augen.

»Oh, verdammt.«

Sie waren nicht auf dem Boden, würden aber gleich landen. Ausgesprochen hart.

# Neunzehntes Kapitel

»Lösen, lösen«, rief der Unbekannte.

Er stieß sich kräftig von Hirad ab, der gleichzeitig seine Hüfte losließ. Hilflos stürzten sie zwanzig Fuß tief auf eine schimmernde grüne Fläche hinab. Von dort stieg ein Gestank empor, der in der Nase brannte und den Kopf benebelte. Er hatte kaum noch Zeit, sich zu überlegen, was es sein mochte, bevor er aufschlug.

Im letzten Moment drehte er sich, um mit der Schulter zuerst aufzukommen, und dann prallte er halb in stinkenden Schlamm und halb ins Wasser. Eine Ewigkeit schien er sich zu überschlagen, wobei er den Mund fest geschlossen hielt und immer wieder schnaubte, damit der klebrige Dreck nicht in die Nase eindrang.

Endlich kam er zur Ruhe, stand sofort wieder auf und sah sich nach den anderen Rabenkriegern um. Sein Streitkolben steckte noch in der Schlaufe, das Schwert in der Scheide. Einer seiner Dolche, die er am Gürtel trug, war geborsten, und der Aufprall hatte ihm den Rucksack vom Rücken gerissen. Er lag ein Stück entfernt in der Schneise, die er in den Sumpf gerissen hatte.

Er schlackerte mit den Händen, um den stinkenden Schlamm abzuschütteln, und wischte sich mit dem Handrücken über Arme und Beine. Ringsum waren die anderen Rabenkrieger gelandet und rappelten sich gerade wieder auf.

»Wenn er nicht tot wäre, würde ich ihn eigenhändig umbringen«, murmelte jemand hinter ihm.

Er drehte sich um. Hirad war von Kopf bis Fuß mit schwarzem Schlamm verschmiert. Aus dem Gesicht lugten die Augen wie Sterne in finsterster Nacht, und von seinen Zöpfen tropfte der Dreck. Mit einem nicht eben sauberen Ärmel wischte er sich Mund und Nase ab.

»Ja, aber wenigstens war es eine weiche Landung«, sagte der Unbekannte. »Komm schon, wir helfen den anderen.«

»Rieche ich so übel, wie du aussiehst?«

»Bestimmt.«

Der Unbekannte bot Erienne eine Hand, sie griff zu und richtete sich auf, bis sie saß.

»Wundervoll«, meinte sie. »Wo ist Denser?«

»Hier.«

»Alles klar?«

»Ja, meine Liebe, mir ist es nie besser gegangen. Es geht doch nichts über ein Schlammbad.«

Der Unbekannte sah sich weiter um und zählte vier Elfen und Thraun, die sich ihnen näherten. Ark schüttelte gerade den Kopf, um wieder zu sich zu kommen. Offenbar war niemand verletzt, oder wenn, dann wenigstens nicht schwer.

»Wie ist die Lage?«, fragte Hirad und trat neben ihn.

»Da bin ich nun überhaupt nicht sicher«, gab der Unbekannte zu.

Der Himmel über ihnen war voller dunkelgrauer Wolken. Ein trübes Licht fiel auf das Land, das sich kaum von manchen Gegenden in Balaia unterschied. Links sahen sie Hügel und eine offene Ebene, die sich über den ganzen Horizont bis nach rechts erstreckte. Hinter ihnen stieg ein sanfter Hügel voller Schieferplatten vor weiter entfernten, steileren Hängen auf. Direkt vor ihnen war das Land eben, und am Horizont schien sich eine Siedlung zu befinden.

Allerdings war sie ohne Leben. Nirgends war etwas Lebendiges zu entdecken. Diese Welt war still und stumm.

Der Unbekannte starrte seine Füße an, die bis zu den Knöcheln im Schlamm steckten. Was er kurz vor dem Aufprall noch für Schilf gehalten hatte, waren Algenstränge, die im stehenden Wasser schwammen. Wenigstens waren sie glücklich gelandet. Auf dem Schiefer wären sie weniger gut davongekommen, und dann wäre ihre Mission vorbei gewesen, ehe sie richtig begonnen hatte.

Stumpfe Farben herrschten vor. Grauer Fels, die dunkelbraune Ebene, hier und dort ein bleicher gelber Fleck. Nirgends auch nur eine einzige blühende Blume. Keine Wagenspuren, keine Fährten von Tieren. Keine Bäume, so weit das Auge reichte. Bis auf die Hügel besaß das Land keinerlei Konturen. Außerdem war es kalt, sehr kalt.

Der Atem stand in weißen Wolken vor ihren Gesichtern, die sich beim Aufsteigen langsam auflösten. Der Unbekannte folgte ihnen mit dem Blick und betrachtete den leeren Himmel. Weder Vögel noch Insekten. Auch keine Dämonen, was ein Segen war. Er fragte sich allerdings, wie lange es noch so bleiben würde. Schließlich sah er sich wieder nach links und rechts um. Erienne hatte die Arme um sich geschlungen und schauderte. Denser bemühte sich, sie zu wärmen, aber auch seine Nase und seine Wangen waren bleich vor Kälte.

Der Wind kam von den Hügeln her, heulte über die Felsen und beutelte sie mit eisigen Böen. Nicht unbedingt das, was man sich gewöhnlich unter der Hölle vorstellte, aber es war kein schlechter Ersatz.

»Wir sind anscheinend die einzigen Seelen, die hier noch leben«, überlegte Erienne.

»Gerade das sollte uns Sorgen machen«, erwiderte Thraun. »Wir sind für die Dämonen wie ein Leuchtfeuer.« Er schnüffelte. »Abgesehen von diesem Gestank rieche ich allerdings noch nichts.«

Der Unbekannte nickte. »Wir müssen in Deckung gehen und einen Unterschlupf finden, und zwar nicht nur wegen der Dämonen. Wir frieren und müssen uns aufwärmen und trocknen.«

»Hier liegt nicht gerade viel Brennholz herum«, wandte Hirad ein.

»Es gibt andere Möglichkeiten, Wärme zu erzeugen«, sagte Denser.

Der Unbekannte wandte sich an die Elfen und zog die Augenbrauen hoch. Eilaan war reichlich mit kaltem Schlamm und Dreck bedeckt, die Krieger hatten höchstens einige Spritzer auf den Beinen und Stiefeln.

»Es ist gut zu wissen, wie man landen muss, wenn man stürzt«, erklärte Auum.

»Das habt ihr mir nicht beigebracht«, beklagte sich Hirad.

»Du könntest gar nicht lange genug bei uns bleiben, um es zu lernen«, erwiderte Auum.

»Was siehst du?«, wollte der Unbekannte wissen.

Auum deutete zum Horizont. »Eine verfallene Siedlung. Nur noch Staub. Ein paar Steine. Die Ebene ist weit und unfruchtbar. Dahinter gibt es Schutz. Das Land ist hügelig, und wenn wir Glück haben, finden wir eine Höhle.«

»Das wäre sehr nützlich«, sagte der Unbekannte. »Also dort entlang.«

Er bückte sich und zog seinen Rucksack aus dem Schlamm und dem eiskalten Wasser. Ein Riemen war noch dran, den er sich über die linke Schulter schlang. Seine Hüfte war steif, er schüttelte entmutigt den Kopf. »Ich bin zu alt für so was.«

Hirad klopfte ihm auf die Schulter. »Keine Sorge, großer Mann, bald ist alles vorbei.«

»Das ist nun wirklich kein Trost.«

Auum und sein Tai übernahmen die Führung. Sie fühlten sich offensichtlich unwohl in dieser Welt. Noch ungefähr eine Viertelmeile weit mussten sie durch das faulige Wasser waten, ehe es bergauf ging. Der trockene Grund unter den Füßen war eine willkommene Abwechslung, und der Hang bot ihnen sogar etwas Schutz vor dem schneidend kalten Wind. Trotz der widrigen Umstände legten die Elfen ein grausames Tempo vor und eilten beinahe im Laufschritt das Schiefergeröll hinauf. Sie traten wie gewohnt auch zwischen den losen Steinen stets sicher auf, während die Rabenkrieger ständig ausrutschten und sich noch weitere Prellungen und Schnittwunden zuzogen.

»Wer ist nur auf diese Idee gekommen?«, grollte Hirad, während er sich mühsam einen Weg nach oben suchte und Steinchen von den Händen wischte, die inzwischen in Handschuhen steckten.

»Ich glaube, es war deine Idee«, sagte Denser. »Wenn ich mich nicht sehr irre, warst du es, der nach Herendeneth kam und sagte, man müsse etwas tun.«

Herendeneth. Der Unbekannte wurde traurig. Jeden Tag standen seine Frau und sein Sohn auf dem Fels, blickten zur Anlegestelle hinab und warteten auf seine Rückkehr. Er dachte an Dieras Lächeln und den Wind, der ihr die Haare ins Gesicht wehte. An seinen Sohn, der vor Aufregung laut schrie und watschelnd zu seinem Vater rannte, der ihn mit offenen Armen erwartete. Es gab keinen Weg zurück.

»Es ist für dich«, flüsterte er. »Es ist alles für dich.«

Sie stiegen weiter. Hinter dem Hang, den sie vom Sumpf aus gesehen hatten, erhoben sich weitere Anhöhen, wie Auum es schon gesagt hatte. Je höher sie kamen, desto kälter und öder wurde das Land, bis sie nach einer Stunde überhaupt keine Vegetation mehr erkennen konnten. Es war trostlos. Mit dem Rücken zu einer nassen Felswand, die gut hundert Fuß hoch aufragte, standen oder saßen sie, um etwas auszuruhen.

Der Unbekannte hockte sich zu Rebraal, und dann blickten die beiden Freunde auf den Weg zurück, den sie gekommen waren.

»Sieh dir nur diese Welt an«, sagte der Unbekannte.

»Kein Wunder, dass die Cursyrd so scharf auf Balaia sind«, meinte Rebraal.

»So schön Balaia auch heute aussieht, in ein paar Jahren dürfte es so sein wie diese Welt.«

»Falls wir dem nicht Einhalt gebieten.«

»Genau.« Der Unbekannte drehte sich zu ihm um. »Was sagen deine Elfenaugen?«

Rebraal zuckte mit den Achseln und blickte zur öden Landschaft hinaus. »Diese Trostlosigkeit entspricht genau den Schilderungen in den Texten von Aryndeneth. Die Cursyrd bewirken dies, wo immer sie auftauchen, und deshalb muss die Zuflucht der Toten erhalten bleiben. Wenn uns das nicht gelingt, werden letzten Endes alle Dimensionen so aussehen wie diese hier. Da draußen ist nichts, Unbekannter. Die Siedlung, die wir sehen konnten, so verfallen und verrottet sie auch war, ist das Einzige, was wir weit und breit überhaupt entdecken können. Der einzige Windschutz sind die Hügel in unserem Rücken. Der Wind schleift den Mutterboden ab, die Pflanzen finden keinen Halt mehr und sterben. Es gibt keine Bäume. Unbekannter, hier ist kein einziger Baum. Flaches Land wird überflutet, wenn es regnet, und immer mehr Land verwandelt sich in Sumpf. Das Land stirbt und dann die Luft, weil die Pflanzen das letzte Glied im Zyklus des Lebens sind.« Er schüttelte den Kopf. »Wenn sich das in dieser Dimension wiederholt, dann wird es bald nicht mehr möglich sein, hier zu atmen. Wo ist denn nun die Kraftquelle, zu der mein Bruder uns bringen wollte? Da vorn ist sie nirgends zu entdecken.«

»Dann müssen wir hoffen, dass sie sich hinter uns befindet.« Der Unbekannte wandte sich an Erienne und Denser, denen die Kälte hart zusetzte. »Kommt, lasst uns weitergehen. Die Rabenmagier sollen sich nicht erkälten.« Er half den beiden beim Aufstehen. »Es ist nicht mehr weit.«

»Hoffentlich hast du recht«, sagte Denser. »Mein Mantel ist nicht dazu geeignet, so viel Schlamm herumzuschleppen.«

»Sobald wir dort sind, weise ich einen Diener an, ihn zu säubern und zu trocken.«

Denser lächelte. »Sag ihm bitte auch, er soll ein Bad einlassen, ja?«

Auum lief rechts neben der Klippe einen flachen Hang hinunter. Das Gesicht des Elfen war unter der Farbe unbewegt, aber der Unbekannte glaubte, die Andeutung eines Lächelns zu entdecken.

»Was gibt es?«

»Unterschlupf«, verkündete Auum. »Hier entlang. Aber beeilt euch und seid leise. Die Cursyrd sind jenseits dieser Hügel.«

Ferouc schwebte hinter seiner neuen Karron-Streitmacht, verhöhnte Blackthorne für dessen Dummheit und verfluchte ihn wegen der Zeit, die er verschwendete, was Blackthorne jedoch als Anfeuerung diente. Er führte seine Krieger aus dem Burgfried die Treppe hinunter und stürzte sich wild auf die Karron, die Brocken aus den Mauern schlugen. Er war mit seinem Langschwert und dem drachenförmigen Schild bewaffnet, als Rüstung trug er wie gewohnt sein Kettenhemd, und in seinem Bauch hatte sich eine kalte Wut zusammengeballt.

Blackthorne stieß mit seinem Schild nach einem Feind, der zurücktaumelte. Der Karron tastete mit seiner Scherenhand umher, konnte Blackthorne aber nicht erreichen. Der Baron setzte nach und trieb dem Biest die Klinge in den Bauch, stieß ihn zur Seite und zog sein Schwert wieder heraus. Das Wesen spuckte schwarzes Blut und starb vor seinen Füßen.

Mit einem begeisterten Brüllen drehte er sich zum nächsten Gegner um und hackte ihm den Hammerarm ab.

»Ja!« Sein Schild blockte eine Schere ab, dann stieß er dem Karron die Schwertspitze ins Gesicht. »Treibt sie zurück!«

Zwanzig Männer waren mit ihm hinausgelaufen, um die Zerstörung seiner Burg zu verhindern. Die Schilde, die die Hälfte von ihnen trug, waren ihr einziger Schutz.

Alle hatten jedoch Streitkolben oder geschärfte Schwerter, die im Zwielicht schimmerten.

Rechts schlug einer seiner Männer zu und traf einen Karron seitlich am Kopf. Sein Schädel war zerschmettert, aber immer noch griff der Karron an. Eine Schere packte die Schulter des Mannes, dann folgte der Stachelarm und durchbohrte seine Brust. Der Mann stürzte und rutschte über den Marmorboden des Burgfrieds. Der Karron starb gleich darauf unter einem Hagel von Schlägen.

Fluchend stieß Blackthorne wieder zu. Sein Schild traf links einen Karron, rechts blitzte sein Schwert und verletzte eine Schere. Blut spritzte hoch in die Abendluft. Der Karron schlug mit dem Tentakel nach ihm und traf seine Seite. Die Wucht nahm ihm den Atem, aber seine Rüstung hielt. Rasch fand er das Gleichgewicht wieder, wehrte den Schlag eines Hammers ab und hieb seinerseits von rechts nach links, wo er ungeschütztes Fleisch fand.

Über dem sterbenden Karron kreischten wütende Seelenfresser.

»Achtung, über euch«, warnte Blackthorne die anderen.

Links auf der Treppe, noch halb im Schutz der überhängenden mächtigen Türstürze, wurde einer seiner Männer von einem Hammerarm an der Seite getroffen und gegen die nächsten Männer geschleudert. Drei gingen zu Boden. Schneller als sie sich eigentlich hätten bewegen dürfen, sprangen die Karron die Treppe hoch und machten die drei Männer nieder, wo sie gestürzt waren.

Blackthorne kniff die Augen zusammen. Er sprang nach links und durchbohrte die Brust eines Karron, der sich nach der Bluttat wieder aufrichten wollte. Sein Schild zuckte hoch und traf den zweiten unter dem Kinn. Der

Aufprall brach dem Wesen das Genick. Ein dritter wollte auf ihn losgehen, doch Blackthorne konnte den Angriff mit dem Schild abfangen, einen sicheren Stand suchen und dem Karron die linke Schulter spalten.

Jetzt machten die Seelenfresser Anstalten, auf sie herabzustoßen. Links und rechts ebbte der Angriff der Karron ab. Sie versammelten sich zwar ein Stück entfernt in großer Zahl, aber Ferouc hatte noch keinen Angriffsbefehl gegeben.

»Zurück!«, befahl Blackthorne. Er zielte mit dem Schwert auf Ferouc. »Eines Tages bist auch du an der Reihe, Fummler. Für jeden Kämpfer, der stirbt, töten wir sechs von deinen. Kommt dir das bekannt vor, du Bastard?«

»Du kämpfst gegen das Unvermeidliche an, Blackthorne. Noch zwei Tage, und du bist zerschmettert.«

Blackthorne achtete darauf, als Letzter wieder nach drinnen zu gehen. Fünf von den zwanzig waren tot. Einige Waffen der Toten hatten sie noch bergen können, aber die Gefallenen mussten draußen liegen bleiben.

»Dein Ehrgeiz übersteigt deine Fähigkeiten, Fummler. Du wirst uns nicht besiegen. Dir fehlt es an Willenskraft.«

Er zog sich in die Burg zurück, hinter ihm wurden die Türen geschlossen. Dann gab er sein Schwert einem Diener und klopfte dem Mann auf den Rücken.

»Da haben sie sich wieder eine blutige Nase geholt, was, Daniel?«

»Ja, Mylord«, stimmte Daniel zu.

Daniels mutlose Miene entging ihm nicht. Er nahm den Jungen in den Arm und kehrte mit ihm in die Küche zurück, dem einzigen Bereich, in dem sie jetzt noch wirklich sicher waren.

»Verliere nicht den Glauben, Junge. Wir haben da

draußen entschlossene Freunde. Sie werden uns nicht im Stich lassen.«

Besonders groß war die Höhle nicht, bot aber immerhin ein wenig Schutz vor dem eisigen Wind, der über das Land fegte. Es war feucht, dunkel und kalt, aber solange sie eng beisammen hockten, konnten sie sich gegenseitig wärmen. Der Unterschlupf, den Auum in der Klippe gefunden hatte, war nicht tiefer als zehn Fuß, der Überhang reichte jedoch noch einmal sechs Fuß nach draußen, sodass sie vor Angriffen aus der Luft recht gut geschützt waren. Er und Evunn standen gleich am Eingang im Schatten, blickten zur öden Landschaft hinaus und suchten am Himmel nach Anzeichen, ob sie entdeckt worden wären.

Gerade in Hörweite konnten sie, nur wenig lauter als der heulende Wind, das dumpfe Grollen der Dämonen hören. Es waren Befehle und Rufe, in die sich das Flattern tausender Flügel und das Trampeln unendlich vieler Füße mischte.

»Dann hat er uns wirklich nahe an den Dämonen abgesetzt«, sagte Hirad.

»So ist es«, bestätigte Rebraal lächelnd. »Er hat es gut gemacht.«

»Nur, dass wir alle jetzt erbärmlich stinken.«

»Ist das denn eine Veränderung gegenüber deinem sonstigen Zustand?«

»Meine Güte, Mann aus Xetesk, ich muss dich bewundern, weil du es immer noch versuchst. Aber wie ich schon zu Ilkar sagte, du musst noch viel üben.«

Erienne, um die er den rechten Arm gelegt hatte, zitterte heftig. »Frierst du immer noch?«

»Nein, Hirad«, schnaubte Erienne. »Ich habe gekichert. Ilkar wäre stolz auf diese Bemerkung gewesen. Erinnerst du dich noch an die Felle, die du früher getragen hast?«

Hirad nickte. »Die haben besonders schön geduftet.«

Der Rabe lachte.

»Also gut«, sagte der Unbekannte. »Jetzt mal im Ernst. Wir müssen mehrere Dinge tun. Hirad, du musst mit Sha-Kaan Verbindung aufnehmen und ihn so schnell wie möglich hierher holen. Eilaan soll uns Gewissheit verschaffen, dass das Mana so hoch konzentriert ist, wie wir glauben. Denser, tu was du kannst, um die Höhle ein wenig zu wärmen. Wenn schon, dann können wir es uns auch gemütlich machen. Thraun, Ark, kümmert euch um das Essen. Erienne, schlafe etwas, sobald es wärmer wird. Wir werden dich brauchen.«

Sie blickte zu ihm hoch, und all ihre Zweifel standen ihr ins Gesicht geschrieben. »Hoffentlich enttäusche ich euch nicht.«

»Kommt nicht infrage«, sagte der Unbekannte. »Jetzt hört mal alle zu: Wir hatten bis jetzt anscheinend Glück, aber wenn eines die Dämonen ganz sicher anlockt, dann ist es ein Spruch. Ich halte es allerdings nicht für nachteilig, wenn sie wissen, dass wir hier sind. Ein Kraftkegel müsste sie draußen halten, bis die Drachen kommen. Wenn einer von euch Darm und Blase entleeren will, sollte er es jetzt sofort tun. Wir wissen nicht, wie lange wir anschließend noch warten müssen. Denser wird abwarten, bis ihr zurück seid. Gibt es sonst noch Vorschläge?«

Niemand ergriff das Wort.

»Gut, dann wollen wir uns an die Arbeit machen.«

Sie verteilten sich, und sofort war die schneidende Kälte wieder da. Der Unbekannte lehnte sich an die Wand und winkte Erienne zu sich. Er streckte die Arme aus, und sie ließ sich dankbar umfangen.

»Bei den fallenden Göttern, ich hoffe nur, die brauchen nicht zu lange zum Pinkeln«, sagte sie.

»Musst du nicht auch raus?«

»Es ist zu kalt da draußen«, sagte sie und kuschelte sich eng an ihn. »Nur gut, dass mein Mann nicht eifersüchtig ist.«

»Woher weißt du, dass er es nicht ist?«, rief Denser von draußen herein.

»Das ist eben mein Eindruck.«

»Verstehe.« Denser knöpfte seine Hose wieder zu und kam herein. »Wie praktisch, dass der Unbekannte alle an die Arbeit scheucht, damit er Zeit hat, dich anzubaggern.«

»Alles hat seine Vor- und Nachteile.«

Denser kicherte. »Ich kümmere mich um den Spruch. Macht es euch nur gemütlich, ihr braucht mir auch nicht zu helfen.«

»Keine Sorge, das tun wir nicht«, versprach Erienne.

Der Unbekannte sah zu, wie Denser draußen Steine einsammelte und mitten in der Höhle aufschichtete. Dabei achtete er genau auf die Formen und Umrisse und ihre Anordnung.

»Wichtig ist, dass sie die Hitze des Spruchs möglichst wirkungsvoll reflektieren«, erklärte Erienne. »Das Mana wirkt besser, wenn die Steine geschickt aufgestellt werden. Dadurch hält sich auch die Wärme länger.«

»Ich verstehe.« Er hielt inne. »Wie fühlst du dich?«

»Mir wird allmählich wärmer.«

»Das meinte ich nicht.«

»Ich weiß.« Sie seufzte. »Hör mal, Unbekannter, ich weiß, dass ich es tun kann. Im Schauspielhaus hatte ich keinerlei Zweifel. Aber sieh nur, wie viele wir waren, und wie wenig Dämonen es dort im Vergleich waren. Wir konnten uns einen Fehler erlauben, und gerade deshalb habe ich keinen gemacht. Jetzt ist das Risiko viel größer. Ein Fehler, und nicht nur wir, sondern buchstäblich alles ist im Eimer. Das ist eine große Belastung.«

»Ich verstehe. Hör mal, wenn es dir hilft, wir haben alle Angst davor, zu versagen und die anderen im Stich zu lassen. Aber so war das schon immer, oder nicht? Vereint vermag der Rabe zu tun, was getan werden muss, und zwar ganz egal, wie sich jeder Einzelne fühlt. Nutze unsere Stärke.«

»Ich will es versuchen. Danke. Hm, irgendwie kann ich mir gar nicht vorstellen, dass Hirad Angst hat.« Sie blickten zu ihm hinüber, der versunken dasaß, die Hände in den Schoß gelegt, und versuchte, mit seinem Drachen Kontakt aufzunehmen. »Und du ...« Erienne brach ab und ließ die Schultern hängen. »Oh Unbekannter, du arme Seele.«

Der Unbekannte verstand, was sie meinte. Er lächelte grimmig, trat unsicher von einem Fuß auf den anderen und schluckte schwer. »Jeder musste ein Opfer bringen.«

»Aber du bist der Einzige, auf den eine Familie wartet.«

»Diera ahnt, dass ich dieses Mal wahrscheinlich nicht zurückkehre.«

»Und dieses Mal hast du es von Anfang an gewusst, nicht wahr?«

Der Unbekannte nickte. »Das war uns doch allen klar. Wenn wir nachts ganz für uns darüber nachgedacht haben, dann hat keiner von uns geglaubt, dass wir dies überleben würden.«

»Es gibt immer eine Hoffnung«, erwiderte Erienne.

»Du treibst dich zu viel mit Hirad herum. Wir können die Hoffnung haben, dass unsere Dimension überlebt, aber das gilt nicht für uns.«

»Und wie kommst du damit zurecht?«

Der Unbekannte musste blinzeln, weil ihm die Tränen in die Augen schossen. »Erienne, es tut mir weh, wenn ich daran denke. Die letzten Worte, die ich zu meiner Frau und meinem Kind gesagt habe, waren Lügen. Wie lange wird es noch dauern, bis Diera endlich doch die Hoffnung aufgibt und einsieht, dass ich nicht nach Hause komme? Wie lange wird sie trauern müssen?«

»Dann mach das, was du von mir verlangst. Konzentriere dich auf den Raben und auf unsere Kraft. Mach dir klar, dass wir für die Zukunft deiner Familie kämpfen, auch wenn du nicht zu ihr zurückkehrst. Wenn der Kummer vorbei ist, werden sie sich freuen, weil sie dich so lange hatten, wie du eben da warst. Glaube mir, ich weiß es.«

»Den Göttern sei Dank, dass du hier bist, Erienne.«

»Dass wir alle hier sind.«

»So, ich bin dann bereit«, sagte Denser. »Habt ihr alles erledigt, was ihr zu erledigen hattet?«

Der Unbekannte eilte rasch hinaus, konnte aber von draußen weiter hören, was Denser sagte.

»Eilaan, sobald ich den Spruch vorbereite, werden die Dämonen uns spüren. Wir brauchen gleich von Anfang an einen abgeflachten Kraftkegel. Schaffst du das?«

»Ich weiß, was ich zu tun habe.«

»Gut. Nun ja, auch wenn es die Horden auf uns aufmerksam macht, werden wir es wenigstens warm und trocken haben. Unbekannter, darf ich?«

»Jederzeit.«

Denser schloss die Augen und baute die Konstruktion für eine Flammenhand auf. Der einfache Spruch war in wenigen Augenblicken vollendet, und er ließ die Flammen kreisförmig über die Steine wandern, die sofort ihre Hitze wieder abstrahlten. Rauch stieg in gemächlichen

Kringeln auf. Densers blauer Spruch glitt über die Steine und bewegte sich weiter im Kreis, weil er abprallte und reflektiert wurde, genau wie Erienne es beschrieben hatte. Die Wärme erfüllte die kleine Höhle.

Ringsum veränderten sich die Rufe der Dämonen, und ein neues Geschrei erhob sich. Es war ein Wutschrei, der von unzähligen Kehlen wiederholt wurde und rasch an Lautstärke zunahm, während er sich näherte.

Die Dämonen hatten sie bemerkt.

# Zwanzigstes Kapitel

»Ich habe deine Signatur, mein Drachenmann. Wir kommen.«

Sha-Kaan brach den Kontakt mit Hirad Coldheart ab und drehte sich in der Luft um sich selbst. Seit ihrem letzten Austausch hatte er immer wieder nach dem Geist des Menschen geforscht, doch Hirad hatte unter Anspannung gestanden und war ständig in Gefahr gewesen, sodass ein sicherer Zugang bisher nicht möglich gewesen war. Inzwischen waren auch die schrecklichen Kämpfe am Himmel über Beshara endlich abgeklungen. Die Drachen und vor allem jene, die mit ihm reisen wollten, hatten einen hohen Preis gezahlt.

Fast vierhundert Drachen waren in den Flammen und beim Absturz zugrunde gegangen. So hatte er mehr als ein Fünftel der Streitmacht verloren, die sich ursprünglich auf der Ebene versammelt und ihn mit so großer Hoffnung erfüllt hatte. Jetzt zählten sie nur noch etwas mehr als vierzehnhundert. Es musste ausreichen.

Rings um ihn kreisten die Kaan und die meisten Naik und hielten Wache, damit keine neuen Zwistigkeiten aufflammen konnten. Yasal war am Boden und redete mit den Abgeordneten der Bruten, die kürzlich noch am Konflikt beteiligt gewesen waren, während jene, die sich nicht eingemischt hatten, in der Ferne in Verteidigungsformationen flogen. Es würde eine Weile dauern, sie alle wieder zu versammeln, und Sha-Kaan war keineswegs sicher, ob alle seinem Ruf folgen würden.

Er stieg hoch über die kreisenden Kaan und Naik und spie eine Flammenzunge in den klaren Himmel. Dann brüllte er und tauchte wieder hinab, sendete seine Botschaft und forderte Aufmerksamkeit und Achtung.

»Unsere Zeit ist gekommen«, sendete er. »Versammelt euch am Himmel, meine verbündeten Bruten. Lasst eure kleinlichen Streitereien ruhen. Wir sind bereits geschwächt und können es uns nicht erlauben, dass unsere Zahl weiter dezimiert wird. Die Schlacht um unsere Zukunft und für alle Wesen in unseren Fusionsdimensionen beginnt jetzt. Fliegt, meine Freunde. Fliegt mit mir.«

Sha-Kaan tauchte unter seine Brut, die sich bereits formierte, wie sie es geübt hatte. Ringsherum folgten die Naik ihrem Beispiel. Von unten stieg Staub auf, tausend Flügel trugen die Drachen nach oben. Die gesendete Botschaft würde unter den Stara, Veret und Gost verbreitet werden. Bald würden alle kommen, die noch an ihr gemeinsames Ziel glaubten.

Yasal-Naik bellte erleichtert, dass der Ruf endlich gekommen war.

»Dann hat dein Mensch überlebt und seine Reise gemacht.«

Sha-Kaan sendete Gefühle von Wärme und Stolz. »Sagte ich dir nicht, dass er hartnäckig ist? Ich habe nie an ihm gezweifelt.«

»Damit warst du allerdings allein.«

»Ich allein kenne seine Fähigkeiten.« Sha-Kaan drehte den Kopf zu Yasal herum, als sie nebeneinander flogen. »Was sind die Ergebnisse deiner Diplomatie, junger Naik?«

»Ich habe die meisten gewinnen können, aber niemand will mit den Skoor fliegen. Sie wurden entlassen, und sie müssen von einer gleichgroßen Anzahl Kaan und Naik begleitet werden, um sicherzustellen, dass sie ihren vorübergehenden Vorteil an unserem Himmel nicht ausnutzen.«

»Mehr konnte man wohl nicht erhoffen«, sagte Sha-Kaan. »Damit fehlen uns weitere achtzig Kämpfer. So nehmen wir kaum mehr als dreizehnhundert Drachen mit, um die Feinde zu bekämpfen.«

»Dann muss jeder von uns für zwei kämpfen«, sagte Yasal.

Sha-Kaan neigte achtungsvoll den Kopf. »Du bist gewachsen, Yasal. Fast bin ich froh, dass uns diese Krise ereilt hat.«

»Ich auch, Großer Kaan.« Yasals Gedanken klangen traurig. »Wir haben uns im Laufe der Zyklen so viele Verluste zugefügt. Vielleicht wird unsere Zukunft freundlicher aussehen.«

»Wir können gemeinsam den Himmel beherrschen.«

»Ja, das können wir.«

Die beiden Anführer der Drachen flogen mitten in die Versammlung hinein. Obwohl erheblich reduziert, war dieses Durcheinander von Flügeln und Schuppen immer noch beeindruckend. Die Tage, die sie mit Übungsflügen und Manövern verbracht hatten, zahlten sich nun aus. Jede Brut formierte sich und flog im engen Verband. Die Patrouillen schossen hinauf und hinab, und schließlich war die Streitmacht bereit.

»Jetzt kommt der Augenblick der größten Gefahr«, sagte Sha-Kaan. »Jetzt werden wir sehen, ob man unseren Worten glaubt.«

»Spielt das noch eine Rolle? Du verstehst, was ich meine.«

»Ich verstehe es, und vielleicht spielt es wirklich keine Rolle mehr. Aber für Hirad Coldheart ist es wichtig. Er erwartet uns, und wir müssen kommen.«

Sha-Kaan führte Yasal hoch über die Reihen der Drachen, Besharas letzte und einzige Hoffnung.

»Jetzt ist der Moment des Vertrauens. Du kennst mich und meine Ehre. Ja, viele von uns haben sich in der Vergangenheit bekämpft, aber das muss jetzt vergessen sein. Nun kämpfen wir ums Überleben. Aus diesem Grund gebe ich euch allen nun die Signatur meines Drachenmannes, der mich unterstützt.« Er sendete die Signatur.

»Und nun bitte ich euch, mir zu folgen. Rettet uns und rettet alle Dimensionen, die uns teuer sind. Seid bereit für den Kampf.«

Er sprang aus Beshara heraus und stürzte durch die Kälte zu Hirad Coldheart hinab.

Tessayas Krieger konnten sich mit knapper Not behaupten. Die Elfen waren bei ihnen und warfen mit scharfen Klingen und geschmeidigen Bewegungen die Angriffe der Ul-Karron zurück. Seelenfresser und Drohnen griffen aus der Luft an, sie schossen blitzschnell herab und brachten jedem, der unvorsichtig war, den Tod, doch für diese Angriffe zahlten die Angreifer einen höheren Preis als die Verbündeten.

Flankiert von vier Leutnants schritt der Lord der Wesmen in den Turmkomplex und suchte um eine Audienz bei Dystran und allen anderen nach, die die Befehlsgewalt innehatten.

»Sie sind in einer Beratung«, erfuhr er von einem unreifen Burschen, der kaum stark genug war, das Schwert und die Scheide an der Hüfte zu tragen. »Sie dürfen nicht gestört werden.«

Tessaya hob drohend seine Axt. Schweigen senkte sich über den Turmkomplex, von draußen drang gedämpft der Schlachtlärm herein. Dämonenblut tropfte von seiner Axt auf den Marmorboden.

»Und worüber beraten sie, Junge?«, fragte er leise.

»Über die Verteidigung des Kollegs«, erwiderte der Bursche. Sein Gesicht färbte sich vor Aufregung rot, und er konnte die Hände nicht ruhig halten.

»Über die Verteidigung, die ich allein übernehme, während sie in ihren Türmen hocken!« Tessayas Stimme hallte durch den Komplex. Der Bursche fuhr erschrocken zurück. »Hole sie sofort herunter, oder ich werde meine Krieger mitnehmen und es den Dämonen überlassen, eure verfaulten Seelen zu fressen.«

Der junge Mann zögerte.

»Geh!«

Darauf rannte der Rekrut zu einem Durchgang, der mit Vorhängen abgetrennt war. Tessaya ließ den Blick über die Menschen wandern, die im Komplex herumsaßen. Einige hatten ihre Schwerter neben sich an die Wand gelehnt, während andere, offenbar Magier, hilflos mit den Händen rangen.

»Ist hier nicht einer unter euch, der den Wunsch hat, neben mir zu kämpfen und als Held zu leben oder zu sterben? Ja, so sieht es aus … wendet euch nur ab. Verschließt eure Ohren vor dem, was außerhalb eures Schutzschirms passiert. Die Wesmen sterben für euch. Und wie zeigt ihr nun eure Dankbarkeit?« Tessaya schüttelte den Kopf. »Einige sind freiwillig den Weg der Verbannung gegangen, weil sie glauben, dies sei der einzige Weg zum Sieg. Dagegen würde ich jeden von euch hier der Feigheit vor dem Feind bezichtigen.«

Einige regten sich, hier und dort erhob sich Gemurmel.

»Dann beweist mir doch das Gegenteil«, forderte Tessaya sie heraus. »Kämpft an der Seite der Wesmen. Kämpft um euer Leben.«

Im Durchgang tat sich etwas, dann kamen Dystran und der Dordovaner Vuldaroq zum Vorschein. Ihnen folgten zwei Frauen und ein Elf, dann zwei weitere Männer, beide Soldaten, die Narben von früheren Kämpfen trugen. Tessaya erkannte die beiden Frauen und einen der Männer. Alle drei hätten nach den schweren Kämpfen im Schauspielhaus und vorher auf dem Weg von Julatsa ausruhen sollen. Er hatte ihre Geschichten gehört.

»Lord Tessaya, Ihr wolltet mich sprechen.« Dystran breitete zum Willkommen die Arme aus und lächelte.

»Ich brauche draußen Unterstützung«, sagte Tessaya. »Ihr verfügt über Männer und Magier, die nichts zu tun haben. Gebt sie mir. Ihr lebt noch, weil Wesmen und Elfen für Euch kämpfen. Ihr konntet ausruhen. Jetzt ist es auch für Euch an der Zeit zu kämpfen.«

»Wir müssen unsere Reserven schonen und die Sicherheit des Herzens gewährleisten. Wir greifen nur ein, wenn es wirklich notwendig ist.«

»Es ist notwendig«, grollte Tessaya. »Meine Krieger sterben, um Euch zu schützen.« Er zeigte auf Dila'heth und Pheone. »Ihre Leute sind gestorben, um Euch zu schützen. Lasst Euch blicken, sonst überlassen wir Euch Eurem Schicksal.«

»Was genau schlagt Ihr vor?«, fragte Dystran.

Tessaya schniefte verächtlich. »Sprüche töten mehr

Feinde als Schwerter. Das haben wir gesehen. Krieger beschäftigen die Ul-Karron, unterdessen müsst Ihr Sprüche wirken, um ihre Kommandanten und ihre Reserve zu vernichten.«

»Mylord Tessaya, Ihr müsst wissen, dass wir innerhalb der Kalträume keine Sprüche wirken können.«

»Ihr müsst mich für einen unwissenden Wilden halten«, sagte Tessaya mühsam beherrscht, »wenn Ihr glaubt, diese erbärmliche Ausrede könnte mich beeindrucken.«

»Jetzt hört aber mal zu …«

»Die Elfenmagier stehen in den Lücken zwischen den Sprüchen und setzen sich der Gefahr aus, um uns zu unterstützen. Sie tun, was sie können. Aber es sind nicht genug. Eure Magier müssen das Kolleg verlassen. Greift die Dämonen von hinten an und tötet sie, während sie auf den Angriffsbefehl warten. Verteidigung allein reicht nicht mehr aus. So geben wir dem Raben hoffentlich genug Zeit zum Handeln, falls er überhaupt etwas tun kann.«

Dystran hob beschwichtigend die Hände. »Wir wollen doch nichts überstürzen. Was Ihr da vorschlagt, klingt zwar einleuchtend, aber wenn sich die Magier draußen verteilen, käme das einem Selbstmord gleich, der nichts zur Verteidigung beitrüge.«

»Ist das, was wir für Euch tun, etwas anderes? Wir halten uns noch, aber früher oder später werden uns die Feinde überwältigen. Es sei denn, wir stören ihre Befehlskette und untergraben ihre Moral und ihre Entschlossenheit, und zwar sofort.«

»Es tut mir leid, Tessaya, aber ich werde meine Magier und Krieger nicht in eine Schlacht schicken, die sie nicht gewinnen können. Ihre Seelen sind verletzlich, Eure jedoch nicht.«

»Verletzlichkeit ist keine Entschuldigung für Feigheit.« Tessaya trat einen Schritt auf Dystran zu. Wut erfüllte ihn jetzt. »Feiglinge seid Ihr. Ihr selbst und alle, die Euch folgen und Eure Befehle ausführen. Feiglinge, die nichts als meine Verachtung verdient haben.«

»Ich werde nicht untätig dabeistehen und mich auf diese Weise beleidigen lassen«, sagte der Soldat, den Tessaya nicht kannte.

»Wer seid Ihr, dass Ihr Euch hinter den Vorwänden Eures Herrschers versteckt?«

»Ich bin Chandyr, der Kommandant des Heeres von Xetesk, sofern man es noch so nennen kann.«

»Dann kämpft neben mir, Chandyr. Kämpft um Eure Freiheit. Ihr habt offensichtlich Erfahrung im Kampf. Und Ihr, Hauptmann Suarav – meine Worte galten natürlich nicht für einen wie Euch.«

»Chandyr, Ihr werdet ohne meine ausdrückliche Genehmigung den Turmkomplex nicht verlassen«, fauchte Dystran. »Es kommt nicht infrage, dass dieser Mann Forderungen an mein Kolleg stellt.«

Chandyr trat ruhig vor Dystran hin. »Versteckt Euch nur weiter, Dystran. Ich werde das nicht tun. Tessayas Worte sind weise, und das wisst Ihr. Alle, die wir hier stehen, wissen, dass Eure Entscheidungen auf Eurer Furcht vor der neuen Machtverteilung beruhen, die sich ergeben könnte, nachdem die Dämonen besiegt sind. Ihr seid bereit, uns alle zu opfern, nur um Eure Macht zu behalten.«

»Kommandant Chandyr, ich sage es nur einmal«, begann Dystran.

»Spart Euch das für jemanden, der Euch zuhört.« Darauf riss Chandyr sich die Rangabzeichen von der Brust und den Armen. »Hiermit lege ich mein Amt nieder und kämpfe fortan als freier Mann, und ich fordere jeden auf, der über Eure Schwäche verzweifelt ist, das Gleiche zu tun.« Chandyr lächelte. »Wo ist nun Eure Macht? Wenn Ihr einen Spruch wirken wollt, um mich aufzuhalten, müsst Ihr Euch der Gefahr aussetzen. Das würde ich wirklich gern sehen. Wenigstens würdet Ihr damit einen gewissen Mut zeigen.«

Tessaya nickte beifällig. Dieser Mann besaß den wahren Kampfgeist, einen wie ihn konnte er achten, ihm konnte er vertrauen, wenn er an seiner Seite kämpfte.

Chandyr wandte sich an den Lord der Wesmen. »Lord Tessaya, ich stehe jetzt unter Eurem Kommando.«

»Ich ebenfalls«, erklärte Suarav.

»Ihr seid bereits Helden. Kommt mit und lasst uns tun, was Euer Anführer nicht wagt. Wir wollen versuchen, uns alle zu retten.« Er zielte mit dem Finger auf Dystran. »Ihr habt bis zur Dämmerung Zeit, Eure verbliebenen Krieger und Magier für die Verteidigung des Kollegs einzuteilen, sonst werde ich es für Euch tun. Pheone, Dila'heth, ich bitte Euch, mit mir zusammenzuarbeiten.«

Er drehte sich um und verließ die Kuppel, von neuer Hoffnung erfüllt und mit tausend neuen Möglichkeiten im Kopf. Falls sie die Dämonen besiegten, wäre er der mächtigste Mann in Balaia. Er stieß einen Kampfschrei aus und stürzte sich an der Spitze seiner Soldaten im sterbenden Licht eines eiskalten Tages wieder ins Getümmel.

»Wie lange brauchen sie für die Reise?«, fragte Denser.

»Das weiß ich nicht«, antwortete Hirad, »aber sie kommen. Ich bin sicher, dass wir es erkennen, wenn sie da sind.«

Er betrachtete die Szene vor dem Eingang der Höhle. Dort drängten sich die Dämonen. Einige Sorten kannte er, einige nicht. Am dunkler werdenden Himmel sah er Seelenfresser kreisen, die zu den niederen Dämonen vor ihnen Befehle hinunterriefen. Einige Ul-Karron hämmerten gegen das vordere Ende des Kraftkegels, und einige andere, kleinere und nicht flugfähige Dämonen, die haarlos und strahlend weiß waren, bohrten dünne Finger in den Kraftkegel, um die Konstruktion aufzulösen. Bisher hielt sie, doch man konnte Eilaan die Anstrengung anmerken.

»Wie lange schafft er das noch?«, fragte Thraun.

»Schwer zu sagen«, erklärte Erienne. »Er wird uns aber warnen, wenn er sich ernsthaft gefährdet fühlt.«

In der Höhle war es ruhig und warm. Sie versuchten, sich zu entspannen. Erienne hatte lange geschlafen und schien ein wenig erfrischt. Ark und der Unbekannte ruhten ebenfalls, genau wie die drei Elfenkrieger. Draußen herrschte ein unbeschreiblicher Lärm, den Densers Schallglocke jedoch ausgeschaltet hatte, sodass sie in relativer Stille schlummern konnten.

»Wir wissen, dass auch Denser einen Kraftkegel wirken kann. Was kannst du tun?«, fragte Hirad.

»Etwas Ähnliches, aber ich würde es nur ungern versuchen. Ich muss meine Kräfte gut einteilen, Hirad, und ich will im Augenblick nicht mit neuen Sprüchen experimentieren.«

»Aber wenn wir dich nun unbedingt brauchen?«

»Hirad, musst du das wirklich fragen?«

Der Barbar lächelte. »Nein. Ich plaudere nur. Also gut, versuchen wir etwas anderes. Was denkt Eilaan, wie weit die Kraftquelle entfernt ist?«

»Sie ist nahe. Vermutlich ist es nur ein kurzer Dauerlauf«, sagte Denser. »Was dann kommt, wissen wir nicht.«

»Wieso nicht?«

Denser kratzte sich am Bart. »Bei den Göttern, Hirad, wie soll ich wissen, wie es dort aussieht? Wir können nur sagen, dass es eine mächtige Mana-Konstruktion ist, die das Mana aus dieser Dimension in die unsere bläst. In dieser Dimension ist die Dichte noch relativ hoch, aber es ist interessant, dass wir an einem Ort gelandet sind, wo sie eher niedrig ist. Was sie auch getan haben, sie ziehen Mana an, konzentrieren es und schicken es hinüber.«

»Was ist daran so interessant?«

»Nun, wenn wir unseren Schriften glauben können, dann ist dies nicht möglich. Daher muss ein Wesen, das so etwas vollbringt, sehr mächtig sein. Wir müssen es oder sie töten. Vorher müssen wir allerdings an den Horden vorbei, die sich vor unserer Tür drängeln.«

»Das wird lustig.«

»Das wage ich zu bezweifeln«, widersprach Erienne.

»Aber jetzt solltest du dich lieber etwas ausruhen, Hirad«, erinnerte Denser den Barbaren.

»Wie kommst du darauf?«

»Deine Fragen gehen mir auf die Nerven.«

Hirad lag eine scharfe Antwort auf der Zunge, doch er beherrschte sich, und außerdem war er sowieso zu müde. Die Stunden, die sie hinter dem Kraftkegel verbracht hatten, hatten es Denser und Erienne erlaubt, einige Heilsprüche zu wirken. Jetzt waren sie so gut in Form wie schon lange nicht mehr, aber die schreckliche Müdigkeit konnte ihnen niemand nehmen.

Hirad klopfte seinen Rucksack zu einem annehmbaren Kopfkissen zurecht, legte sich hin und versuchte, den Gestank zu ignorieren. Er schloss die Augen und sah sich sofort von Gefühlen übermannt, die ihm Wärme und den Eindruck einer hohen Geschwindigkeit übermittelten.

»Keine Zeit zu ruhen, mein Drachenmann. Wir kommen.«

Hirad sprang auf. »Es geht los, Leute. Hoffentlich fühlt ihr euch gut. Wir bekommen jetzt Hilfe.«

# Einundzwanzigstes Kapitel

»Nehmt die Streitkolben, wir werden keine magische Unterstützung haben, wenn wir losrennen. Magier, tut, was immer ihr könnt, aber bringt euch nicht unnötig in Gefahr.«

Der Unbekannte übertönte den Tumult der Dämonen vor dem Kraftkegel, den Eilaan noch hielt. Der Rabe war bereit, sofort loszurennen. Rucksäcke und leere Wasserschläuche lagen bereits hinten in der Höhle. Die Dämonen hatten erkannt, dass der Rabe ausbrechen wollte, sie kreischten aufgeregt und schlugen auf den Kraftkegel ein wie nie. Eilaan grunzte.

»Nur noch ein kleines Weilchen«, sagte Rebraal, der dem jungen Magier die Hand auf die Schulter legte. »Du wärst ein guter Al-Arynaar.«

»Sie haben keine Ahnung, was gleich passieren wird«, überlegte Hirad. »Keinen Schimmer haben sie.«

Er spürte Sha-Kaans Nähe. Der große Drache brachte die größte Truppe seines Volks mit, die jemals gemeinsam gekämpft hatte. Es würde ein erstaunliches Spektakel werden. Alle flogen in Hirads Richtung, und alle wussten, was sie zu tun hatten. Die einzige Frage war, ob sie genug wären.

Diese Frage sollte bald beantwortet werden.

»Der Rabe, macht euch bereit«, sagte Hirad. »Gleich geht es los.«

Hirad verspürte einen Ruck, als Sha-Kaan in die Dimension der Dämonen eindrang. Er hörte das Bellen des Großen Kaan, das von tausend weiteren Kehlen aufgenommen wurde, und dann schalteten sich die Drachen in den Kampf ums Überleben der Welten ein. Schatten glitten über die dunkler werdende Landschaft. Die Dämonen verstummten, dann schrien sie erschrocken. Flammen fegten über die Höhlenmündung. Die mindestens vierzig Schritte breite Feuerlanze erfasste auch den Hang davor. Die Dämonen, die sich dort aufgehalten hatten, zerfielen in der außerordentlichen Hitze einfach zu Asche. Auch wenn sie durch ihr Mana geschützt waren, dem Atem eines Drachen waren sie wehrlos ausgeliefert.

»Ja!« Hirad hob eine Faust. »Weiter so, Sha-Kaan.«

Sha-Kaans Geist erwärmte sich wieder. »Wir sind bei dir. Ihr könnt nun gefahrlos hinaus.«

»Der Rabe! Der Rabe zu mir!«

Rebraal drückte Eilaans Schulter, und der Magier ließ den Kraftkegel fallen. Die anderen halfen ihm auf, dann rannten sie los. Auum und Evunn verließen die Höhle als Erste und wandten sich unmittelbar nach rechts. Der Rabe folgte in gewohnter Formation, Rebraal und Eilaan bildeten den Abschluss.

Der Lärm außerhalb der Schallglocke traf sie wie ein Schock, und noch schlimmer war die Hitze. Die Drachen hatten die Luft draußen noch stärker aufgeheizt als innerhalb der Höhle. Von den schwarzen, verkohlten Felsen stieg Rauch auf, die Erde und kleinere Steine waren geschmolzen, und die wenigen Rückstände von pflanzlichem Leben waren restlos verschwunden. Der Boden unter ihren Füßen war heiß.

Von den Dämonen, die sich vor der Höhle gedrängt hatten, war nichts mehr zu erkennen. Nicht die geringste Spur. Schaudernd betrachtete Hirad die Macht der Drachen und dankte den Göttern, dass sie auf seiner Seite standen.

Droben hatte die Schlacht bereits begonnen. Der Himmel verfinsterte sich, als die Drachen in diese Dimension vorstießen, und sie wussten das Überraschungsmoment zu ihrem Vorteil zu nutzen. Hunderte Seelenfresser flogen dort oben, wurden aber binnen Sekunden von Flammen und Klauen zerrissen und stürzten auf die tote Erde. Direkt vor dem Raben wurden die Dämonen zur Seite gefegt, als Geschwader auf Geschwader kreischend vorbeiflog und Feuer spie. Auch hinter den Hügeln, außerhalb der Sicht der Rabenkrieger, erhellten Feuerstöße den Himmel. Drachen stiegen auf und hetzten Rudel fliegender Dämonen, die in ihrer Panik in alle Himmelsrichtungen zu fliehen suchten. In Balaia mochten die Dämonen die Herren sein, aber überall, wo Drachen auftauchten, waren diese die unumstrittenen Herrscher des Himmels.

Es war ein wundervoller Anblick.

»Nur nicht langsamer werden«, rief der Unbekannte. »Früher oder später werden sie sich organisieren. Komm schon, Denser. Genau deshalb hat Darrick mit uns auf dem Schiff trainiert.«

Sie rannten einen steilen Hang hinauf. Die Steine rauchten noch vom Feuer der Drachen, ihre Oberfläche war heiß und glitschig.

»Berührt den Boden nicht mit den Händen«, warnte Hirad die Gefährten. »Bleibt in Bewegung.«

»Ein guter Rat«, sagte Denser. »Du sagst mir doch hoffentlich Bescheid, wenn wir da sind, falls ich es nicht bemerke?«

»Konzentriert euch«, fauchte der Unbekannte. »Wir dürfen uns keinen Fehler erlauben. Nicht jetzt.«

Seelenfresser hatten sich vor ihnen gesammelt und stießen nun herab. Vierzig fliegende Dämonen griffen an, ohne auf ihr eigenes Leben Rücksicht zu nehmen, weil sie unbedingt jene töten wollten, die sie bedrohten. Hirad hob den Streitkolben, um sich zu verteidigen, wusste aber schon, dass es nicht ausreichen würde. Gleich darauf rutschte er aus, stemmte die Waffe vor sich auf den Boden, um den Sturz abzubremsen und sich wieder aufzurichten. Er blickte zu den Seelenfressern empor, aber auf einmal blitzten rechts von ihm Schuppen, ein mächtiger Feuerstoß erfüllte den Himmel und fegte die Seelenfresser vom Himmel. Sie starben kreischend und stürzten hilflos ab.

Der Drache flog eine enge Kurve, kam näher und senkte den Kopf, damit sie ihn verstanden.

»Auf dem Gipfel der nächsten Anhöhe«, sagte Sha-Kaan. »Eure Elfen sind schon dort. Wartet auf das Signal. Dort sind viele Feinde.«

Mit einem Flügelschlag, dessen Luftzug Hirad beinahe umgeworfen hätte, stieg er wieder auf. Der Barbar hatte inzwischen ebenen Grund erreicht und sah dem mächtigen Drachen nach, voller Ehrfurcht vor dessen Anmut und Geschwindigkeit. Dann lief er den flachen Abhang hinauf, wo Auum und Evunn schon warteten und zu ihnen herunterschauten.

»Also gut«, sagte er, nachdem er die Elfen schneller als

alle anderen Rabenkrieger erreicht hatten. »Was haben wir …«

Er brach ab, die Worte blieben ihm im Hals stecken. Die anderen Rabenkrieger blieben neben ihm stehen, und er konnte ihre Mutlosigkeit spüren.

»Wie, um alles in der Welt, sind wir jemals auf die Idee gekommen, wir könnten das schaffen?«, fragte Denser.

Hirad hätte ihm seinen mangelnden Glauben gern zum Vorwurf gemacht, konnte ihm aber im Grunde kaum widersprechen. Unter ihnen, auf einer Ebene, die ungefähr eine halbe Meile breit und viermal so lang war, hatten sich die Dämonen versammelt. Zehntausende oder eher hunderttausende. Im Zwielicht konnte man es kaum erkennen. Eine Masse, die ständig in Bewegung war, zielstrebig und mit einer klaren Absicht. Sie bewegte sich zu einem klobigen niedrigen Gebäude, auf dem hunderte von Türmen saßen wie die Stacheln eines Igels. Die Dornen schimmerten und blitzten an den Enden, und an ihren Wurzeln waberte ein Gemisch aller Regenbogenfarben.

Die Vorderfront des Gebäudes war offen, im Inneren war ein Licht zu sehen. Hirad konnte beobachten, wie die Dämonen in den Schatten des Gebäudes traten und dann im Licht verschwanden. Unzählige Karron marschierten über die Ebene. Seelenfresser flogen komplizierte Muster am Himmel, Drohnen schossen zwischen ihnen hin und her. Die Albinos mit den langen Fingern schlurften langsam zum Gebäude, ihnen folgten die Mana-Gleiter. An den Rändern schwebten Meisterdämonen auf den Tentakeln und lenkten den erbarmungslosen Strom.

Allerdings machte sich nun Entsetzen in den Reihen der Feinde breit. Nicht alle Dämonen waren ausschließlich auf ihr Ziel konzentriert, viele blickten hinter sich, wo ohne Vorwarnung eine Gefahr entstanden war. Einige Abteilungen von Karron rannten sogar schon die Anhöhe herauf, auf der die Rabenkrieger standen. Große Schwärme von Seelenfressern versammelten sich schnatternd und stiegen hoch hinauf, um die Lage einzuschätzen, während die Drohnen sich an einer anderen Position zusammenrotteten.

»Bei den guten Göttern«, sagte Erienne. »Wenigstens wird es bald vorüber sein.«

Über ihnen verdunkelte sich der Himmel, und ein Wind wehte von oben auf sie herab. Ein Blick zurück, und Hirad begann breit zu lächeln. Da waren sie, sie kamen auf zwei Ebenen in ihren eingeübten Formationen herbei. In der Vorhut erkannte er Kaan, flankiert von roten Naik. Etwas höher sah er die blauen Veret, dazwischen hellgelbe und dunkelgrüne Drachen aus Bruten, die er nicht kannte. Der Angriff stand unmittelbar bevor.

»Jetzt oder nie«, sagte er. »Der Rabe, jetzt kommt es darauf an. Wir müssen bereit sein, jederzeit loszulaufen. Aber zuerst sollten wir niederkauern, weil wir sonst weggeweht werden.«

Die Drachen griffen an. Sha-Kaans Bellen hallte laut und verlor sich doch zwischen dem Rauschen von dreitausend Flügeln. Hunderte Drachen stürzten herab und strichen knapp über ihren Köpfen vorbei. Nach links und nach rechts, aber immer nach unten gerichtet spien sie Feuer. Die Karron, die den Hügel herauf gekommen waren, wurden im Handumdrehen vernichtet, doch damit war der Angriff keineswegs beendet. Sha-Kaan führte seine Legionen auf die Ebene, und vor ihnen verstreuten sich die Dämonen.

Wieder und wieder spien die Drachen Feuer. Aus allen Mäulern brach tödliche Hitze hervor, schmolz die Haut auf den Rücken der Dämonen, warf sie zu hunderten um und schlug eine Schneise bis zum Gebäude. Etwas höher setzte nun auch die zweite Welle zum Angriff an. Sie stießen nicht herab, sondern bekämpften die Seelenfresser und Drohnen am Himmel. Tote Dämonen prasselten wie ein Regenschauer auf die Erde herab.

Hirad konnte nur dastehen und die außerordentlichen Gewalten anstarren, die über ihm tobten. Flammen vertrieben die Dunkelheit, die orangefarbenen Blitze blieben noch lange vor seinen geblendeten Augen stehen. Der Himmel war voller Drachen, tausend Mäuler brüllten, Dämonen kreischten voller Panik, da sie in ihrer Heimat niedergemacht wurden. Soweit er es im Zwielicht erkennen konnte, wurde jetzt überall am Himmel gekämpft. Der Gestank von verbranntem Fleisch stieg ihm in die Nase.

Am Boden wurde das Dämonenheer aufgerieben, bis die Wesen in alle Richtungen flohen. Auf dem Hügel standen der Rabe und eine Handvoll Elfen. Schrecklich wenige, die einen Weg über das Schlachtfeld der alten Feinde suchten. Zwei Völker, seit Jahrhunderten in einen Krieg zwischen den Dimensionen verwickelt, standen einander zum ersten Mal in einem großen Kampf gegenüber.

Hirad fühlte sich unbeschreiblich klein. Trotz der Hitze inmitten des Drachenfeuers schauderte er. Er riss sich aus seinen Gedanken und konzentrierte sich wieder auf die Situation. Aus allen Himmelsrichtungen kamen jetzt Seelenfresser herbei, die aus Verstecken rings um die Ebene aufgestiegen waren. So beeindruckend die Macht der Drachen auch war, der Brennstoff für ihre Flammen war begrenzt. Die Gefährten mussten sich sofort in Bewegung setzen.

»Los! Los!«

Der Rabe und die TaiGethen rannten so schnell sie konnten den Hügel hinab. Über ihnen hatten die Drachen gerade den ersten Angriff abgeschlossen, und schon strömten die Dämonen ins Zentrum der Ebene zurück und eilten zum einzigen Ort, der ihnen Sicherheit zu verheißen schien. Die Kaan führten das Manöver an, stiegen hoch und stürzten sich erneut herab. Wieder spien die Drachen Feuer und töteten unzählige Dämonen, wieder verhallten die Schreie der Dämonen.

Die Hitze schlug Hirad ins Gesicht. Er rannte aus Leibeskräften und hielt Ausschau nach Hindernissen, um nicht zu stolpern. Hin und wieder schaute er nach oben, und je öfter er es tat, desto stärker wurde sein Eindruck, dass der Kampf ausgeglichen war. Die Seelenfresser hatten sich organisiert und griffen in großen Gruppen die Drachen von oben und von hinten an. Zehn oder zwanzig auf einmal stürzten sich auf einen Drachen und setzten ihm mit den Krallen und den Zähnen zu. Sie rissen den Drachen die Schuppen vom Körper, während die Drohnen die großen Angreifer störten, indem sie die Mäuler, die Hälse und den weichen Bauch attackierten. Hirad sah die Drachen zaudern, einige brachen den Angriff ab, als tausende neue Seelenfresser aus ihrem Versteck hinter dem Gebäude aufstiegen und kreischend die Angreifer herausforderten.

Die Rabenkrieger erreichten flaches Gelände, auf dem noch der Rauch vom Boden aufstieg. Sha-Kaan zog mit seiner Angriffswelle über ihre Köpfe hinweg und stieg wieder auf, inzwischen wurden auch sie von Seelenfressern attackiert. Am Boden näherten sich Karron. Vor ihnen rannten Albinos, ungelenk zwar, aber auf kräftigen Hinterbeinen.

»Seht bloß nicht zurück!«, rief Hirad, während er genau dies tat.

Hinter ihnen hatten sich die Reihen wieder geschlossen, aber über ihnen griffen die Drachen erneut an. Sha-Kaan hatte sein Geschwader in drei Gruppen aufgeteilt. Eine schoss direkt über ihnen dahin und räumte abermals den Weg frei. Die Flügelschläge drückten die Rabenkrieger nieder, die Hitze des Drachenfeuers brannte in ihren Lungen. Mehr als einer geriet ins Stolpern, aber immer war ein anderer Rabenkrieger zur Stelle, der ihm aufhalf, damit sie weiterrennen konnten.

Die zweite und die dritte Abteilung kreuzten von links nach rechts, eine vor ihnen, eine hinter ihnen. Feuer räumte den Weg für sie frei, und auch im Rücken spürte Hirad nun die Hitze. Dieses Mal schaute er sich nicht um, auch wenn er sich lebhaft vorstellen konnte, welches Gemetzel die Drachen hinter ihm anrichteten.

Sie näherten sich dem Gebäude, aber inzwischen fielen die ersten Drachen. Ein klagendes Brüllen auf der rechten Seite, und ein Veret schlug so schwer auf, dass sie die Erschütterung in den Beinen spürten. Ein anderer Drache flog in der Nähe niedrig vorbei, drehte sich in der Luft um sich selbst und versuchte verzweifelt, die Seelenfresser abzuschütteln, die seinen Körper und die Flügel zerfetzten. Es gelang ihm nicht, auch er stürzte ab; Dreck, Steine und Dämonen flogen hoch. Ein Dritter kam senkrecht herunter und landete direkt vor ihnen neben dem Weg. Zu viele, zu häufig.

Das Feuer der Drachen geriet ins Stocken. Immer seltener wurde die Dunkelheit jetzt von den Flammen der Drachen erhellt. Immer häufiger mussten sie Zähne, den Schwanz und ihre Krallen einsetzen. Dies war jedoch ein Kampf, den sie nicht unbedingt gewinnen würden.

Hirad beschleunigte seine Schritte und schloss sogar ein wenig zu Auum und Evunn auf, die am Rand des versengten Pfades liefen. Sie hatten die Schwerter gezogen und waren bereit, es mit jedem Feind aufzunehmen, der sich ihnen in den Weg stellte. Abermals kamen die Drachen. Weniger dieses Mal, weil immer mehr in den Kampf über ihnen hineingezogen wurden. Sha-Kaan war immer noch dabei. Hirad konnte beobachten, wie er das Maul öffnete und eine Feuerlanze ausstieß. Brennende Dämonen wurden hochgewirbelt, andere verschwanden und schmolzen einfach in den Flammen, und noch mehr rannten, rollten und sprangen brennend zur Seite.

Inzwischen konnte er einige Einzelheiten des Gebäudes erkennen. Im weiten Zugang drängten sich die Dämonen und starrten das Zerstörungswerk an, das ihre Feinde vollbracht hatten. Der Stein über dem breiten Eingang trug Kratzer und Schleifspuren, als hätten mächtige Krallen beim Bau einen Abdruck hinterlassen. Die pulsierenden, glühenden Dornen auf dem Dach dienten offenbar dazu, dass Mana anzuziehen. Selbst Hirad konnte sehen, wie es sich zu Wolken zusammenballte, deren Kälte das Drachenfeuer dämpfte.

Eines war jedoch absolut sicher. Sie würden nicht hineinkommen.

»Sha-Kaan!«, rief er und sendete gleichzeitig seine Gedanken, während er sich bemühte, sein Lauftempo zu halten. Er stolperte. Thraun hielt ihn fest, bis er wieder sicher stand. »Sha-Kaan! Der Eingang. Ihr müsst den Eingang räumen.«

Karron rückten vor. Auum wich nach links aus, schlug zu, und ein Feind ging zu Boden. Ein Schritt, und er sprang hoch, überschlug sich und flog über den Karron hinweg. Kaum dass er dahinter gelandet war, fuhr er herum und versetzte dem Wesen einen Tritt, der dessen Hinterkopf traf. Es fiel flach aufs Gesicht, der TaiGethen drehte sich um und rannte weiter. Gleich hinter ihm kam Hirad. Der Karron hob den Kopf, der Streitkolben des Barbaren traf ihn voll. Mit einem erfreulichen Knacken brach der Schädel.

»Nicht stehen bleiben. Lauft weiter!«

Hirad spürte eine vertraute Wärme in seinem Bewusstsein.

»Seid bereit, euch zu ducken«, sagte der Große Kaan.

Sechs Drachen flogen über ihm vorbei, Sha-Kaan hatte die Führung übernommen. Sein Feuerstoß verbrannte den Boden, dann zog er sofort wieder hoch, seine Flammen ließen die Dornen auf dem Dach des Gebäudes schmelzen. Die anderen fünf hatten ein anderes Ziel. Sie flogen unaufhaltsam weiter. Aus offenen Mäulern spien sie tödliches Feuer durch den Eingang. Sie blieben mit den Flügeln am Stein hängen, prallten mit ihren mächtigen Körpern hart gegen den Türsturz und rutschten, vor Schmerzen brüllend, ein Stück weit hinein. Steine erbebten und stürzten herunter. Zerstörte Dornen wurden vom Dach gerissen und zerbarsten auf dem Boden. Eine Staubwolke stieg auf. Fast war es zu viel des Guten. Fünf Kaan versperrten jetzt den Eingang. Oben am Himmel brachte Sha-Kaan mit einem Bellen seinen Respekt für ihr Opfer zum Ausdruck.

»Sieh zu, dass es nicht verschwendet war«, sendete er an Hirad.

»Der Rabe, los jetzt!«

Neben und hinter ihnen flammten neue Feuerstöße auf. Rechts über sich spürte Hirad den Schlag mächtiger Schwingen, dann hörte er, wie starke Kiefer geschlossen worden. Ein Naik flog wieder hoch, mehrere Seelenfresser im Maul. Er biss noch einmal zu und spuckte die zerfetzten Dämonenkörper aus. Doch während er sich frei bewegen konnte, wurden viele seiner Brüder durch den konzentrierten Angriff von tausenden Seelenfressern geschwächt.

Auum und Evunn hatten den Eingang erreicht. Zwischen den zerquetschten Körpern der Drachen und den Bränden suchten sie sich einen Weg. Weiter hinten bewegten sich Dämonen, Hirad konnte jedoch nicht genau erkennen, wie viele es waren.

»Magier, jetzt brauchen wir euch.«

Ein letzter Blick zurück. Sie waren alle bei ihm. Der Unbekannte und Thraun hatten Erienne in die Mitte genommen. Rebraal war bei Denser, Ark, von dessen Wange ein Hautfetzen herabhing, kümmerte sich um Erienne. Geduckt huschte Hirad ins Gebäude. Er drückte sich an den Flanken zweier Kaan vorbei, ließ die Hand über die brüchigen Schuppen gleiten und spürte, wie ihre Lebenskraft versiegte. Er flüsterte dankbare Worte, hatte aber keine Zeit, zu verweilen und ihnen den Respekt zu zollen, der ihnen eigentlich zugestanden hätte. Die Rabenkrieger folgten ihm.

Drinnen stank es nach verbranntem Fleisch und Drachen, nach Öl und Holz. Rauch stand in der Luft; er musste husten, sobald er tief einatmete. Ein rascher Blick zeigte ihm, dass es drinnen nur einen Weg gab.

Das Gebäude bestand lediglich aus einem einzigen riesigen Raum, in dessen Zentrum sich der schimmernde helle Fleck befand, den sie schon von der Anhöhe aus bemerkt hatten. Von Mauer zu Mauer spannte sich eine strahlende Kuppel quer über den Boden des Raumes. Lichter tanzten in der Luft und spielten auf den primitiven Wandmalereien, mit denen alle freien Flächen geschmückt waren. Er brauchte nicht zu fragen, was diese schimmernde Fläche zu bedeuten hatte, es war offensichtlich. Wichtig waren ihm nur die beiden Brücken aus Stein, die den Abgrund im Zentrum überspannten, und das, was ihn auf der anderen Seite erwartete.

»Meine Freunde, jetzt steckt ihr wirklich in Schwierigkeiten.«

Er drehte sich um und rief nach Erienne, aber hinter ihr versuchten alle Dämonen, die noch auf den Beinen waren, gleichzeitig ins Gebäude einzudringen.

Auch als es dunkel wurde, ließ der Angriff der Dämonen nicht nach. Die Wesmen hatten sich zurückziehen müssen und hielten jetzt nur noch die Hälfte des Innenhofs. Beide Quartiere und die langen Räume hatten sie ebenso wie die Kaltraum-Magier verloren, und mittlerweile war neben der Bibliothek auch das Mana-Bad auf der anderen Seite des Komplexes bedroht.

Dystran sah von seinem Turm aus zu, während sich seine Wut in Bewunderung und seine Überheblichkeit in Scham verwandelte. Unten, vor der Treppe, kämpften Tessaya, Chandyr und Suarav Seite an Seite. Der Lord der Wesmen war unermüdlich. Er schwang die Axt mit beiden Händen, spaltete einen Ul-Karron von der Schulter bis zur Hüfte und drehte sich sofort zum nächsten um, bevor dieser ihn mit seiner Schere bedrohen konnte.

Suarav kämpfte wie ein Besessener. Sein Kopf war blutig, doch er schlug um sich, als hätte der Kampf gerade erst begonnen. Hierhin und dorthin flog sein Schwert, durchbohrte die Augen der Karron, während er mit dem Dolch nach den Scheren hackte. Er duckte sich, drehte sich und wich aus, trotzte den Hammerarmen und Dornen, die ihn treffen wollten, und brüllte den Feinden seine Verachtung entgegen. Hätte man ihn in Felle gekleidet, man hätte ihn für einen Wesmen-Krieger halten können.

Und schließlich auch Chandyr. Er war ein vollendeter Kämpfer, auf den Ry Darrick stolz gewesen wäre. Er und drei andere xeteskianische Soldaten kämpften dicht nebeneinander, jeder deckte einen anderen kleinen Bereich, um die Feinde auf Distanz zu halten. Chandyrs Aufgabe waren die tödlichen Stöße, während seine Männer die schweren Gliedmaßen der Dämonen mit Axt und Streitkolben abblockten. Es war faszinierend, aber letzten Endes würden sie unterliegen. Über der schützenden Hülle des Kaltraums schwebten die Meisterdämonen und leiteten ihre Truppen bei den konzentrierten Angriffen an. Seelenfresser schlugen jetzt auch hinter den Kampflinien zu, stürzten sich aus der Dunkelheit herab und spalteten ihren Opfern die Schädel, rissen ihnen die Kehlen auf und stahlen ihre Seelen. Draußen stürmten die Ul-Karron über die Trümmer der Mauern herbei, während aus dem Riss im Himmel immer mehr Dämonen kamen und auf hauchzarten Flügeln herabsegelten, die sie nach der harten Landung in Hautfalten verbargen.

Ein einzelner Alarmruf hallte herauf, es war Chandyr. Dystran sah sich um, dann blickte er wieder nach unten. Ein Dämon hatte einem seiner Männer den Stachelarm durch den Kopf gejagt. Der tote Krieger hing am Dorn, schwang wild durch die Luft und prallte gegen einen weiteren von Chandyrs Männern, der sich nicht schnell genug hatte ducken können. Seines Flankenschutzes beraubt, sprang Chandyr sofort auf und blockte den Angriff eines zweiten Feindes ab, konnte aber, obwohl Tessayas Axt ihm zu Hilfe kam, dem dritten nicht mehr entkommen. Der Hammer traf seinen Schädel, er ging sofort zu Boden. Der Ul-Karron jubelte und starb im nächsten Augenblick.

Dystran zuckte zusammen. »Alles meine Schuld«, murmelte er.

Er blickte nach links zum Balkon, wo Pheone und Dila'heth standen. Ihre Magier waren, unterstützt durch Elfenkrieger, bereits außerhalb des Kollegs im Einsatz. Er hatte die Sprüche am Abendhimmel aufblitzen sehen. Eiswind und Feuerkugeln vernichteten die Feinde, deren Reihen jedoch sofort durch frische Verstärkungen wieder geschlossen wurden. Nein, man musste etwas Drastisches tun.

Dystran drehte sich nach rechts um. »Sharyr, wer von uns ist schwerer, Ihr oder ich?«

Sharyr riss sich vom Kampfgeschehen drunten los. Er hatte jeden Hieb von Suaravs Schwert wie hypnotisiert verfolgt. »Ich glaube, das seid Ihr.«

»Ich denke auch. Dann werde ich Euch tragen. Pheone, sagt den Kaltraum-Magiern, sie sollen die Abschirmung für kurze Zeit bis unter diesen Balkon senken. Dila'heth wird Euch Bescheid geben, wann dies wieder rückgängig gemacht werden kann. Sharyr, wir werden fliegen. Ich befördere Euch, und dann sollt Ihr töten, was Ihr vor Euch seht. Alles klar?«

Sharyr lächelte. »Ja, Mylord.«

Pheone war schon unterwegs. Dila'heth zog die Augenbrauen hoch.

»Seid Ihr sicher, dass dies eine gute Idee ist?«

»Man sollte niemals einen Befehl geben, den man nicht auch selbst ausführen würde«, erklärte Dystran. »So habe ich Tessaya verstanden. Ich glaube, es wird Zeit, ihm durch meine Taten recht zu geben. Sharyr, stellt Euch vor mich.«

Mana spielte über sein Gesicht und ließ neue Energie durch seinen Körper fluten. Er fühlte sich, als sei er gerade erst erwacht. Frei. Rasch wirkte er den Spruch, sofort erschienen die Schattenschwingen auf seinem Rücken. Er legte einen Arm in Sharyrs Knie und schob den anderen hinter dessen Rücken, dann startete er und hörte noch, wie Dila'heth Pheone rief.

»Es wird Zeit, einen der großen Bastarde zu erledigen«, sagte er zu Sharyr. »Habt Ihr es bequem?«

»Es wird schon gehen.«

»Konzentrierte Feuerkugeln, mein Freund. Ich bringe Euch nahe heran. Sagt es mir, wenn Ihr bereit seid.«

Er flog senkrecht nach oben und sah sich um. Auch wenn Sharyr nach zwei Jahren Unterernährung leichter geworden war, er kam Dystran aus demselben Grund schwer vor. Sie würden nur eine einzige Chance bekommen. Kein Dämon stieg auf, um sie anzugreifen. Das war kaum überraschend, denn alle konzentrierten sich auf die Schlacht, die im Hof des Kollegs beinahe schon zugunsten der Dämonen entschieden war. Dystran flog im Kreis, bis er den Meisterdämon Drenoul im Schein der Feuer der Wesmen gefunden hatte. Perfekt. Er fragte sich, warum er nicht schon früher auf diese Idee gekommen war, aber vorher war Tessaya auch noch nicht im Kolleg gewesen.

»Bereit.«

»Wirkt den Spruch auf meinen Befehl, dann fliegen wir wieder zurück. Wir werden auf den Balkon stürzen. Es wird ein harter Aufprall, aber wir werden es überleben.«

»Ihr habt das Kommando.«

»Genau.«

Dystran hielt Sharyr so gut fest, wie er konnte, und flog weiter, bis er fast direkt über Drenoul schwebte. Immer noch unbemerkt sank er ein Stück hinab, schnell und mit den Füßen voran, bis er direkt neben dem Meisterdämon abrupt innehielt.

»Überraschung«, sagte er. Drenoul fuhr mit weit aufgerissenen Augen herum. Er wollte nach den Magiern greifen, doch Dystran blieb außer Reichweite. »Ts-Ts«, sagte er. »Jetzt stirbst du.«

Sharyr wirkte den Spruch. Die dunkelblaue Feuerkugel flog über die kurze Entfernung hinweg und traf Drenoul mitten im Gesicht. Er kreischte und schoss nach oben, während die Flammen rasch von seinem ganzen Körper Besitz ergriffen. Dystran war bereits in höchster Eile auf dem Rückweg zum Turm, als die Tentakel Feuer fingen und der Meisterdämon heulend abstürzte.

# Zweiundzwanzigstes Kapitel

»Über die Brücken!«, schrie Hirad. »Los jetzt, und schaut nicht zurück.«

Er ließ sie vorbei. Draußen griffen wieder die Drachen an. Bei jedem Angriff brannte weniger Feuer über den Boden, und mehr Flammen mussten in der Luft eingesetzt werden, wo die Attacken der Seelenfresser ihren Tribut forderten. Direkt vor dem Gebäude wurden die Dämonen niedergemacht, aber immer mehr rückten nach. Hirad drehte sich um und folgte dem Raben im Laufschritt. Eilaan hatte einen Kraftkegel eingesetzt und einige Überlebende des selbstmörderischen Angriffs gegen die linke Wand geschoben. Denser ließ einen Eiswind hin und her wandern und erledigte einige weitere Dämonen. Die anderen rannten zu den Brücken und dem dahinterliegenden Ziel.

Hirad eilte an einem noch atmenden sterbenden Drachen vorbei und schluckte schwer, als er die Szene vor sich überblicken konnte. Vor dem schimmernden Licht standen zwei Gestalten auf einer Art Bühne. Ihre Körper waren schwer zu erkennen, aber sie waren groß und schlank und hatten die langen Arme gehoben, um die Handflächen gen Himmel zu richten. Von Kopf bis Fuß waren sie vom Licht eingehüllt. Sie standen etwa dreißig Schritte voneinander entfernt, und zwischen ihnen spannte sich ein Lichtbogen, der sich zu einer Kuppel erweiterte, das Mana bündelte und durch den Riss nach Balaia lenkte.

Es gab keinen Zweifel, dass sie lebendig waren. Hirad konnte sie schaudern sehen, und durch das Licht glaubte er sogar Augen zu erkennen, die sich auf ihn richteten, aber vielleicht bildete er es sich auch nur ein. Er rannte über die nächste Brücke. Unter ihm brodelte die Kraft, übte einen Sog aus und drohte ihn von dem Weg zu reißen, der kaum breiter war als seine Schultern. Er blickte entschlossen geradeaus und fasste die Hand des Unbekannten.

Mit heftig schlagendem Herzen drehte er sich schließlich um. Er keuchte schwer und wäre vor Erschöpfung beinahe auf die Knie gesunken. Doch er nahm sich zusammen und stellte sich den Horden, die sie verfolgten. Hin und wieder zuckte das Feuer der Drachen vor dem Gebäude und zeichnete die Umrisse der Dämonen wie harte Reliefs nach. Seelenfresser, viel zu viele, um sie zu bekämpfen, rasten herbei, und mit jeder Sekunde wurden es mehr. Die Ul-Karron kamen zur Brücke gerannt, Albinos tappten neben ihnen.

»Töte diese Mistkerle hinter uns«, sagte Hirad. Er hob seinen Streitkolben.

Densers Spruch kam rasch und genau gezielt. Eine Feuerkugel flog hinüber und traf eine Truppe von Dämonen. Es blitzte, weiter geschah nichts. Der Vorstoß der Seelenfresser brach ab, die Karron schritten langsamer. Denser wirkte eine zweite Feuerkugel. Eilaan ließ einen Eiswind folgen. Wieder nichts.

»Was ist da los?«, fragte Hirad.

»Wir können sie nicht verletzen«, erklärte Denser. »Magie hilft hier nicht.«

»Es muss mithilfe der Magie gehen«, sagte Hirad. »Das ist die einzige Möglichkeit.«

»Nur die Magie des Einen hilft«, sagte Auum. »Die Al-Drechar haben es vorhergesehen.«

»Erienne?«, fragte Hirad.

»Ich versuche es.« Eriennes Stimme klang schwach nach dem anstrengenden Wettlauf.

»Du schaffst es.«

Wieder einmal formierte sich der Rabe vor ihr. Die Dämonen beobachteten, kamen langsam näher und waren offenbar überzeugt, dass der Rabe keine Gefahr mehr darstellte. Immer mehr rückten nach. Der Unbekannte postierte sich auf einer Seite, Thraun auf der anderen Seite neben Hirad. Hinter ihnen bereiteten Eilaan und Denser weitere Sprüche vor, während Auum und Evunn Erienne beschützten.

Hirad spürte Sha-Kaans Gedanken. »Wir werden schwächer«, sendete der Drache. »Unser Feuer ist verbraucht. Es sind zu viele Seelenfresser, und sie sind stark. Ihr müsst schnell sein.«

»Einen Augenblick«, sagte Hirad zu seinen Freunden. Dann sendete er die Botschaft, die er senden musste. »Fliegt heim, Sha-Kaan. Ihr habt getan, was ihr tun konntet. Jetzt sind wir an der Reihe.«

Wärme durchflutete ihn. »Der Himmel möge dir helfen, mein alter Freund. Du wirst siegen. Ich fühle es.« Dann gab es eine Pause. »Erwarte noch einmal meine Berührung. Ich werde dich hier nicht allein lassen.« Damit war er fort. Hirad lächelte. Es gab immer eine Hoffnung. Aber zuerst mussten sie ihre Aufgabe erledigen. Alles andere musste warten.

»Erienne, du bist dran.«

Sie wirkte den Spruch. Die Dämonen kreischten und griffen an.

Seelenfresser flogen über den Abgrund hinweg herbei. Karron rannten zu den Brücken, die Albinos folgten ihnen.

»Aufpassen!«, rief der Unbekannte. »Denkt an das Schiff. Wir wollen Darricks Andenken ehren!«

Sie waren jetzt weniger als damals auf dem Schiff, wo sie die Verteidigung geübt hatten, aber das Prinzip war das gleiche wie dort. Die Seelenfresser flogen recht niedrig an, weil die Decke des Gebäudes es nicht anders zuließ. Jeder Rabenkrieger stand leicht gebückt auf seinem Posten.

»Jetzt!«

Sie rissen die Streitkolben hoch. Hirad traf den Unterleib eines Seelenfressers und beförderte das Wesen über das schimmernde Licht hinweg. Neben ihm hatte auch der Unbekannte sein Ziel getroffen und seinen Gegner unter die Decke geschleudert, wo er benommen innehielt. Jetzt hatten die Rabenkrieger genug Raum zu kämpfen.

»Runter!«

Sie gingen auf Densers Befehl sofort in die Hocke. Eiswind fegte über sie hinweg, Seelenfresser erstarrten mitten im Flug. Ihre Flügel barsten und zersprangen, und sie wurden hilflos ins Licht gedrückt, um in die balaianische Nacht zu stürzen.

Gleichzeitig richteten die Rabenkrieger sich wieder auf und schlugen abermals hart mit den Streitkolben zu. Hirad bückte sich, um einem gezackten Schwanz auszuweichen, und drosch dem Seelenfresser seinen Streitkolben in die Seite. Das Wesen torkelte durch die Luft, griff aber sofort wieder an und wollte dieses Mal mit den Händen zupacken. Hirad fegte es zur Seite, gleichzeitig zerkratzte ihm aber ein anderer Dämon den rechten Arm. Sofort breitete sich die Kälte aus, und er grunzte vor Schmerzen.

»Runter.«

Dieses Mal war es Eilaan, der die Seelenfresser mit einem Kraftkegel vertrieb.

»Das ist eine gute Idee«, sagte der Unbekannte. »Denser, Kraftkegel. Haltet die Seelenfresser ab. Wir haben genug Sorgen.«

Eilaan und Denser zogen sich zur Bühne zurück und ließen Kraftkegel über die Köpfe der Rabenkrieger wandern. Jetzt stießen die Ul-Karron vor, ihre Scheren klickten in der Luft, die Tentakel wanden sich vor den schweren Waffenarmen und suchten nach einem Ziel.

»Immer zwei auf eine Brücke, ein Schwert, ein Streitkolben«, befahl der Unbekannte.

Das war vernünftig. Hirad schlug mit dem Streitkolben nach dem vordersten Karron und zog das Schwert, dann rannte er mit Thraun nach rechts. Da die Karron die Brücken nur nacheinander betreten konnten, waren sie stark behindert. Hirad grinste böse, obwohl die Schmerzen in seinem müden Körper ständig zunahmen.

»Lass uns diese Hunde auf eine lange Reise schicken, Thraun.«

Mit seinem menschlichen Mund stieß Thraun ein Wolfsgeheul aus, und sie stürzten sich in den Kampf. Vier Schritte entfernt waren die beiden ehemaligen Protektoren schon eifrig bei der Sache.

Hinter dem Kampf auf den Brücken beobachtete Rebraal die Seelenfresser und Drohnen, die versuchten, den beiden Kraftkegeln auszuweichen. Neben ihm standen Auum und Evunn schweigend bereit und warteten auf das Unvermeidliche. Erienne kniete zwischen ihnen und versuchte, den Spruch zu wirken, der den Lichtbogen brechen und den Riss schließen sollte.

Doch wie es schien, hatte sie Schwierigkeiten. Er hörte sie keuchen und fluchen, sie schimpfte über sich selbst und klatschte mit den Händen auf den Boden.

»Ruhig, Erienne, wir haben genug Zeit. Wir sind bei dir.«

»Halt den Mund, Rebraal.«

Hirad stieß einen Triumphschrei aus, als Thraun mit einem Schlag des Streitkolbens einen Karron in den Abgrund beförderte. Doch gleichzeitig nutzten zwei Gruppen Seelenfresser die Lücke in der Verteidigung der Rabenkrieger aus. Sie kamen von links und rechts, unterhalb der Kraftkegel, und die Magier konnten nichts dagegen tun, ohne ihre eigenen Gefährten zu treffen.

»Eilaan, Denser, löst die Sprüche auf und verteidigt euch, das ist eure einzige Chance.«

Rebraal konnte nur hoffen, dass sie ihn gehört hatten. Die Seelenfresser waren schon bei ihnen.

»Klingen«, murmelte Auum.

Er machte eine blitzschnelle Bewegung, ein Seelenfresser starb. Die kurze Klinge in der rechten Hand, trat Rebraal einem Seelenfresser die Beine weg, der vor Erienne gelandet war, zog ihm die Schneide quer über den Rumpf und ließ ihn zu Boden sinken. Das Wesen schlug noch einmal mit den Krallen zu und traf seinen Schenkel. Er keuchte und prallte schwer auf die Brust des Wesens. Er würgte, spuckte und schlug abermals zu. Dieses Mal zog er sich sofort zurück, duckte sich unter der Klaue hindurch und stieß ihm die Klinge in die Achselhöhle.

Danach drehte er sich um und richtete sich auf. Weitere Seelenfresser gingen auf sie los, sie hatten es vor allem auf Erienne abgesehen. Auum und Evunn hatten die Magierin in die Mitte genommen, bewegten synchron ihre Hände, vertrieben die Feinde, die sich ihr von oben näherten, zogen die Klingen durch die Flügel, schleuderten Drohnen in den Abgrund, damit sie hilflos nach Balaia stürzten. Aber selbst sie konnten sich der Übermacht nicht beliebig lange erwehren.

»Der Rabe!«, rief Rebraal. »Wir brauchen euch hier!«

Hirad drehte sich um und fluchte, als er sah, was sich dort abspielte. Zehn, zwanzig, fünfzig Seelenfresser kreisten und stießen herab, und jeder musste nur ein einziges Mal treffen, um Eriennes Konzentration zu stören. Hirad ging in die Hocke und fegte einem Karron die Beine weg, der nach links stürzte. Dann rief er den Unbekannten und stürzte sich ins Getümmel.

Erienne stieß einen frustrierten Schrei aus.

»Du schaffst das!«, rief Denser.

Auch er und Eilaan schalteten sich jetzt in den Kampf ein. Beide Magier benutzten Flammenhände. Denser sprang einen Seelenfresser an, der zu niedrig flog, und riss ihn herab. Eine Kralle fügte ihm einen Riss auf der Wange zu, es gelang ihm jedoch, dem Wesen die Hand in den Mund zu pressen. Das magische Feuer breitete sich rasch aus, und die Augen des Wesens platzten aus den Höhlen. Denser stand wieder auf und drehte sich um, der nächste Dämon warf ihn aber sofort wieder von den Beinen.

An einen geordneten Kampf war nicht mehr zu denken. Der Raum war voller Flügel und Schreie. Klingen blitzten im schimmernden Licht. Hirad packte einen Seelenfresser, stieß ihm das Schwert in die Seite und löste sich von ihm, doch das Wesen ging sofort wieder auf ihn los und warf ihn mit einem Rückhandschlag zu Boden. Der Unbekannte und Ark hatten einen Gegner bei den

Armen gepackt. Ark drosch ihm den Streitkolben ins Gesicht, das Messer des Unbekannten traf in der Brust das Nervenzentrum. Sie schleuderten den toten Dämon zur Seite.

Rebraal wich geduckt einem Schwanz aus, richtete sich wieder auf und versetzte seinem Gegner einen Faustschlag in den Bauch. Das Wesen krümmte sich und ging zu Boden. Eilaan packte sofort seinen Nacken und verbrannte die Adern in seinem Kopf. Direkt vor ihm beschrieb Erienne mit den Armen langsame Bewegungen. Direkt vor ihr tauchte plötzlich eine Drohne auf, die Auum jedoch blitzschnell erwischte. Sie prallte von der rechten Wand ab und stürzte in den Abgrund.

Evunn hatte einen blutenden Schnitt am Hals. Der Seelenfresser vor ihm duckte sich unter seinem Schlag durch und traf ihn mit dem Schwanz seitlich am Kopf. Evunn verlor das Gleichgewicht, und der Dämon nutzte die Gelegenheit, um Erienne anzugreifen, doch Hirad stürzte sich auf ihn, und Rebraal war froh, vom Dämon nur noch ein frustriertes Kreischen zu hören.

Er drehte sich zu Evunn herum. Der TaiGethen rappelte sich, von Auum unterstützt, gerade wieder auf. Auum arbeitete unterdessen mit Händen und Füßen für zwei. Ständig rückten neue Seelenfresser nach. Auch Ark und der Unbekannte hatten sich inzwischen dicht vor Erienne postiert, und nun war sie vom ganzen Raben umringt. Sie wirkte ihren Spruch, ihre Bewegungen waren jetzt sicherer, hatte die Magie aber noch nicht freigesetzt.

Rebraal schlug nach zwei Drohnen, traf sie gleichzeitig und fegte sie zur Seite. Eine flog bis zum Abgrund, die andere prallte gegen ein festes Ziel.

»Karron!«, rief er. Sie waren über die Brücken gestürmt und rannten zum Raben. Hirad hatte den Seelenfresser getötet, den er sich vorgenommen hatte, und stand gerade rechtzeitig wieder auf, um den ersten Schlag eines Hammerarms abzuwehren. Der Unbekannte und Thraun flankierten ihn, Schwert und Streitkolben trafen ihre Ziele, das Wesen taumelte zurück.

Auum versetzte einem weiteren Karron einen Tritt vor die Brust, während Evunn den Scheren so gut auswich, wie er konnte. Das Blut lief jetzt über seinen Hals und seine Schläfe. Über ihnen sammelten sich die Seelenfresser zu einem weiteren Angriff.

»Dies wäre ein guter Augenblick, meine Liebe«, sagte Denser. Mit einer Prellung von der Größe eines Hühnereis unter dem Auge taumelte er in den Kreis zurück. Er hatte sein Schwert gehoben, aber der Seelenfresser, der sich ihm näherte, brauchte sich deshalb keine Sorgen zu machen. Der Dämon wollte seine Scheren einsetzen, hatte bisher aber weder Eilaan noch Ark bemerkt. Der ehemalige Protektor hackte auf die tastenden Tentakel ein, und Eilaan gab ihm mit einer Flammenhand auf der Brust den Rest.

In großer Zahl schalteten sich jetzt auch Ul-Karron in den Angriff ein. Der Rabe wich zurück, der Kreis um Erienne wurde kleiner. Evunn, durch das Blut behindert, das ihm in die Augen lief, verfehlte mit einem Hieb sein Ziel und bekam einen Hammerarm vor den Schenkel. Er ging sofort zu Boden. Auum sprang zu ihm hinüber, griff mit bloßen Händen zu und packte eine Schere, trat dem Wesen in den Bauch und durchbohrte seinen Leib mit dem Schwert bis zum Rückgrat.

»Der Rabe, Position halten«, rief Hirad. Seine Stimme klang müde. »Nur noch eine kleine Weile.«

Doch sie hatten keine Zeit mehr. Die Seelenfresser kreischten und stürzten sich herab, die Karron griffen an.

Ein Seelenfresser erwischte Erienne mit seiner Kralle am Hinterkopf, doch jetzt gab sie endlich mit einem erleichterten Schrei den Spruch frei.

Ein grünes Leuchten strömte aus ihren Händen, ihrem Gesicht und ihrer Brust und sammelte sich direkt vor ihr. Aus der grünen Wolke entstanden zahlreiche Speere, die in alle Richtungen davonschossen und jeweils auf ein Dämonenherz zielten. Seelenfresser und Karron wurden gepfählt, ihre Körper erschlafften, während die Speere in sie eindrangen und sich auflösten. Ein Strahl ging sogar mitten durch Rebraal hindurch und durchbohrte die Stirn eines Ul-Karron. Das Wesen starrte den Elfenkrieger fassungslos an, dann brach es zusammen, und sein zersetztes Gesicht ergoss sich wie Schleim über die Brust.

Das Licht, das aus Erienne herausströmte, wurde stärker, jeder Impuls erschütterte ihren ganzen Körper und entlockte ihrer Kehle kleine Schreie.

»Hör auf, Erienne!«, rief Denser, doch sie hörte ihn nicht.

Die Lichtspeere zuckten über den Abgrund hinweg und suchten ihre Ziele. Gleichzeitig entstand rings um Erienne ein Wirbel, der sich immer schneller drehte. Rebraal schirmte seine Augen gegen das grelle Licht ab, aber es war zu faszinierend, als dass er den Blick ganz abwenden konnte.

Die großen Dämonen, die das Mana ableiteten, stöhnten und schauderten jetzt. Sie wanden sich und zuckten, als versuchten sie, Ketten zu zerbrechen, die viel zu stark für sie waren. Sehr menschliche Gesichter starrten aus dem Licht heraus, ihre Augen flehten um Gnade.

Der Wirbel, der sich um Erienne gebildet hatte, zog sich zusammen und flog davon. Er traf den vorderen Dämon, umhüllte seinen Körper, pflanzte sich über den

Lichtbogen fort und erreichte weniger als einen Herzschlag danach auch den zweiten Dämon. Schließlich erfasste er die ganze Kuppel aus Licht, griff auch auf den Abgrund über. Die Mana-Lenker wanden sich und schienen zu ersticken, während sich die Ringe des Wirbels immer enger um sie legten. Schließlich traten ihre Augen hervor, und ihre gequälten Lungen vermochten den Atem nicht mehr zu halten. Sie flehten um Gnade und dass der Schmerz aufhörte, und ihr Flehen wurde erhört.

Erienne öffnete die Augen, ballte beide Hände zu Fäusten und sprach ein einziges Wort.

Die Welt wurde schwarz, der Wind heulte.

Die Karron griffen schon wieder an. Blackthorne hörte sie auf den Gängen, die zur Küche führten. In weniger als zwei Tagen hatte Ferouc sie so gut wie besiegt. Zu viele Dämonen, zu wenige Verteidiger und keine Atempause. Unablässig hatten die Karron die Menschen attackiert und ausgelaugt. Im großen Saal und in den Gängen vor seinem Ratssaal hatte er ebenso Männer verloren wie im Festsaal. Er hatte bis hinunter zur Waffenkammer und an der Ecke, wo sich das Lager des Quartiermeisters befand, mit den Dämonen gekämpft. Er hatte sie an den Zimmern der Diener aufgehalten und sie kurz zurückgedrängt, aber es hatte nie ein Zweifel daran bestanden, wie dieser Kampf ausgehen würde.

Jetzt saß er mit den dreizehn, die ihm geblieben waren, in der Falle und konnte sich nicht weiter zurückziehen. Blackthorne war unbeschreiblich müde. Sein linker Arm war gebrochen und an der Seite festgebunden, damit er noch einen Schild halten konnte, und auf seinem linken Bein hatte er tiefe Kratzer von einem Karron-Stachel.

Aber er stand immer noch mitten in der Kampflinie

und erwartete die Feinde. Der Kaltraum war noch aktiv, und er konnte wenigstens einige Feinde mit in den Tod nehmen. Er hörte, wie Balken brachen und die Karron die Treppe heruntergetrampelt kamen. Ferouc würde ihnen folgen, aber natürlich weit genug entfernt, um sich nicht selbst in Gefahr zu bringen.

Der erste Hammerschlag gegen die Küchentür sprengte ein Scharnier, der zweite hinterließ keine erkennbare Spur. Der dritte war kaum mehr als ein sanftes Klopfen, einen vierten Schlag gab es nicht. Überall in der Burg ertönten auf einmal erschrockenes Quieken und schrille Schreie. Dann hörte er überhaupt nichts mehr.

Blackthorne machte einen Schritt zur Tür und hielt inne. Wie lange würde er brauchen, bis er zu glauben wagte, dass sie tatsächlich gesiegt hatten?

Irgendwann sah Hirad wieder Licht. Es kam von den Bränden vor dem Zugang des Gebäudes und den Dämonen, die von den nun toten Kaan in Flammen gesetzt worden waren.

Ein starker Wind wehte. Er öffnete die Augen. Die Dämonen, die das Mana geleitet hatten, kreischten vor Entsetzen. Ihre Körper wurden in den Bogen, der sie verband, hineingezogen und gedehnt. Stück um Stück lösten sie sich auf. Zuerst dehnten sich die Köpfe, dann die Beine, schließlich verdrehten und verlängerten sich die Rümpfe. Hirad begriff nicht, wie sie überhaupt noch leben konnten, aber ihre Laute trafen ihn bis ins Mark, und er hoffte, es möge bald aufhören.

Aus dem Abgrund drang ein saugendes Geräusch. Droben brach die verblassende Lichtkuppel ein und sank zum Riss herab. Schließlich berührte sie ihn und zerbarst, und einen Augenblick lang flammte noch einmal grelles

Licht auf. Die Dämonen, die den Lichtbogen gehalten hatten, kreischten ein letztes Mal und wurden endgültig in den Bogen hineingezogen. Der Bogen ging nun in der Lichtkuppel auf, die ihrerseits vom Riss verschlungen wurde. Das Heulen des Windes nahm zu, dann schloss sich der Riss mit einem dumpfen Knall, der Hirads Kopf erschütterte.

Er blieb noch einen Augenblick liegen, wo er war, lauschte seinem Herzschlag und spürte seinen völlig erschöpften Körper. Er hatte sich völlig verausgabt, aber von ihm wurde jetzt nichts mehr erwartet. Sie hatten es geschafft. Dennoch empfand er keine Freude, keinen Triumph. Irgendwie fühlte er sich betrogen. Sie hatten den Zugang nach Balaia verschlossen und den Dämonen ihre Kraftquelle genommen. Das Mana würde sich in der balaianischen Dimension auflösen, und die Dämonen konnten sich dort nicht mehr lange halten. Der Rabe hatte die Welt gerettet und sollte selbst nichts mehr davon haben. Sha-Kaan blieb stumm.

Das war nicht in Ordnung.

Hirad richtete sich auf, bis er saß, und wartete, damit seine Augen sich an die Dämmerung gewöhnen konnten. In seiner Nähe bewegte sich etwas, irgendjemand schluchzte. Schließlich erhob er sich vollends, wobei ihn der Unbekannte stützte. Schwankend stand er auf den Füßen, das Blut strömte über sein Gesicht und die Hände, die linke Schulter und sein rechtes Bein. Der große Mann war in ähnlich schlechter Verfassung. Er humpelte schwer, die Krallen der Seelenfresser hatten sein rechtes Ohr zerfetzt, das stark blutete.

Das alles war aber nichts gegen Erienne. Nach ihrem Triumph lag sie reglos am Boden. Denser saß neben ihrem blutigen Kopf und streichelte ihr Gesicht, und das

Beben seiner Schultern sagte alles. Hirad wollte den Xeteskianer trösten, aber dann brachte er es nicht über sich, Denser in seinem Kummer zu stören. Vielleicht war es besser so.

»Also haben wir gesiegt«, sagte er zum Unbekannten.

Der große Mann schüttelte den Kopf. »Nein, Hirad. Wir haben nicht gesiegt. Balaia hat gewonnen. Wir dagegen haben nichts. Und Denser hat alles verloren.«

Ringsum kamen jetzt die anderen auf die Beine. Auum half Evunn, der halb ohnmächtig war. Thraun starrte Erienne an, schüttelte den Kopf, bewegte lautlos die Lippen und wollte es nicht glauben, während seine Füße ihn langsam zu ihr trugen, bis er die grausame Wahrheit nicht mehr verleugnen konnte. Ark stand wacklig auf den Beinen, konnte sich aber auf Rebraals Schulter stützen. Langsam näherten sie sich alle Erienne und Denser.

Sie lag völlig reglos auf dem Rücken, die Arme über dem Kopf ausgestreckt, ihre Augen waren geschlossen, ihre Brust hob und senkte sich nicht.

»Es tut mir so leid, Denser«, sagte er.

Denser rührte sich nicht. »Nicht auch du«, flüsterte er. »Nicht auch du.«

Als draußen ein wütender Lärm losbrach, fuhren sie alle herum. Hirads Herzschlag beschleunigte sich wieder. Der Lärm nahm zu, die Stimmen versprachen ihnen bittere Rache und verhießen ihnen das Fegefeuer.

»Nicht schon wieder«, sagte Thraun.

»Was hatten wir schon zu erwarten?«, entgegnete der Unbekannte.

Karron, Albinos, Seelenfresser und Meisterdämonen liefen, flogen oder schwebten ins Gebäude. Drohnen summten um sie herum. Es wurden immer mehr, sie kamen über den weiten, makellosen Boden im Gebäude herbei. Sie ließen sich Zeit. Schließlich konnte der Rabe nicht entkommen.

»Wir müssen weiterkämpfen«, sagte Hirad. »Vielleicht kann Sha-Kaan uns doch noch retten. Wenn er nach Beshara gelangt, kann er für mich ein Portal öffnen. Wir können es schaffen.«

Die anderen glaubten ihm offensichtlich nicht. Sie konnten sich nicht mehr vorstellen, dass es irgendeine Hoffnung gab, sie wollten nur noch ausruhen. Nicht einmal er selbst hatte es geglaubt, als er die Worte gesprochen hatte. Die Dämonen drängten sich vor ihnen, und Sha-Kaan würde zu spät kommen.

Er sah sich über die Schulter um. »Schlaf gut, Erienne. Vielleicht ist es besser, dass du dies hier nicht mehr sehen musst.«

# Dreiundzwanzigstes Kapitel

Tessaya lenkte den wuchtigen Schlag eines Hammerarms mit der flachen Axtschneide ab. Trotz der nächtlichen Kälte war er schweißüberströmt. So erschöpft er auch war, er holte tief Luft, riss seine Axt herum und wehrte den Stachelarm des Karron ab. Dann fuhr das Wesen seine Tentakel aus und wollte mit der Schere zupacken. Vor ihm zog blitzend eine Klinge vorbei und durchtrennte den geschmeidigen Fangarm. Der nächste, aufwärts geführte Hieb traf einen Seelenfresser, der sich von oben auf ihn stürzen wollte.

Tessaya riss die Axt zurück und traf den Hals des Ul-Karron, danach warf er einen raschen Blick zur Seite und bedankte sich nickend bei Suarav. Der alte Soldat stand und kämpfte immer noch, obwohl das eigentlich nicht hätte möglich sein sollen. Ein Stachel hatte seine linke Schulter durchbohrt, und die Seelenfresser hatten ihm die Rüstung vom Rücken gerissen und seine Seele um Haaresbreite verfehlt. Suarav hatte sich jedoch geweigert, die Kampflinie zu verlassen und sich auszuruhen. Tessaya konnte ihn gut verstehen. Das Ende war nahe, und es war besser, im Kampf zu fallen, als im Schlaf genommen zu werden.

Unterstützt von Seelenfressern und einem Schwarm Drohnen, griffen die Karron abermals an. Sie benutzten den Durchbruch in der Hauptmauer und drängten sich hinter denen, die jetzt schon die müden Verteidiger unter Druck setzten. Die Ul-Karron hatten schlimme Schäden angerichtet und sogar den traditionell unbezwingbaren Kampfgeist der Wesmen gedämpft. Tessaya öffnete den Mund und begann wieder zu singen.

Wild schlug er mit seiner Axt um sich, als der nächste Angriff begann, und zertrennte Scherententakel und Stachelarme. Die anderen nahmen im ganzen Kolleg sein Lied auf. Es war ein Lied von trotzigem Widerstand, von Standhaftigkeit und dem Tod im ruhmreichen Kampf. Ein Lied, das keinen Raum für die Angst ließ.

Tessaya hob die Klinge und schlug abermals zu. Ein brennender Körper stürzte kreischend ab und landete direkt vor ihm zwischen den Karron. Trotz der Flammen erkannte er Drenoul. Einen Augenblick lang kam der Angriff zum Erliegen. Das Kreischen des Meisterdämons brachte die Angreifer aus dem Tritt und störte die Rufe der Seelenfresser.

Tessaya war es egal, warum Drenoul gestorben war. Er erkannte es nur als günstige Gelegenheit. Mit einem Ruf befahl er einen Vorstoß und stürzte sich auf die verwirrten Feinde. Die benommenen Karron standen im Augenblick völlig still.

Er schwang die Axt und trennte einem Gegner den Kopf vom Rumpf. Dieser glatte Schnitt war der Beginn eines ganzen Hagels von Schlägen. Außerhalb des Kollegs explodierten Sprüche. Auch die Magier nutzten die Gunst der Stunde.

Die Wesmen spürten die Veränderung, rückten rasch vor und hackten sich durch die Reihen der Feinde, die nicht einmal zurückwichen. Über ihnen kreisten die Seelenfresser, deren Rufe sich allerdings verändert hatten. Es konnte nicht allein an Drenouls Tod liegen.

Tessaya hielt inne und zog sich kurz zurück, um sich das Dämonenblut aus dem Gesicht zu wischen. Er holte tief Luft. Seine Leutnants gaben Befehl zum Anhalten. Droben frischte der Wind auf und wehte heftig über den Hof. Auf einmal veränderte sich der Riss im Himmel, und im weißen Kranz blitzte ein grünes Licht. Der Wind nahm weiter zu, bis er so stark war wie die Stürme der Magie des Einen.

Es dauerte jedoch nur einen Moment, und dann verschwand der Riss mit einem Donnern, als wäre eine Lawine losgebrochen.

Schweigen breitete sich aus, nur die Flügelschläge der Seelenfresser waren noch zu hören. Aber auch dies dauerte nur wenige Herzschläge. Auf einmal stießen die fliegenden Dämonen klagende Schreie aus. Sie stiegen in Spiralen zur prächtigen Leere auf, wo sich vorher der Quell ihrer Macht befunden hatte. Panisch und verloren kreischten sie, sammelten sich mit den Drohnen zu großen Schwärmen und schrien hilflos und führungslos.

Stocksteif standen die Karron vor Tessaya. Ihre Gliedmaßen hingen schlaff herab und ruhten auf dem Boden, ihre Augen waren trüb und blickten verwirrt. Er hörte ihren rasselnden Atem. Sie besaßen nicht einmal mehr genug Verstand, um ihr Heil in der Flucht zu suchen. Überall im Kolleg schlachteten seine Krieger jetzt die wehrlosen Feinde ab. Triumphierende Gesänge erhoben sich. Lieder, die von Sieg und Eroberung kündeten.

Tessaya stimmte nicht mit ein. Er zog sich aus dem Gemetzel zurück und wandte sich an Suarav. Eine große Müdigkeit ergriff von ihm Besitz.

»Ich hätte nicht gedacht, dass sie es schaffen«, sagte er.

»Den Raben sollte man nie unterschätzen«, erwiderte Suarav.

Tessaya lachte und klopfte ihm auf den Rücken. »Das gilt auch für einen gewissen xeteskianischen Soldaten, der wie ein Kriegsherr zu kämpfen versteht.«

»Es war mir eine Ehre, an Eurer Seite zu kämpfen, Mylord.«

»Das gilt auch umgekehrt, Mann aus dem Osten.«

Die beiden Krieger kehrten zum Turmkomplex zurück. Bei jedem Schritt riefen die Wesmen Tessayas Namen und hoben die Waffen zum Salut. Er erwiderte die Grüße und lächelte dazu, konnte sich aber noch nicht ganz durchringen, wirklich an ihren Sieg zu glauben. Noch nicht.

Sie liefen durch ein Leichenhaus. So viele Krieger waren tot. So viele Elfen lagen neben ihnen. Dazwischen die Xeteskianer, die endlich doch noch gekommen waren, um die letzte Verteidigung zu verstärken. Alle Fraktionen waren schrecklich geschwächt, keine besaß jetzt noch die Kraft, sich zum Herrscher über die anderen aufzuschwingen. Tessaya war nicht sicher, ob er überhaupt noch den Willen dazu aufbieten konnte.

Dystran und Vuldaroq kamen ihnen auf der Treppe entgegen. Beide wirkten erschöpft, und auch sie mochten es noch nicht ganz glauben.

»Meinen Glückwunsch, Lord Dystran«, sagte Tessaya. »Ihr habt spät, aber sehr wirkungsvoll in den Kampf eingegriffen.«

Dystran nickte. »Das Lob gebührt Euch allein, Lord Tessaya. Ich schäme mich für meine Zurückhaltung.«

»Ihr werdet es noch lernen«, erwiderte Tessaya. »Falls Ihr lange genug lebt.«

»Ich frage mich, ob wirklich alles vorbei ist«, warf Vuldaroq ein.

Sie folgten seinem Blick. Immer noch drängten sich die Dämonen am Himmel. Wesmen und Magier vernichteten alle, die nicht in die Luft fliehen konnten.

»Die Zeit wird es zeigen«, meinte Dystran.

»Unterdessen haben wir viel zu besprechen«, sagte Tessaya.

»In der Tat«, stimme Dystran zu. Sein Lächeln war beinahe übertrieben dankbar. »So ist es.«

Thraun hatte Denser zur Seite gestoßen und Erienne mit beiden Armen aufgehoben, ehe irgendjemand reagieren konnte.

»Leg sie wieder hin«, befahl Hirad halb zu ihm gewandt. »Du kannst ihr nicht mehr helfen.«

Die Dämonen rückten rasch näher. Der Rabe wich bis zur Bühne zurück, damit die Feinde sie wenigstens nicht von hinten angreifen konnten. Einen Ausweg hatten sie immer noch nicht gefunden.

»Sie ist nicht tot«, knurrte Thraun.

»Sei nicht dumm«, schalt ihn der Unbekannte.

»Ehre sie«, fügte Rebraal hinzu. »Erledige einige von denen, die sie getötet haben.«

»Sie ist nicht tot.«

Hirad sah wieder hin. Ihre Augenlider flatterten.

»Oh, die Götter mögen erhängt werden, er hat recht. Denser, stell dich in die Reihe und wirke deine Sprüche. Wir müssen etwas Zeit gewinnen.«

»Als ob das noch was nützen würde«, murmelte Denser.

Hirad wandte sich wieder den Feinden zu, die ihnen mindestens im Verhältnis von dreißig zu eins überlegen waren.

»Zum einen wird sich der Rabe nicht kleinlaut besiegen lassen, und zum anderen steigt mit jeder Sekunde, die wir für sie herausschlagen, die Wahrscheinlichkeit, dass sie zu sich kommt. Und wenn das geschieht, dann ist alles möglich.«

Der Unbekannte spannte sich, machte einen Schritt nach vorn und überschrie den allgemeinen Lärm.

»Der Rabe, formiert euch!«

Neue Hoffnung durchflutete sie. Hirad stand neben dem Unbekannten. Thraun hatte Erienne hinter sich abgelegt und knurrte die vorstoßenden Dämonen an. Ark bezog seine Position auf der linken Seite. Die TaiGethen eilten, von Rebraal verstärkt, zur rechten Flanke hinüber, um vor allem Erienne zu schützen. Hinter ihnen bereiteten Eilaan und Denser Sprüche vor.

Die Dämonen waren jetzt nahe. Karron schwärmten vor den Rabenkriegern aus. Seelenfresser, auf deren Haut die Farben wechselten und die Adern pulsierten, schnatterten und dirigierten die Bodentruppen mit Rufen. Albinos stießen an den Flanken im Laufschritt vor. Sie griffen an, und ihre Rachsucht war fast körperlich spürbar.

»Tja«, sagte Hirad, sodass nur der Unbekannte es hören konnte. »So haben wir wenigstens was zu tun.«

Der Unbekannte lächelte.

»Noch einmal, Hirad Coldheart?«

»Noch einmal, Unbekannter. Sol.«

Die Männer gaben sich die Hand, der Unbekannte tippte regelmäßig und beruhigend mit der Klinge auf den Boden. Das Geräusch hallte durch das ganze Gebäude.

»Der Rabe, macht euch bereit«, rief er. »Sucht euch eure Ziele aus. Magier, sagt uns, wenn wir abtauchen sollen. Viel Glück für euch alle. Wir wollen ihnen wenigstens ein paar üble Erinnerungen hinterlassen, was?«

Die Karron hielten sich zurück und überließen es zunächst den Seelenfressern, aus der Luft anzugreifen.

»Die Schweinehunde haben es auf unsere Seelen abgesehen«, sagte Hirad.

»Da haben sie sich aber was vorgenommen«, antwortete Thraun.

»Runter«, rief Denser.

Sie gehorchten. Beide Magier wirkten Sprüche. Eilaans Feuerkugeln flogen in einem flachen Bogen mitten zwischen die Karron. Densers Eiswind fegte in die anfliegenden Seelenfresser hinein.

Innerhalb des Gebäudes drangen Hirad die Klageschreie und das Kreischen der Dämonen doppelt laut in die Ohren. Der Gestank des verbrannten Fleischs stieg ihm in die Nase und verdrängte die kalte, klare Luft nach Densers Spruch. Vor ihnen stürzten die Seelenfresser ab und zersprangen beim Aufprall. Die Dämonen hielten inne und zogen sich zurück, wobei sie um den Bereich, wo die Karron brannten, einen weiten Bogen machten.

Hirad grinste. »Wir sind der Rabe, ihr Bastarde«, rief er. »Wer will als Nächster sterben? Nun? Wer will uns so dringend kriegen?«

»Sag mir, dass du noch mehr davon hast, Denser«, bat der Unbekannte.

»Noch ein oder zwei.«

Die Dämonen sammelten sich wieder. Seelenfresser prallten von den Wänden und der Decke ab. Albinos trampelten an den Karron vorbei. Drohnen rotteten sich zusammen und kamen geflogen. Wieder wirkten die Magier ihre Sprüche. Eilaans Kraftkegel fegte rechts einen Schwarm Drohnen fort. Densers zweiter Eiswind traf die Seelenfresser. Dieses Mal hielten die anderen jedoch nicht inne. Die Karron blockierten den Ausgang, und die Seelenfresser und Albinos griffen an.

Die Klinge des Unbekannten tippte nicht mehr. Der letzte Kampf hatte begonnen. Hirad trieb sein Schwert einem Albino in den Leib, das Wesen stürzte zurück. Stolz und aufrecht erwartete er die Seelenfresser. Ein Schwanz traf seine Beine wie eine Peitsche. Er reagierte mit einem Rundumschlag, der Flügel und Sehnen zerfetzte. Der Seelenfresser krachte herab, aber schon verheilten seine Wunden wieder.

Neben ihm bewegte der Unbekannte sein Schwert mit beiden Händen in Form einer Acht. Thraun, von Drohnen übersät, heulte wild, und weiter rechts kämpften Auum, Evunn und Rebraal mit blitzschnellen Bewegungen und schlugen die in überwältigender Zahl angetretenen Feinde sogar zurück.

Unweigerlich aber trieben die Dämonen die Rabenkrieger immer weiter in die Enge. Hirad spürte schon ihren Atem im Gesicht. Er wehrte Klauen und Bisse ab, riss sich ein Messer aus dem Gürtel und stieß es dem nächsten Albino ins Auge. Der Dämon streckte den Hals, riss das Maul auf und schaffte es noch, schon den Todesschrei auf den Lippen, Hirad die Zähne ins Bein zu schlagen.

Dann traf die Faust eines Seelenfressers sein Kinn und warf ihn um. Sofort machte der Unbekannte einen halben Schritt nach rechts und sicherte mit der Klinge den freien Raum, damit der Seelenfresser nicht nachsetzen konnte. Hirad kam in die Hocke hoch, das Blut strömte nur so an seinem Kinn herunter. Auf einmal spürte er eine vertraute Wärme. Sha-Kaan. Blitzschnell tauschten sie ihre Gedanken aus.

»Wo bist du, Sha-Kaan?«

»Ich bin daheim. Ich spüre deine Schmerzen.«

»Hol uns hier raus. Benutze den Fusionskorridor.«

»Ich komme. Sagte ich nicht, du würdest mich wieder spüren?«

Hirad sprang auf und schaltete sich wieder in den Kampf ein. Er spaltete einen Albinoschädel mit dem Schwert und hackte die Klinge gleich danach einem Seelenfresser in den Schritt.

»Der Rabe, haltet durch und kämpft weiter. Ich habe es euch gesagt, Sha-Kaan kommt. Kämpft!«

Rechts, hinter dem Gedränge der Seelenfresser, erschien eine rein weiße horizontale Linie in der Luft.

»Nach rechts«, brüllte Hirad. »Nach rechts.«

Er zog einem Seelenfresser das Schwert quer durchs Gesicht, trat zu und erwischte einen Albino seitlich am Kopf. Sofort stieß er in den freien Raum vor.

»Treibt sie zurück, verschafft uns Platz.«

Die Linie war der Umriss des Zugangs zum Fusionskorridor. Für Hirad erschien sie schrecklich langsam und war furchtbar weit weg.

»Runter.«

Wieder ein Eiswind, der fast die Hälfte des Gebäudes erfasste. Die Elfen stießen sofort in die Lücke vor, aber von links kamen schon wieder die Seelenfresser, und die Karron griffen direkt von vorn an. Während er weiter nach Albinos trat, sah Hirad, wie Auum einen Seelenfresser von Evunns Rücken pflückte. Sein Messer fuhr blitzend unter den Arm des Dämons und tötete ihn auf der Stelle. Doch immer mehr kamen jetzt herunter. Auum tanzte zwischen ihnen, und reihenweise fielen die Gegner.

Fäuste und Füße flogen nur so und warfen die Gegner zurück, sodass den Elfen ein wenig Bewegungsfreiheit blieb.

»Der Rabe, bewegt euch, los!«

Thraun trug wieder Erienne auf beiden Armen und rannte los. Der Unbekannte war vor ihm und überholte Hirad, warf sich gegen die Seelenfresser und Karron und wollte sie zurückdrängen. Hinter Thraun folgte Ark, der mit seiner Axt pausenlos nach links und rechts schlug. Drohnen drängten sich vor seinem Gesicht. Er achtete nicht darauf.

»Eilaan, einen Kraftkegel über die Tür. Treibe die Seelenfresser zurück. Denser, halte uns den Rücken frei. Ich bin bei dir.«

Kraftkegel räumten vor und hinter ihnen auf. Seelenfresser wurden beiseite gestoßen, stiegen aber sofort wieder auf und kamen erneut näher. Der Druck von hinten ließ ein wenig nach.

»Beeile dich, Großer Kaan.«

Der Durchgang öffnete sich quälend langsam. Vor ihnen steckte Evunn in Schwierigkeiten. Auums Rundumschlag traf direkt über Evunns Kopf einen Seelenfresser, doch zwei weitere kamen, und einer konnte dem Elfenkrieger die Krallen in die Seite jagen, nachdem er dem ersten ausgewichen war. Der Unbekannte schlug hüfthoch mit dem Schwert zu und jagte wenigstens die Albinos in die Flucht, die gerade die Elfen angreifen wollten. Evunn blockte Schwänze und Klauen ab, dicht über seiner Schulter schnappten die Zähne der Seelenfresser. Auums Fäuste flogen schneller, als Hirad es je gesehen hatte. Drohnen kreisten um sie, Evunn stach dem Seelenfresser immer wieder das Messer in den Kopf, bis der Dämon losließ. Doch es waren zu viele. Krallen kratzten über seinen Rücken. Drohnen schwirrten um seinen Kopf und zerrten ihn zurück. Der Schwanz eines Seelenfressers riss ihm die Kehle heraus.

Rebraal und Auum stürzten sofort zum zusammengebrochenen Tai, und gleich darauf waren die gequälten Schreie der Seelenfresser zu hören.

Die Kampflinie des Raben war aufgebrochen. Seelenfresser fielen jetzt auch über Thraun her, Arks mächtige Abwehr reichte nicht aus.

»Unbekannter, hinter dir!«

Beinahe hätte er seine verletzte Hüfte überlastet, als er sich umdrehte und hart nach unten schlug, um einem Seelenfresser den Arm vom Rumpf zu trennen. Das Wesen brach zusammen, sein Nervenzentrum war getroffen. Gleichzeitig blockierten ihnen aber die Karron den Weg und schnitten Hirad und Denser von den anderen ab. Im Gewimmel der Drohnen, die sich aus der Luft auf ihn stürzten, konnte Hirad kaum noch etwas erkennen.

Von links ließen sich die Seelenfresser jetzt mit den Füßen voran fallen. Eilaan wurde seitlich getroffen und prallte gegen die Karron, die von rechts kamen. Hammer und Stachel wurden gehoben und kamen herunter, Blut spritzte hoch.

An der Tür hatten die Seelenfresser, nachdem Eilaans Kraftkegel ausgefallen war, freie Bahn und konnten in noch größerer Zahl angreifen. Die Karron drängten weiter. Irgendwo im Getümmel sprangen Auum und Rebraal, nass vor Dämonenblut, wieder auf. Sie standen Rücken an Rücken und wehrten sich gegen den übermächtigen Angriff.

»Unbekannter, geh weiter!«, schrie Hirad. »Ich decke Thraun. Denser, räume die verdammten Karron weg. Wir müssen zu Erienne durchbrechen.«

»Verstanden.«

Der Barbar wehrte einen heftigen Angriff der Seelenfresser ab und rannte danach in Richtung der Karron auf der linken Seite, während Denser seinen Kraftkegel weiter nach vorne wandern ließ. Hirad stach dem ersten Karron sein langes Schwert tief in den Bauch, dann stürzten beide. Hirad stützte sich schwer auf seine Waffe, bis sie auf dem Stein knirschte, sich durchbog und zerbrach. Der Karron heulte vor Schmerzen und warf sich hilflos hin und her. Hirad wartete nur auf die Gelegenheit, ihn zu töten, während ihn der Gestank der Kreatur einhüllte. Er nagelte den Stachelarm fest und trieb seinen Dolch in den Leib des Dämons.

Dann rollte er sich ab und ließ seine geborstene Klinge liegen. Ein Hammerarm traf den toten Karron, wo Hirad gerade noch gelegen hatte. Er rappelte sich auf, fuhr herum und versetzte dem Angreifer einen Tritt ins Gesicht, der ihn zurückwarf. Geduckt wich er einem Seelenfresser aus, der knapp über seinem Kopf vorbeistrich und ihn um Haaresbreite verfehlte. Schließlich richtete er sich wieder auf, stach dem Karron sein Messer in ein böse starrendes Auge, zog es heraus und konnte wieder einen Schritt nach vorn machen.

Der Durchgang hatte sich inzwischen vollständig geöffnet, Licht strömte ins Gebäude.

»Hinein, hinein.«

Densers Kraftkegel warf die Dämonen auf der linken Seite zurück. Hirad rannte zusammen mit Thraun in den freien Raum.

»Geh, Denser. Ich muss der Letzte sein. Geh.« Er überblickte in den wenigen Augenblicken, die ihm noch blieben, die Lage. Sie bewegten sich nicht schnell genug. »Verteidigt den Durchgang. Der Rabe, los jetzt!«

Hals über Kopf rannten sie los. Der Unbekannte fegte einen Karron zur Seite. Die Elfen kämpften mit kontrollierter Wut. Auum zog einem Seelenfresser das Messer mit der Rückhand durchs Gesicht. Rebraal folgte ihm und versetzte dem Dämon den Todesstoß.

Denser war jetzt vor Thraun. Ark deckte immer noch den Gestaltwandler und hackte auf der rechten Seite auf die Feinde ein, doch die Karron setzten unerbittlich nach, schlossen ihre Reihen und schnitten ihnen den Weg ab.

»Thraun, runter!«

Der Gestaltwandler ging in die Hocke. Über ihm rasten Seelenfresser vorbei. Der letzte der drei ließ den Schwanz vorschnellen und traf seine Schläfe. Thraun ging zu Boden, presste aber immer noch Erienne an seine Brust. Ein Hammerarm sauste herab und zerschmetterte sein rechtes Knie. Er schrie vor Schmerzen auf und wollte dennoch aufstehen. Dann bohrte sich der Stachel in seinen Rücken. Wieder stürzte er und musste dieses Mal Erienne loslassen. Seelenfresser kamen mit erhobenen Klauen, um ihren hilflosen Körper zu zerfetzen.

»Nein!«, rief Hirad. »Denser, erledige die Karron auf der linken Seite. Unbekannter, geh rein. Ark, wir nehmen sie uns vor.«

Ark warf sich gegen die Seelenfresser, die Erienne bedrohten, und stellte sich breitbeinig über sie.

Hirad kämpfte sich durch, um Thraun und Erienne zu schützen.

Rebraal und Auum waren an der Tür und hielten sie frei. Densers Kraftkegel trieb links in einem weiten Umkreis die Dämonen zurück. Dann zog er sich ein Stück zurück, der Unbekannte bewachte ihn.

Hirad blickte zu Thraun hinab. Der Gestaltwandler lebte noch und hielt nach wie vor den Saum von Eriennes

Mantel fest. Er versuchte, zu ihr zu kriechen. Unter ihm hatte sich eine Blutlache gebildet, sein Gesicht war grau.

»In Ordnung, Thraun, wir decken dich.«

»Geht«, sagte Thraun. Blut rann aus seinem Mund. »Kann mich nicht bewegen, Hirad.«

»Wir nehmen dich mit.«

Doch als er sich umsah, wurde ihm klar, dass er sein Versprechen nicht erfüllen konnte. Denser bemühte sich, links und rechts die Dämonen abzuhalten, konnte aber nichts gegen diejenigen tun, die sich von hinten und außer Reichweite des Kraftkegels näherten.

»Hirad!«, rief der Unbekannte. »Komm schon! Das ist deine einzige Chance.«

»Durchhalten, Thraun«, sagte er. »Ark, schaff Erienne weg.«

»Schon erledigt.«

Hirad drehte sich zu den Feinden um, Karron und Seelenfresser rückten unaufhaltsam vor.

»Geh«, sagte Thraun. »Bitte.« Hirad liefen die Tränen übers Gesicht. »Geh.«

Er drehte sich um und rannte los. Sofort fielen die Seelenfresser über Thraun her. Der Gestaltwandler starb ohne einen Laut.

Hirad spürte, wie sich die Dämonen von hinten näherten. Ark und Erienne waren nur noch wenige Schritte von der Tür entfernt. Der Unbekannte und Denser winkten sie herein. Rebraal und Auum hielten an den Seiten den Zugang frei.

»Lauf!«, rief der Unbekannte. »Sonst muss ich am Ende noch einmal rauskommen! Lauf!«

Seine Stimme klang verzweifelt. Er wollte sich in Bewegung setzen, aber Auum stieß ihn fest zurück. Hirad runzelte die Stirn. Die Kralle eines Seelenfressers riss ihm den Rücken auf und traf seinen Hinterkopf. Der Aufprall warf ihn um, er überschlug sich, kam mühsam wieder hoch. Dabei wurde ihm übel. Zwei Schritte konnte er noch machen, dann hörte er die Flügel. Nahe, viel zu nahe. Sie waren überall. Ein Schwanz schlug nach seinen Beinen, die Krallen packten seinen Rücken und die Schultern, der heiße Atem eines Seelenfressers schlug ihm ins Gesicht.

»Hirad!«, rief der Unbekannte. »Hirad, steh auf, steh auf.«

Er wollte sich an Auum vorbeidrängen, aber der Elf stieß ihn abermals zurück. Hirad kam noch einmal auf Hände und Knie hoch, die Dämonen drängten sich um ihn.

»Tu was!«

Ark war nur noch wenige Schritte vor dem Durchgang. Ein Seelenfresser stieß Hirad jubelnd die Hände in die Rippen. Der Barbar keuchte, warf dem Unbekannten einen letzten Blick zu und schenkte ihm ein schreckliches Lächeln. Dann brach er zusammen. Der Durchgang schloss sich abrupt.

Ark blieb schwankend stehen, sobald das Portal vor ihm verschwand, als wäre es nie dort gewesen. Nichts als die Erinnerung war noch da.

In seinen Armen atmete Erienne ungleichmäßig und schwach. Er legte ihr eine Hand über Nase und Mund, bis der Atem ganz aussetzte. Dann legte er sie auf den Boden, stellte sich über sie und riss das Schwert aus der Rückenhalterung. Er drehte sich um und beobachtete die Seelenfresser, die sich von Hirads Körper erhoben. Jetzt war er das einzige Ziel für alle Dämonen im Raum.

Er hob eine Hand und winkte sie zu sich.

»Nein!«, schrie Denser voller Panik. »Nein. Öffnet die Tür, öffnet die Tür.«

Er schlug gegen die nackte Wand. Der Unbekannte wich schwankend einen Schritt zurück, Rebraal und Auum stützten ihn auf beiden Seiten.

»Öffnet die verdammte Tür!«, kreischte Denser. »Sie ist noch da draußen. Sha-Kaan, bitte öffne die Tür.«

»Oh nein«, stöhnte der Unbekannte. »Nicht Hirad. Wenn es einer von uns verdient hätte weiterzuleben, dann er. Oh Hirad, nicht du.«

»Bitte öffne die Tür«, murmelte Denser.

Aber sie öffnete sich nicht. Hirad war tot, und die Verbindung war verloren. Denser sackte an der Wand in sich zusammen; heftiges Schluchzen erschütterte seinen Körper.

Auch der Unbekannte weinte haltlos. Er machte sich von den Elfen frei, kniete sich neben Denser und nahm ihn in die mächtigen Arme. Hinter ihnen, in der Kammer, erhob sich das Klagen eines Drachen, der über den Verlust seines Drachenmannes trauerte.

»Bitte, er muss den Zugang öffnen.«

»Sie sind fort, Denser. Bei den brennenden Göttern, sie sind alle verloren.«

Der Unbekannte hatte keine Ahnung, wie lange er bei Denser saß. Wie lange es dauerte, bis er endlich zu weinen aufhörte und seinen bebenden Körper wieder unter Kontrolle bekam. Doch als er den Magier losließ, als der arme Mann sich ausgeweint hatte, schaute er auf und sah Rebraals erleichterten Blick.

»Du kannst sie fühlen, nicht wahr?«, sagte er. »Du spürst sie.«

Rebraal nickte. »Hier ist die Grenze zwischen den Welten dünn, und ich fühle die Geliebten, die gestorben sind.

Er ist jetzt bei meinem Bruder, die Geister jubeln. Sie sind nur verloren, bis auch wir die Reise antreten und uns wieder mit ihnen vereinen. Dann wird er dort sein und dich spüren, er wird bei dir sein. Für alle Ewigkeit.«

Der Unbekannte rang sich ein Lächeln ab, auch wenn es ihm das Herz zerriss.

»Weißt du, Rebraal, das ist eigentlich ein beängstigender Gedanke.«

Er richtete sich auf, Auum kam und stützte ihn. Über und über war er mit Blut besudelt, und sein ganzer Körper fühlte sich zerschlagen an, als würde er immer noch angegriffen.

»Danke. Ich glaube, es ist Zeit, dass wir zu Sha-Kaan gehen. Wir können uns austauschen und herausfinden, wohin uns dieser Fusionskorridor führt. Ich vermute, wir müssen in seiner Welt bleiben, bis er einen neuen Drachenmann gefunden hat.«

Er gab Denser die Hand und zog den Magier hoch. Der Unbekannte legte ihm einen Arm um die Schultern und sah ihm in die Augen.

»Der Rabe«, flüsterte er. »Der Rabe, wir brechen auf.«

# Epilog

Sol sperrte die Tür der *Rabenrast* auf, an die jemand beharrlich klopfte. Er räusperte sich ungehalten.

»Wir haben noch nicht … oh, wenn das nicht der kommende Herr vom Berge ist.«

»Sehr witzig«, sagte Denser. »Darf ich eintreten?«

»Aber gern.« Sol machte ihm Platz, und der Magier kam endlich aus dem kalten Regen heraus. »Möchtest du ein Glas Wein? Ich habe gerade einen ausgezeichneten jungen Blackthorne bekommen.«

»Klingt gut.«

»Hast du Hunger?«

»Ich würde sogar einen alten Ackergaul aufessen.«

»Der ist seit Mittag aus. Ich glaube aber, ich kann noch etwas für dich auftreiben. Setz dich, wenn du einen Platz findest.« Er deutet auf den großen leeren Raum, der sauber und für die abendlichen Gäste bereit war. Humpelnd umrundete er das Ende der Theke und nahm dahinter eine Flasche aus dem Regal. »Jonas, bist du in der Küche?«

»Ja, Vater.«

»Bring etwas Brot und Schinken für zwei, sei so gut. Denser ist hier.«

»Oh, wie schön.«

Sol fischte einen Korkenzieher aus der Hosentasche und beobachtete Denser, der an der Wand des Schankraums entlangging und liebevoll die Gemälde der Rabenkrieger betrachtete. Wie immer verweilte er bei Eriennes Bild und berührte es leicht, wie um ein Haar wegzuwischen, das nur in seiner Phantasie existierte.

Mit einem satten Knall löste sich der Korken aus der Flasche. Der Gastgeber roch daran und stellte die Flasche mit zwei Gläsern auf ein Tablett.

»Weißt du«, sagte Denser, »ich wollte dich schon eine ganze Weile danach fragen – meinst du nicht, wir sollten die Bilder abnehmen? Du weißt schon, damit sie ganz von selbst in unseren Erinnerungen verblassen können?«

»Das solltest du mich nicht fragen, wenn du gleichzeitig so ein Gesicht machst. Außerdem ziehen sie die Gäste an.«

»Ich weiß nicht recht, was ich davon halten soll. Ich meine ja nicht, dass wir sie überhaupt nicht aufhängen sollen. Ich denke nur, der Rabe ist nicht für alle da. Sie gehören uns.«

»Da gibt es sicher viele, die dir widersprechen würden«, erwiderte der Unbekannte. »Oder willst du damit sagen, dass ich aus ihnen keinen Gewinn ziehen soll?«

»Ach, das ist mir egal. Bei den ertrinkenden Göttern, alle, die noch leben, sind uns was schuldig …«

Sol stellte das Tablett ab und setzte sich neben Denser. Der Dunkle Magier hatte sich für einen Lederstuhl mit hoher Lehne entschieden. Vier dieser Stühle standen an einem niedrigen Tisch vor dem großen offenen Kamin. Es war wie immer, es erinnerte ihn an ihr Hinterzimmer im *Krähenhorst*. Das Haus, in dem sich das Lokal befunden hatte, war allerdings längst verfallen, und Tomas, Maris und Rhob lebten nicht mehr. Ihr Verlust schmerzte Sol ebenso wie der Tod so vieler Freunde an jenem schrecklichen Tag in der Dimension der Dämonen. Aber mit Tomas und dessen Familie waren wenigstens keine albtraumhaften Erinnerungen verbunden. Die ungerufenen Bilder ließen seine Hand ein wenig zittern, als er den Wein einschenkte.

»Ich bin gespannt, ob du ihn magst«, sagte er, als er sich neben Denser niederließ.

»Die Nerven erholen sich nie, was?«

Sol schüttelte den Kopf. »An manchen Tagen ist es besonders schlimm. Gestern hätte ich dir nicht mal den Wein einschenken können.« Eine vertraute Übelkeit drehte ihm den Magen um. »Vor allem deshalb habe ich die Bilder hier aufgehängt. Ich weiß nicht, und ich will auch nicht wissen, ob ihre Seelen den Dämonen entkommen sind, aber wir … ich will mir immer wieder vor Augen führen, welches Opfer sie erbracht haben. Manchmal rede ich sogar mit dem einen oder anderen und finde Trost darin. So werde ich nicht verrückt.«

Denser kicherte, und sein Lachen verriet, wie gut er den Freund verstand. »Du redest mit Bildern, damit du nicht verrückt wirst.«

Sol lächelte, und die beiden Männer stießen an.

»Zum Wohl.«

»Oh, der ist aber gut«, lobte Denser den Wein. »Wenn sich in ein oder zwei Jahren die Säure noch etwas abgebaut hat, ist das ein phantastischer Jahrgang.«

»Genau, das dachte ich auch.«

»Hast du ihn in der letzten Zeit mal gesehen?«, fragte Denser.

»Den Baron? Nein, schon seit einem halben Jahr nicht mehr«, erwiderte Sol. »Ist schon seltsam, welche langfristige Wirkung das alles auf die Menschen hatte. Blackthorne verlässt seine Stadt nicht mehr oft, und du weißt ja, wie er früher war.«

Jonas brachte ein Tablett mit Brot und Fleisch aus der Küche herüber und stellte es auf den Tisch. Der Unbekannte zauste ihm das blonde Haar.

»Danke.«

»Hallo, Denser«, sagte Jonas.

»Schön, dich zu sehen, junger Mann. Wie geht es dir?«

Der große und kräftige Bursche zuckte mit den Achseln. »Ganz gut. Die Julatsaner stellen mir zu viele Fragen. Ich würde lieber ausreiten.«

»Das kann ich gut verstehen. Pheone ist gerade oben im Kolleg. Ich glaube, sie will später noch hier hereinschauen und mit dem jungen Mann reden«, sagte Denser.

Jonas seufzte dramatisch. »Muss das sein?«

»Es dauert sicher nicht lange«, versprach Sol und klopfte ihm auf den Rücken. »Nun geh und sieh, ob deine Mutter etwas braucht, und dann kannst du noch eine Weile ausreiten, wenn du willst. Aber komme zurück, bevor es dunkel wird.«

»In Ordnung.«

Jonas schlurfte ergeben davon. Die beiden Freunde sahen ihm nach.

»Wie alt ist er jetzt?«, fragte Denser.

»Acht.«

»Fünf Jahre …« Denser schüttelte den Kopf und drehte sich wieder zu den Bildern um. »Fällt es ihm schwer?«

»Manchmal schon«, räumte Sol ein. »Er ist inzwischen alt genug, um zu begreifen, wie wichtig er ist, auch wenn er den Grund noch nicht ganz erfassen kann. Schließlich hat er Sha-Kaan immer nur als Freund und Beschützer gesehen und nie als interdimensionales Bindeglied.«

»Er ist erst acht.«

»Genau. Ein Viertel so alt wie der bislang jüngste Drachenmann, und er ist wie Hirad kein Magier. Das alles verwirrt ihn, das lässt sich nicht vermeiden.« Sol nahm noch einen Schluck und griff nach einem Stück Brot. »Wenn du Pheone siehst, dann richte ihr bitte aus, sie soll es langsam angehen lassen, ja? Ich glaube, manchmal ist sie zu ungestüm.«

»Ich werde es ihr sagen.«

Jonas polterte die Treppe herunter und rannte hinten hinaus zum Stall.

»Deine Mutter braucht dich also nicht?«, rief Sol dem Jungen hinterher. Er bekam keine Antwort. »Kinder.« Er schüttelte den Kopf.

»Wie geht es denn Frau Unbekannt?« Denser schnitt sich eine Scheibe Brot ab und legte ein Stück Schinken darauf.

»Sie kommt gut zurecht, danke. Die Niederkunft ist in zehn Tagen fällig, also schafft sie nicht mehr so viel, aber sie ist gesund. Danke, dass du sie untersucht hast. Sie freut sich, dass es noch ein Sohn wird. Wir beide freuen uns.«

Sol füllte ihre Gläser auf.

»Habt ihr euch schon für einen Namen entschieden?«

»Es kommt kein anderer Name als Hirad infrage, oder?«

»Es wird schön sein, den Namen wieder zu hören.«

»Der Kleine muss einem großen Vorbild gerecht werden.«

Sol lehnte sich zurück und schaute seinen Freund an, der seinen grau durchwirkten Bart kratzte. Dann griff Denser in seinen Beutel und holte Pfeife und Kraut hervor.

In den letzten Jahren, als Sol große Mühe gehabt hatte, sich mit seinem Verlust abzufinden, war Denser ein Fels in der Brandung gewesen. Er hatte seinen eigenen Kummer viel besser bewältigt und Abend für Abend mit Sol zusammengesessen, bis die Schrecken und die Schmerzen allmählich verblasst waren.

»Nun, Denser? Was führt dich denn an diesem regnerischen Nachmittag vom Berg den Strang herunter? Ich nehme nicht an, dass es ein reiner Höflichkeitsbesuch ist.«

»Ah, es ist gut, dass du fragst.« Denser stopfte seine Pfeife, ließ auf seinem Daumen eine Flamme entstehen und zündete sie an. »Ich habe eine Aufgabe für dich.«

Sol zuckte zusammen. »Siehst du diese Faust hier? Muss ich erst handgreiflich werden, um dir deutlich zu machen, dass ich jetzt Gastwirt bin?«

»Hör doch erst mal zu«, drängte Denser ihn.

»Ich führe keine Trupps von Dämonenjägern mehr in die Blackthorne-Berge. Das habe ich dir mehr als einmal erklärt.«

»Sol, das verlangt auch niemand von dir. Suarav und dieser Wesmen-Krieger mit dem langen, komplizierten Namen kümmern sich schon darum. Wir hatten seit … ich weiß nicht, seit anderthalb Jahreszeiten keine Überfälle mehr in Xetesk. Wie ich schon sagte, hör mir erst einmal zu.«

Sol zuckte mit den Achseln. »Entschuldige.«

»Ich komme gerade vom balaianischen Rat für den Wiederaufbau. Wir sind auf einige Schwierigkeiten gestoßen. Da Dystran zurücktreten musste, ist ein Machtvakuum entstanden. Ob ich seinen Posten übernehme, ist noch nicht klar. Das Problem ist jedenfalls, dass einige Barone darüber nachdenken, die Handelsallianz von Korina wieder einzusetzen. Das ist für sich genommen nicht schlecht, führt aber im Osten von Balaia zu einer Spaltung. Tessaya gefällt das so wenig wie Rebraal, und ich kann sie verstehen. Immerhin spricht Tessaya für alle Wesmen und Rebraal für das ganze Volk der Elfen. Aber wir hier, wir bauen auf einmal wieder Machtblöcke von Magiern und Nichtmagiern auf. Das riecht mir zu sehr nach der Vergangenheit.«

»Dann sucht euch doch jemanden, der euch vereint. Blackthorne wird allseits geachtet, er wäre der richtige Mann.« Sol trank noch einen Schluck Wein, um das Brot hinunterzuspülen.

»Aber wie du schon sagtest, kommt er kaum noch aus seiner Burg heraus, und um ehrlich zu sein, er ist nicht mehr ganz der Alte.«

Es gab ein langes Schweigen. Die Richtung, in die sich das Gespräch entwickelte, behagte Sol überhaupt nicht. Er starrte Denser an, als wolle er ihm jedes weitere Wort verbieten.

»Sol, zwinge mich nicht, es auszusprechen.« Denser hatte seinen Gesichtsausdruck richtig gedeutet.

»Du meinst, ich soll Balaias Interessen vertreten? Hör doch auf, Denser. Ich bin kein Diplomat.«

»Nein, das bist du nicht. Allerdings dachte ich auch nicht an Diplomatie, sondern an etwas Größeres. Du siehst dich selbst als ruhigen Mann, der in Xetesk mit seiner Familie ein Wirtshaus betreibt. Aber für jeden, der in Balaia etwas zu sagen hat, auch für die Wesmen und die Elfen in Calaius, bist du die Stimme und das Gewissen des Ostens. Du hast den Vorstoß in die Dimension der Dämonen überlebt, du hast die Jagd in den Blackthorne-Bergen angeführt, du hast im Zentrum vieler Wiederaufbaupläne gestanden, und du bist kein Magier. Du warst das Zentrum des Raben. Es gibt keinen Mann und keine Frau, die dich nicht akzeptieren würden.«

»Also schön, jetzt hast du mir aber genug geschmeichelt, ich werde gleich rot. Als was sollen sie mich akzeptieren?«

Denser beugte sich vor und stellte das Glas auf den Tisch.

»Nach einem einstimmigen Beschluss des Rates wurde ich gebeten, dich aufzusuchen. Sol, dieses Land braucht keinen Diplomaten oder Gesandten. Wir müssen dem Beispiel von Calaius und der Wesmen folgen. Zum ersten Mal in der Geschichte brauchen wir einen echten Anführer. Dich.«

Sol hätte beinahe sein Glas fallen lassen. Jetzt wurde er tatsächlich rot, und sein Herz raste.

»Das ist aber ein netter Aufstieg für einen Wirt«, brachte er schließlich hervor.

Denser lächelte nicht. »Ich scherze nicht, Sol. Balaia braucht Stabilität. Wir laufen Gefahr, in die alten Spaltungen zurückzufallen. Wir müssen geeint sein, denn sonst ist alles, was wir aufbauen, verschwendet. Was der Rabe erreicht hat, wäre vertan.«

»Zieh hier bloß nicht den Raben mit hinein«, fauchte Sol.

»Dennoch, es ist wahr. Du bist der Mann, der alles zusammenhalten kann. Du weißt, dass du es kannst. Komm auf den Berg und rede mit uns. Bitte.«

»Ich muss ein Wirtshaus führen und mich um meine Frau kümmern. Ich werde wieder Vater, und mein Sohn braucht mich hier. Ich habe dazu weder die Zeit noch die Kraft.«

»Sie alle brauchen eine sichere Zukunft.« Jetzt übernahm es Denser, ihnen nachzuschenken. »Rede mit uns. Hör dir an, was wir uns vorstellen, und denke darüber nach.«

Sol sah Denser an, und auf einmal musste er lächeln. Bei jedem anderen hätte er so einen Vorschlag kurzerhand verworfen. Diesem Mann aber hatte er mehr zu verdanken als jedem anderen lebenden Menschen.

»Morgen«, grollte er. »Und jetzt trink aus und verschwinde. Ich muss in zwei Stunden öffnen.«

»Danke, Sol. Ich verspreche dir, du wirst es nicht bereuen.«

»Denser, ich bereue es jetzt schon. Was denkst du denn, wie ich das Diera beibringen soll?«

»Dir wird ganz sicher etwas Überzeugendes und Markiges einfallen.«

»Verschwinde.«

Denser trank aus und ging zur Tür. Draußen goss es immer noch in Strömen. Sol fragte sich, ob Jonas überhaupt ausgeritten war. Die Männer gaben sich die Hand, und zum Abschied nahm Sol Denser in die Arme.

»Wir sehen uns morgen«, sagte Denser.

»Nach der Mittagszeit, wenn wir geschlossen haben.«

Sol sah Denser hinterher, der den Strang hinauflief und zum Berg von Xetesk wanderte, den Mantel eng um sich geschlungen. Dann verschloss und verriegelte er die Tür und ging durch den Schankraum zur Treppe. Vor Hirads Bild blieb er einen Moment stehen. Der Barbar starrte mit lebendigen Augen zurück, voller Selbstbewusstsein und mit seinem verdammten Lächeln auf den Lippen.

»Was, um alles in der Welt, hältst du davon, Coldheart?«, sagte er. »Wahrscheinlich überhaupt nichts. Ich vermute, du würdest dich ausschütten vor Lachen. Wie klingt das denn auch? Sol … der Unbekannte Krieger und der Herrscher von Balaia. Ganz schön bescheuert, was?«

Als er sich umwandte, hätte er schwören können, dass Hirad nickte.